W0199881

SUCCOMBER MALGRÉ MOI

VIRGINIE E. GÉRARD

SUCCOMBER MALGRÉ MOI

TOME 2

ito

© Shingfoo, 2022
© Hachette Livre, dans la collection Ito, 2024,
pour la présente édition

À Julie, mon âme sœur

Chapitre 1

♫ *The Funeral*
Band of Horses ♫

Point de vue de Julia

Assise sur le premier banc de l'église, le regard hagard, j'oscille entre incompréhension, désespoir et colère. Je n'ose plus jeter une seule œillade en direction du cercueil blanc sans me sentir vaciller dans un monde de souffrance, telle une douleur assassine qui se déverse comme du vitriol dans tout mon être. Depuis trois jours, je sombre dans un gouffre sans fond où je hurle sans fin ma détresse. Je ferme les paupières pour endiguer une nouvelle montée de larmes, mais c'est encore pire, les souvenirs des jours heureux avec Beth m'assaillent et me rappellent l'impensable.Le drame.

Encore et encore.

Sans relâche.

La nuit reste le plus insupportable à endurer quand je suis dans mon lit, confrontée à mes pensées emplies de noirceur, à mon futur sans ma sœur. Je cligne des yeux lorsqu'un sanglot m'étrangle et lacère ma gorge de milliers d'aiguilles. Matt me presse la main en signe de soutien. Il ne m'a pas quittée un seul instant depuis *l'annonce,* jusqu'à m'accompagner à Atlanta. Il est parfait alors que je le remercie par ma froideur. Incapable d'interagir autrement.

Une petite menotte m'attrape les doigts, un geste qui m'insuffle le devoir d'être forte pour lui. Mon filleul, devenu orphelin bien trop tôt et qui pleure sa maman. Même s'il s'est réfugié dans mes bras depuis mon arrivée et ne m'a plus lâchée, il a à peine prononcé trois mots. Les questions doivent s'entrechoquer avec incompréhension dans sa tête et le dépasser complètement. Il est perdu et terrifié. Je me sens si frustrée, si impuissante à le voir s'enfoncer dans son mutisme. J'ai essayé à plusieurs reprises de l'interroger, mais il refuse de parler. Par contre, il accepte sans condition mon trop-plein de câlins et d'affection, ce qui est plutôt bon signe.

Je baisse le menton vers lui et des larmes menacent de me submerger de nouveau dès que le parfum subtil de Beth me percute les narines. Depuis sa disparition, il s'en asperge tous les jours. Je le respire comme si j'étais shootée avant d'embrasser sa petite tête d'ange. Lorsqu'il me fixe avec curiosité, j'aperçois une lueur de vulnérabilité et de fragilité, mêlée à une tristesse profonde dans ses prunelles.

— Je t'aime fort, mon trésor, lui chuchoté-je à l'oreille.

Il plaque son visage contre mon bras, me cache ses yeux humides, et fait rouler sur ma cuisse le bolide de *Flash McQueen* quand soudain, plusieurs voix hèlent son prénom. Il redresse la tête et regarde la ribambelle d'enfants de son âge, occupés à prendre place sur les bancs tout en agitant leurs mains à son adresse.

— Ce sont les élèves de Beth, murmure maman.

« Étaient », mais je préfère ne pas relever. J'opine du chef en signe d'assentiment et salue d'un bref sourire crispé la femme qui les accompagne. Quant à Hunter, il leur fait un petit signe de la main avant de retourner à ses voitures miniatures. Dès que le prêtre commence son sermon, j'ai la sensation d'étouffer.

— Nous sommes tous réunis pour rendre un dernier hommage à Beth Casey Stroms…

Un hurlement de rage retentit dans ma tête tandis que ma respiration devient de plus en plus laborieuse. J'ai déjà vécu cela avec papa et je ne suis pas prête à encaisser la perte d'un autre être adoré. *Bordel, j'ai juste envie qu'il ferme sa gueule !* Je suis sur le point de me lever de ce lieu maudit quand Hunter tire trois coups secs sur ma veste. Je me concentre sur lui pour faire retomber ma colère. Il est en proie au doute et semble hésiter à me parler. Je lui souris en signe d'encouragement tout en passant mes doigts dans sa chevelure dorée. Il se met à genoux sur le banc et d'un filet de voix, il me susurre à l'oreille :

— Mes dessins sont dans le ce'cueil ?

— Oui, tous ceux que tu m'as donnés, lui confirmé-je en caressant sa joue.

Une vingtaine au moins.

— Il fait noir à l'inté'ieur ?

Oh, bon sang !

— Oui, mon trésor.

Ses prunelles s'arrondissent d'effroi.

— Maman va avoi' peur si elle ouv'e les yeux ?

Je cligne plusieurs fois des cils pour chasser les larmes qui me submergent. Ma mère, assise à côté de lui, me dévisage, un timide sourire aux lèvres en l'entendant enfin s'exprimer. Seulement, c'est à moi qu'il pose ses questions emplies de crainte et de terreur, et aussi difficile que ce soit, je veux prendre le temps de lui répondre. Je me fous de cette cérémonie, Hunter a besoin de moi. Et moi, *j'ai besoin d'air !*

— Je reviens, annoncé-je.

Ou pas !

Je me lève, prends mon filleul dans mes bras et me dirige vers la sortie sous les regards interloqués, outrés et curieux des personnes présentes dans l'église.

Je m'installe sur un banc, à l'écart des badauds indiscrets, et respire jusqu'à me libérer de cet étau qui me comprime la poitrine. Hunter sur mes genoux, ses mains autour de mon cou, je dépose un baiser appuyé sur son front et me laisse le temps de recouvrer mes esprits en me nourrissant de sa tendresse. J'inspire une grande bouffée d'air et lui confie :

— Ta maman n'ouvrira plus jamais les yeux, mon trésor.

— Maman va pas se 'éveiller ?

Encore cette question. Il espère toujours un miracle. Moi aussi, d'ailleurs. Si seulement c'était possible.

— Non. Elle ne dort pas.

Ses prunelles s'embuent de larmes. Je me sens démunie, autant face à cette réalité brutale et parfaitement injuste que devant la régression de son langage. Il fronce les sourcils d'incompréhension alors que ses lèvres se mettent à trembler.

— Pou'quoi ?

Que c'est compliqué !

— On t'a déjà parlé de la mort ?

— Non. C'est quoi ?

— C'est quand la vie quitte notre corps. Alors on ferme les yeux pour toujours.

— Comme Granpa ?

J'opine d'un signe de la tête.

— C'est ça.

Il réfléchit et son front se plisse comme si sa pensée ne lui plaisait pas.

— Je ne vais plus voir maman ? me questionne-t-il, le menton tremblant.

— Non. Mais elle continuera à vivre là, lui expliqué-je en posant ma main sur son cœur. Et là. Puis sur sa tête. Je déteste être celle qui réduit à néant tout espoir en lui. Des larmes serpentent sur ses joues et je le laisse s'épancher contre ma poitrine. Je le berce et le couvre de baisers.

— Je veux maman, sanglote-t-il. Je veux la voir !

— Ferme les yeux, lui ordonné-je avec douceur. Pense très fort à elle !

Ne te laisse pas submerger, Julia… Tu dois rester forte pour lui…

J'attends quelques secondes avant de passer mes doigts sur ses paupières.

— Tu pourras toujours la voir dans ta tête. Qu'est-ce que tu aimes le plus quand tu penses à elle ?

— Quand elle fait des câlins.

Comme si mon instinct me soufflait de garder nos souvenirs au temps présent, je m'exclame :

— Ah oui, elle est douée pour ça. Et son rire ! Mon Dieu son rire ! Elle rigole tellement fort qu'elle finit toujours par faire rire tout le monde.

Il pouffe et ma poitrine se soulève d'une grande bouffée d'amour et de complicité.

— Et ses bisous, hein ! lui rappelé-je. Elle adore les bisous qui font du bruit.

Mes lèvres fondent sur son cou et les imitent.

— Oui, comme ça ! s'esclaffe-t-il en ouvrant les paupières. Elle le fait tout' temps.

— Elle t'aime si fort.

— Je l'aime comme ça !

Il ouvre ses bras en grand. J'en profite pour masser son torse.

— Elle vivra toujours là. À l'intérieur de toi. Dès qu'elle te manquera, tu penseras à ses câlins et ses bisous pour te sentir mieux.

— Je veux maman.

— Moi aussi.

Un aveu de faiblesse qui provoque le déversement de son flot de larmes et le mien. On s'accorde un temps pour la pleurer. Hunter essuie ma joue et m'interroge :

— Tu vas mou'ir aussi ?

— Quand je serai très très vieille. Pas maintenant, le rassuré-je.

— Vieille comme g'anny ?

— Encore plus vieille !

Il relève sa tête et me dévisage avec gravité.

— Mais maman est pas v'eille.

C'est vrai… C'est une putain de rupture d'anévrisme qui l'a emportée ! Je sens la rage s'infiltrer sous ma peau.

— C'est parce qu'elle avait une artère qui fonctionnait mal et les médecins n'ont pas pu la soigner à temps.

— C'est quoi ?

— Une artère ?

Il acquiesce d'un signe de tête. Bon, je ne m'étais pas vraiment préparée à la question alors j'y vais à l'instinct. Je me dois d'être la plus honnête possible avec lui.

— Les artères permettent au sang de circuler dans notre corps. C'est comme plusieurs tuyaux qui sont reliés entre eux si tu veux.

— Ils sont cassés ?

— Un seul, oui. Et il était trop tard pour la guérir.

Ses yeux s'écarquillent de terreur.

— Maman a eu mal ?

— Non. Elle n'a pas souffert. Je te le promets.

Une promesse que j'ai lâchée un peu trop vite, mais même moi, j'ai besoin d'y croire. Il reste étrangement silencieux jusqu'à ce que sa lèvre inférieure tremble.

— C'est pas à cause de moi ?

— Bien sûr que non ! m'horrifié-je. Pourquoi tu dis ça ?!

Je le serre fort dans mes bras et l'embrasse sur le front.

— Maman m'a dit de 'anger ma chamb'e et j'ai pas voulu.

De grosses larmes lui brouillent la vue avant d'inonder ses joues.

— Elle était fâchée que je l'écoute pas, sanglote-t-il.

J'attrape son menton et accroche nos regards durant de longues secondes, puis d'une voix ferme et intransigeante, je continue mon explication :

— Tu n'y es absolument pour rien ! Je te le promets ! C'était dans le corps de ta maman qu'il y avait un problème, et personne ne l'a vu. Même pas elle. D'accord ?

Il resserre ses petites mains autour de mon cou en libérant toute sa tristesse et finit par hoqueter un oui. Mes bras enveloppent son corps tandis que je parsème son visage de baisers en lui disant combien je l'aime. Lorsque ses épaules ne sont plus parcourues de soubresauts et que ses pleurs se tarissent, je lui demande :

— Elle t'aime comment, maman ?

Ses bras s'ouvrent vers le ciel, le plus grand possible.

— Comme ça !

— Et elle continuera à t'aimer à l'infini. Et tu sais quoi ?

— Non, bredouille-t-il.

— À chaque fois que tu l'entendras dans ta tête, tu le sentiras là.

Je pose ma paume sur son cœur.

— Je veux voir maman.

— Ce n'est plus possible, mon trésor, lui confié-je d'une voix étranglée… Tu veux bien fouiller dans la poche de ma veste ? J'ai une surprise pour toi.

Il redresse sa tête et la curiosité de son jeune âge l'emporte.

— Quelle poche ?

— Ici, celle à l'intérieur.

Il attrape dans son poing un bijou.

— C'est quoi ?… Un collier ?

— Un médaillon.

Fasciné, il le détaille sous toutes les coutures.

— Appuie sur le petit bouton. Là, sur le côté.

Il s'exécute et laisse échapper son premier cri de joie.

— Wouaaaah ! C'est maman et moi ! Elle a son g'os vent'e !

— Oui, vous êtes tous les trois réunis. Pour toujours.

Face à son sourire radieux, j'attache le fermoir autour de son cou tout en me réjouissant de la proposition de génie de Matt. Il se souvenait que Neal avait offert ce bijou à sa mère avec la photo de sa famille à l'intérieur et que depuis, elle le chérissait comme un de ses plus beaux cadeaux. Mue par l'instant présent et par une idée folle, je l'interroge :

— Tu connaissais le prénom de ta petite sœur ?

— Non, dit-il en secouant la tête.

— Eh bien, on va lui trouver un prénom. T'es d'accord ?

— Oui ! s'enthousiasme-t-il.

— Je commence, alors… Euh… Taylor.

Ses lèvres se tordent en une moue dubitative.

— Amber.

Aucune réaction.

— Morgane.

Il grimace.

— Courtney.

— J'aime pas, s'exprime-t-il en haussant les épaules.

— Theresa !

— C'est pas beau, me dit-il en grimaçant.

C'est un moment hors du temps, un moment qui déclenche mon gloussement. Je le dévisage et glisse mes doigts dans sa chevelure en le humant. Je ne peux pas m'en empêcher. Il est une partie de Beth et cette pensée m'apaise. Je poursuis mon petit jeu.

— Tu as raison, soupiré-je avec emphase, mais je n'ai plus d'idées. Bon, à toi !

Ses yeux s'illuminent d'une lueur enfantine et son insouciance de l'instant fait ressortir une âme protectrice et farouche en moi.

— À mon école, je connais Hanna. Katy. Emily. Maddie, mais elle, elle est méchante avec moi.

— D'accord, elle est d'office éliminée. Aux suivantes !

Concentré, il lève la tête en l'air et coche sur chaque doigt le nom d'une fille.

— Kaylee. Daisy. B'ianna.

Je plisse les yeux en mimant la réflexion.

— Pas mal. Et toi, c'est quoi ton prénom préféré ?

— June… Amy…

— Amy !

Lorsqu'il le prononce, j'ai un véritable coup de cœur.

— C'est très beau, j'adore !

— C'est vrai ?!

Son enthousiasme et son immense sourire édenté me gonflent le cœur d'amour.

— Carrément ! Et ta maman l'aurait adoré aussi si tu le lui avais suggéré.

— Wouah !

— T'es trop fort !

Je lève ma main en l'air pour un *high five*. Son sourire lumineux chasse la noirceur autour de nous et me réchauffe de l'intérieur. Je ne m'étais pas rendu compte à quel point j'étais frigorifiée. Je dépose une pluie de baisers sur son visage pour le remercier de cet instant empli d'amour et d'évasion. Je sais que le chemin va être long et douloureux, je risque de m'effondrer souvent, mais je suis prête à me battre pour lui.

— Je t'aime, mon trésor.

— Je t'aime, Ma'aine Lily.

À son tour, il me gratifie d'un bisou appuyé et plutôt mouillé. Je l'enveloppe de mes bras pour lui insuffler toute mon affection. En le dévisageant, je décrypte une lueur de crainte dans son regard plein d'innocence.

— Tu me quitt'ras jamais, hein !

— Jamais mon trésor. Jamais.

***

Après avoir répondu présente aux obligations qui m'incombaient durant toute la journée, c'est-à-dire serrer la main d'inconnus qui souhaitaient me montrer leur empathie, partager leur peine, désireux de verser avec moi une larme de tristesse et me dire combien ma sœur était aimée et appréciée, j'ai raccompagné Matt à l'aéroport. Le devoir l'appelle. D'abord son patron qui lui met la pression par ses appels répétés, puis le compromis de vente pour le local de sa future boîte doit être signé au plus vite. Il a tout mis entre parenthèses pour être à mes côtés et maintenant que je m'apprête à le quitter, j'ai une boule énorme qui se loge dans ma poitrine.

— J'aurais préféré rester, m'avoue-t-il avant de passer en zone d'embarquement.

— Je sais, le rassuré-je par un sourire.

Il pose son front contre le mien et me presse contre lui, puis il prend possession de mes lèvres. Baignée dans la chaleur de son étreinte, de son amour, de son odeur, je me laisse envahir par l'intensité de mes sentiments. Depuis que j'ai cessé de les anesthésier, je prends conscience qu'il est la personne qui m'a empêchée de m'effondrer. D'un simple contact, il apaise cette tempête émotionnelle en moi. Je suis à deux doigts de le supplier de ne pas me quitter. Mais je ne peux pas agir en parfaite égoïste en le culpabilisant, alors je fais ce qui me semble le plus juste.

— Merci d'être venu.

— Ne me remercie pas. Et appelle-moi dès que tu en ressens le besoin !

Il agrippe mon menton et je me noie dans son regard protecteur.

— À n'importe quelle heure du jour et de la nuit. D'accord ?

— Promis.

Je me blottis contre son torse et le respire à pleins poumons. Si je suis éprise de cet homme au charisme envoûtant et à la beauté insolente, je suis surtout profondément amoureuse de son côté attentionné et protecteur.

— C'est promis. Tu as déjà fait beaucoup pour moi.

Ses lèvres effleurent les miennes.

— Je t'aime, m'avoue-t-il pour la première fois.

Une vive émotion m'envahit, et il parvient à m'arracher un sourire.

Que c'est bon à entendre !

— Mais ce n'était pas forcément le bon moment. Pas avant de partir.

— Tu ne fais rien comme les autres.

Pour la seconde fois, il se marre tout en accentuant la pression de ses bras autour de mes épaules.

— Je n'ai plus aucun secret pour toi !

— Il y a des choses que je préfère continuer d'ignorer, Don Juan.

Un sourire impudent se dessine sur ses lèvres. Il s'apprête à me répondre quand je le fais taire d'un baiser.

— Merci de me l'avoir dit, lui avoué-je. J'en avais besoin.

Il fond sur ma bouche avec une telle ardeur que j'en perds mon sens de l'orientation. La caresse sensuelle de sa langue contre la mienne éveille tous mes sens jusqu'à ce qu'une voix désincarnée annonce le départ imminent aux voyageurs en direction de New York.

— Je dois y aller.

J'acquiesce d'un signe de tête et détourne le visage avant qu'il disparaisse derrière les portiques de sécurité – *C'est trop dur !* Et c'est le cœur lourd que je marche vers la sortie.

Chapitre 2

♫ *The Great Escape*
Patrick Watson ♫

J'éteins le moteur en fixant la maison de mon enfance et, combinée au silence, une douleur assassine me transperce la poitrine. Elle me submerge au point que je suffoque jusqu'à ce qu'une colère sourde pulse dans mes veines. Papa, et maintenant ma sœur. *Qu'est-ce qu'on a fait pour mériter ça ?! C'est tellement injuste, putain !* Je frappe la paume contre le volant et continue jusqu'à cogner le klaxon par inadvertance. Je sursaute et prends conscience de ma vue brouillée. Des larmes amères me brûlent les joues. Je bascule la tête en arrière et ferme les yeux. Je veux rentrer et revoir Beth. Son sourire. Son rire. Et sentir son corps chaud contre le mien… Savoir que ce n'est plus possible me comprime la poitrine et chaque respiration est si douloureuse que j'ouvre la portière pour inhaler une bouffée d'air frais. Encore et encore. J'aimerais me rouler en boule dans un coin et laisser exploser mon chagrin pendant des jours, mais il y a Hunter et ma mère qui ont besoin de moi. Je dois me montrer plus forte. Je m'extirpe de la voiture et marche jusqu'à la maison, la mort dans l'âme.

Dès que je claque la porte d'entrée, Abby se matérialise devant moi et m'accueille par un sourire chaleureux malgré la mine affreuse que je dois lui offrir. Je l'observe et constate que les traits de son visage sont aussi ravagés que les miens. Beth était comme une sœur pour elle. Elles s'adoraient et se ressemblaient à bien des égards… Bon sang, je déteste parler de Beth au passé. Un sempiternel éclat de douleur me transperce le cœur, et je l'encaisse avec de plus en plus de difficulté. Ma meilleure amie s'approche de moi et m'enveloppe de sa douceur. Je ferme les yeux, plus rien d'autre ne compte.

— Ça fait longtemps que je ne t'ai plus fait un câlin, me dit-elle en posant sa tête contre ma tempe.

— Ce matin ne compte pas ? l'interrogé-je, l'ombre d'un sourire aux lèvres.

— Bon OK, j'avoue, pouffe-t-elle. Je suis en manque d'affection, et Hunter en a marre de moi !

— Impossible. Il t'adore ! répliqué-je en ouvrant les paupières.

— Il m'a traitée de pot de colle. T'imagines ?! C'est la première fois qu'on n'aime pas mes câlins !

Mes lèvres se rehaussent de soulagement en pensant qu'il a bien recouvré la parole.

— Et moi, je les adore !

— Alors madame va être servie !

On se sourit alors qu'une lueur de douleur tapisse le fond de ses prunelles. J'enlace son cou et la serre dans mes bras avec toute la gratitude que j'éprouve d'avoir une amie aussi dévouée et fidèle.

— Merci d'être là pour nous et de prendre soin de maman.

— Ne me remercie pas. Vous faites partie de ma famille.

— J’aimerais être aussi forte que toi.

— Oh, mais tu l’es ! Et ne t’inquiète pas pour Josy. Klint est un véritable amour avec elle. J’apprécie beaucoup cet homme.

Je hoche la tête avec reconnaissance.

— Allez, viens ! s’écrie-t-elle en passant sa main sous mon bras. On t’attendait pour manger.

— Non, commencez sans moi ! Je vais voir Hunter. Il s’est endormi ?

— Oui. Josy s’en est assurée avant de quitter la chambre de Beth.

Je monte les marches de l’escalier en connaissant par cœur celles qu’il faut éviter pour ne pas les faire grincer. D’un pas feutré, je pénètre dans la pièce dont la porte est grande ouverte. Hunter m’aperçoit et tend ses menottes vers moi.

— Ma’aine Lily !

— Tu ne dors pas encore, mon trésor ?

Je le laisse me faire un câlin en passant ses bras autour de mon cou, puis il chuchote au creux de mon oreille.

— Je veux pas do’mir ici. Je veux mon lit chez maman.

Je caresse ses cheveux tout en gardant le silence. Je dois être à la hauteur de mon rôle de marraine. Je fais fonctionner mes méninges et m’interroge sur ce que Beth lui aurait répondu. Avec amour bien sûr et…

Laisse parler ton cœur, me susurre sa voix.

Ça me paraît si réel, si inespéré que je tourne la tête dans l’espoir de la voir. Mon palpitant tambourine comme un fou dans ma poitrine. Les larmes affluent sous mes paupières alors que mes lèvres se rehaussent en un éblouissant sourire. Elle est là, avec nous. Je peux la sentir. Le brin de folie qui la caractérise me démange à mon tour.

— Je vais te révéler un secret ! lui susurré-je. Quand j'avais huit ans, mon chien Tobby est mort. J'étais inconsolable et Granpa m'a amenée dans un endroit *magique* !

— C'est où ?! s'exclame-t-il en écarquillant ses petits yeux émerveillés.

— Tu veux que je te le montre ?

— OUIIII ! s'enthousiasme-t-il en sautant du lit.

— Mets tes chaussons.

Hunter s'exécute aussitôt, trop heureux de quitter la chambre et le sommeil qui le fuit.

— On va où ?

Je pose mon index sur mes lèvres.

— Pas de bruit. C'est un secret.

Main dans la main, nous nous dirigeons vers ma chambre pour ouvrir la porte-fenêtre. Une fois sur le balcon, je le guide :

— Monte sur l'échelle ! Je te suis.

— On va su' le toit ?! me questionne-t-il d'une voix anxieuse.

J'acquiesce d'un signe de la tête.

— On peut pas ! Granny va êt'e fâchée.

— C'est Granpa qui a fabriqué l'échelle rien que pour moi. Alors c'est moi la cheffe !

Il me sourit avant de grimper les marches.

— C'est quoi l'end'oit magique ? m'interroge-t-il en avançant à quatre pattes sur la partie plate du toit.

— Les étoiles. Elles ont un pouvoir magique.

Je le rejoins et blottis son petit corps contre ma poitrine tout en embrassant le haut de tête. Je lève les yeux vers le ciel qui est constellé de milliers d'étoiles. Le soulagement m'envahit quand je le vois si dégagé. *C'est magnifique !*

— WAOUH ! C'est beau ! s'extasie-t-il.

J'aime penser que Beth est derrière tout ça. De là-haut, elle savait que je viendrais ici avec son fils ou alors, c'est papa qui lui a conseillé. Je souris à l'idée de les savoir réunis.

— Regarde le ciel, et dis-moi ce que tu vois.

— Il y a beaucoup d'étoiles.

— C'est vrai, gloussé-je. Le jour où Tobby est mort, Granpa m'a demandé de chercher celle qui brillait plus que les autres.

— Pou'quoi ?

— Je vais te l'expliquer. J'ai observé le ciel *très* longtemps et j'ai fini par la trouver. Et tu sais ce qu'il m'a dit ?

— Non, me répondit-il d'une voix fascinée en caressant ma main de ses petits doigts.

— Que c'était l'étoile de Tobby ! C'était son esprit qui était parti très haut dans le ciel. Il était devenu mon ange gardien et allait me protéger de là-haut.

— Oh !...

Il pivote sa tête pour capter mon regard.

— Maman est là-haut aussi ?

— Oui. Cherche à ton tour l'étoile qui brille plus fort que les autres. Elle est là et elle te voit.

— Y'en a beaucoup, beaucoup ! ? déclare-t-il, captivé.

— Oui. Toutes les étoiles sont des anges gardiens pour chaque être vivant sur la terre.

Pendant de longues minutes, je le laisse digérer l'information et soudain, il pointe son doigt en l'air.

— Maman est là !

Je rentre dans son jeu et m'émerveille.

— Où ?! Je ne vois pas.

— Là ! Là ! Regarde, elle brille ! se réjouit-il.

— Oh oui ! Je la vois, maintenant ! On dirait même que c'est la plus grosse étoile.

— Oui, glousse-t-il de bonheur. Elle est pas dans le noir. Elle n'a plus peur. Hein !

Ses paroles m'atteignent en plein cœur. Je déloge la boule d'émotions en me raclant la gorge, puis je l'étreins fort dans mes bras en embrassant sa joue.

— Elle n'aura plus jamais peur, mon trésor, et elle est avec Granpa, maintenant.

— Oui.

Je perçois son soulagement.

— Quand j'étais triste, je montais jusqu'ici pour parler à Tobby. Je me sentais toujours mieux après.

— Et moi, j'ai le collier ! me confie-t-il en serrant le pendentif dans son poing fermé.

D'un mouvement brusque, l'expression affolée, il agrippe mon visage.

— Et l'étoile d'Amy ?!

Attendrie, je lui souris et poursuis la magie de l'instant.

— Tu as raison ! Elle doit être juste à côté de ta maman.

— Elle est plus petite alors ?

J'opine de la tête, impressionnée à l'idée qu'il soit si vif et si malin. Plongé dans sa contemplation, il finit par s'écrier en pointant de nouveau son index un point précis dans le ciel :

— Elle est là, Amy ! Tu la vois, Ma'aine Lily ? Elle est avec maman !

Avec Hunter, tout est possible. Il fait battre mon cœur un peu plus fort et je me sens d'un coup plus légère. Il pivote sa tête vers moi en me dévoilant un sourire qui lui fend le visage, visiblement rassuré par la tournure de notre conversation. Je l'enveloppe de mes bras et lui déclare :

— Tu es merveilleux !

Je récolte un éclat de rire qui me donne envie de le couvrir de baisers. Je comprends mieux l'obsession de ma sœur pour les bisous.

— Tu as trouvé des anges gardiens. Elles vont prendre soin de toi, maintenant.

— Comme Granpa et Tobby pour toi ?

— Exactement !

— Alors d'accord, me déclare-t-il, satisfait.

C'est aussi simple que ça ? C'est à mon tour de pouffer, et ça fait un bien fou !

— Granpa va prendre soin d'elles, murmuré-je plus pour moi-même.

Il hoche la tête avec lenteur, prenant le temps d'assimiler ma révélation et regarde le ciel étoilé en souriant. Le silence s'invite et on profite de l'instant. Une bouffée de fierté m'envahit d'avoir su trouver les mots pour le rassurer avant de lui intimer :

— Et maintenant, au dodo !

— Attends, je veux leur dire quelque chose.

Les yeux clos, il murmure un « bonne nuit » et envoie un baiser volant en l'air. Une fois debout, il me demande plein d'espoir :

— Tu fais dodo avec moi ?

— Je vais rester jusqu'à ce que tu t'endormes.

— D'accord !

C'est certainement le jour le plus éprouvant de toute ma vie, et pourtant, en rejoignant la cuisine, ce précieux sentiment de légèreté ne m'a pas quittée. Dès que ma mère m'aperçoit, elle se lève de sa chaise pour se diriger vers la cuisinière.

— Il ne dormait plus ? me questionne-t-elle en me préparant une assiette.

— Non. Et ça tombait bien. On est montés sur le toit pour voir les étoiles.

Je m'assieds tandis qu'Abby me sert un verre de rosé et le glisse vers moi.

— Merci.

— Tu lui as parlé de Tobby, comprend maman, un sourire attendri aux lèvres. C'est une excellente idée !

Abby acquiesce d'un signe de tête.

— Il a trouvé une étoile pour Beth ! Et…, me réjouis-je en faisant durer le suspense, pour Amy !

Une expression de joie se dessine sur leur visage. Émue, Abby laisse couler une larme solitaire, puis une seconde qu'elle essuie bien vite. Quant à maman, elle a toujours été douée pour camoufler ses émotions dans les coups les plus durs, mais ses prunelles humides ne me trompent pas.

— Amy est un magnifique prénom, me révèle-t-elle d'une intonation altérée par l'émotion. Beth aurait adoré.

— Je le pense aussi. C'est Hunter qui l'a choisi.

— Tu es géniale, ma chérie, intervient Abby. Beth doit être trop fière de toi.

— Et je tiens à ce que ça continue.

Je les dévisage afin qu'elles lisent en moi toute ma détermination et ma résolution. Depuis mon arrivée ici, cette idée me trotte dans la tête. J'y ai longuement réfléchi, pesant le pour et le contre. Et au fond de moi, ma décision est la bonne. J'en suis certaine !

— Je veux devenir la tutrice légale de Hunter.

— Julia ! s'affole maman.

— J'en avais déjà parlé avec Beth à l'époque, et je lui avais promis !

— Mais les choses ont changé, insiste-t-elle. Tu as ta vie à New York, maintenant.

Je veux qu'elles perçoivent autant ma sincérité que ma détermination dans ma voix.

— Je le sens au fond de moi. Il va avoir besoin de toi, maman, mais il m'a demandé de ne pas l'abandonner. Il est si jeune ! soupiré-je en proie à l'impuissance… Il a trop perdu pour que je le déçoive à mon tour.

Ses iris couleur miel s'accrochent aux miens, l'éternelle lueur si chaude s'est éteinte, ravagée par le poids d'un chagrin incommensurable. Mue par un élan protecteur, je me lève pour la serrer dans mes bras. Ne s'attendant pas à mon geste, elle pose en catastrophe mon assiette à moitié remplie sur le plan de travail, puis elle réceptionne soixante-deux kilos d'un trop-plein d'amour pour cette maman extraordinaire que la vie a décidé de ne pas épargner.

— Je vais revenir habiter à Atlanta.

— Non ! s'emporte-t-elle d'une voix autoritaire. Il n'en est pas question ! Ta vie n'est plus ici.

— Maman…

— Écoute-moi bien, mon bébé ! m'interrompt-elle en agrippant mes bras avec force. Je n'ai plus que Hunter et toi. Et votre bonheur m'importe bien plus que tout ce que je possède au monde !

— Mais Hunter a besoin de rituels et de stabilité plus que jamais ! C'est à lui que je pense avant tout. New York va être un dépaysement effrayant pour lui.

— Eh bien, je suis persuadée du contraire ! Mon petit-fils a besoin de changer d'air. Tout ici lui rappelle sa maman.

— Je refuse que tu restes seule ici.

Elle claque sa langue dans un bruit réprobateur, puis son regard se durcit avec détermination.

— Je ne suis pas seule ! J'ai un travail, mes amis de longue date et un homme qui m'aime. Je ne vois pas ma vie autre part qu'ici alors que la tienne est à New York. Tu as un homme fou amoureux de toi et une amie qui est d'un soutien sans faille.

Le sourire de connivence qu'elles échangent me fait penser que ce n'est pas la première fois qu'elles en discutent.

— Tu vas être une tutrice géniale, me confie Abby en marchant vers nous, aucun doute là-dessus. Je ne dis pas que ça va être facile tous les jours, mais sache que tu ne seras pas seule. Je serai là !

Comme toujours…

Je tente de rehausser mes lèvres alors que ma gorge est nouée par l'émotion.

— Tu as tout quitté, poursuit-elle, pour te construire une nouvelle vie prometteuse à New York.

Sauf que je n'étais pas responsable d'un enfant !

À chaque mot de ma meilleure amie, ma mère opine de la tête et renchérit :

— Tu ne pourras pas être heureuse dans une ville que tu as fuie. Le bonheur de mon petit-fils dépendra du tien.

J'exhale un long soupir. Cette conversation exacerbe mon sentiment de peur face à l'inconnu. Je porte mon attention sur ma mère.

— Et si c'était moi qui avais besoin de toi ?

— J'ai autant besoin de vous deux que tu as besoin de moi. J'ai pris la décision de vous accompagner à New York pendant deux semaines. Il faut que la séparation avec Hunter se fasse en douceur.

Son aveu libère autant mes larmes et mes craintes.

— Et si je n'étais pas à la hauteur ?

Elle secoue la tête en réprimant son amusement, puis prend mon visage dans ses mains.

— Tu le seras, m'assène-t-elle avec conviction. Tu parles avec ton cœur, ma Lily, et ton instinct protecteur est plus fort que jamais.

— Tout ça, lui réponds-je en brassant l'air autour de moi, est si injuste !

— C'est vrai, intervient Abby. Mais ça l'est beaucoup moins quand on est bien entouré.

J'attrape sa main et la serre avec reconnaissance.

— J'ai une putain de chance de t'avoir dans ma vie !

— Ton langage, jeune fille, me réprimande ma mère.

— Aujourd'hui, j'emmerde la politesse, maman.

Contre toute attente, elle libère un rire qui devient communicatif. De là-haut, j'entends celui de Beth résonner jusqu'à mes tympans. Je retourne m'asseoir pour boire une gorgée de mon vin rosé. Maman termine de me remplir mon assiette et la dépose devant moi. Je la remercie et commence à manger dans un silence confortable jusqu'à ce qu'elle triture sa serviette en tissu avant de se lancer.

— Il faudrait officialiser ta demande auprès des services sociaux. Le plus tôt sera le mieux.

Là, je me rends compte que j'ai peut-être pris ma décision, mais je ne connais rien dans la procédure à suivre. C’est un peu brutal, mais nécessaire apparemment.

— OK.

— C’est Nora, mon amie que tu as rencontrée ce matin qui pourra nous conseiller. Elle est assistante sociale.

Je m’en souviens vaguement… Mais ce n’est pas ce qui m’interpelle le plus. Elle me dévisage avec une telle gravité que je repose ma fourchette.

— Quoi ?

Elle fixe mon assiette.

— On en discutera plus tard.

— Maman !

Même Abby est suspendue à ses lèvres, alors elle cède.

— Il faudra trier les affaires de Beth. Il y aura certainement des choses que tu voudras récupérer pour Hunter et pour toi.

Je n’ai pas l’esprit aussi pragmatique qu’elle. Elle se l’est forgé depuis le décès de papa en devant tout assumer. D’une certaine façon, je l’envie, mais là, c’est au-dessus de mes forces. Psychologiquement, je ne suis pas prête à lui faire mes adieux. À la rayer du monde des vivants. De nos vies. Rien que la pensée de ranger ses effets personnels dans un carton me glace le sang jusqu’à la moelle. Je réprime un frisson.

— Non, articulé-je d’une voix torturée.

Abby me serre la main pour m’insuffler son réconfort. Sa force. Tandis que maman me confie un aveu de faiblesse :

— J’ai besoin de toi. Je ne pourrai pas le faire seule.

Je soupire, en proie à une lutte interne. Mon cœur finit par parler pour moi alors qu’une larme solitaire s’écrase sur la table.

— OK. Je viendrai.

— Je m'occuperai de Hunter, intervient Abby. Il finira bien par accepter mon besoin de le câliner.

Je n'ai plus le cœur à sourire et me lève de table, l'appétit coupé. Je m'empare de mon assiette pour la recouvrir d'un film alimentaire. Je m'active alors que je me sens si vide d'un coup. Je ressens l'urgence de me glisser dans mon lit et d'oublier pendant quelques heures cette atroce réalité qui me colle comme une seconde peau nauséabonde. Et Matt n'est plus là pour me réconforter de la chaleur de ses bras. De son amour… Je vais prendre un somnifère pour m'abrutir !

Je perçois le raclement d'une chaise quand j'ouvre le frigo pour y poser mon repas. Dès que la porte se referme, les bras de ma mère s'enroulent autour de ma taille. J'enfouis mon nez dans son cou et respire son parfum qui me rappelle le temps du bonheur. À cet instant, je me sens en sécurité.

— Je serai toujours là pour toi, ma Lily, me susurre-t-elle en déposant un baiser sur ma joue.

Comme quand j'étais petite.

Chapitre 3

Deux jours que je repousse l'inévitable, mais aujourd'hui, je n'ai plus le choix. Je dois me rendre dans l'appart de Beth. Une bouffée d'anxiété et de peur m'assaille à l'idée de devoir affronter tout ce qui la représentait.Beth. Ma sœur. Ma confidente qui me connaissait mieux que moi-même. Ma farouche protectrice. Les larmes me submergent si vite que je ne parviens pas à endiguer le flot qui s'échappe et que j'essuie dans un geste devenu bien trop machinal.

Je marche jusqu'à la fenêtre de ma chambre et me perds dans la contemplation de la pluie. J'appuie mon front contre le carreau glacé, puis ferme les yeux. Je suis à fleur de peau, crevée et épuisée de vivre ces montagnes russes émotionnelles. Un moment, j'ai l'impression de mieux encaisser sa disparition et l'instant suivant, je suis ravagée par le chagrin. Le pire est de ressentir cette colère sourde contre elle de nous avoir abandonnés, avant que ce sentiment soit broyé par la honte. C'est injuste pour Beth. Elle se serait battue comme une lionne pour ne pas nous infliger sa perte. Et pourtant, c'est plus fort que moi, une partie de moi continue à lui en vouloir. J'ouvre les paupières avec la furieuse envie de me donner des baffes.

Je me déplace jusqu'à mon lit et m'y assieds. Il faut que je recouvre mon sang-froid pour appeler Josh. Et si je ne le fais pas maintenant, je serai incapable de le faire après… J'inspire une grande bouffée d'air et lance l'appel.

Les tonalités se succèdent jusqu'à ce que je tombe sur son répondeur. Je réitère l'opération trois fois de suite, mais sans succès. Je tapote le téléphone contre mon menton. Difficile de faire abstraction de cette culpabilité qui me tenaille de le savoir seul à tout gérer depuis mon départ. Une réflexion en amenant une autre, je pince mes lèvres d'appréhension en me remémorant la réaction de Matt hier quand je lui ai annoncé ma décision concernant Hunter.

— Tu me manques, m'avoue-t-il.

Son grain de voix intense fond en moi comme une caresse apaisante.

— Tu as prévu de rentrer quand ?

— Dans dix jours. Je dois aider maman à rendre l'appartement de Beth vide au propriétaire.

— Si vous avez besoin d'un coup de main, je peux m'organiser pour venir un jour ou deux vous aider.

Je souris à l'idée qu'il veuille s'investir pour nous, qu'il trouve du temps pour moi alors qu'il est déjà surchargé de travail.

— Merci, mais de ce côté-là on a déjà des bras pour nous aider.

— De ce côté-là ? Il y a autre chose ?

C'est le moment de lui annoncer ma décision. J'inspire à fond et me lance.

— J'ai l'intention de devenir la tutrice légale de Hunter.

Une tension palpable crépite dans l'air. Je mords ma lèvre jusqu'à ce que je rompe le silence oppressant entre nous.

— Matt ?

— Tu as l'intention ou ta décision est prise ?

— Elle est prise. J'ai rendez-vous demain avec une assistante sociale qui va m'aider dans toute la procédure à mettre en place. Je ne peux pas revenir à New York tant que je n'obtiens pas un accord, même provisoire, de quitter Atlanta avec Hunter.

Plus les secondes s'égrènent dans le silence et plus les battements de mon cœur résonnent jusqu'à mes oreilles dans un chaos désordonné.

— Je ne sais pas quoi te dire, m'avoue-t-il.

Son ton a perdu de sa chaleur. Il est dans l'incompréhension.

— Je sais, soufflé-je de frustration de lui annoncer ça par téléphone. C'est une décision lourde de responsabilités que j'ai prise.

— C'est clair ! soupire-t-il comme si la nouvelle l'assommait. J'ai une réunion là, on se rappelle plus tard.

— Oui, bien sûr.

— Je t'embrasse.

Pas de je t'aime…

— Moi aussi, lui réponds-je avant qu'il raccroche.

Et depuis, il m'a envoyé des messages. Il s'inquiète pour moi, je le sens, mais rien en réponse à mon annonce. Il est loin d'être prêt à avoir un enfant dans sa vie et un mauvais pressentiment m'envahit. Je secoue la tête pour chasser cet élan de panique. J'ai la tête polluée par trop d'émotions négatives pour le moment et ça ne m'aide pas à être optimiste dans mon analyse. Je dois lui laisser le temps de digérer la nouvelle et me laisser le temps de remettre de l'ordre dans ma vie. Impossible d'être sur tous les fronts en même temps. Je regarde l'écran de mon téléphone devenu noir. Josh doit être occupé. Je le rappellerai plus tard, et maintenant… je ne peux plus reculer. Il est l'heure de rejoindre maman !

Je me lève au moment où la sonnerie de mon téléphone retentit. Un coup d'œil sur l'écran me confirme que c'est bien mon ami. J'accepte l'appel.

— Salut, mon poussin ! le salué-je.

— Je vais laisser couler, soupire Josh dans une intonation écœurée.

Je glousse même si c'est un peu rouillé.

Il m'avait manqué !

Concentrée sur l'enterrement, je n'avais pas encore pris la peine de le joindre. Je ne lui aurais pas été d'une grande aide pour être honnête, et j'avoue que ça m'arrangeait bien.

— Comment tu vas ? s'enquiert-il.

— Compliqué. Et toi, tu t'en sors ?

— Hé, s'indigne-t-il. T'as choisi le meilleur associé de New York !

— Pardon, pouffé-je. Donc rien à signaler ?

— Tu me manques. Ce n'est pas la même chose sans toi.

J'imagine !

— Je suis désolée de t'avoir abandonné en plein rush avec un agenda si rempli…

— T'as fini ?! me gronde-t-il en me coupant la parole. C'est mon amie qui me manque. Pas mon associée.

Mon cœur fond de tendresse. Je touche mes lèvres et me rends compte que je souris.

— Je prévois de rester une semaine de plus, lui avoué-je sans filtre.

— Prends le temps qu'il te faut, mais je préfère t'avouer que le nettoyage et moi, ça fait deux !

Ça, je suis bien placée pour le savoir !

— Ne me dis pas que tu laisses le boxon derrière toi ?! le supplié-je en faisant les cent pas.

— Pas avec Javier comme second. Il râle beaucoup, d'ailleurs. Mais je sais ce que je dois faire pour me faire pardonner.

Son ton taquin déclenche mon amusement.

— Je te fais confiance.

J'inspire à fond pour me donner le courage de lui annoncer la nouvelle.

— Je ne rentrerai pas seule à New York.

— Euh… Tu viens de me perdre là. Tu m'expliques ?

— Je vais devenir la tutrice légale de Hunter. Ce n'est pas le genre de chose qu'on avait en tête lors de notre association, mais le destin en a décidé autrement.

Ma révélation est accueillie par le silence. Je grimace, sachant que la nouvelle est une complication dont il se serait bien passé.

— Je n'en saisis peut-être pas toutes les implications, m'avoue-t-il comme s'il était en pleine réflexion. Mais on forme une équipe, et on est sacrément bons ensemble.

Avoir un ami qui a le cœur sur la main, ça n'a pas de prix.

— C'est vrai ! réponds-je, la voix étranglée par l'émotion.

— Ça risque de merder quelques fois, mais il n'y a pas de raison qu'on n'assure pas.

Il ne se rend peut-être pas compte de la portée de ses mots, mais ils viennent télescoper mon cœur jusqu'à le faire exploser de reconnaissance. Suite à un accès de sensibilité, j'essuie du bout des doigts les larmes qui coulent sur mes pommettes.

— C'est sûr.

— Je dois te laisser, me déclare-t-il après avoir entendu un bruit de fond plutôt animé.

— OK… Josh.

— Oui ?

— Je t'adore.

— Oh putain, les bonnes femmes, je vous jure !

Il me raccroche au nez et mon sourire se transforme en gloussement lorsque je reçois son message.

De Josh :
[Moi aussi.]

Notre échange m'a donné la motivation dont j'avais besoin pour me confronter aux souvenirs de Beth. Cet élan de courage que je redoute autant que le désir obsessionnel de baigner dans l'intimité de ma sœur. Sentir chacun de ses objets sous mes doigts. Humer ses vêtements. Reconnaître des affaires qui me feront voyager pendant quelques minutes dans le passé… Les jours heureux.

***

C'est horrible !

Plus on approche, plus je suffoque.

Je suis morte de trouille.

La nausée me tord le ventre quand maman se gare devant l'immeuble. Je baisse la tête sur mes cuisses.

C'est trop dur… Je ne vais pas y arriver. Sa main enveloppe la mienne que je presse pour m'insuffler son réconfort et pour me donner le courage d'avancer.

Maman sort en premier et le claquement de sa portière m'enjoint à me bouger les fesses. Je m'extirpe du véhicule, rivant mon regard à la fenêtre de l'appartement de Beth. Des flashs aveuglants me font perdre le sens de la réalité. Je la vois, belle et lumineuse, avec sa chevelure de feu et son éternel sourire de tendresse aux lèvres.

Ma Lily, ne bouge pas, j'arrive ! m'interpelle sa voix.

Je ne bouge plus. Je ferme les paupières et imagine que dans mes rêves les plus fous, je la vois sortir par la porte de son immeuble. Elle court à ma rencontre pour m'envelopper de ses bras avec autant d'amour que d'enthousiasme. Mon Dieu, j'ai la sensation de la sentir à nouveau. Elle. Son contact. Sa chaleur. Son odeur et la pression de son étreinte. *C'est trop bon !* Mes lèvres s'animent et je murmure face à sa silhouette si réaliste :

— Ne me quitte plus jamais…

Ne m'en veux pas, me chuchote-t-elle.

Elle est là, c'est tout ce qui m'importe. Face à son sourire attendri et radieux, je n'ose plus ouvrir les yeux. Je ne veux pas qu'elle s'en aille. Qu'elle disparaisse. Encore.

— Julia !

J'entends de loin ma mère qui me hèle, mais je l'ignore. Je m'accroche aux dernières bribes de mon bonheur éphémère, mais son insistance me ramène à la réalité.

Beth a disparu.

Encore une fois.

Ce maelström d'émotions qui m'assaillent m'empêche d'avancer. Maman enlace nos doigts.

— Il le faut, crois-moi. À la mort de votre père. Beth et toi étiez ma seule préoccupation. Je devais me montrer forte et j'ai préféré occulter mon chagrin. Le reléguant au second plan.

— Tu as été incroyable, maman.

— J'ai tout fait pour, réplique-t-elle suite à ma confidence. Mais…

Elle me sourit et accentue la pression de ses doigts.

— Je me suis interdit pendant trop longtemps d'éprouver la perte de l'homme que j'aimais.

— Maman…

Elle secoue la tête pour me signifier de la laisser continuer.

— Ce que je veux te dire, c'est qu'il m'a fallu beaucoup de temps pour accepter la disparition de ton père, et encore plus pour m'en remettre. Je ne veux pas que tu vives la même chose. Tu dois y faire face, et le plus tôt sera le mieux !

On se dévisage et je lui souris en signe d'assentiment. Ma main autour de son bras, je me laisse guider vers l'entrée de l'immeuble. Nous répondons brièvement aux voisins de Beth qui expriment leurs condoléances, puis nous rejoignons l'ascenseur. Dès que les portes s'ouvrent, nous nous engouffrons à l'intérieur avec cette drôle d'impression de manquer d'oxygène. Je pousse sur le bouton du troisième étage tout en étant submergée par le souvenir de ma sœur sur le point d'accoucher.

— Inspire, Beth ! lui intimé-je en imitant la sage-femme.

— C'est ce que je fais ! Arrrrgh ! hurle-t-elle de douleur. Une autre ARRIIIIVE !

Elle est en train de me broyer le bras suite à une nouvelle contraction. J'appuie plusieurs fois sur la fermeture des portes de l'ascenseur et sens l'angoisse prendre possession de chaque fibre de mon corps.

— Ça fait trop mal !

— Ne pousse pas !

— Hunter n'est pas d'accord avec toi ! Il veut. Arrrgh ! SORTIIIR !

L'hôpital est à dix kilomètres.

— Pas maintenant ! Souffle, Beth. Fais comme moi.

Comme j'ai assisté à tous les cours, je lui donne le rythme en inspirant à fond. Malgré la douleur, elle se calque sur ma respiration, le visage ruisselant de sueur.

— Comme ça. Oui… C'est bien. Expire lentement, maintenant.

Ses ongles s'enfoncent dans ma peau et elle se laisse tomber sur moi comme si j'étais sa bouée de sauvetage. J'ai envie de hurler ma peur. Mon angoisse.

— Fais quelque chose ! J'en peux plus, me confie-t-elle à bout de souffle.

— Tu aurais dû m'appeler plus tôt, paniqué-je. Pourquoi avoir attendu des heures ?!

— Je pensais que c'était une…

Elle contracte la mâchoire et respire coup sur coup jusqu'à ce qu'une expression apaisée détende les traits de son visage.

— Fausse alerte.

— On peut aller chercher Carter au premier. Il pourra te porter, lui suggéré-je.

— Nooon !… Pas lui.

Elle inspire profondément pour reprendre contenance.

— T'as vu ma tronche. Je vais lui foutre la peur de sa vie ! Aucune chance qu'il veuille de moi après.

On se dévisage et notre hilarité retentit dans la cabine avant que les portes de l'ascenseur s'ouvrent.

— Oh non, murmure-t-elle. Je suis maudite.

C'est plus fort que moi, mon rire redouble d'intensité quand Carter demande d'un ton alarmé :

— Besoin d'aide ?

Dans un geste machinal, je me frotte le bras et ressens encore la douleur alors que mes lèvres esquissent un sourire nostalgique. Je perçois le tintement de l'ascenseur et suis ma mère en jetant un œil par-dessus mon épaule, juste avant que les portes se referment. J'ai le désir de la voir encore se cramponner à moi comme si j'étais son roc. Son pilier. Mais rien, je l'ai perdue – encore une fois. Je finis par me cogner contre le corps de ma mère, occupée à insérer la clé dans la serrure de l'appartement de Beth.

— Pardon.

Elle doit se rendre compte de mon air désorienté, et me répond par un sourire entendu. Mon pouls s'affole et bat frénétiquement dans mes tempes. Je reste là, impuissante, à l'observer ouvrir le battant et s'engouffrer à l'intérieur sans une once d'hésitation. En même temps, elle est habituée depuis qu'elle récupère régulièrement les affaires de Hunter… Gouvernée par la lâcheté, je ne me suis jamais proposé de l'aider. Debout, incapable de faire un pas, mon regard pivote de nouveau vers l'ascenseur et un autre flash m'assaille. C'est comme si c'était hier…

Je sors de la cabine lorsque je découvre Beth sur le seuil de son appart. Elle y installe des ballons de couleurs différentes et tourne son visage souriant vers moi.

— Ah ! Voilà la retardataire ! me gronde-t-elle avec son sempiternel sourire aux lèvres.

— Je me suis perdue ! Je ne trouvais pas la fameuse porte avec des ballons accrochés dessus, la charrié-je.

Elle secoue la tête d'amusement.

— Oh, ça va ! J'ai oublié. Ça arrive même aux meilleurs parents !

Mon cadeau sous le bras pour les trois ans de mon filleul, je presse le pas pour lui donner un bisou sur la joue.

— Nash n'est pas avec toi ?

— Non. Il était occupé, éludé-je.

Il a décidé à la dernière minute de ne plus m'accompagner. Ça s'est terminé par une dispute et un claquement de porte de ma part.

Elle m'inspecte et son regard s'assombrit sous le coup de la contrariété. Ses pouces caressent mes cernes.

— Qu'est-ce qu'il a encore fait ?!… Après l'anniversaire, tu vas tout me raconter. Mais sache déjà que je me porte volontaire pour dégager ce connard de ta vie par…

Je pose mon index sur sa bouche pour éviter d'attirer des oreilles indiscrètes ou Hunter, qui adore répéter les gros mots. D'ailleurs, en parlant du petit loup, il pointe le bout de son nez en hurlant :

— MA'AINE !

Je m'accroupis pour le prendre dans mes bras libres et l'embrasse.

— Bon anniversaire, mon trésor.

Beth glisse sa main autour de mon cou et referme la porte sur cet instant du bonheur passé.

Chapitre 4

♫ *My Immortal*
Evanescence ♫

Recouvrant mes esprits, je prends conscience que je me tiens devant l'entrée de son salon. Une fragrance de pluie et d'arôme fleuri pénètre mes narines. *Beth*… Je souris à l'idée que je me suis toujours sentie ici comme chez moi. Son foyer a toujours été synonyme d'un trop-plein d'amour. Je m'assieds sur le canapé où apparaît le tricot d'une couverture en pleine réalisation, les aiguilles encore plantées dans la pelote de laine. J'observe l'environnement qui m'entoure. Des jouets de Hunter éparpillés aux quatre coins de la pièce aux différents livres sur les bébés, ouverts sur la grande table où trône un verre d'eau à moitié rempli. Tout semble à l'arrêt dans l'attente que la vie reprenne ses droits, que l'histoire de cette couverture aboutisse et qu'elle trouve son utilité sur le petit corps de ma nièce.Un étau de douleur comprime ma poitrine, expulsant tout l'air de mes poumons. Je me saisis de la pelote de laine, retire les aiguilles pour la humer. Un geste que j'interromps quand mes yeux se rivent au cadre photo de Beth et de Hunter sur la table basse, riant aux éclats. Je me penche pour m'en emparer et le presse contre moi. Une fois en main, un hoquet de désespoir s'échappe d'entre mes lèvres.

Percevant du bruit à plusieurs reprises, je m'engage dans le couloir, le cadre toujours entre mes doigts, et découvre maman dans la chambre de mon filleul, occupée à vider le tiroir à vêtements. Je sors mon téléphone de ma poche et prends plusieurs photos, puis filme la pièce comme me l'a demandé Abby pour lui donner des idées. Elle part demain pour New York et se chargera de la transformation de mon bureau en une chambre d'enfant. Je ne pensais pas que Hunter serait si enthousiaste de partir vivre à New York. Je me suis trompée. Il veut fuir cette ville de malheur et me ressemble à bien des égards pour ça.

Est-ce que je serai à la hauteur pour lui ? Est-ce que je saurai le rendre heureux ?…

La main de maman enserre ma nuque avec beaucoup de tendresse.

— Tu t'es encore perdue dans tes pensées.

— Elle n'avait pas le droit de nous abandonner !

— Julia…

Soudain, l'énervement me gagne et je sens l'orage gronder en moi. J'arpente la pièce en ouvrant sèchement les tiroirs, les portes des armoires et le coffre à jouets sans toutefois savoir ce que je cherche. Quelles sont les préférences de mon filleul ?… *Je n'en sais foutrement rien !*

— Qu'est-ce que je dois prendre ?

J'observe son lit, noyé sous une montagne de peluches, et ai l'impression de perdre pied.

— Je ne pourrai jamais tout emporter !

— Julia !

Je la dévisage.

— Je m'en occupe. Va voir dans la chambre de ta sœur. Dans sa commode, tu trouveras ses albums photo et les assurances auxquelles elle avait souscrit, dont son assurance-vie. Tout est dans le dossier vert.

Sa vie se résume maintenant à un foutu dossier…

J'opine d'un signe de tête tout en fourrant mon téléphone dans la poche de mon jean, le cadre toujours en main, et rejoins l'antre de Beth. Le grincement de la porte fait écho à mes pensées chaotiques et à ma gorge nouée par l'émotion. Je pénètre son intimité. Je suis assaillie par son odeur, par ses vêtements éparpillés sur le sol. Un timide sourire se dessine sur mes lèvres. On se ressemble pour ça. La vision de son lit perpétuellement défait, aussi. Mais mon sourire meurt dès que j'aperçois le berceau rose qui trône au milieu de la pièce et qui me nargue de son silence morbide. Je frotte mes yeux humides et m'avance jusqu'à la commode mauve. Je passe mes doigts sur la surface, en une caresse nostalgique, dépose le cadre photo dessus, puis ouvre le tiroir du haut. Je découvre une pile d'albums photo dont je m'empare et parcours de mes prunelles avides chaque cliché. Il y a tellement de souvenirs heureux que j'oscille entre le sourire, les pleurs, le rire étranglé et les reniflements peu gracieux. Il y a même une boîte en métal avec le nom de Hunter inscrit dessus. Je l'ouvre et tombe sur les premiers objets de sa vie : une tétine, un doudou, une empreinte de sa main, un minuscule bonnet. Mes lèvres s'étirent de bonheur à ce souvenir. C'est celui qu'il portait juste après l'accouchement. Il tient au creux de ma main. Je le caresse, ainsi que le bracelet de naissance de l'hôpital. Tout me paraît si petit ! Pour confirmer mon impression, je trouve un polaroïd de mon filleul qui venait de naître dans les bras de Beth. Je pose mes lèvres dessus pour les embrasser, puis referme la boîte à souvenirs.

J’attrape enfin le dossier vert et le feuillette. Son assurance-vie est en ordre et je réalise que Hunter est à l’abri du besoin. En inspectant la liasse de papiers, je tombe sur plusieurs enveloppes à l’attention de son fils, dont une pour ses vingt-et-un ans. *Elle a vraiment pensé à tout !*… Rien d’étonnant, Beth a toujours eu la tête sur les épaules malgré ses envies fantasques. Rien n’était laissé au hasard. Surtout depuis qu’elle avait pris la décision d’être mère célibataire. Mes doigts s’arrêtent net sur une enveloppe où mon prénom apparaît. Mue par la curiosité, je l’ouvre et déplie le papier en remarquant qu’elle est datée de plus d’un an.

« Ma Lily,

J’inspire profondément pour me donner le courage de continuer ma lecture sans m’effondrer.

Si tu lis ces mots, c’est que je ne suis plus de ce monde et rien ne me rend plus triste de vous avoir quittés et d’être responsable de votre chagrin. Mais je suis certaine que le temps fera son œuvre et qu’un jour, vous penserez à moi avec beaucoup de tendresse et d’amusement. En attendant, tu es bien plus forte et courageuse que tu ne le crois. Et ne lève pas les yeux au ciel !

C’est exactement ce que je m’apprêtais à faire. Des larmes me brûlent les paupières, ce qui ne m’empêche pas de poursuivre ma lecture.

Tu as pris la décision de partir à New York quand tout allait mal pour toi ici à Atlanta. De refaire ta vie dans une grande ville sans filet de sécurité. Là où toi, tu as vu une fuite et une attitude lâche de ta part, moi, j'y ai vu une persévérance et une volonté à toute épreuve. Tu as eu peur à plusieurs reprises, c'est vrai ! Mais tu as sauté dans le vide en te fiant à ta détermination. Là où moi j'aurais été trop lâche justement, pour quitter mon confort et mes habitudes. Tu as cette faculté de t'adapter en toute circonstance et je t'admire tant pour cela. Tu dois te demander pourquoi je te confie tout ça, alors laisse-moi te dire que je suis si fière de toi et de la magnifique femme que tu es devenue.

Un jour, tu m'as fait cette promesse de t'occuper de mon p'tit amour s'il devait m'arriver quelque chose. Je sais que ta décision n'était pas dans le but de me faire plaisir ou pour me rassurer, car tu te doutes bien que je ne t'aurais jamais laissé une telle responsabilité. Tu as pris ta décision par amour, dictée par un besoin farouche de protéger les personnes que tu aimes. Je te connais certainement mieux que tu te connais toi-même et je peux t'assurer que tu es pour moi la personne la plus généreuse et loyale dans ce monde pour t'occuper de mon fils.

À ces mots, mon corps éclate en mille morceaux. Elle n'éprouvait aucun doute sur ma capacité à prendre soin de Hunter. Face à sa conviction devenue réalité, je laisse libre cours à mon chagrin et pleure jusqu'à ce que je me sente capable de reprendre ma lecture.

J'ai écrit cette lettre dans le but de te réconforter si je venais à disparaître. Je sais à quel point tu peux aussi douter de toi alors que moi, j'ai toute confiance en toi ! Je peux partir l'esprit tranquille, maintenant.

Hé, je suis encore là ! Tu me connais assez pour savoir que j'angoisse vite si je n'anticipe pas le pire. Mais je te rassure, j'en ai fini avec le côté drama, et compte sur moi pour t'envoyer cette lettre dans quelques années, toujours de ce monde ou pas. Quand tu seras enceinte et que tu te poseras la question si tu seras une aussi bonne maman que la nôtre ? Oui, parce que je te connais, tu vas te la poser ! Et ma lettre sera la preuve que je n'en ai jamais douté.

Je pouffe. Elle a raison, bien sûr.

J'ai tellement hâte d'être tatie ou marraine ! De voir nos enfants grandir ensemble. Eh bien oui, pourquoi je ne m'installerais pas à New York après tout ?! En écrivant ces lignes, j'imagine ta joie si je t'annonçais la nouvelle. On a encore de nombreux moments inoubliables à passer ensemble, ma Lily.

Une explosion de douleur se répand dans ma poitrine. *Non, on n'aura plus jamais de beaux moments à vivre ensemble…*

Je t'aime du plus profond de mon cœur.

Pour toujours.

Ton attachiante de sœur. »

C'en est trop ! Je froisse la lettre entre mes mains et la laisse tomber à terre. Des émotions contradictoires s'entrechoquent dans ma tête, focalisée sur ses mots qui tournent en boucle :

« Je peux partir l'esprit tranquille, maintenant ! »

Une colère sourde se déverse dans mes veines. Je me réfugie dans la cuisine et attrape un verre dans le placard que je remplis d'eau fraîche. Je le siphonne d'une traite et ferme les yeux pour calmer cette tempête qui fait rage en moi. Mes mains tremblent de plus en plus violemment et ma vue se brouille de larmes. *Non ! Tu ne peux pas partir tranquillement ! Oh ça, non !!!*

Soudain, je hurle toute ma colère et balance avec l'énergie du désespoir le verre à travers la pièce. Il s'écrase contre le mur et explose dans un bruit assourdissant avant de se répandre en une multitude de tessons sur le sol.

Ça ne me calme pas pour autant !

Je balaye d'un revers de la main tout ce qui trône sur le plan de travail. Le vacarme engendré provoque mon cri de rage enfoui depuis des jours et qui alimente ma folie dévastatrice de l'instant. Je déverse un flot de paroles libératrices.

— JE TE DÉTESTE ! Tu m'entends ! Tu n'avais pas le droit de nous abandonner !

J'abats mon poing sur l'îlot central en fixant le plafond.

— On va devenir quoi sans toi ?

Face au silence qui me nargue, la colère galope de plus belle dans mes veines. J'ouvre une porte où est rangée une pile d'assiettes. J'en attrape quelques-unes.

— J'EN AI RIEN À FOUTRE DE TA LETTRE ! JE VEUX QUE TU REVIENNES ! TU COMPRENDS ÇA ?! hurlé-je jusqu'à me briser la voix. NOUS, ON NE SERA JAMAIS EN PAIX SANS TOI !

Dans un geste désordonné, je les catapulte dans la pièce. Le chaos retentissant sonne le désastre. La souffrance explose dans ma poitrine. Je suffoque. Ma gorge et mes yeux me brûlent jusqu'à ce que mes cris se transforment en de violents sanglots.

Des bras m'enlacent avec une infinie tendresse. Maman, comme toujours. Son étreinte me ramène avec douceur sur la terre ferme. Je cligne plusieurs fois des cils et lui avoue :

— Je la déteste.

— J'ai plutôt compris que tu l'adorais, me répond-elle en souriant.

Je suis encore trop chamboulée pour tenter de lui rendre son sourire.

— Je lui en veux tellement… C'est injuste pour Beth. Elle ne méritait pas ça.

Elle me caresse la tête, les cheveux, et presse ses lèvres contre ma joue.

— Ne t'en veux surtout pas, mon bébé. C'était un mal nécessaire.

— Comment fais-tu pour rester si calme ?

— Je le fais pour Hunter et pour toi. Mais je finirai par craquer, ce n'est qu'une question de temps.

Les mains nouées autour de sa taille, je la serre fort à défaut de trouver les bons mots.

— À l'époque, j'ai aussi fait ma crise pour ton père. Il n'y avait plus aucun de ses vêtements en état d'être porté dans la garde-robe.

— Les absents ont toujours tort ! la charrié-je comme l'aurait fait ma sœur.

— Julia ! s'indigne-t-elle tout en riant.

Je regarde le désastre qui s'étend à nos pieds.

— Elle me manque tellement. Ça va être si compliqué de continuer sans elle.

— Chaque chose en son temps. Tu as donc trouvé sa lettre.

Au ton de sa voix, je réalise que ce n'était pas une question.

— Tu étais au courant ?

— Elle m'en avait parlé. Ta sœur est une des personnes les plus prévoyantes que je connaisse.

Était, songé-je par réflexe. J'acquiesce d'un signe de tête. C'est vrai. Elle pense et planifie tout avant de s'engager. Même quand elle donne l'impression que c'est irréfléchi. Je n'aurais pas dû douter d'elle quand elle est tombée enceinte pour la deuxième fois. J'ai fait parler mes craintes alors que tout était sous contrôle. Si je pouvais revenir en arrière, j'agirais différemment et ferais en sorte que sa rupture d'anévrisme ne soit qu'un affreux cauchemar.

— Je suis d'accord avec Beth, tu seras une super maman de substitution.

Je lis toute la sincérité dans ses iris couleur miel dont la douceur m'enveloppe telle une caresse apaisante.

— Je l'espère.

Le sourire que je lui dédie lui confirme que je ferai tout pour être à la hauteur de leurs attentes. Elle prend mon visage dans ses mains pour déposer un baiser appuyé sur mon front.

— Je t'aime, mon bébé.

— Et moi, plus encore.

— Je vais continuer de trier les affaires de Hunter. Mais toi, tu es priée de tout nettoyer !

Oh misère ! Je n'ai pas fait les choses à moitié. Je m'active à faire disparaître mon pétage de plombs tout en pensant à Matt. Je suis consciente de lui avoir imposé ma décision et de son besoin de temps pour l'accepter. Je soupire. C'est certain que la dynamique de notre couple va être chamboulée. C'est à moi de tout mettre en œuvre pour lui prouver qu'on peut être heureux à trois.

Chapitre 5

<u>*Point de vue de Matt*</u>

J'ai eu beau courir pendant une heure sur mon tapis de course ce matin pour me défouler et évacuer la tension qui m'habite depuis la révélation-choc de Julia hier, ce tiraillement est toujours tapi en moi. Elle veut devenir la tutrice légale de Hunter et entreprend des démarches pour l'officialiser. Ça, pour une nouvelle, c'est une *putain* de nouvelle !Je m'affale contre le dossier du fauteuil de mon bureau, les doigts croisés derrière ma nuque tout en fixant le plafond. Mes pensées se focalisent sur l'unique personne qui a bousculé mes habitudes bien rodées depuis des années. Je ne voyais pas l'intérêt d'être en couple à part des emmerdes et la liberté en moins. Julia m'a prouvé le contraire. Je ne me suis jamais senti obligé à quoi que ce soit avec elle. Tout s'est enchaîné si naturellement entre nous que je suis tombé amoureux d'elle sans m'en rendre compte et sans même lutter contre. J'aime tout ce qu'elle me fait éprouver, et ça a toujours été trop bon pour vouloir refouler mes sentiments. À quoi bon, d'ailleurs, quand j'ai compris qu'elle donnait un sens plus profond et si intense à ma vie ? Pour un joueur tel que moi, je suis vite devenu accro à cette sensation, désirant toujours plus avec elle. Au point que son absence se fait ressentir dans mon quotidien et joue sur mon impatience à la revoir. Mais là, ça vire à l'obsession. Je soupire. Maintenant, j'appréhende de l'avoir au téléphone ou de la retrouver… De *les* retrouver. Et, là, je me fais l'effet d'être un sacré enfoiré.

C'est sur cette réflexion que mon téléphone vibre sur mon bureau. Je décroche pour me changer les idées en mettant le haut-parleur, histoire d'avoir les mains libres.

— Rendall.

— Ah, enfin ! C'est pas trop tôt !

Je me doutais bien que Lilou et lui n'en resteraient pas là. Juste après l'appel de Julia, j'ai annulé l'invitation à dîner chez eux. Je ne leur ai fourni aucune explication ni répondu à aucun de leurs messages.

— C'est ma frangine qui t'envoie ?

— Tu es aux abonnés absents depuis hier soir, elle s'inquiète.

— Elle n'a pas assez à s'occuper de sa fille, le taclé-je.

Un instant de silence flotte entre nous.

— Tu joues à quoi *là* ?

Son ton abrupt me signale que j'ai atteint la limite, alors je ne résiste plus et me lâche en confidences.

— Julia revient à New York dans neuf jours.

— Oh ! se gausse-t-il. Tu nous tapes une petite déprime ?

Si seulement…

— Hunter vient vivre avec elle, annoncé-je, un goût amer en bouche.

Vu son silence prolongé, il est en pleine réflexion. Il me connaît assez pour savoir que cette nouvelle pue les embrouilles à plein nez. Enfin pour moi, surtout.

— Il n’a pas de père, c’est bien ça ?

— Non. Beth a eu recours à un don de sperme.

— Il a quel âge déjà ?

— Cinq ans.

— Bon sang ! se scandalise-t-il. Il est trop jeune pour être orphelin !

Je pose mon cul sur le coin du bureau. Je le pense aussi, mais je n’ai pas mené ma réflexion plus loin. Je n’ai pas anticipé un seul instant que Julia aurait l’impression de l’abandonner. Je l’ai seulement compris quand elle me l’a expliqué avec une farouche détermination. Et une part d’elle a aussi besoin de son filleul.

Que répondre à ça ?…

— Et toi, réplique-t-il d’un ton plus hésitant. T’en penses quoi ?

— Que c’est un véritable merdier. Il est devenu sa priorité.

Une flambée de culpabilité me ronge et me rend plus irritable d’avoir été incapable de la rassurer ou de la soutenir dans sa décision. Une décision lourde de conséquences qui impacte aussi notre vie de couple, et que je ne cautionne pas vraiment. Je me fais l’effet d’être un connard, mais la frustration couve en moi de devoir encaisser sans broncher, et ce sentiment d’impuissance me rend à cran.

— Le merdier, c’est qu’Hunter fasse bientôt partie de ton quotidien ? m’interroge-t-il sans jugement dans la voix.

Mes doigts se cramponnent à la table du bureau.

— Je ne sais pas vraiment ce que Julia attend de moi. Mais les responsabilités d’un enfant, très peu pour moi !

— Elle sait, Matt.

— Que je suis un enfoiré ! Sans aucun doute.

Il se marre.

— Plutôt que tu n'allais pas bien accueillir la nouvelle. Tu lui as répondu quoi ?

— Rien en particulier.

Ouais, j'aurais aimé, mais j'en étais incapable. La nouvelle venait de m'assommer.

— Alors sois honnête avec elle. Ne laisse pas empirer la situation.

— Ça ne risque pas de lui plaire.

— Elle est assez maligne pour s'en douter. Vous trouverez un compromis.

— J'en doute.

— Tu te la joues pessimiste, maintenant ?! s'étonne-t-il. Toi qui prends chaque obstacle pour un challenge à remporter.

Je me frotte le visage d'une main agitée. Dans n'importe quel domaine, sauf en amour apparemment. Cette constatation me flanque un nouveau coup au moral. Je ne me reconnais plus.

Les sentiments rendent aussi fort que faible, pensé-je avec amertume.

— Parce que ça n'avait rien de personnel.

— T'es prêt à la quitter ?

— Putain, non ! répliqué-je sans une once d'hésitation.

— Alors un compromis ne me paraît pas une mauvaise option pour commencer.

— Depuis quand t'es devenu si philosophe ?

J'attrape la bouteille d'eau sur mon bureau, en dévisse le bouchon et bois une longue gorgée.

— Depuis que je suis papa. Je n'ai jamais été aussi heureux.

— T'as choisi de l'être, toi. Ça doit certainement aider, riposté-je d'un ton condescendant.

— Tu ne voulais pas tomber amoureux, réplique-t-il de la même manière. Et pourtant !

— Je ne l'ai pas vraiment vu venir en fait.

— Et j'avoue que t'as plutôt bien géré.

— T'as l'air étonné ! m'esclaffé-je, fier de l'avoir bluffé. Pourquoi lutter quand une relation m'apporte une intensité jamais connue auparavant, et que j'y trouve un max de plaisir sans contraintes ? *Enfin, jusqu'à maintenant…*

— Il faudrait être dingue pour vouloir lutter contre, renchéris-je. Tu ne penses pas ?

Il éclate de rire.

— Je te retrouve bien là. Bon, conclusion : avoir une nana dans ta vie te réussit vraiment bien, je trouve.

C'est vrai ! Je n'ai jamais été aussi heureux avant le décès de Beth. Ce con parvient à m'arracher un sourire. Bon, pas si con que ça. Dans le fond, il a raison. J'ai toujours fonctionné par compromis avec Julia, et on a toujours trouvé notre équilibre.

— Bon, fini les pleurnicheries, rappelle ta sœur !

— Enfoiré ! rigolé-je.

— À ton service.

Il raccroche et emporte son rire avec lui. Je m'installe dans mon fauteuil et me refais le fil de notre discussion. *C'est un nouveau défi à relever, Evans. L'échec n'est pas une option !…* Il ne me reste plus qu'à m'en convaincre.

***

L'immeuble de Julia en vue, je gare le SUV que j'ai loué pour l'occasion. Trop de bagages pour ma

Camaro. Je l'observe dans le rétroviseur intérieur, Hunter toujours pressé contre son flanc.

Depuis leur arrivée sur le sol new-yorkais, il s'est accroché à sa marraine et n'a plus voulu quitter ses bras. C'est à peine s'il m'a salué. Je compatis. Ce bonhomme vient de perdre tous ses repères et a besoin de temps pour s'en créer de nouveaux. Là, pour l'instant, il est perdu. Depuis l'annonce de sa venue, j'ai pris assez de recul pour mettre mon ressenti de côté et être plus à l'écoute de Julia, la soutenir dans son deuil et dans sa démarche pour Hunter. Elle a d'ailleurs obtenu une autorisation officielle pour quitter Atlanta avec lui et, dans quelques semaines, elle deviendra sa tutrice légale.

J'ai éprouvé du respect pour sa décision et une pointe d'admiration aussi. Je me suis souvenu qu'à une époque, j'étais moi aussi très protecteur avec Lilou et que son bonheur passait avant tout. Quand je lui ai avoué, ses larmes se sont mises à couler. Elle était soulagée de m'entendre le lui confier. Elle avait besoin de moi, et j'ai merdé. Depuis, je me rattrape comme je peux. Ma patience a été récompensée lorsque je l'ai aperçue dans le hall de l'aéroport, elle a balayé tous mes doutes. L'amour est un puissant shoot aphrodisiaque. Je n'ai jamais rien ressenti de comparable.

Lorsqu'elle a confié Hunter à sa mère pour courir dans mes bras, j'avais l'impression de planer. D'être un putain d'homme heureux. Ce lien profond qui nous unit me procure la sensation de légèreté dont j'avais besoin. Et quand je l'ai embrassée… *Bordel, cette nana !* Je l'ai à fond dans la peau. Hors de question de ne pas nous donner toutes les chances !

Comme si tout était possible. Même lorsque Hunter nous a séparés pour se réfugier entre ses jambes.

Je cligne des yeux et son regard qui s'accroche au mien me sort de mes pensées. Je remarque l'appréhension qui assombrit les traits de son visage. Je lui décoche un clin d'œil de connivence. Elle y répond par un sourire timide.

— Allez-y, leur annoncé-je, je m'occupe des bagages.

— Je vais t'aider, m'informe Josy, assise à mes côtés.

— Je peux m'en charger seul.

— Ce n'était pas une proposition.

Je peux en effet lire toute la détermination dans son regard.

— Je n'insisterais pas si j'étais toi, pouffe Julia avant de sortir du véhicule, Hunter dans les bras.

— Prête à vous faire les muscles ? la taquiné-je.

Son rire s'échappe de l'habitacle quand j'en sors. J'ouvre le coffre lorsqu'elle me rejoint, puis agrippe mon poignet pour attirer mon attention.

— Comment vas-tu ?

— C'est plutôt à moi de te poser cette question.

— Je dirais que chaque jour qui passe est une victoire.

D'après Julia, ce petit bout de femme est d'une force surprenante. Elle est parvenue à canaliser son chagrin pour être un soutien inébranlable pour sa fille et son petit-fils. Sa présence ici me le prouve, d'ailleurs. Sa franchise me touche bien plus que je ne l'aurais pensé.

— Une sacrée victoire, oui.

Elle ébauche un sourire.

— Je peux me montrer honnête ?

J'acquiesce d'un signe de tête. C'est une valeur que j'ai toujours prônée, même si toutes les vérités ne sont pas bonnes à dire. Pour ma part, ça évite les malentendus et les non-dits à bien des égards.

— Hunter a développé un attachement très fort pour Julia. Elle le comprend comme si c'était son propre enfant.

Elle me sonde comme si elle voulait lire en moi. Je garde le silence, pigeant où elle veut en venir.

— Je dois retourner à Atlanta dans deux semaines. J'ai besoin de savoir si ma fille pourra compter sur toi ? m'interroge-t-elle en rompant le contact de sa main sur mon poignet.

— Je ne peux rien te promettre. Les gosses, ce n'est pas trop mon truc. Mais je suis bien trop amoureux de Julia pour ne pas tenter le coup.

— C'est un bon début, réplique-t-elle avec satisfaction. Accroche-toi ! L'amour est capable de faire des miracles.

— Il n'y a plus qu'à croiser les doigts, alors.

Ma confidence est accueillie par son éclat de rire. Elle a raison, mieux vaut en rire. Je lui souris et nous nous emparons de plusieurs valises dans un silence confortable.

La porte d'entrée laissée entrouverte, nous nous engouffrons à l'intérieur en déposant les bagages dans le hall. Nous retrouvons Julia et Abby en pleine discussion. Dès que cette dernière m'aperçoit, elle s'écrie :

— Matt ! Bienvenue dans ce joyeux bordel !

Je ne comprendrai jamais l'humour de cette femme et la salue d'un simple signe de tête.

— MA'AINE LILY ! hurle Hunter presque hystérique en déboulant dans la pièce comme un fou. Viens voi' ma chamb'e !

Sa joie illumine plusieurs visages. Il attrape sa main et la tire pour qu'elle avance plus vite.

Une fois arrivés à destination, Hunter monte sur le lit tout en s'écriant :

— J'ai le lit de *Flash McQueen* ! T'as vu, c'est t'ooop cool !

— Hunter ! Ne saute pas sur le lit. Tu vas finir par le casser ! lui ordonne Julia.

Il se laisse tomber en arrière en pouffant. Bon, au moins, il écoute. Je perçois une drôle d'odeur.

— Ça sent le brûlé, non ?

— Merde ! Les lasagnes ! déclare Abby en disparaissant telle une furie.

— Tatie Abby a dit un g'os mot ! Elle doit mett'e un dollar dans le bocaux.

— Le bocal, rectifie Julia, amusée. Tu peux aller lui dire.

Il descend du lit et court après elle.

— TATIE ABBYYYY ! Tu dois UN dollar !

— Je vais aller lui donner un coup de main en cuisine, nous informe Josy avant de disparaître à son tour.

L'épaule en appui contre le chambranle de la porte, j'inspecte la pièce, qui autrefois était son bureau. Une collection impressionnante de voitures miniatures trône sur les étagères. Des posters de dessins animés habillent les murs et même le bureau est à l'effigie de *Cars*. Si Julia avait accepté de vivre avec moi, c'est la piaule d'amis qui aurait dû être transformée en une d'enfant. J'ébroue mes pensées pour éviter de m'aventurer sur ce chemin-là.

— À part le lit qui est nouveau, me révèle Julia, la chambre est presque identique à celle de chez Beth. Il lui fallait un certain repère, alors voilà !

— C'est du bon boulot.

J'attrape sa nuque pour la presser contre moi. Son visage niché contre mon torse, elle me confie.

— J'ai peur de ne pas être à la hauteur.

— Tu as pourtant surmonté le plus difficile. Tu as été présente dès qu'il en a eu besoin. Alors, ne te sous-estime pas !

Son soupir est empreint d'une forme d'acceptation.

— Je ne peux pas te garantir que ce sera facile tous les jours, renchéris-je. Mais Hunter est entre de bonnes mains. Je n'ai aucun doute là-dessus.

Elle me couve d'un regard plein d'amour et de reconnaissance, puis empoigne une mèche de mes cheveux afin de rapprocher mes lèvres des siennes.

— J'ai besoin que tu me fasses tout oublier pendant quelques minutes, me déclare-t-elle d'une intonation aguicheuse.

Après deux longues semaines d'abstinence, quelques minutes ne me suffiront pas. J'ai envie de la ramener chez moi. Dans mon pieu. Toute la nuit. Elle perçoit mon hésitation et ajoute :

— Je ne veux pas que tu sois sage.

J'arque un sourcil narquois.

Dans ce cas !

— Ce n'était pas mon intention.

Je l'embrasse et me noie dans la chaleur de sa bouche jusqu'à en perdre haleine. Plus je la goûte et plus je bande comme un fou. Elle ne veut pas de mon côté gentleman, alors le désir me submerge et toute trace de douceur quitte mes pensées. Sa respiration courte et saccadée provoque un frisson de plaisir qui durcit instantanément ma queue. J'empoigne son cul rebondi que je malaxe comme un obsédé, et la cale contre le mur pour soulager la pression de mon érection. Sa main sous mon pull, ses griffes qui s'enfoncent dans mes pectoraux décuplent mon excitation. Combiné à ses lèvres gonflées et ses iris ambrés dilatés par le désir, je suis à deux doigts de la prendre ici, sauvagement.

— Dans la salle de bains. Tout. De. Suite ! lui ordonné-je d'une voix rocailleuse.

Elle ne se fait pas prier et sort en trombe de la pièce pour…

— Vous faites quoi ?

… être interrompus par Hunter.

— On doit aller dans la salle de bains, lui balancé-je pour qu'il nous lâche.

— Pou' faire quoi ?

Ça me démange de lui dire la vérité.

— Pour jouer au docteur.

— G'ANNY ! s'horrifie-t-il en regagnant la cuisine. MA'AINE LILY EST MALADE !

— C'est malin ! soupire Julia en pinçant les lèvres de contrariété.

— Quoi ? Qu'est-ce que j'ai dit ?!

— Tu lui as fait peur.

Je secoue la tête d'incompréhension.

— Il a peur que je meure comme sa mère… On n'aurait pas dû.

Elle se frotte le visage en proie à des émotions contradictoires, mais ses paroles m'accablent et je sens l'énervement me gagner.

— C'est toi qui m'as demandé de te faire oublier ta mer…

Je m'arrête juste à temps, mais le mal est fait. Elle écarquille les yeux, blessée, puis détourne ses prunelles larmoyantes en fronçant ses sourcils.

— Désolé. Je suis un vrai connard quand je m'y mets.

Elle pose son index sur ma bouche pour me faire taire.

— Je suis consciente de ne pas t'avoir ménagé. C'était vraiment compliqué à gérer à Atlanta.

— Je sais.

— C'est moi qui suis désolée de te faire subir tout ça. J'ai pris ma décision sans te consulter. J'aurais dû réagir autrement au lieu de tout t'imposer.

Heureux qu'elle le reconnaisse !

J'opine d'un signe de tête lorsqu'elle exhale un profond soupir et agrippe mon pull dans son poing.

— J'avais besoin de me rassurer. De voir que tu me désirais toujours autant et que rien n'a changé entre nous.

— Tu es malade, mon ange ? nous interrompt Josy, inquiète, Hunter dans ses bras.

— Non, maman, je vais bien, avoue-t-elle, un brin gênée. En fait… Je…

— Je me suis mal exprimé, expliqué-je à sa place en dévisageant Hunter. Désolé, bonhomme, je ne jouerai plus au docteur. Promis.

— D'accord, me répond-il avec gravité.

Josy réprime le rire qui taquine ses lèvres.

— Matt, je pense que ma fille n'est pas de ton avis, rétorque-t-elle en gloussant.

— Maman ! se scandalise Julia.

Elle récolte un grand sourire de ma part.

— Bon, on vous accorde encore dix minutes… pour le *diagnostic*. Après on passe à table !

Une fois qu'ils sont partis, elle marmonne, les joues en feu.

— Quelle honte…

C'est plus fort que moi, je laisse éclater mon hilarité qui provoque l'ébauche de son sourire. Ce moment de légèreté permet de faire redescendre la pression. C'est à mon tour de me montrer honnête avec une note optimiste dans la voix.

— Les gosses et moi, c'est plutôt mal embarqué. Mais je t'aime suffisamment pour vouloir que ça fonctionne.

Une lueur d'émotion brute anime son regard.

— Je te promets de ne plus rien t'imposer. Ce sera à ton rythme.

— J'y compte bien. Tant que Josy est là, tu pourrais passer quelques nuits chez moi.

— Je peux en effet l'envisager. Il va falloir qu'on en profite, car quand maman sera partie, j'aurai très peu de temps disponible.

J'arbore un sourire carnassier.

— Dans ton agenda bien chargé, tu penses que Katrina Sapavovitch pourrait reprendre du service ?

— Oh !… Mais quelle merveilleuse idée ! pouffe-t-elle. Malheureusement, ce ne sera plus à ton bureau.

— Non, là, elle s'est fait griller, rigolé-je.

— Elle te manque ?

— Tu n'as pas idée à quel point. Mais, là, j'ai trop envie de toi.

Je suis prêt à me satisfaire de tous ces instants volés. Mais en avisant sa moue en proie à l'hésitation, je comprends que ça tombe plutôt mal. Elle a fait un long voyage et sa famille est à quelques mètres… *Bordel !* Je lui attrape la main pour rejoindre les autres dans la cuisine. Je la préviens, les dents serrées :

— Tu me dois une pipe.

Elle glousse.

— Tu n'es pas très exigeant.

Je m'arrête pour la dévisager et suis à deux doigts de mettre à exécution mon fantasme.

— Provoque-moi encore une fois et…

— D'accord ! rit-elle en posant sa paume sur ma bouche. Je te promets de me rattraper la prochaine fois.

Sachant de quoi elle est capable, je retrouve le sourire. Notre complicité est toujours intacte, et c'est tout ce qui compte.

Chapitre 6

<u>*Point de vue de Julia*</u>

Bip bip bip bip…J'émerge des limbes du sommeil et pousse un long grognement de frustration. J'ai l'impression qu'un trente tonnes m'a percutée la veille et m'a privée du peu d'énergie qui subsistait en moi. Je me tourne sur le flanc, marmonnant une injure en sentant mes muscles endoloris et courbaturés se réveiller. Ma main tâtonne la table basse de mon salon à la recherche de mon foutu téléphone. Une fois la sonnerie éteinte, je m'étire de tout mon long jusqu'à ce qu'une odeur de café me chatouille les narines. Mon sourire s'agrandit, c'est devenu le rituel de maman chaque matin. Elle se lève à l'aube pour me chouchouter.

Je m'extirpe de mon vieux canapé tout déglingué – *il faudra vraiment que je pense à le changer !* – et la rejoins en cuisine. Je la remercie d'un gros câlin avant de lui dire en bâillant :

— Bonjour, maman.

— Bonjour mon ange.

Elle me tend une tasse fumante que je m'empresse de siroter tout en posant mes fesses sur le tabouret de l'îlot central.

Elle me dévisage avec gravité.

— Tu n’as pas très bonne mine.

— Mon canapé et moi, on n’est pas trop copains.

Mon sourire ne l’amadoue pas le moins du monde. Le timbre de sa voix transpire l’inquiétude.

— Je ne me sens pas rassurée de te laisser seule.

Un rappel à son départ en fin de journée pour Atlanta. Le coup porté est dur à encaisser et mon anxiété, elle, ne fait que croître. Je maudis déjà les milliers de kilomètres qui vont nous séparer. On est devenus si fusionnels tous les trois que je me demande comment on va se débrouiller sans elle. Mais hors de question d’alimenter ses craintes !

— Je récupère mon lit ce soir, je dormirai déjà bien mieux. Et pour le reste, tout est sous contrôle !

Je ne sais pas si c’est elle ou moi que j’essaye de rassurer, car l’organisation va être super compliquée à gérer sans elle.

— Tout est sous contrôle ? s’enquiert-elle d’un ton sceptique, une tasse à la main pour s’asseoir à mes côtés.

On ne berne pas une maman aussi facilement.

— L’essentiel, je dirais.

J’ai beaucoup bossé à la boutique pour rattraper mon retard. Josh s’investit plus qu’il ne devrait pour me permettre d’aller chercher Hunter tous les jours à l’école à 15 h 30. Jusque-là, c’est maman qui s’occupait de lui le matin pour l’amener à l’école et qui gérait les repas du soir… Ah oui, sans oublier son aide à la boutique. Elle avait besoin de se changer les idées et de ne pas rester seule derrière ces quatre murs. Comme elle a travaillé dans la boulangerie familiale pendant deux ans avant de reprendre son boulot d’infirmière, ce fut facile pour elle de se retrouver derrière le comptoir. Et Josh l’adore !

Avec maman, tout paraît plus facile. Plus évident. Mais sa vie est à Atlanta, elle me le répète assez souvent. Je ne sais pas comment elle va faire, seule avec tous ces souvenirs, sans que ça la bouffe. Mais apparemment elle en a besoin. Elle n'est pas prête à laisser Beth et papa derrière elle.

Quant à Hunter, il s'adapte plutôt bien à sa nouvelle vie. Même s'il est enclin à être taciturne en classe. Son travail parle pour lui et son institutrice dit que c'est un garçon intelligent et vif d'esprit.

— Comme Beth, marmonné-je à moi-même avant de poser mes lèvres contre la tasse.

— Quoi comme Beth ? s'enquiert maman d'un air confus.

— Oh, désolée, je pensais à ce que l'institutrice nous avait dit hier sur Hunter. Il est aussi malin que sa mère.

— C'est vrai, confirme-t-elle, un sourire dans la voix. Ça se passe bien mieux que nous l'imaginions.

J'acquiesce d'un signe de tête.

— Il s'est même fait un copain, renchéris-je.

— Et une amoureuse !

— Qui n'est pas à son goût !

On laisse libre cours à notre amusement en riant. Il a commencé ses séances chez une pédopsychiatre pour l'aider à surmonter ses blocages. Seuls le temps, la patience, l'écoute et le respect de son rythme lui permettront de faire son deuil. Alors on s'y attèle avec le maximum d'amour.

— Abby sera là pour t'épauler, ma chérie.

— Je sais.

Le prénom de Matt plane au-dessus de nos têtes comme un sujet délicat à évoquer. Il est présent, mange souvent avec nous, mais ne propose pas son aide. Il a besoin de temps, c'est encore trop tôt pour juger. Même si dans le fond, maman aurait été plus rassurée avant son départ de le voir s'impliquer dans nos vies. Je ne suis pas allée dormir chez lui une seule fois, je culpabilisais beaucoup trop de laisser maman tout gérer. Quant à Katrina, elle n'a pas encore repris du service… Je souffle. *Chaque chose en son temps !*

Mon attention se focalise sur l'horloge du micro-ondes.

Bon sang, il est déjà 4 h !

À la douche !

Je finis mon café d'une seule traite et me lève du tabouret.

— Retourne te coucher, maman. On se voit à 10 h à la boutique.

Elle opine du chef. Sachant que ce soir, elle ne sera plus là, j'en profite pour faire mon plein de câlins.

— Je t'aime.

— Et moi, plus encore, mon bébé.

***

J'ouvre les tiroirs du bureau à la recherche de mon carnet de commandes. Sans succès. Je suis pourtant certaine de l'avoir rangé ici.

Une nouvelle notification interrompt mon geste. Je m'empare de mon téléphone et découvre un nouveau message de madame Weaver. Depuis qu'elle a appris pour Beth, elle s'est fait un devoir d'organiser la soirée d'Halloween, prévue dans deux jours. Je suis soulagée qu'elle prenne cette sortie tant à cœur, car j'avoue n'avoir aucune volonté de célébrer cette fête que ma sœur se réjouissait de passer avec nous.

J'encaisse la vague de souffrance qui m'assaille et ravale mon chagrin. Si ça ne tenait qu'à moi, je n'irais pas, mais Hunter est impatient de découvrir les citrouilles illuminées dans Central Park et de se gaver de bonbons. Rien qu'à voir son visage rayonnant de bonheur, un élan de joie se déclenche en moi et j'espère que de là-haut, Beth ne loupera rien. J'envoie un message à madame Weaver pour la remercier.

Je pose mon téléphone sur le bureau et me dirige vers la grande armoire pour attraper un nouveau carnet en attendant de retomber sur l'ancien. En m'abaissant, je découvre, sur l'étagère du bas, des feuilles qui dépassent de plusieurs classeurs. Je fronce les sourcils en en ouvrant un et… *c'est un véritable boxon à l'intérieur !*

Josh qu'est-ce que t'as foutu, bon sang ?!

Je me redresse et, concentrée dans ma tâche de tout trier, je hoquette de surprise quand un bras enserre ma taille et que mon dos se cogne contre un torse. Pas besoin de me retourner pour savoir que c'est Matt. Tout sourire, je pivote sur mes talons pour lui faire face et noue mes mains autour de son cou.

— Quelle agréable surprise !

— Agréable ? grimace-t-il. Je suis certain que tu peux trouver mieux.

Il m'inflige de légères morsures dans le cou qui déclenchent mon gloussement. Je tente de me soustraire à son assaut, mais l'emprise de son corps sur le mien se fait de plus en plus possessive.

— Excitante, je voulais dire.

— Oh, mais tu n'as pas encore idée à quel point ! me susurre-t-il avec autorité.

Sa main se glisse sous mon chemisier et empoigne mon sein à travers la fine dentelle de mon soutien-gorge. Mon regard dérive vers la porte et une pointe d'inquiétude me traverse l'esprit. Comme s'il lisait en moi, il me confie d'une voix rocailleuse.

— Personne ne viendra nous déranger.

Ses doigts s'attardent sur la pointe durcie qu'il pince avec ardeur. Une onde de douleur se propage avec lubricité jusque dans mon bas-ventre. À la recherche de mon propre plaisir, j'oublie tout ce qui m'entoure et me concentre sur ce que mon corps réclame. Le soupir langoureux qui s'échappe de ma bouche l'encourage à continuer ses douces tortures.

— Tourne-toi, m'ordonne-t-il.

N'ayant aucun doute sur ce qui m'attend, je ne me fais pas prier. Pour me récompenser de mon obéissance, ses doigts se faufilent sous ma jupe, entre mes cuisses. Je halète et cambre mes fesses contre son érection. Ses lèvres butinent le lobe de mon oreille et chaque parcelle de mon corps s'enflamme.

— J'ai peu de temps, m'informe-t-il. Mais tu as confiance en moi ?

— M-mh.

— Je n'ai pas compris !

La pointe joueuse dans sa voix me donne l'idée de le provoquer.

— Oui, monsieur.

— Putain, grogne-t-il comme si j'avais libéré la bête en lui.

Il dénoue sa cravate et l'enroule autour de mes poignets, derrière mon dos. Il me soulève pour me porter jusqu'à mon bureau. D'un geste emporté, il balaye tout ce qui se trouve dessus et qui vole avec fracas sur le sol. Je devrais m'insurger face au temps que je vais passer à tout ranger ! Mais là tout de suite…

RIEN À FOUTRE !

Seul compte le frisson d'anticipation qui hérisse ma peau. À plat ventre, ma tête posée sur la surface en bois, Matt fait rouler mon tanga jusqu'à mes chevilles. Je sens l'air frais narguer mes fesses nues. Sa main flatte la cambrure de mes reins et je gigote. Je ne suis plus que sensation entre ses mains expertes. Je perçois le bruit de la fermeture Éclair de son pantalon qui s'ouvre alors que ses doigts frottent mon clitoris. L'impatience me gagne, un fourmillement d'excitation m'envahit pour s'épanouir sur ma peau.

— Tu veux jouir ?

J'opine de la tête pour toute réponse, puis grogne de frustration en constatant qu'il me taquine et joue avec mes nerfs. Je me tortille jusqu'à sentir sa main frapper sans douceur mes fesses. La brève douleur s'évanouit dans un tourbillon de plaisir quand il me pénètre aussitôt d'un puissant coup de reins. Ma respiration se coupe, suivie par de longs gémissements lorsqu'il entame d'intenses va-et-vient. Je cambre mon dos pour l'accueillir plus profondément en moi.

Je me mords les joues pour ne pas gémir et craque dès qu'il cajole de caresses circulaires mon clitoris, puis le pince avec fermeté. Il enroule ma queue-de-cheval dans son poing et tire ma tête en arrière. Sa bouche s'écrase sur la mienne pour faire taire ce feu d'artifice qui explose entre mes lèvres. La chaleur de son souffle mêlé au mien fait danser nos langues en un ballet entêtant. Je papillonne des yeux lorsqu'il met fin à notre baiser et ma protestation se meurt quand ses mains agrippent mes hanches. Un grognement sourd accompagne ses coups de reins qui redoublent de vigueur. Un orgasme ardent me prend par surprise. Je ferme les paupières, étourdie par la puissante déflagration qui se propage dans chaque fibre de mon corps, et accueille sa jouissance dans un dernier soubresaut de plaisir.

— Bordel, Julia, c'est trop bon !

— Je pensais exactement la même chose.

Je serais prête à tout pour ressentir encore et encore cet état de félicité, pour combler ce vide abyssal tapi en moi et qui me ronge à petit feu.

La joue toujours pressée contre la tablette du bureau, je souris de me sentir si détendue. Les poignets entravés, je me laisse guider par ses gestes pour enfiler mon tanga et me retrouve assise sur le bureau. Ses mains saisissent mon visage pour m'embrasser d'une ardeur renouvelée. Je tente de me défaire de mon lien afin de lui rendre toute sa passion, toute ma faim de lui jusqu'à ce que l'on soit interrompus par la sonnerie de son téléphone. Matt consulte son écran.

— Je dois y aller.

Il remonte la fermeture et boutonne son pantalon de costume.

— Matt…

Il me fait taire par un baiser.

— Je deviens fou. La prochaine fois, ne me fais plus attendre aussi longtemps.

Mes mains se tortillent pour se libérer de leur entrave.

— Ta cra…

Son regard pétille de malice et la fossette de son sourire disparaît lorsqu'il m'embrasse avec beaucoup de suavité pour me faire taire. Je me laisse complètement berner parce que j'aime trop ça. Et j'en redemande !

— À très vite ! m'interrompt-il, arrivé devant la porte.

Frappée de stupeur, je reste sans voix lorsqu'il l'ouvre et la claque derrière lui, me narguant avec sa fuite précipitée. Je cligne des cils d'un air interdit sur la tournure de ses adieux.

— À très vite ? murmuré-je du bout des lèvres. Qu'est-ce qu'il entend par là ?

Je secoue la tête pour chasser les dernières bribes d'incrédulité. Mes doigts tâtonnent et s'activent à défaire le nœud qui m'emprisonne. Heureusement pour moi, il ne l'a pas serré trop fort. Je grogne d'impatience jusqu'à parvenir à me libérer enfin. Je m'accroupis pour ramasser la cravate tombée à terre, et je fronce les sourcils en découvrant un papier plié et accroché à l'intérieur.

« Cadeau en prévision de ton prochain coup ! Cette fois-ci, on prendra tout notre temps. »

Je souris en pensant à Katrina Sapavovitch qui semble lui avoir laissé un souvenir impérissable.

On frappe à la porte.

— T'es présentable ? me questionne Josh.

— Oui, pouffé-je.

Dès qu'il pénètre dans la pièce, ses yeux inspectent le sol. Il éclate de rire, et j'avoue que le passage de Matt a foutu un *joyeux* bordel. Je suis fan de l'expression d'Abby !

Je m'accroupis pour ramasser les feuilles éparpillées.

— Ah, au fait, c'est quoi ce boxon dans les bons de commande fournisseur ?

Sa tête pivote vers l'armoire encore grande ouverte et le sourire qu'il arbore n'en finit pas.

— Tu te poses encore la question ? s'enquiert-il avec humour.

Dans un éclair de lucidité, les pièces du puzzle s'assemblent.

— Je ne veux rien savoir !

— C'est Javier qui a commencé ! Et tu sais comme je suis incapable de lui dire non.

— Josh ! m'indigné-je. Arrête !

Il se met à quatre pattes pour me filer un coup de main.

— Tu penses que j'ai encaissé ton absence comment ?

Je plaque la paume contre ma bouche, mais peine à masquer mon rire. On pose nos fesses par terre en libérant notre hilarité. La vie continue et je croque à pleines dents chaque moment qui me la rend plus douce.

Chapitre 7

♫ *Say Something*
Christina Aguilera ft. A Great Big World ♫

<u>*Point de vue de Matt*</u>

Je marche dans le couloir pour rejoindre mon bureau lorsque je reçois la notification d'un message. Je fixe l'écran de mon téléphone et le lis :

<u>**De Neal :**</u>
[J'aurai du retard pour notre rendez-vous.]

Quel rendez-vous ?…

Je consulte mon agenda et découvre qu'à seize heures, on a un entretien avec Abby pour l'aménagement de notre loft. On passe par sa boîte en toute confiance. Seulement, je suis certain d'avoir un meeting à cette heure-là. Je bascule sur le planning du boulot et… *Merde !* C'est une réunion avec le boss.

J'arrive devant ma secrétaire, occupée au téléphone, que je salue d'un signe de tête et passe le seuil de mon bureau. Une fois la porte fermée, j'appelle Neal et patiente jusqu'à ce qu'il décroche.

— Désolé mon pote, ça ne va pas être possible.

— Pas d'inquiétude, m'accueille-t-il. J'aurai dix minutes de retard.

— Non, c'est moi qui ne pourrai pas venir. Le boss veut me voir et a programmé une réunion dans mon agenda.

— Tu n'avais pas posé tes congés ?

Je grimace et avoue :

— J'ai zappé.

Il souffle sans pour autant m'en tenir rigueur.

— On ne peut pas se permettre d'annuler. Abby nous a assez prévenus que son planning était chargé en fin d'année. Et que si on tardait trop, on n'obtiendrait plus de rendez-vous avant des semaines.

C'est vrai ! Et nos délais seraient trop courts avant l'ouverture alors que les travaux de rénovation pour le loft ont pris moins de temps que prévu. Je soupire de contrariété en réalisant que j'ai encore merdé. Je ne sais pas comment s'y prend Neal pour être sur tous les fronts sans foirer ? Lui qui dort à peine six heures et tient à se lever pendant la nuit pour donner le biberon à Heaven. Il a besoin de cette connexion avec sa fille pour garder le moral. Il trouve qu'elle grandit trop vite – *alors, sur ce coup-là, tout est subjectif !* Et il ne veut rien rater de son évolution. Là où moi j'ai vu son rôle de père comme un problème pour notre association, lui en a fait une force.

— Je vais m'arranger avec elle.

— Abby gère déjà beaucoup de choses, m'avertit-il. Et elle n'est pas à notre disposition, mon vieux.

L'irritation le gagne et je ne peux même pas lui donner tort. Je m'assieds sur le coin de mon bureau et me frotte la mâchoire. Lilou l'adore, et elles communiquent assez souvent ensemble pour savoir qu'Abby dort trois fois par semaine chez Julia pour s'occuper de Hunter le matin et le conduire à l'école. Il a raison, c'est à moi de m'arranger.

— Je gère le rendez-vous, m'informe-t-il. C'est important pour qu'elle nous fasse passer en priorité. Au fait ! Tu lui as renvoyé son questionnaire sur tes préférences, au moins ?

Bon sang ! Ça m'est complètement sorti de la tête. Je ne sais pas vraiment ce que je veux comme déco. J'avais envie que Julia s'implique dans mon projet et m'aide à choisir parmi les propositions d'Abby. *Eh bien, ça sera sans elle !*

— Je vais lui envoyer.

Le silence s'invite dans la conversation.

— T'as oublié ! Mais qu'est-ce qu'il t'arrive, bon sang ?! s'enquiert-il, inquiet.

— Je voulais avoir l'avis de Julia. Mais pour l'instant, c'est compliqué pour se voir.

Pour l'instant… C'est un euphémisme, étant donné que ça dure depuis deux semaines. Depuis le départ de sa mère, il est presque mission impossible d'obtenir quelques minutes en tête à tête avec elle. Exception faite ce soir ! Il était urgent qu'on se retrouve ; on en avait tous les deux besoin. Elle qui est débordée et épuisée à devoir assumer toutes ses responsabilités tandis que j'investis quasiment tout mon temps libre pour créer tout notre réseau pour la boîte. Il faut nous faire connaître avant l'ouverture.

— À ce point-là ?

— Ouais. On ne partage plus grand-chose, lui confié-je, une note amère dans la voix. Et ça devient de plus en plus dur de la tenir dans mes bras en refoulant mon envie d'elle.

Je me redresse et me plante devant la vitre pour regarder d'un œil distrait ce qui se passe à l'extérieur. Elle a récupéré presque toutes ses affaires dans mon dressing, je n'ai même pas su trouver les mots pour l'en dissuader.

— Je n'arrive pas à m'investir dans cette vie à trois… Et si je m'implique, je risque de lui donner de faux espoirs.

— Comment ça ?

— Pour tout t'avouer, je n'en ai aucune envie. Donc si je m'investis avec Hunter, ce sera plus par obligation que par choix ou par plaisir. Ce qui fausserait la relation.

— C'est encore un peu tôt, non ? Il faut du temps pour qu'une routine s'installe.

— J'imagine.

— T'as besoin de décompresser, j'ai l'impression.

— T'as pas idée. Douze jours que je n'ai pas baisé.

— C'est… plutôt précis, réplique-t-il un sourire dans la voix.

— Je pourrais te donner l'heure tant qu'on y est.

Et je ne suis pas loin de la réalité !

— OK ! pouffe-t-il. Une soirée entre potes s'impose. T'es libre ce soir ?

— Et ta famille ?

Il pousse un soupir désabusé.

— Père et amoureux de ma femme ne signifient pas que je suis devenu insensible aux couilles bleues de mon pote !

Il est bien le seul à se marrer sur ce coup-là. En même temps, il connaît ma réputation. Et là, je bats un triste record. Jamais je n'ai vécu une telle frustration sexuelle.

— J'aimerais ne plus me prendre autant la tête. C'était si simple avant.

— Avant de tomber amoureux ?

— Yep.

— Peut-être, mais tu ne connaîtrais plus cette connexion intense.

Contrarié, je tapote mon poing contre la vitre. *Je sais bien…* Une connexion qui me rend bien trop accro apparemment.

— En même temps, je n'en désire aucune autre.

— Tu veux que je passe chez toi ? Je peux apporter mon whisky vingt ans d'âge.

Un cadeau de son père qu'il boit avec parcimonie pour le savourer le plus longtemps possible.

— Putain, ne me dis pas que je te fais pitié à ce point-là ! rigolé-je.

— Un peu quand même, se gausse-t-il, sinon je ne te l'aurais pas proposé.

Je rejoins mon fauteuil en riant.

— Dommage ! Je dois décliner. Ce soir, je vois enfin Julia. Je passerai vous voir samedi.

— Propose-leur de t'accompagner.

— Bonne idée !

— C'est ma femme qui va être contente.

— Elle n'est pas encore ta femme, le charrié-je.

— J'y travaille, mon vieux. Lilou a fini par capituler et j'ai réservé notre week-end dans le Montana, le 15 et 16 décembre. C'est important pour moi. Je veux que tout soit parfait pour ma demande en mariage.

— Vous êtes écœurants ! riposté-je, le sourire aux lèvres.

— De ta part, je prends ça comme un compliment. Tu es toujours partant pour garder Heaven ce week-end-là ? me questionne-t-il d'un ton plein d'espoir.

Je ne l'ai pas encore proposé à Julia, mais je sais qu'elle me suivra. Elle s'est prise d'affection pour ma filleule. Ce sera l'occasion parfaite pour nous retrouver tous les trois grâce à Heaven et de voir comment ça se passe. *C'est un bon pas en avant, je trouve !*

— Tu peux compter sur nous.

— Attends-toi à ce que ta sœur commence à te briefer sur toutes les habitudes de Heaven. Et là, je vais te demander de te montrer attentif. De ne surtout pas *foirer* !

Il a le mérite d'être cash, mais impossible que je lui en tienne rigueur. La dernière fois, c'est à peine si j'ai écouté Lilou avec son charabia de maman. Comme j'étais passablement irrité et frustré par la situation avec Julia, Heaven que je tenais dans mes bras s'est mise à pleurer. C'est encore petit, mais c'est capable de percer des tympans ! Et impossible de la calmer !

Je secoue la tête d'incrédulité. Comment étais-je censé savoir que les bébés ressentaient nos états d'âme ? *Je ne suis pas devin !*

— Tu peux compter sur moi.

— Parfait ! se réjouit-il. Ne le prends pas mal, mais Lilou sera rassurée d'apprendre qu'il y aura quatre oreilles à la place de deux pour l'écouter.

— C'est préférable, en effet… Eh bien, c'était sympa de discuter avec toi, je ne me suis jamais senti aussi minable.

— Tu sais, même les dieux ont leurs moments de faiblesse.

— Enfoiré !

Je coupe la communication en riant, l'esprit plus léger, et consulte un nouveau message reçu.

De Julia :

[Tu me manques. On passe bien la soirée ensemble ?]

Je m'empresse de lui répondre.

À Julia :
[Ose seulement me dire le contraire.]

Je vois les trois petits points apparaître.

De Julia :
[Apporte tes vêtements. Ce soir, tu dors chez moi.]

Elle éveille ma curiosité.

À Julia :
[Hunter ne dort plus avec toi ?]

De Julia :
[Je ne te promets rien ! Mais hier, il a dormi toute la nuit dans son lit. Ça se fête ! 😉]

À Julia :
[Oh oui. À ma façon 😉]

Je jette un coup d'œil vers le ciel. *Je ne sais pas qui là-haut a exaucé ma prière, mais putain, merci !*

***

Je frappe à la porte de chez Julia jusqu'à ce que la tête de Hunter apparaisse dans l'encadrement de la porte. Il finit par l'ouvrir en constatant avec trop de réserve à mon goût ma présence. D'ailleurs, son air renfrogné parle pour lui. Je décide de ne pas en prendre ombrage et me faufile à l'intérieur en frictionnant sa tête blonde.

— Salut, Microbe !

Il fronce les sourcils de mécontentement et accourt vers Julia.

— MA'AINE ! Matt a dit que j'étais un mic'obe !

Sur cette note de bonne humeur, je dépose mon bagage dans le couloir et les rejoins dans la cuisine. Occupée à enfourner un plat, Julia tourne son attention vers moi, un sourire aux lèvres. Un sourire que j'aimerais retrouver chaque jour. C'est dingue comme je suis dépendant de notre relation. Elle a enfilé un pull ample qui dénude son épaule et qui est un appel à mes lèvres. J'enroule mon bras autour de sa taille et dépose un baiser aux creux de son cou. Ses doigts glissent le long de ma nuque et tout s'emballe lorsque sa bouche cherche la mienne. Je me nourris de notre connexion retrouvée pour l'embrasser comme un affamé.

— Beurk ! C'est dégoûtant ! nous interrompt Hunter.

Julia rompt notre étreinte en éclatant de rire. Un son que je n'avais plus entendu depuis des semaines. Malgré la fatigue, les traits de son visage semblent plus détendus. Mes lèvres se rehaussent de satisfaction et je profite de ce moment de légèreté pour lui demander tout en zieutant le four.

— Tu as besoin d'un coup de main ?

— Non. Tout est prêt.

— C'est moi qui ai mis la table ! intervient Hunter en bâillant.

— C'est vrai ! lui répond-elle en souriant. Et maintenant au dodo !

Elle porte son attention sur moi tout en me caressant la joue.

— Enfin une soirée rien qu'à nous.

— Ce le sera encore plus quand on sera à poil dans ton pieu, lui susurré-je face à une oreille indiscrète. Tu n'imagines pas à quel point ça m'a manqué.

— À moi aussi.

Un voile de culpabilité assombrit ses iris et je regrette aussitôt mon élan de franchise. Mais… *Pourquoi je regrette en fait ?* J'ai l'impression de marcher sans arrêt sur des œufs.

— Je n'ai pas eu le temps de prendre une douche, éludé-je. Je peux utiliser ta salle de bains ?

— Mais oui ! Fais comme chez toi !

Je m'accroupis pour me mettre à la hauteur de Hunter et choisis mes mots.

— Microbe, c'est un terme super sympa pour dire que tu es petit… Mais plein de vie.

— J'aime pas, réplique-t-il, une moue boudeuse vissée aux lèvres.

— Pour l'instant, je n'ai pas mieux, lui asséné-je en l'embrassant sur le front. Bonne nuit, Microbe.

Mon sourire s'élargit alors que le sien devient espiègle.

— Bonne nuit, *Bat* !

Il file dans sa chambre, accompagné de mon rire et de celui de Julia.

Pourtant, la chauve-souris ne fait qu'une bouchée du Microbe, non ?

Je récupère mon sac de voyage et profite de passer à ses côtés pour lui peloter les fesses tout en l'embrassant sur la joue. Autant joindre l'utile à l'agréable !

Les cheveux encore humides, j'enfile une tenue décontractée et jette un coup d'œil dans la chambre de Hunter. Allongée sur le lit, Julia lui raconte une histoire. Quant à lui, il papillonne des yeux, les paupières lourdes de sommeil.

Je regagne la cuisine et constate que de nouvelles photos ont envahi le couloir. Toutes de Beth et de Hunter. Je secoue la tête, affligé par l'injustice qui l'a arrachée si tôt à la vie et à celle de sa famille. Perdu dans mes pensées, je marche sur un jouet miniature que j'écrase. Une figurine aux allures désarticulées, maintenant. D'un coup de pied, je l'éjecte sur le côté et jette un regard circulaire dans le salon. Et là, c'est un véritable champ de bataille. Des jouets sont éparpillés aux quatre coins de la pièce alors que la table basse est recouverte de papiers à dessin et de crayons de couleur en pagaille.

— Je n'ai pas encore eu le temps de ranger ! me surprend Julia.

— Sans blague ! la charrié-je. Comment tu fais pour vivre dans un tel bordel ?

Elle lève les yeux au ciel avant d'ouvrir le four.

— C'est une des particularités des enfants. Plus tu ranges derrière eux et plus c'est le boxon. Mais crois-moi, on s'y habitue vite !

— Pour quelqu'un d'aussi bordélique que toi, je veux bien le croire.

Elle secoue la tête en riant.

— Pas faux.

Je la rejoins et lui prends la spatule des mains.

— Va t'asseoir, je m'occupe de nous servir.

Elle me scrute avec une telle tendresse que je lui arrache un baiser au passage. Son visage s'illumine de joie ; notre tête-à-tête ne pouvait pas mieux débuter.

— J'ouvre la bouteille de vin ! chantonne-t-elle.

Chapitre 8

Je ne pensais pas avoir si faim ! Je me ressers une part du mac & cheese tandis que Julia sirote son verre de vin. Un pinot noir de l'Oregon. Une bouteille que j'avais apportée quand Beth était encore de ce monde et que l'on n'avait pas pris le temps d'ouvrir, bien trop impatients de s'envoyer en l'air à la première occasion.— C'est délicieux ! déclaré-je pour m'extraire de mes pensées.

— Oh, mais je n'y suis pas pour grand-chose ! me répond-elle en bâillant ouvertement. Pardon. Il faut remercier le traiteur du coin. Je t'avoue que je n'ai plus le temps de cuisiner.

Je me cale contre l'assise de ma chaise, puis m'empare de mon verre de vin.

— J'essaye de ne pas me sentir coupable, reprend-elle.

— Ne le sois pas. C'est parfait comme ça.

Elle me dédie un sourire plein de reconnaissance.

— C'est épuisant de tenter de tout gérer en même temps… J'ai l'impression de ne pas être suffisamment présente pour Hunter.

— Tu te débrouilles pourtant très bien, lui affirmé-je en dessinant de petits cercles sur sa main. Hunter paraît en forme.

— Ça dépend des moments. Il a encore de grosses crises de pleurs, mais dans l'ensemble il se montre courageux.

— C'est parce qu'il t'a toi.

— Et sa psy et Abby ! Il les adore.

— Vous vous connaissez depuis longtemps avec Abby ?

— Depuis ma première année d'université, c'était ma coloc. Et depuis, on ne s'est plus quittées. Elle est comme une sœur pour moi.

J'avoue que cette nana m'impressionne. Elle croque la vie à pleines dents et n'hésite pas à chambouler son quotidien pour soutenir ceux qu'elle aime.

En proie au doute, Julia soupire.

— Granny manque beaucoup à Hunter. Il l'appelle tous les jours, même plusieurs fois par jour pour lui raconter ses journées.

— Elle doit certainement en avoir besoin.

Elle opine d'un signe de tête. Je me remémore l'effusion de pleurs et leurs étreintes déchirantes à l'aéroport. Je me demande encore comment elle a fait pour monter dans cet avion.

— Comment va Josy ?

— Elle m'a avoué qu'elle se sentait très seule. Sa maison est bien trop silencieuse pour elle, maintenant.

Elle hausse les épaules en soufflant.

— C'est ce que je craignais et c'est en train d'arriver.

— C'est parce que vous lui manquez.

— Elle nous manque aussi. Terriblement même ! Il m'arrive de penser que si je la perdais, elle aussi…

— Hé ! m'indigné-je en enveloppant sa main dans la mienne. Ne pense pas à ça !

Elle cligne des yeux pour chasser sa morosité.

— C'est égoïste, mais je serais plus rassurée si elle habitait à New York. J'ai encore tellement de choses à partager avec elle.

— Elle doit ressentir la même chose. Je connais peu ta mère, mais vous êtes sa raison de vivre. Il y a de grandes chances qu'elle finisse par quitter Atlanta un jour.

Elle se mord la lèvre, comme en proie à la culpabilité.

— Je l'espère !

— Et ton boulot ? m'enquiers-je pour changer de sujet.

Elle retrouve le sourire.

— Je l'adore ! On bosse beaucoup, et je peux « *oublier* », me confie-t-elle en mimant les guillemets, pendant quelques heures la disparition de Beth.

Elle zieute un point derrière moi.

— Par contre, je croule sous la paperasse.

Je tourne la tête vers son bureau qu'elle a calé dans un coin du salon, envahi par une pile de papiers et de dossiers.

— Comme Josh gère les fermetures pour me permettre d'aller chercher Hunter à l'école, je m'occupe de l'administratif. Seulement, j'ai accumulé pas mal de retard. Hunter accapare toute mon attention. Et le soir, je suis trop fatiguée pour m'y mettre, et peu motivée quand ça touche à la comptabilité.

— Je peux te filer un coup de main ! On ira plus vite à deux.

Ses lèvres se rehaussent de joie.

— Ta proposition est trop tentante pour que je la refuse !

Sa manière de me dévisager avec un tel amour m'avait manqué. Non, c'est elle, tout entière qui me manque. Je ne lui dis pas souvent, mais vu que je suis peu présent pour elle en ce moment, elle a certainement besoin de l'entendre.

— Je t'aime.

La couleur ambrée de ses iris prend cette teinte si chaude qu'elle éclipse sa fatigue. Je suis incapable de m'arracher à la myriade d'émotions qui traversent son regard. Une vague de chaleur gonfle ma poitrine. J'attrape son poignet pour l'attirer à moi. Elle se lève et s'installe à califourchon sur mes cuisses.

— Laisse-moi m'occuper de toi ce soir. Un massage, ça te dit ?

Je fais danser mes sourcils de manière suggestive et recueille son éclat de rire. Elle acquiesce d'un signe de tête et pousse un gémissement de ravissement qui réveille aussitôt mon entrejambe. Je ne garantis pas que je saurai bien me tenir, mais je veux lui montrer que je peux prendre soin d'elle. J'empoigne son cul.

— Accroche-toi à moi !

Ses bras s'agrippent à mon cou alors que je savoure le contact de nos deux corps. Je marche dans le couloir et Julia a l'intelligence de m'indiquer du doigt la chambre de Hunter pour que je ferme la porte. Je m'exécute et me dirige vers la salle de bains.

— Aurais-tu une idée derrière la tête ? me chuchote-t-elle en suçotant le lobe de mon oreille.

Mes bonnes résolutions sont en train de se faire la malle ! Je m'éclaircis la voix :

— Yep. Une idée qui va te plaire !

— Ne sois pas trop gourmand. La douche, puis la chambre… Je ne suis pas certaine de tenir la cadence.

Ce dernier mot enflamme mon imagination et fait durcir mon sexe. J'allume la lampe crue de la salle de bains et pose ses fesses sur le rebord du lavabo.

— Tu veux que ce soit doux et lent… ou alors vite et fort ? renchérit-elle d'un timbre ronronnant tout en ondulant des hanches.

Sa provocation met à mal mon self-control et rend mon pantalon de jogging beaucoup trop étroit. *Je ne dois pas me laisser distraire de mon but !*

Un grognement sourd sort de ma gorge avant de lui répondre :

— Plus un mot !

— Monsieur est d'humeur autoritaire ce soir.

— Et toi, plutôt joueuse.

Je n'ai pas le temps d'agir comme je le désire qu'elle me mordille la mâchoire.

— Comme si c'était un problème, pouffe-t-elle en faufilant ses doigts dans mon caleçon.

Bordel !

Je siffle entre mes dents, puis attrape ses poignets pour stopper leur progression avant que je perdre le peu de raison qu'il me reste. Elle doit lire toute ma détermination dans mon regard et recule, l'air confus.

— Tu ne veux pas…

— Je veux m'occuper de toi ! lui asséné-je en la coupant.

Je profite de son air attendri pour lever ses bras en l'air et lui retire son pull que je balance derrière moi. Le soutien-gorge finit par subir le même sort. *Ne baisse surtout pas les yeux ! Tu peux le faire…*

Ne pense pas avec ta queue, Evans ! Ne flanche pas, sinon t'es foutu ! Fais-le pour elle… Oui c'est ça, pour elle. Elle le mérite.

Je veux retrouver notre complicité. Je sens que c'est essentiel pour la pérennité de notre couple. Et vu l'état de fatigue qu'elle se trimbale, elle ne tiendra pas une demi-heure.

— Retire ton legging.

Il est préférable qu'elle se déshabille sans mon aide. Je m'éloigne et tourne le robinet du pommeau de douche. Je m'exhorte au calme en cherchant la bonne température de l'eau et me rends compte que je me suis retourné bien trop vite lorsque debout, elle se trémousse pour faire glisser son minuscule bout de dentelle le long de ses jambes. Elle soulève un pied puis l'autre pour s'en débarrasser. Mon cerveau bugge face à l'assaut d'images débridées et indécentes qui me submergent quand elle se plante nue devant moi.

— Matt ? s'enquiert-elle, fronçant les sourcils.

— Sous la douche.

Ma voix éraillée, combinée à ma queue douloureuse qui déforme mon jogging, elle comprend vite le topo et s'exécute en souriant. Je me déshabille fissa et la rejoins sous le jet d'eau chaude.

— Tu gardes ton caleçon ?

— C'est préférable.

J'embrasse sa pommette.

— Je ne me fais pas assez confiance !

— OK, me répond-elle en se retenant de rire.

Je verse une noix de shampooing au creux de ma main et commence à malaxer son cuir chevelu. Ses gémissements de plaisir m'arrachent un sourire. Je lèche et suçote l'eau qui ruisselle le long de sa nuque jusqu'à lui imprimer les marques d'un suçon. Mon geste lui plaît, car elle s'abandonne dans mes bras. Le dos plaqué contre mon torse, elle ferme les yeux et me murmure :

— Et ta journée, raconte-moi !

— Pas grand-chose à dire. Enfin si, mon boss m'a convoqué pour tenter de me garder dans son équipe. Ma démission ne lui plaît pas.

Pourtant, il était au courant de mes projets, je ne lui ai jamais rien caché. D'ailleurs, je n'ai aucune envie de me le mettre à dos. Et pour éviter ça, j'ai toujours opté pour la transparence.

— Il perd un de ses meilleurs éléments, il faut le comprendre.

— *Son* meilleur élément, rectifié-je.

Ce n'est pas de la prétention, mais un fait. J'ai bossé dur. Même très dur pour parvenir à un tel résultat.

— Et là, j'aspire à concrétiser enfin mon rêve.

— Je comprends pour l'avoir vécu.

Je fais mousser la pointe de ses cheveux entre mes doigts alors qu'elle pivote sa tête pour croiser mon regard et s'explique :

— Quand ça devient concret, tout le reste importe peu.

— Tu te trompes. Tu es importante pour moi et j'aimerais avoir plus de temps à te consacrer.

Ma confidence la rend muette alors j'en profite pour rincer ses cheveux. Comme si c'était plus facile pour elle de s'épancher dos à moi, elle rétorque :

— À *nous* consacrer.

Voilà tout le nœud du problème. Dans l'attente qu'elle poursuive, je m'empare du gel douche et verse le produit dans ma paume. Dans le silence, je l'applique sur ses épaules et frotte jusqu'à ce qu'il forme une mousse. Elle pivote pour me faire face et ancre ses iris emplis de détermination aux miens.

— Je ne te reproche rien. Mais qu'on le veuille ou non, Hunter fait partie de ma vie, donc de la tienne aussi.

Je pose mon front contre le sien et soupire.

— J'ai encore besoin de temps.

— Je sais. Tu as beaucoup à gérer pour le moment. Prends le temps qu'il te faudra… En attendant, continue de me chouchouter.

Bien trop content qu'elle change de sujet, je m'exclame d'un ton réjoui :

— À ton service !

Je consacre les minutes suivantes à cajoler chaque parcelle de son corps, accompagné de ses gémissements de plaisir. Impossible pour moi de ne pas lui procurer un orgasme. Mes doigts s'activent si bien à la tâche qu'elle jouit en très peu de temps. C'est une véritable torture pour mon self-control et ma queue m'inflige son mécontentement en une douleur qui se répercute jusque dans mes couilles recroquevillées. L'expression extatique de Julia et son doux sourire qui flotte sur ses lèvres me donnent la force de ne pas broncher.

Je me penche en dehors de la cabine pour choper une serviette. Je frictionne sa chevelure avant d'éponger son corps. Je lui tapote les fesses.

— Allonge-toi sur ton lit. J'arrive !

— Oh oui, un massage ! s'enthousiasme-t-elle en terminant de s'essuyer en dehors de la douche.

Julia a une facilité à exprimer ce qu'elle ressent à travers son regard. Ça se passe de mots. On se sourit de connivence jusqu'à ce que je remarque une lueur qui illumine d'un éclat particulier ses iris. C'est si brillant, si chaud, si intense que je devine ce qu'elle va me dire.

— Je t'aime.

Mon sourire n'en finit pas. *Je le savais !* Si je savoure qu'elle me le dise enfin, je l'avais découvert et compris depuis que j'ai appris à lire en elle.

Elle baisse les yeux sur mon érection.

— Mais toi !

— Ma queue te manque, ma belle.

Elle darde le bout de sa langue et se lèche les lèvres pour toute réponse. La serviette contre sa poitrine, elle sort de la pièce et me défie en roulant exagérément des hanches. *Putain, son cul !* Je retire mon caleçon fissa et prends une douche froide pour calmer mon excitation comme si j'avais quinze ans. Cette sensation est électrisante. J'accueille l'eau glacée comme un mal nécessaire. Beaucoup moins grisant pour le coup, mais ça soulage rapidement !

Lorsque je franchis le seuil de sa chambre, le bruit de mes pas est étouffé par la caresse de la moquette. Je la contemple de tout mon soûl, à plat ventre, nue et étalée sur son lit, les paupières fermées. Exposant un cul sublime. Ma queue tressaille face à cette vision torride et érotique qu'elle me donne. J'attrape la bouteille d'huile de massage et asperge mes mains de ce fluide visqueux qui a l'odeur du soleil et des promesses aphrodisiaques pour nous.

Je dénoue la serviette qui ceint ma taille, puis grimpe sur le lit et la chevauche. Mes genoux pliés de part et d'autre de ses cuisses, elle papillonne des cils tout en me souriant. Sans un mot, mes doigts pénètrent la chair de son dos durant de longues minutes et dénouent ses muscles. Chacun de ses halètements ou de ses gémissements est récompensé par un baiser sur sa peau.

— C'est trop bon, ronronne-t-elle.

Mes lèvres s'attardent sur son omoplate pour mordiller sa chair.

— Oh oui. Encore ! murmure-t-elle d'une voix digne du téléphone rose.

Je suis à ses ordres et lèche mes légères attaques. L'ondulation de ses hanches, combinée à la rougeur de sa peau, exalte mon envie de la posséder. Mes doigts pénètrent la chair gonflée et trempée de sa chatte. Un violent désir vrille mes reins et échauffe chacun de mes sens. Aussi dur qu'une barre de fer, proche de l'explosion, je ne réfléchis plus. Là, je suis à bout de patience ! J'écarte ses jambes, prêt à m'enfouir en elle d'une profonde poussée.

— MA'AINE LILY ! pleurniche une voix dans le couloir.

Le corps éperdu de désir et trop hébété par mon envie d'elle, je bascule en dehors du lit lorsqu'elle se redresse subitement.

— Hunter ! Je suis là ! J'arrive, mon trésor !

Le cul par terre et la bite en feu, je pousse un profond halètement de douleur. *Ça fait un mal de chien, putain !* Je déguste. Et pourtant, c'est le moment de faire mes preuves. Les coudes en appui sur la moquette, je me relève en grimaçant. Julia, drapée d'une couverture, s'apprête à le rejoindre quand je l'interromps d'une main sur son épaule.

— Laisse. Je m'en occupe !

Ma voix écorchée montre à quel point je souffre le martyr. Putain, la seule pensée qui me submerge est que j'ai envie de faire taire le Microbe par n'importe quel moyen et pas de la plus sympathique des façons. Le soupir plein de reconnaissance de Julia quand elle se rallonge sur le lit me réconforte dans l'idée que je suis capable de relever cet autre défi. Je chope un caleçon propre dans mon sac et l'enfile avant de rejoindre Hunter qui panique encore plus en me voyant. J'intercepte son petit corps et le soulève d'un bras.

— Que se passe-t-il ? m'enquiers-je d'une voix revêche.

— Je veux Ma'aine, geint-il.

Je traverse le couloir et le ramène dans sa piaule.

— MAAA'AINE LILYYY ! hurle-t-il comme s'il était à l'article de la mort.

Assez foiré aujourd'hui, je suis capable de gérer ce genre de microbe.

— Elle dort. Elle est épuisée et a besoin de sommeil. Alors tu ferais bien de réfléchir avant de brailler !

Ses pleurs redoublent d'intensité. À croire que la sincérité entre hommes ne fonctionne pas ! Il est hors de question que Julia rapplique. Je fais marcher mes méninges à plein régime jusqu'à ce que mon regard se porte sur les étagères du mur.

Oh oui ça ! Je m'en souviens bien !

— Hé ! feins-je l'enthousiasme. Les voitures ressemblent au dessin animé qu'on a vu ensemble… Comment ça s'appelle déjà ?… Racing cars ?

Il se tait aussitôt. Il renifle et me répond en s'indignant :

— Mais, non. *Cars* !

J'opine de la tête et pointe du doigt l'un des bolides.

— Et lui, c'est *Flash Queen* !

— *McQueen*, me corrige-t-il en insistant sur la particule, les yeux rivés en l'air. Tu retiens *rien* !

Il prend le temps d'articuler le dernier mot. *Avec moi, il fait des efforts de langage ?*

Je réprime le rictus qui taquine mes lèvres.

— Si. Je me souviens de celle rouillée à côté. C'est *Martin* !

Il me sourit comme si on était les meilleurs potes. *Ce gosse est magique !*

— Oui !

— Tu ne joues pas avec ?

— Non. C'est pour la déco'ation. Je joue avec les aut' dans le salon. Tu veux voir ? s'enthousiasme-t-il un peu trop à mon goût.

— Demain. Les autres voitures, elles ont un nom ?

— Oui !

D'une voix animée, il pose son index sur chacune d'elles en me les citant. *Bon sang, il y en a bien une… vingtaine !*

Bon, voyons le côté positif, il a arrêté de pleurer et de crier après Julia. C'est une sacrée victoire, alors je prends mon mal en patience.

La tête parasitée par son univers de gamin, je le couche dans son lit et m'assieds à ses côtés.

— Et maintenant, dodo !

— Non !

Les yeux subitement humides, il attrape le médaillon entre ses doigts. Sa mère… La peur dans son regard anéantit toute trace de mon agacement.

— J'veux pas dormir, persiste-t-il en laissant couler ses larmes.

Il me faut une autre idée de génie ! Je me frotte la mâchoire jusqu'à ce qu'une idée lumineuse se pointe.

— On a vu *Cars*, le 1, et si tu me racontais ce qu'il se passe dans le deuxième ?

— D'accord ! me répond-il en retrouvant le sourire.

Il s'essuie les joues et se lance dans le résumé le plus ennuyeux au monde, que je ponctue par des exclamations faussement enjouées. Si je n'y prends pas garde, c'est le Microbe qui risque de m'assoupir et pas le contraire, alors mes phrases se transforment en questions jusqu'à ce qu'il finisse par fermer les paupières. Je n'ose plus bouger, même lorsque je perçois sa respiration profonde et régulière.

Alléluia !

Je me redresse avec beaucoup de précautions et rejoins Julia. Ses cheveux étalés sur l'oreiller, le corps emmitouflé sous la couette, elle s'est endormie. Je me frotte l'arrière du crâne en ressentant un élan de déception, vite balayé par la perspective de passer enfin une nuit avec elle !

Le sourire aux lèvres, j'éteins la lumière du couloir et celle tamisée sur la table de nuit, puis me couche à mon tour. J'enroule mon bras autour de sa taille pour caler son corps contre le mien et me laisse bercer par sa respiration jusqu'à sombrer dans le sommeil. Ça fait des semaines que je ne m'étais pas senti aussi serein.

Chapitre 9

Hunter dort chez Abby ce soir et à cet instant, profondément enfoui entre les cuisses de ma diablesse, ma bite n'a jamais éprouvé autant de reconnaissance pour une personne.La respiration encore erratique, dans un état extatique, le genre qui m'accueille avec des chants célestes, j'expulse un râle en basculant la tête en arrière. J'y suis presque. Mes reins dégagent un crépitement brûlant, prêts à s'enflammer comme un feu de forêt. Je m'enfonce en elle de plus en plus vite avec une force qui risque de trouer le matelas. Et d'après ses gémissements rauques et lascifs, ça semble plutôt bien lui plaire. Ses sons se répercutent en moi et me font perdre tout contrôle. Mon bassin se balance et se presse en un mouvement presque frénétique et désordonné. Je soulève son genou et cale mon déhanchement de manière à stimuler son point G.

— Oh oui ! geint-elle, le souffle court, les joues rougies par le plaisir.

— Je vais jouir, lui annoncé-je à bout de résistance.

— Moi aussi !

Elle agrippe mon cul et y enfonce ses ongles. Une flambée déferlante de désir me submerge et s'abat sur moi avec une telle force que mon corps est balayé d'une jouissance sans pareil.

— Oh bordel ! bégayé-je en pleine extase.

J'enfouis ma tête au creux de son cou en plaquant mon bassin contre le sien. Je sens le brouillard de l'ivresse se dissiper et ses lèvres sur ma joue. Alanguis par notre orgasme, on s'embrasse en prenant notre temps cette fois-ci, puis je bascule sur le côté pour m'effondrer sur le dos. Je fixe le plafond, savourant cet état de béatitude que l'on devrait vivre beaucoup plus souvent. Pas comme ma première nuit chez elle et notre partie de baise avortée. Plus de dix jours déjà. On s'est revus plusieurs fois chez moi en coup de vent, ou devrais-je plutôt dire pour des coups vite fait, bien fait. Des moments bien trop brefs et bien trop frustrants à mon goût. Mais nous n'avons pas eu d'autres choix. Hunter était en proie à de nouveaux cauchemars et son humeur a déteint sur notre quotidien. Même s'il dort toutes ses nuits avec sa marraine, il s'est renfermé sur lui-même jusqu'à finir par inquiéter son institutrice et tout son entourage.

Après plusieurs séances chez la pédopsychiatre, Julia a pris conscience qu'étant le seul homme dans la vie de Beth, son filleul avait été élevé avec un trop-plein d'amour exclusif. Il était le centre de son attention et de son amour. Avec moi dans l'équation, il perd ses repères avec la crainte irrationnelle d'être rejeté et de ne plus être aimé par sa marraine. Julia a pris la décision de se recentrer sur lui. D'aller à son rythme. J'ai été banni de son lit deux jours après notre nuit passée ensemble et les rares fois où j'ai mangé chez elle, nous devions modérer nos démonstrations d'affection. J'ai trouvé sa décision excessive, mais elle a rappelé à mon bon souvenir que *tout le monde* avait besoin de temps. En gros, comme je m'impliquais peu dans la vie de Hunter, elle devait prendre les mesures nécessaires pour son bien-être. J'ai dû ravaler mon agacement pour ne pas que ça s'envenime entre nous, me contentant des courts moments chez moi où je prenais tout ce que je pouvais.

— Tu penses à quoi ? me questionne-t-elle en posant sa main sur ma joue pour télescoper nos regards.

— À nous deux.

— Si l'expérience est concluante chez Abby, on pourra passer une nuit par semaine ensemble.

Une nuit ! Je ne pourrai jamais me satisfaire de si peu. Autant me montrer honnête.

— Ce ne sera pas suffisant.

Elle souffle… de frustration, j'imagine.

— Abby nous a fait cette proposition pour nous permettre de nous retrouver. Je ne peux pas lui demander de se consacrer à Hunter et à moi en mettant sa vie de côté. Elle en fait déjà beaucoup.

Et moi pas assez, j'en suis bien conscient. Mais je refuse de m'engager par obligation ! Impossible de me taire plus longtemps.

— Deux mois depuis la disparition de ta sœur. Et aujourd'hui, j'ai l'impression qu'on fait plus de pas en arrière qu'en avant.

— Hunter a besoin de temps ! me répète-t-elle comme si c'était la seule excuse.

— Combien de temps encore ? m'enquiers-je en quête de réponses.

— Matt ! se révolte-t-elle. Ça ne fait *que* deux mois, comme tu viens de le souligner. Je refuse de le brusquer !… Et puis, merde !

Elle se redresse en position assise en plaquant ses cuisses contre sa poitrine.

— Même pour moi, la mort de Beth est toujours très compliquée à vivre !… Ce que tu dis n'est pas juste !

Je me pince l'arête du nez. *Elle a raison…* Il faut que j'arrête de tout ramener à moi.

— Je suis désolé.

Elle fixe un point devant elle, les lèvres obstinément closes. Si on continue sur cette voie-là, on va gâcher la seule soirée qu'on a à notre disposition, alors ma main empoigne sa nuque pour presser ma bouche contre la sienne. Rien de doux. C'est sauvage comme si on libérait notre frustration du moment. Elle rompt le baiser en arborant une expression coquine. Julia me chevauche et ondule sur ma queue qui ne tarde pas à réagir. Quand elle se lâche, elle est aussi insatiable que moi. Elle soulève le bassin et s'empale dessus tout en rejetant la tête en arrière, les yeux fermés. Elle cherche son propre plaisir avant tout. Sa sensualité et son attitude décomplexée agissent toujours comme un aphrodisiaque sur mes sens.

Je perçois la sonnerie d'un téléphone qui retentit dans le salon. Je ne reconnais pas la mélodie, ça doit être celui de Julia. Je presse mes doigts sur ses hanches, la suppliant d'ignorer l'appel, mais elle semble baigner dans un état de brume orgasmique et entêtante et ne l'entend pas. Je relève la tête et happe son mamelon entre mes lèvres. La sonnerie s'interrompt, mais me nargue en résonnant une nouvelle fois. Je la retourne pour la positionner sous moi. Surprise par mon initiative, elle pouffe, puis se soustrait à mon baiser en détournant la tête vers la porte de la chambre entrouverte, l'oreille aux aguets. L'affolement se lit sur les traits de son visage. Les mains à plat contre mon torse, elle tente de se dégager d'une poussée brusque.

— Matt ! Bouge-toi ! C'est la sonnerie de mon téléphone !

Je m'exécute à contrecœur et bascule sur le dos. Julia saute du lit et chope au passage un plaid sur une chaise qu'elle ceint autour de sa poitrine avant de sortir de la pièce comme une dératée. Je ferme les yeux et frotte mes paupières closes. *Fait chier !*

Peu motivé, je me lève à mon tour, enfile un caleçon et la retrouve dans le salon.

— Allez Abby ! Décroche ! s'écrie-t-elle en proie à la panique.

Le corps vibrant d'anxiété, elle arpente la petite pièce. Je m'approche d'elle tandis qu'elle triture son ongle en raison de l'attente insupportable pour joindre sa copine. J'enlace sa taille pour la calmer et j'ai soudain l'impression de l'étouffer quand elle se tortille pour s'échapper de mon étreinte. Elle compose de nouveau le numéro d'Abby et la tonalité de la sonnerie d'appel échoue aussitôt sur le répondeur. Sa canine se plante dans sa lèvre et la mâchouille comme si elle était à deux doigts de péter un plomb.

— T'as écouté son message ? m'enquiers-je dans le but de la raisonner.

— Non. Elle a tenté de me joindre à deux reprises. Pas besoin d'être devin pour savoir que ça a foiré.

— Fais-le !

Elle me dévisage et abdique face à mon ton sec. Elle consulte sa messagerie et appuie sur une touche pour l'écouter. La voix d'Abby est presque inaudible face aux hurlements répétés de Hunter.

— Oh mon Dieu !

Elle pâlit à vue d'œil.

— Je n'aurais jamais dû le laisser… C'était trop tôt !

— Julia !

Je la hèle alors qu'elle s'enfuit en courant dans sa chambre. Je la suis et constate qu'elle enfile les premiers vêtements à sa portée.

— Tout est de ma faute.

— Julia !

Elle continue sa longue litanie de plaintes sans m'écouter. *Bordel, ce n'est pas possible !* Je me hâte de m'habiller et sautille sur place en chaussant mes baskets. Je manque de trébucher sur les lacets défaits en attrapant son poignet quand elle s'apprête à sortir de la pièce. Dès que nos regards se croisent, je lui assène d'une voix autoritaire.

— Tu n'es pas en état de conduire ! Laisse-moi une minute pour finir de me préparer !

Elle ouvre la bouche quand la sonnette de l'interphone résonne soudain. Julia écarquille ses yeux de stupeur, voilés d'appréhension, puis se dégage de ma poigne d'un coup sec.

— C'est eux !

Elle se précipite dans le couloir et j'emboîte le pas. Elle appuie sur le bouton d'ouverture du hall d'entrée, puis ouvre sa porte pour les attendre devant l'ascenseur. Des sanglots déchirants, pourtant étouffés par les portes métalliques, fendent le silence qui nous entoure. Une lourde tension crépite entre nous. Les yeux humides, Julia pose sa main sur son cœur comme pour en apaiser sa course folle. Elle est envahie par l'angoisse et la culpabilité. Je garde mes distances, ce n'est pas de ma chaleur et de mon réconfort dont elle a besoin, mais du Microbe.

— Tu n'as pas à t'en vouloir. Ce n'est en rien ta faute !

— Bien sûr que si ! Je n'aurais jamais dû…, murmure-t-elle en secouant la tête sans finir sa phrase.

— Jamais dû *quoi* ? me braqué-je.

— Jamais dû lui confier Hunter. C'était beaucoup trop tôt !… J'aurais dû suivre mon instinct.

Que ce soit le bon moment ou non, je décide de lui donner le fond de ma pensée.

— Nous en avions besoin.

— *Nous* ? Tu en es certain ? réplique-t-elle, pleine de fougue.

Waouh ! Le coup est rude. Mon expression doit parler pour moi. Elle secoue la tête d'un air désolé.

— Ce n'est pas ce que je voulais dire.

— Et pourtant tu l'as dit. Ça doit bien signifier quelque chose !

— Hunter est ma priorité ! élude-t-elle.

— Je le sais, bon sang ! m'emporté-je. Tu as toujours été très claire à ce sujet.

Elle me foudroie d'un regard empli de détermination et me crache sa hargne :

— Je ne referai pas deux fois la même erreur.

— Tu me considères comme une erreur ? m'enquiers-je d'un ton plus dur.

Sa brève hésitation est comme un coup de poignard en plein cœur. Elle ferme les paupières et essuie d'un geste las ses yeux encore larmoyants. Dès qu'elle les rouvre et me dévisage, une lueur de tristesse et de résignation traverse ses iris. Une vague d'abattement m'assaille lorsqu'elle s'approche de moi.

— Matt… Ce n'est pas…

Elle est interrompue par l'ouverture des portes. Dès que Hunter l'aperçoit, il tend ses bras vers elle en pleurant de plus belle. Elle s'empresse de réduire la distance entre eux pour qu'il puisse lui sauter au cou. Il s'exécute et s'accroche à elle comme si son équilibre mental en dépendait. À chaque seconde qui passe, son petit corps se détend et ses hoquets s'espacent jusqu'à ce qu'ils se terminent par un reniflement.

— J'ai eu peur.

— Peur de quoi, mon trésor ?

— T'es pas malade comme maman ? avoue-t-il les larmes aux yeux.

— Non, bien sûr que non ! Je ne te quitterai plus. Promis !

Elle embrasse chaque parcelle de son visage comme un serment à ses paroles. Il attrape entre ses petits doigts une mèche de cheveux de Julia et joue avec pour l'apaiser et l'ancrer dans la réalité du moment.

— Je suis désolée ! se lamente Abby. Je ne voulais pas te déranger, mais Hunter a insisté pour te parler avant d'aller se coucher. Il voulait juste entendre ta voix.

— Tu as bien fait, Abby, la rassure-t-elle.

— Dès qu'on est tombés sur ta messagerie, il a commencé une crise d'angoisse, poursuit-elle, pétrie de remords. Je ne savais plus quoi faire pour l'apaiser. Il désirait te voir. Il s'imaginait qu'il t'était arrivé quelque chose comme…

À Beth.

— Enfin bref ! On a pris un taxi et dans ma précipitation, j'ai oublié mon téléphone… Je suis vraiment désolée !

— Tu as bien fait, lui répète Julia, l'ébauche d'un sourire aux lèvres. Et arrête de t'excuser !

Abby pince sa bouche en une fine ligne pleine de regrets. Les doigts de Julia fourragent avec douceur la chevelure de son filleul, le berçant avec amour. Le traumatisme d'avoir perdu sa mère est encore trop récent pour qu'il ait une attitude rationnelle, surtout pour son jeune âge. *Bon sang, quel merdier !*

— Je vais aller le coucher, nous avertit-elle.

— Dans ton lit ! s'écrie Hunter dans un élan de panique.

— Oui.

Elle porte son attention sur Abby.

— Merci pour tout. On s'appelle demain ?

Elle opine du chef, puis Julia disparaît dans son appartement en me coulant une brève œillade pleine de tristesse. C'est comme si j'étais le responsable de ses maux ! Je suis conscient d'être injuste et surtout en colère contre moi-même. Je ne veux plus d'une relation dans laquelle je ne me sens pas à ma place. Dans laquelle je ne trouve pas ma place. Et l'amour que je lui porte ne semble plus être suffisant. Quelque chose en moi se brise. Mon cœur, certainement. Je dois me rendre à l'évidence, ça ne fonctionne pas. On est tous les trois malheureux.

— Matt, m'interpelle Abby.

Le retour à la réalité est brutal. Sans espoir. Je me tourne dans sa direction. Elle me fixe d'un regard coupable. Mais je suis bien incapable d'éprouver la moindre compassion.

— Il voulait parler à Julia avant de se coucher. Je ne m'attendais pas à ce que Julia ne décroche pas.

— Aurait-elle failli à son rôle de vivre 24 h/24 uniquement pour son filleul ? l'interrogé-je d'une voix condescendante.

Elle cligne des yeux plusieurs fois d'affilée en se demandant si elle a bien entendu, puis outrée, elle s'enflamme.

— Arrête de tout déformer ! Ça n'a rien à voir.

L'enfoiré en moi se déchaîne et d'une intonation sinistre, je continue sur ma lancée.

— Tu ne t'attendais pas à ce qu'elle prenne son pied jusqu'à oublier les sonneries de son téléphone. Elle a ses failles, comme tout le monde.

Son expression se durcit.

— Elle est tellement investie dans son rôle de tutrice, s'emporte-t-elle, qu'elle est parfaite, au contraire ! Alors, arrête de jouer au con, et écoute-moi ! Elle subit une telle pression que tu es le seul à lui apporter la force nécessaire pour ne pas craquer. Et ça me fout en l'air d'avoir gâché votre soirée ! Tu saisis mieux ?

Il faut que je cesse de passer mes nerfs sur elle. Je me frotte le visage et décide qu'il est temps d'assumer qui je suis.

— Je ne suis pas comme toi.

— Je ne… Quoi ? me dit-elle en fronçant les sourcils.

— Je suis trop égoïste pour vouloir changer ma façon de vivre. Alors que toi, tu n'as pas hésité à chambouler la tienne pour la soutenir.

— Ne dis pas ça. Ce n'est pas vrai ! Tu es bien plus patient que tu ne le penses, et Julia a besoin de toi. C'est pour cette raison que j'ai proposé de garder Hunter. Pour vous accorder du temps pour vous retrouver.

— Eh bien, tu en tireras la même conclusion que moi. C'est un échec, ça aussi. Ça ne fait que creuser le fossé entre Julia et moi.

Un hoquet de stupeur lui échappe et la laisse sans voix quelques secondes. Ses lèvres tremblent de chagrin.

— Hunter n'a que cinq ans. Il a encore besoin de temps. Tu ne peux…

— Ne me dis pas ce que je dois faire ! grondé-je, la mâchoire serrée. Ce n'est pas lui le problème ! C'est moi !

Elle pige que ma décision est prise. Complètement démunie, elle plaque ses mains sur sa bouche.

— Ne fais pas ça. Tout finira par s'arranger.

— Tu n'en sais rien.

— Matt…

— Rentre chez toi, Abby. Ce n'est pas ton problème.

Mais elle est plutôt coriace.

— Il vous faut plus de temps ! déclare-t-elle avec une note de désespoir dans la voix.

Sa conviction résonne en moi comme une fatalité. Hunter a certainement besoin de temps, mais moi je suis à bout de patience. Et ce n'est correct pour personne. Sans un mot, je lui claque le battant au nez et m'adosse contre le panneau en bois. J'exhale un profond soupir pour m'insuffler la force de ce que je m'apprête à faire. Je me redresse et marche jusqu'au salon en découvrant que la porte de la chambre de Julia est fermée. La soirée avait si bien commencé…

Chapitre 10

♫ *Voilà c'est fini*
Jean-Louis Aubert ♫

Je sors la bouteille de Jack Daniel's du placard et me sers une bonne rasade de cet alcool que j'avale cul sec. La brûlure qui se répand dans ma bouche et dans ma gorge est la bienvenue. Elle apaise les hurlements dans ma tête qui me serinent de ne pas la quitter. De ne pas l'abandonner alors que dans le fond, elle a besoin de moi. Mais tout est devenu si compliqué et difficile entre nous que ça impacte ma vie bien plus que je ne suis prêt à le permettre. Je bois plusieurs gorgées jusqu'à me sentir anesthésié. Je ferme les paupières pour savourer cette paix illusoire et perds la notion du temps, car seul compte ce whisky qui circule dans mes veines et qui m'apporte cette douce torpeur. Qui annihile la douleur de mon cœur fracassé.— Matt ?

Julia prononce mon prénom avec une note de… défiance et de chagrin dans la voix. Je me retourne et admire la vue qui se présente à moi. Une femme à la beauté envoûtante dont je suis amoureux. *Ah merde !* Je suis en proie au doute ; les sentiments qui affluent dans chaque fibre de mon corps m'intiment l'ordre de la chérir comme un trésor, de la prendre dans mes bras et de lui susurrer que tout finira par s'arranger. Que je peux être son roc. Mais tout au fond de moi, un déferlement nauséabond me percute et me submerge d'une toute autre vérité. Je ne suis pas l'homme qu'il lui faut. Un homme capable, par amour, d'élever un enfant comme si c'était le sien et de faire passer ses envies et ses besoins après sa famille… Voilà tout le nœud du problème. Je tiens beaucoup trop à mon indépendance et à ma liberté pour adhérer à ce concept-là. Maintenant que je le reconnais, il est temps d'arrêter de se mentir.

Son froncement de sourcils m'indique qu'elle doit lire une partie de mon tourment interne. Je m'assieds sur l'accoudoir du canapé tout en vidant mon verre alors qu'elle garde ses distances.

— Il s'est endormi dans mon lit. Tu…

— *Ton* lit, ricané-je.

Je pose mes coudes sur mes genoux et la dévisage avec dureté alors que mes mots sont teintés de regrets.

— T'as raison, il n'a jamais vraiment été le nôtre. Comme le mien, en fin de compte.

Elle encaisse le coup, mais garde le silence, comme si elle redoutait cette discussion.

— On n'est pas heureux, Julia. Il faut que ça s'arrête !

Elle laisse échapper un gémissement de douleur.

— Ne fais pas ça, m'intime-t-elle d'une voix chevrotante.

Je revêts ma facette de connard. Je saigne à chacun de mes mots. Je pense pourtant à elle. À elle et à Hunter. Elle ne doit pas porter sur ses épaules l'échec de notre couple.

— Tu me connais assez pour savoir que je n'ai pas *signé* pour cette vie-là.

Le désespoir, le choc et l'incrédulité envahissent peu à peu son regard jusqu'à faire durcir ses prunelles d'une lueur de colère. Elle s'approche de moi, telle une aura menaçante, et s'écrie avec emportement :

— Tu n'as pas *signé*… Tu te fous de ma gueule ?! Tu me prends pour un de tes putains de contrats !

Elle plante son index dans ma poitrine jusqu'à m'arracher une grimace.

— Tu devrais savoir mieux que quiconque lire entre les lignes. Du genre, la vie peut être cruelle, et elle t'emmerde ! Mais tu sais quoi, Matt ? Il faut composer avec. Le contrat parfait n'existe pas ! Tu es pourtant bien placé pour le savoir, bordel !

— T'as raison, répliqué-je, telle une évidence.

Ma réplique la laisse sans voix et sa colère retombe comme un soufflé, alors j'en profite pour continuer sur ma lancée.

— J'ai essayé, mais je n'y arrive plus.

Elle s'avance vers la table de la salle à manger et s'y adosse comme si ses jambes la lâchaient. Elle devient livide et ferme les paupières pour encaisser mon aveu. Je me lève et me cale entre ses cuisses.

— Je t'aime.

Quand elle les ouvre, sa souffrance m'explose au visage.

— Mais ça ne semble pas suffire, chuchote-t-elle d'une voix à peine audible.

Elle met un doigt sur ma bouche pour me faire taire.

— Je m'en doutais…

— Que j'allais foirer, je termine pour elle.

— Non, tu n'es pas prêt à t'engager dans une vie de famille. Et encore moins avec un enfant traumatisé par le décès de sa mère. Ce ne serait pas juste de ma part de t'en vouloir alors que tu as essayé en faisant preuve de patience.

— Pas assez, apparemment.

Je pousse un soupir d'impuissance en empoignant une touffe de mes cheveux.

— J'aurais aimé, tu sais, mais je ne me sens pas capable d'endosser tes responsabilités… Je ne suis pas prêt pour ça.

Elle acquiesce d'un signe de tête en massant ses tempes.

— Je ne t'ai pas laissé t'impliquer pour cette seule et unique raison. Je ne voulais pas que tu le fasses par obligation. Ça n'aurait pas fonctionné de toute façon.

De toute façon…

Quoi que je fasse, ça n'aurait pas marché. C'est douloureux de le reconnaître, mais c'était foutu d'avance. Je le savais, mais j'ai cru que l'amour nous rendrait plus forts… Je me suis trompé. Par ma faute, notre rupture n'était qu'une question de temps. Pour la première fois de ma vie, je regrette d'être qui je suis, un homme trop épris de sa liberté et de son confort pour vouloir changer quoi que ce soit. Je prends son visage dans mes mains pour fondre sur ses lèvres avec une passion renouvelée. Nos larmes s'unissent et mouillent nos bouches. Elles ont le goût du désespoir et d'un chagrin amer qui signe la fin de notre histoire.

Je m'arrache à notre baiser d'adieu et, hagard, mes pensées en vrac, j'enfile ma veste, puis agrippe la clé de ma voiture pour me donner le courage de quitter cet appartement… De quitter cette femme magnifique au cœur généreux que je n'ai pas su aimer à la hauteur de ce qu'elle représente. Elle croise les bras en frissonnant, ses iris dévastés se rivent aux miens. Je n'arrive pas à réaliser que c'est terminé entre nous, que je ne la verrai plus. En fait, je ne suis pas encore prêt à l'accepter.

— Appelle-moi ! Je veux être présent pour toi si tu en as besoin.

Elle secoue la tête, comme si ce simple geste lui coûtait.

— Non. C'est impossible pour moi qu'on devienne amis. J'aurais toujours l'espoir qu'un jour, un « nous » puisse être encore possible. C'est trop me demander.

Elle inspire une grande bouffée d'air comme pour se donner le courage et m'assène :

— Quand tu passeras cette porte, tout sera terminé entre nous.

Une douleur sourde me vrille la poitrine. Elle a raison, bien sûr. *C'est fini... Bordel !* Elle baisse la tête et me contourne d'un pas pressé pour se réfugier dans la salle de bains. Je fixe l'endroit en perdant la notion de temps, déchiré de la quitter. *Putain, c'est trop dur !* Mais ça ne fera que repousser l'échéance. Je jette un dernier regard par-dessus mon épaule et lorsque je referme la porte d'entrée derrière moi, je sais que j'y ai laissé une partie de mon cœur.

Chapitre 11

♫ *Fallin'*
Alicia Key ♫

<u>*Point de vue de Julia*</u>

Je m'enferme dans la salle de bains, baignée par la même noirceur que mon état d'esprit. Je n'ai pas l'énergie d'allumer la lumière et de voir le reflet de mon expression anéantie dans le miroir. Je m'assieds sur le carrelage et rejette la tête en arrière en me concentrant sur le moindre bruit dans l'appart. *S'il te plaît, ne me quitte pas ! Je t'aime, Matt. Je t'aime tellement.* Mon cœur cogne si fort que je pose mes mains en croix pour l'empêcher de se faire la malle. L'espoir est encore permis… Jusqu'à ce que la porte d'entrée claque dans un bruit étouffé.*Il est parti…*

L'étau de douleur autour de ma poitrine se serre jusqu'à me bloquer la respiration. J'ai l'impression de suffoquer. Les fesses au sol, je m'oblige à retenir mes larmes pour ne pas m'effondrer. Comme un défilé de scènes lancées à grande vitesse, je me remémore tout de cette soirée. Cette légèreté que je retrouve seulement en sa présence et grâce à sa force tranquille. Cette liberté de me lâcher en étant moi-même. Jamais je ne me suis sentie aussi belle, autant désirée et aimée aux yeux d'un homme. Un homme qui me poussait à relever de nombreux défis et à adorer ça. Je parviens à sourire en pensant à notre complicité et à notre alchimie qui ont achevé de me révéler bien plus forte et déterminée que je ne le croyais. Je secoue la tête en me mordant la lèvre jusqu'au sang. C'est fini…

Ne pleure pas, ne pleure pas… me répété-je encore et encore. Je dois rester forte pour Hunter ! Ce n'est pas une option. *Je n'ai pas le choix, moi !* Une partie de moi avait déjà compris et accepté de le perdre à l'instant où j'avais pris la décision de devenir la tutrice légale de mon filleul. Et si c'était à refaire, je ne changerais rien. *Oh non, ça, jamais !* L'amour, le vrai, l'unique est celui qui perdure après l'adversité. Je m'abandonne aux méandres de mon chagrin et cligne des yeux lorsque la porte s'entrebâille pour laisser filtrer un rai de lumière et… la silhouette de ma meilleure amie apparaît.

— Abby ? m'étonné-je d'une voix rauque.

La lumière envahit la pièce.

— Ah, enfin, te voilà ! s'écrie-t-elle avec soulagement en s'agenouillant à mes pieds.

— Qu'est-ce que tu fais là ?

Elle caresse ma joue et esquisse un timide sourire.

— Je me suis dit que tu aurais peut-être besoin de moi.

Je soupire, vide de toute énergie.

— Il t'a prévenue ?

Elle opine d'un signe de tête.

— Il m'a envoyé un message quand j'étais dans le taxi pour…

Elle souffle d'affliction. Je dois l'entendre à voix haute, alors je termine sa phrase :

— T'annoncer qu'il me quittait.

Elle ne répond pas. Pas utile. Elle attrape ma main et la serre dans la sienne. D'une simple pression, elle m'insuffle son soutien et son amitié indéfectibles. Je m'accroche à ce lien. J'en ai besoin pour ne pas craquer.

— Oh, ma chérie ! s'attriste-t-elle en essuyant mes joues mouillées. Je suis là.

Comme toujours…

J'aimerais lui dire, mais mes larmes redoublent d'intensité. Je ne voulais pas pleurer, mais ma peine est trop forte. Elle me berce, et la chaleur de son étreinte fait céder toute retenue en moi. Je finis par réaliser qu'un corps s'est lové contre ma poitrine. *Hunter !* Incapable de dire depuis quand il a noué ses bras autour de ma nuque, je me frotte les yeux et lui demande d'une voix rauque et cassée :

— Qu'est-ce que tu fais debout ? Tu devrais faire dodo.

— J'ai eu peur… Pou'quoi tu pleures ?

Il pleurniche à son tour, comme si ma peine était la sienne. Je dépose mes lèvres sur son front et lui avoue :

— Parce que je suis triste.

— Pou'quoi ?

Je préfère ne pas lui mentir.

— C'est fini entre Matt et moi.

Il fronce les sourcils comme s'il ne comprenait pas.

— Vous n'êtes plus amoureux ?

— C'est plus compliqué que ça, mon trésor. Je suis trop fatiguée pour te l'expliquer maintenant.

— Demain alors.

J'acquiesce d'un signe de tête. Les traits de son visage sont empreints de gravité. Je sens que ça mouline dans sa petite tête et pourtant, il me surprend.

— Je t'aime, ma'aine Lily, me répond-il en m'embrassant sur la pommette.

— Moi aussi, mon trésor.

Il se lève et m'attrape la main.

— Viens ! On va faire dodo.

Je regarde Abby qui déclare en boudant faussement.

— Et moi, alors ! Je ne vais pas dormir toute seule !

— Tu veux dormir avec nous ? l'interrogé-je en lui souriant alors que des larmes serpentent sur ma joue.

— Il y aura assez de place pour moi ? s'enquiert-elle en battant des cils.

— On va devoir se serrer, pouffé-je.

— Mais c'est parfait ! On se fera un gros câlin toute la nuit.

— Oui ! Un GROS câlin ! se réjouit Hunter.

— Alors, au dodo ! déclaré-je.

Hunter saute de joie. Cette scène surréaliste m'apporte l'énergie dont j'avais besoin pour me relever.

Couchés dans mon lit, Hunter, calé entre nous deux, lève ses mains pour que l'on crochète nos petits doigts aux siens. Un autre rituel de Beth pour puiser du réconfort chez l'autre et pour que la nuit soit douce. La mienne ne le sera pas vraiment, ni les prochains jours, d'ailleurs. Mais je me fais la promesse de ne pas m'apitoyer sur mon sort. J'ai un enfant qui a besoin de moi pour bien grandir et une boutique à faire tourner !

Munie d'un sixième sens, Abby enveloppe ma main dans la sienne. L'amitié est bien plus forte que l'amour. *C'est pour toujours !* pensé-je. De tout ce que j'ai vécu, c'est l'expérience que j'en retire. *L'amour, je n'y crois plus. Ça fait trop mal !* Je scelle mon vœu en pressant ma paume contre la sienne. C'est dans cette position que je parviens à m'endormir.

Chapitre 12

Point de vue de Matt

Je termine de rédiger un mail à l'attention du service juridique en y attachant en pièce jointe l'accord signé par le client. Lorsque j'appuie sur la touche *envoyer*, je clos ma deuxième affaire de la semaine et me rencogne dans mon fauteuil en signe de… satisfaction. Du moins, c'est le sentiment que je devrais éprouver. Mais rien. Pourtant, mes derniers dossiers ont été couronnés de succès en un temps record. Je m'abrutis par la surcharge de travail. Me dépassant comme jamais. J'ai à nouveau la maîtrise de ma vie. Comme si tout était rentré dans l'ordre… *Mais c'est une putain d'illusion !* Tout sonne si creux. J'ai le moral au plus bas et le cœur en vrac depuis dix jours.Je serre les poings de frustration. *Elle me manque, bordel !*

Un coup sec contre la porte me sort de ma lamentation. Je soupire avant de crier d'une voix ferme :

— Entrez !

La silhouette de mon mentor apparaît. Je me lève de mon fauteuil quand il m'arrête d'un mouvement de la main.

— Reste assis ! m'intime-t-il en fermant la porte derrière lui.

Je m'exécute tout en réfléchissant au motif de sa venue. Nous n'avions pas de rendez-vous prévu. Voilà une distraction bienvenue.

— Monsieur Hools. Bonjour !

On se salue d'une poignée de main. Il dépose un dossier sur mon bureau, puis s'assied tout en ajustant sa veste de costume dans un geste calculé. Son regard acéré s'accroche au mien. Il laisse planer un silence volontaire. Il représente le sans-faute, la quintessence d'une assurance sans faille. Je l'ai toujours admiré pour cela, et l'ai même souvent imité. Mais à cet instant, ce qui attise plutôt ma curiosité, c'est la raison de sa présence ici.

— Que puis-je pour vous ?

— Tu n'as toujours pas répondu à mes propositions de rester dans mon équipe, ou alors de manière détournée.

Nous y voilà ! Il ne veut toujours pas accepter mon départ.

— Tu es le meilleur élément que j'aie eu dans toute ma longue carrière. Et je me félicite d'avoir eu le flair pour te recruter.

Évidemment, il faut qu'il précise qui mène le jeu. Sur ce, rien ne vaut un bon cirage de pompes.

— Je ne vous remercierai jamais assez pour m'avoir donné ma chance.

— Je suis content de te l'entendre dire, me déclare-t-il, l'ombre d'un sourire aux lèvres. Tu veux savoir ce qui te différencie des autres ?

Je le sais, mais je garde les lèvres scellées.

— Tu es vif d'esprit, ce qui te permet d'avoir un coup d'avance sur les autres. Mais c'est ta hargne et ton ambition qui font toute la différence.

On est d'accord ! Je zieute son pouce qui joue avec l'anneau de sa chevalière.

— Tu ne m'as jamais déçu. Encore maintenant, tu t'empares de chaque nouvelle affaire avec brio.

Bon sang, cette reconnaissance fait du bien à entendre !

— Vous êtes mon mentor. Vous décevoir n'a jamais été une option.

— Bien ! s'exclame-t-il d'une voix assurée. Alors, venons-en au fait.

— Je vous écoute.

Il pointe son dossier du doigt.

— Dans le cadre de ta future boîte, je t'offre plusieurs contrats à gérer.

Une expression de surprise se peint sur mon visage. Je m'attendais à beaucoup de choses, mais certainement pas à ça ! Avoir un gros client comme Graham & Carlson pour débuter est une proposition en or qui ne se refuse pas. Je crève d'envie d'ouvrir le dossier pour en connaître la teneur… Mais j'ai besoin de comprendre ce qu'il veut de moi en retour.

— En quel honneur ?

— Parce que je le peux. Parce que je le veux.

Les pattes d'oie au coin de ses yeux appuient son amusement. Il m'a dérouté, et c'était l'effet recherché.

— Disons que j'assure tes arrières, renchérit-il.

Il attaque, je riposte avec confiance :

— L'échec n'est pas une option non plus.

— Pour toi, je n'ai aucun doute. Mais j'ai appris que ton associé, Neal Rendall, est père depuis peu.

— Et ?

— Ce n'est pas le choix le plus judicieux quand on débute dans une activité telle que la nôtre. Les places sont chères. Autant avoir la dent longue. Ce n'est pas toi qui me diras le contraire !

Il se lève de son fauteuil, ignorant l'irritation qui irradie de mon corps. Je sais tout ça. Il s'avance jusqu'à la fenêtre, puis croise les doigts derrière son dos pour donner du poids à ses mots.

— Je vous garantis du travail et assure à ton ami un revenu confortable pour sa jeune famille.

Je ne sais pas ce qu'il insinue. Enfin, si, il veut me déstabiliser et me voir douter. Mais ça n'arrivera pas. Neal m'a prouvé qu'il assumait tous ses rôles jusqu'à maintenant et il n'a certainement pas besoin d'être assisté financièrement. Ni ma frangine, d'ailleurs. Depuis qu'elle s'est lancée en freelance, un mois avant la naissance de Heaven, elle bosse pour un groupe de photographes et crée leurs campagnes publicitaires. Ça fonctionne très bien pour elle, et je ne pourrais pas être plus fier d'elle.

— Et quel est votre intérêt dans tout ça ? m'enquiers-je avec curiosité, le sourire en moins.

Il se retourne pour me faire face.

— Une promesse de ta part de revenir travailler pour moi si ton affaire tournait mal. J'ai l'intention de prendre ma retraite dans dix ans et si tu continues d'être aussi efficace, tu pourrais reprendre mes fonctions.

Abasourdi par l'énormité de sa révélation, je le dévisage sans un mot. Malgré cette offre plus qu'alléchante, j'ai trop foi en mon association avec Neal pour que ça se concrétise un jour.

— Merci, mais ça n'arrivera pas.

Il me sourit, sans se laisser démonter par mon refus.

— Alors tu ne prends aucun risque à accepter ma proposition.

— Laissez-moi y réfléchir.

— Je te donne trois jours.

Il arbore un rictus suintant la confiance. Il n'a aucun doute sur le fait que je vais signer son accord. En même temps, c'est tout bénef pour moi. Je me perds dans ma réflexion et remarque trop tardivement qu'il a quitté mon bureau. Je m'affale contre le dossier de mon fauteuil et secoue la tête en n'en revenant toujours pas. J'attrape mon téléphone sur le bureau pour partager la nouvelle avec Julia. C'est au moment d'appuyer sur le bouton d'appel que je réalise que je ne peux pas. Que je n'en ai plus le droit. L'euphorie du moment est balayée par une vague de chagrin. D'un coup, c'est comme si tout ce que je vivais et qui faisait ma fierté n'avait plus la moindre importance…

Les coudes sur le bureau, je me frotte le visage pour faire disparaître cet état de faiblesse. L'alarme de mon téléphone retentit. Je jette un œil sur l'écran « Rendez-vous avec Abby au Loft »

Et merde ! Voilà le moment tant redouté.

Je sors de ma Camaro, le dossier de mon mentor sous le bras, et suis accueilli par un grand froid glacial qui cingle chaque millimètre de ma peau nue et exposée. Avant de traverser la rue, je contemple les décorations lumineuses de Noël qui pullulent sur l'artère, et repère les chœurs qui répètent déjà leurs chants au coin des rues. *Nous ne sommes que le 10 décembre, c'est pas un peu tôt ?!* m'agacé-je. Noël est la seule période où les inconnus s'observent et se sourient. Où les gens font l'effort d'être heureux.

Putain de magie de Noël !

Je pénètre le hall de notre immeuble et grimpe la volée d'escaliers jusqu'au deuxième. Je suis impatient de voir le travail d'Abby même si j'appréhende les retrouvailles. Afin de prendre de la distance avec ma rupture et l'entourage de Julia, j'ai laissé Lilou gérer et orchestrer seule la fin des travaux ainsi que la décoration intérieure. Je lui ai donné carte blanche et vu son trop-plein d'enthousiasme, je regrette de ne pas lui avoir proposé plus tôt.

Je pousse la porte entrouverte et découvre Neal, occupé sur son téléphone. Ses yeux pétillent de joie lorsqu'il m'aperçoit. Je lui réponds par un sourire en lui donnant une tape complice sur l'épaule. Mon regard erre dans chaque recoin du loft et reste admiratif de la beauté du lieu. Les pièces sont séparées par quatre immenses verrières industrielles, dont la structure en acier encadre les grandes surfaces vitrées, qui cloisonnent nos deux bureaux ainsi que la cuisine et la salle d'attente.

— Alors ? me questionne Neal, comme s'il était shooté à la bonne humeur.

— Terrible !

— Abby et Lilou ont super bien bossé !

— Elles ont assuré !

Et tout devient si réel ! Encore un mois, et à nous la concrétisation de notre rêve.

— Hé ! Qu'est-ce que tu as amené avec toi ?

Il chope le dossier sous mon bras. Je souris lorsqu'il l'ouvre et commence à le parcourir.

— Ne te gêne surtout pas !

M'ignorant, il lit avec minutie chaque proposition. Il relève le menton et l'expression incrédule qu'il affiche provoque mon amusement.

— C'est pour nous ?!

— Yep.

— Comment as-tu obtenu ça ? s'ébahit-il.

— Un arrangement avec mon mentor.

— Mais ça représente plusieurs semaines de travail pour nous !

Neal secoue la tête en fronçant les sourcils. Il me scrute avec suspicion.

— Je ne comprends pas. Quel arrangement ?

— Il veut quelque chose qu'il n'aura jamais. Mais il est trop têtu pour se faire une raison, éludé-je.

— Euh… Tu m'expliques ?

— Tu me fais confiance ?

— Quelle question !

— Retiens juste que ce sont nos premiers contrats.

— Tu me fais marcher ?

— Oh que non ! Graham & Carlson est notre premier client.

— T'as fait quoi ? Parce que là, je ne pige pas.

— J'étais en manque alors, tu sais… Je suis prêt à *tout*.

Je prononce le dernier mot de manière suggestive. Il secoue la tête d'un air blasé, mais son sourire en coin ne me trompe pas.

— On peut déjà bosser dessus ?

— Fais-toi plaisir !

Il plonge de nouveau le nez dans les papiers et disparaît dans son bureau. Je l'observe à travers la paroi vitrée ; il s'assied dans son fauteuil tout en ouvrant le clapet de son PC portable.

— Tu as emporté ton PC avec toi ! le charrié-je en me marrant.

Il relève sa tête.

— J'avais encore du taf à terminer.

Il plonge de nouveau son nez sur son écran et vu le silence qui se prolonge, j'imagine qu'il a fini son explication. Je prends alors le temps d'inspecter chaque recoin de chaque pièce. La décoration donne une atmosphère épurée au loft et le mélange entre le bois, le métal et le cuir apporte une note raffinée et dynamique à l'ensemble.

— Désolée pour le retard ! s'annonce Abby à bout de souffle. J'ai eu un contretemps.

— Ne t'excuse pas. Je suis en train de découvrir ton travail, et je suis plus qu'admiratif !

Sa bouche s'étire en un sourire de façade, manquant clairement de chaleur.

— Tu as des remarques ?

D'un coup, je n'en ai plus rien à foutre de la décoration. Une seule question me brûle les lèvres : *comment va Julia ?*

Je la scrute sans lui répondre, comme si elle allait m'en parler spontanément.

— Je prends ça pour un non, déclare-t-elle en jetant un coup d'œil derrière mon épaule. Ah, Neal est là !

Son regard s'illumine de joie. Elle me passe devant pour aller à sa rencontre. Je continue mon inspection jusqu'à porter mon attention sur le plancher. Je m'accroupis et glisse mes doigts dessus. C'est le parquet en chêne que je pensais foutu lors de l'achat du loft, apparemment je me suis trompé. Il a été rénové et vitrifié. *Il est superbe !*

Je me redresse quand j'entends Abby s'extasier, et les observe.

— Lilou est venue cet après-midi avec Heaven. Elle est trop chou ! Et sa bouille d'amour est à croquer !

L'expression de Neal se pétrit de fierté. Comme si rien ne pouvait le rendre plus heureux. Je me marre et me réfugie dans mon bureau.

Chapitre 13

♫ *Wrecked*
Imagine Dragons ♫

Je m'assieds sur le coin de la tablette en croisant les bras, et prends le temps de savourer le fruit de plusieurs années d'acharnement et de travail. Et là, à cet instant, je ne pense qu'à une chose. J'aurais aimé le partager avec Julia. Elle m'aurait compris mieux que personne.— Je viens de prévenir Neal, me surprend Abby en agrippant l'encadrement de la porte. La cuisine sera posée la semaine prochaine, le temps d'installer la nouvelle arrivée d'eau. Sinon, les toilettes sont fonctionnelles.

— OK, merci.

— Le fournisseur s'est trompé dans la couleur des fauteuils de la salle d'attente.

— Je les trouve bien.

— Ils sont pas mal, c'est vrai, mais ceux que Lilou a choisis rendent beaucoup mieux. Pas d'inquiétude, tout rentrera dans l'ordre avant la fin du mois.

— Super !

Et là, je craque. J'ai besoin d'avoir des nouvelles de Julia. Je m'apprête à lui en demander quand la sonnerie d'un téléphone retentit. C'est celui d'Abby qu'elle cherche dans son grand sac. Elle finit par s'en saisir et fixe l'écran quand Neal nous rejoint.

C'est fugace, mais elle me zieute à la dérobée et bat en retraite à l'autre bout du loft. Loin de moi. Une flèche de douleur me vrille la poitrine lorsque je comprends que c'est peut-être Julia. Non, je suis certain que c'est elle. L'expression d'Abby avant de décrocher ne me trompe pas. Tel un aimant, je m'apprête à la rejoindre quand une main empoigne mon coude et m'arrête dans mon élan. Je me retourne vers Neal, arborant un air agacé.

— OK !… Tu veux bien m'expliquer ce qui se passe ?

— Rien.

Il s'adosse à mon bureau alors que je reporte mon attention sur Abby. Elle est dos à moi, je ne peux pas déchiffrer l'expression de son visage. Pas besoin. Elle est avec Julia. J'ai envie de lui arracher le téléphone des mains pour entendre sa voix. De ma vision périphérique, je remarque un écrin entre les doigts de Rendall qui disparaît dans la poche de son pantalon de costume. Lorsque nos regards se croisent, il me connaît assez pour savoir que je ne suis pas dupe sur la manœuvre et qu'il est préférable de jouer franc jeu.

— Ce n'est peut-être pas le bon timing, me confie-t-il.

Ma moue blasée parle pour moi. Alors, il sort la main de sa poche et me tend la boîte en velours noir. Je m'avance jusqu'à lui et m'en empare. J'ouvre l'écrin où trône une bague sertie de trois petites pierres précieuses incrustées dans l'anneau en or blanc.

— Ce sont des saphirs ?

— Oui, Lilou aime les choses simples, sans chichi ou tape-à-l'œil. Et le bleu est sa couleur préférée… Euh… Tu trouves qu'elles sont trop petites ?

Entendre Neal bafouiller parce qu'il a la crainte que ça ne puisse pas plaire à ma frangine a ce quelque chose de touchant qui me donne le sourire. Ils sont faits l'un pour l'autre et pour les avoir observés depuis des années, on devine que c'est assez fort pour durer toute une vie.

— Elle est parfaite. Tu as fait un très bon choix.

Il affiche un tel bonheur au bout des lèvres qu'il rayonne à des kilomètres.

— Ma mère m'a aidé à la choisir.

— Et tu doutes encore ! me marré-je.

— Je veux que tout soit inoubliable pour ce week-end.

L'éclat de rire d'Abby me fait tourner aussitôt la tête dans sa direction. L'oreille affûtée, je l'entends prononcer le nom de Hunter. *C'est bien Julia !* Un fulgurant coup de poing me percute la poitrine. Je perds pied et mon esprit se coupe du monde qui l'entoure pour se protéger d'une douleur encore plus foudroyante qui risque bien de me mettre K.O. Je porte mon attention vers mon pote, et remarque ses lèvres qui bougent et qui me racontent des choses.

— J'ai réservé dans…

Mon palpitant bat trop vite, trop fort, faisant pulser le sang au niveau de mes tempes. Mes oreilles bourdonnent et des flashs de Julia, de son sourire, de sa tendresse et de mon amour pour elle me submergent et m'empêchent de me concentrer sur chacun de ses mots. Je sens que c'est important pour lui, alors j'essaye de donner le change, mais sans succès. Je peine à maîtriser les pensées chaotiques de mon esprit.

— Matt !… Je reviens… Je… Verre d'eau.

Dès que je le vois disparaître, je m'adosse contre le mur et tente de refouler la vague de tristesse qui me tenaille. Je concentre toute ma volonté pour y parvenir et sors de mon bureau. Une tentative qui reste vaine lorsque j'entends la voix d'Abby se moduler afin de paraître plus tendre, plus douce, me prouvant qu'elle s'adresse à un enfant. À Hunter. Je devrais être heureux pour eux. Heureux qu'ils aillent bien. *Alors pourquoi suis-je en train de souffrir le martyr ?*

Je ferme les yeux et m'ordonne de me calmer.

— Hé, tu ne te sens pas bien ? s'inquiète Neal. Qu'est-ce qui t'arrive ?

Je les rouvre et pointe le pouce en l'air en signe que tout va bien, alors que je réagis comme un foutu veuf qui a perdu la femme de sa vie. Et si elle était la seule et l'unique ? Je secoue la tête pour chasser cette idée trop déprimante de mes pensées. Je savais que j'allais en baver, mais pas à ce point-là.

— Bon ! Je dois reconnaître que tu joues parfaitement bien le jeu du mec qui surmonte sa rupture. Tu donnes le change, tu souris quand la situation l'exige. Et tu te réfugies comme un possédé dans le boulot ! Mais je ne t'ai jamais connu aussi malheureux.

— J'ai Julia dans la peau. Mais je ne suis pas l'homme qu'il lui faut.

— C'est quoi ces conneries ? s'enquiert-il d'un ton abrupt.

— Je suis trop égoïste pour aimer correctement une femme. Elle mérite bien mieux que ce que j'étais prêt à lui donner.

Frappé par le dégoût de moi-même, je marche à reculons jusqu'à la porte et m'appuie contre le mur, espérant qu'il supporte tout le poids de ma détresse. Neal me scrute avec intensité.

— Si tu étais aussi égoïste que tu le penses, tu ne souffrirais pas autant.

— Rien à voir ! Tout ce que je veux, c'est que cette foutue douleur disparaisse. Mais bordel, elle est tenace !

Soudain, j'ai envie d'envoyer mon poing contre le mur en hurlant ma frustration trop longtemps contenue. Je me redresse et sens ma bouche réclamer un remontant que je lui refuse depuis le soir de ma rupture. J'ai besoin d'un verre d'alcool. Je me connais suffisamment pour savoir que si je commence, je continuerai jusqu'à anesthésier ce mal qui me ronge les entrailles. Et si je bois tout mon soûl, je suis conscient du danger de ne plus parvenir à rester loin d'elle.

— Tu devrais t'asseoir.

— Non, ça va aller.

— Je t'ai rapporté une bouteille d'eau. Bois !

— J'aurais préféré ton whisky vingt ans d'âge.

Ma note d'humour ne l'amuse pas le moins du monde.

— Tu travailles trop. Il faut que tu ralentisses !

— On ne travaille jamais trop.

Il souffle.

— Toi, si. Ça ne m'étonne pas que ton mentor veuille garder une mainmise sur toi. Tu fais le boulot pour deux.

Je me saisis de la bouteille et marche jusqu'à mon bureau sur lequel je m'assieds.

— En restant le meilleur.

— Ouais, mais là, il faut que tu te calmes.

— T'inquiète. Je vais la jouer cool ce week-end.

— T'as plutôt intérêt, réplique-t-il en riant, visiblement soulagé. Bon, on est d'accord. On débarque chez toi, vendredi vers 20 h.

Chez moi ? 20 h ? Mais qu'est-ce qu'il raconte ?

Il fronce les sourcils, comme moi certainement.

— Je peux vraiment compter sur toi ?

L'inquiétude transperce chacun de ses mots. *Mais il parle de quoi, bon sang ?!* J'ai dû les inviter chez moi… *Bordel, je ne m'en souviens même pas !* C'est le trou noir, et s'il s'en aperçoit, il ne va plus me lâcher et risque même de faire paniquer Lilou. Et là, j'ai juste envie qu'on me foute la paix.

— Mais oui ! Je vais commander chinois, c'est bon pour toi ?

Son air interloqué ne me dit rien qui vaille. Mauvaise question, apparemment.

— T'es chez toi, tu fais ce que tu veux, me répond-il en articulant, sentant l'anguille sous roche. Mais pas d'alcool ! Lilou ne le tolérera jamais, et moi non plus, d'ailleurs.

C'est à mon tour de le dévisager comme s'il était devenu fou.

Sympa ! Je ne suis même plus libre de faire ce que je veux chez moi… Et je ne pige pas pourquoi l'alcool y serait interdit ? Qu'eux n'en boivent pas, c'est leur problème, mais de là à me l'interdire – *par solidarité peut-être ?* Ça dépasse mon entendement.

— Tu as peur que j'en verse quelques gouttes dans le biberon de ma filleule ? le charrié-je.

Bon, encore une fois mon trait d'humour tombe à plat.

— Si tu dis une chose pareille devant ta sœur, je ne donne pas cher de ta peau. Et crois-moi, ce ne sera rien en prévision de ce que je te ferai subir si tu fais capoter mon week-end !

Capoter… *Carrément !* C'est la discussion la plus étrange que j'aie jamais échangée avec Neal. Ses réponses pleines de mise en garde n'ont aucun sens pour moi, et là, ça m'alarme. Je m'apprête à lui demander plus d'explications quand l'apparition d'Abby sur le seuil de mon bureau me fait tout oublier. Je crève d'envie d'avoir des nouvelles de Julia, tel un junkie en manque.

— Je peux vous déranger une minute ?

On acquiesce de concert. Elle s'avance vers Neal et lui tend une feuille.

— J'ai noté quelques petits défauts que notre entrepreneur doit réparer. Si vous voyez autre chose, signalez-le-moi. Mais vite, s'il vous plaît.

— On n'y manquera pas, lui répond Neal.

Et mon hochement de tête lui donne satisfaction.

— Bon, pas d'autres questions ? s'enquiert-elle.

Si. J'ai besoin de savoir comment va Julia, mais je sais que je n'obtiendrai pas de réponse. Ça ne me regarde plus et elle ne manquera pas de me le rappeler.

— Pas pour l'instant, répliqué-je comme si j'avais enfin retrouvé ma langue.

— Messieurs, je vous souhaite une bonne soirée !

— À toi aussi !

Nous nous exclamons d'une seule voix. Je la fixe jusqu'à la voir disparaître du loft.

— Donc je peux compter sur toi, Evans ! insiste Neal. C'est vraiment important pour moi.

Bon, si ça lui tient tant à cœur et qu'il a besoin d'être apaisé, alors je lui avoue :

— Je ne noie pas mon chagrin dans l'alcool et n'en ai nullement l'intention. D'ailleurs, je n'ai pas bu une goutte d'alcool depuis ma rupture.

— C'est une bonne nouvelle ! Tu me rassures.

Son soulagement flagrant me fait réaliser que mon meilleur pote s'inquiète aussi pour moi. *Quel con !* Comme s'il n'avait pas assez de problèmes à gérer comme ça. Consterné par mon manque de sang-froid, j'ai envie de me cogner l'arrière du crâne pour me remettre les idées en place. S'il existe une méthode plus radicale, comme devenir amnésique par exemple, je signe tout de suite.

— Matt, si tu as besoin de parler…

— Non !… Excuse-moi !

Mû par une impulsion aussi soudaine qu'incontrôlable, je sors en trombe du bureau et arrive en haut des escaliers en criant :

— Abby ! Attends !

Elle arrête sa descente et regarde par-dessus son épaule. Je la rejoins et notre petit tête-à-tête improvisé ne lui plaît pas.

— Quoi ? m'interroge-t-elle d'une intonation sèche.

— J'ai besoin de savoir comment va Julia.

— Non !

— S'il te plaît !

Elle gronde d'agacement et l'énervement la gagne à vitesse grand V.

— Écoute, je ne te fais aucun reproche. Mais là, ça ne te regarde plus ! Et si tu as des regrets, c'est trop tard. Tu ne la récupéreras pas !

— Je sais.

Même si ça me fait mal de l'admettre.

— Elle mérite mieux qu'un enfoiré comme moi.

— Je n'ai pas dit ça non plus !

— Non, c'est moi qui le dis. Mais ça n'empêche pas que je pense tout le temps à elle. Et ça me bouffe de ne pas savoir comment elle va.

— Bon sang, Matt ! aboie-t-elle. Es-tu prêt à avoir un enfant dans ta vie et à t'investir ?

— Non.

Je suis désespéré, mais je resterai toujours honnête. Elle pince ses lèvres de frustration tout en secouant la tête de consternation.

— OK. Je vais te le dire. À condition que tu me jures de la laisser tranquille ! De ne jamais la contacter ! La dernière chose dont elle a besoin, c'est d'espérer !

Est-ce que je suis prêt à tenir ma promesse ?… Putain, non !

Mon silence parle pour moi et son ton se durcit.

— Salut !

— OK. Promis !

Mes mots fusent de ma bouche d'une voix cassée par le désespoir. Elle exhale un profond soupir.

— Elle ne va pas bien du tout, mais elle s'accroche.

Bordel de merde !

— Ça définit bien la situation, réplique-t-elle.

Je réalise que j'ai pensé à voix haute.

— Ne crois pas que te voir aussi mal me réjouit. Bien au contraire. Je t'apprécie, Matt, mais si tu désires vraiment son bonheur, alors oublie-la. Ne la laisse pas se cramponner à une illusion.

— Comment ça ?

— Elle espère que l'amour triomphera de toutes les épreuves.

C'est bien ce que je pensais… Elle mérite mieux qu'un connard comme moi.

— Je suis même prête à te supplier, renchérit-elle avec conviction. Elle a assez souffert.

Je suis d'accord…

Je hoche la tête pour toute réponse. Attristée, elle se pince les lèvres et continue sa descente sans un mot. Lorsqu'elle disparaît, je m'assieds sur l'une des marches. Les coudes sur mes genoux, j'empoigne mes cheveux et suis en train de me choper une migraine qui menace mon estomac de se délester du dégoût qu'il a de lui-même. Si je dois rompre une promesse, alors je choisis de rompre celle envers Neal, parce que là, j'ai besoin d'un verre et de m'abrutir le cerveau. Fissa !

***

Le liquide ambré tournoie dans mon verre avant que je l'avale cul sec. J'aurais dû pendre mon temps pour déguster ce Glenfiddich vingt et un ans d'âge, mais la tentation d'anesthésier la douleur que je ressens dans la poitrine est plus forte que la raison. *D'ailleurs…*

— Un autre, s'il vous plaît, interpellé-je le barman qui termine sa commande.

Il acquiesce d'un signe de tête. Mon attention se focalise sur les bouteilles d'alcool qui trônent sur les étagères derrière le bar quand mon regard télescope, dans la glace, celui d'une femme. Je la suis des yeux jusqu'à ce qu'elle me rejoigne.

— Besoin de compagnie ? me questionne-t-elle d'un timbre qui se veut sensuel.

Je lève mon verre.

— J'ai toute la compagnie dont j'ai besoin.

Elle ne tient pas compte de ma rebuffade et s'installe à mes côtés. Elle porte un chemisier entrouvert qui laisse deviner une poitrine généreuse. Le barman glisse mon verre sur le comptoir, puis reprend l'ancien. Elle introduit la paille de son cocktail entre ses lèvres pour aspirer le liquide sans me lâcher du regard. Un geste équivoque qui m'invite à penser que cette nana n'a pas froid aux yeux. Ce serait un coup facile pour retrouver mes bonnes vieilles habitudes… *Pourquoi pas ?*

— J'ai eu tout le loisir de t'observer depuis ton arrivée, me révèle-t-elle en penchant sa tête vers moi, laissant cascader sa chevelure châtain sur la tablette du bar, tu as besoin de te changer les idées. Je me trompe ?

J'esquisse l'ombre d'un sourire et plonge mes iris dans les siens tout en gardant le silence. Une lueur lascive illumine ses pupilles. C'est la seule chose que je remarque. Le reste est si superficiel, si impersonnel. Je m'arrache à sa vision et avale une autre gorgée de ma boisson. Ce n'est pas ce que je recherche ; je veux encore dévorer du regard la femme que j'aime pour la voir sourire. Rire. Me provoquer. Et m'aimer. Julia est la seule femme qui était capable de me faire passer une multitude d'émotions d'un simple coup d'œil. Je lisais avec une telle facilité en elle que nos conversations pouvaient se passer de mots.

L'inconnue ne se laisse pas démonter par mon peu d'intérêt et pose sa main sur la mienne. Elle est peut-être douce, mais son toucher ne m'électrise pas. Ses ongles, peints de rouge, tracent un sillon sensuel sur ma peau qui me laisse indifférent… alors que Julia parvenait à me faire décoller en un quart de tour dès qu'elle plantait ses ongles dans ma chair. Des flashs de nos ébats s'impriment sur ma rétine. Les meilleurs de toute ma vie… Je lâche un soupir désabusé en songeant que notre complicité sexuelle était même démentielle.

Cette inconnue n'est qu'une pâle copie de Julia.

À cet instant, j'ai l'impression qu'aucune femme ne sera à sa hauteur. Je bois une gorgée de mon whisky qui apaise cette douleur lancinante en moi. *Putain, je suis trop malheureux sans elle…*

— Je peux goûter ? ronronne-t-elle. Juste tremper mes lèvres, si tu préfères.

Je l'écoute d'une oreille distraite et reprends le fil de mes pensées. Notre complicité a toujours été si intense. J'ai goûté au meilleur… Difficile pour moi, maintenant, de me contenter d'un coup d'un soir. Cette période de ma vie m'apparaît même révolue… Je me perds dans les souvenirs de ma rencontre avec ma Diablesse. Le jour où elle m'a traité de connard et qu'elle a irrémédiablement changé le cours de ma vie. Je souris en me remémorant cette fougue qui l'anime toujours lorsqu'elle est en colère ou bien quand elle est sur le point de jouir. Sa sensualité a toujours agi comme un aphrodisiaque sur mes sens. *Ouais*… Je l'ai à fond dans la peau et elle me manque au point où je ne suis pas pressé de retrouver la solitude de mon appartement. J'expulse un énième soupir, puis remarque que la place à mes côtés est vide. *Bien !* Je termine mon verre et le lève à l'attention du barman pour qu'il m'en serve un autre.

Chapitre 14

Point de vue de Julia

Je dépose un baiser sur le front de Hunter qui s'est enfin endormi.— Je t'aime, murmuré-je.

Je caresse sa petite tête blonde, puis quitte sa chambre sur la pointe des pieds en refermant la porte derrière moi. Je marche jusqu'au salon et m'affale de tout mon long sur mon nouveau canapé et savoure le silence.

Bip bip bip bip.

Un soupir de contrariété s'échappe d'entre mes lèvres. *Je ne peux pas avoir la paix cinq minutes, c'est trop demander !* Je me lève et trottine jusqu'au four pour couper l'alarme. En l'ouvrant, l'odeur de lasagnes aux trois fromages qui s'en dégage me donne l'eau à la bouche. Même mon estomac gronde de faim. Je souris à l'idée d'avoir recouvré l'appétit. *Il était temps !*

Il y en a une que ça va réjouir ! J'attrape mon téléphone posé sur l'îlot central et compose le numéro d'Abby.

— Allô.

— Pourquoi tu chuchotes ? m'enquiers-je. Je te dérange ?

— Euh… Non… Attends une petite minute…

J'entends ses talons cliqueter sur le sol.

— Je t'écoute.

Je fixe l'heure sur l'horloge du four. Vingt heures passées.

— T'es toujours en rendez-vous ?

— Oui. J'ai accumulé pas mal de retard aujourd'hui.

— Je te rappelle plus tard !

— Non, pas de souci. Dis-moi !

— J'ai faim. Et je me demandais si ça te gênait que je commence sans toi.

— Julia ! éclate-t-elle de rire. Mange. Goinfre-toi ! Et ne m'attends surtout pas !

— Je patienterai pour le dessert, pouffé-je.

Du coin de l'œil, je remarque la présence de Hunter et dès que nos regards se croisent, il m'informe d'une petite moue coupable :

— J'ai soif.

— Abby, je dois te laisser, Hunter vient de se lever.

— Oh ! Je veux pa'ler à tatie Abby ! s'écrie-t-il de joie.

Il tend ses mains vers mon téléphone en trépignant. *Ce sont les voisins du dessous qui vont être contents !* Je cède et il l'attrape en débitant aussitôt :

— Tatie Abby ! Aujou'd'hui à l'école, madame Sally nous a app'is à éc'ire la lett'e M et N et je devais les entou'er en bleu dans un texte.

J'en profite pour lui servir un verre d'eau à moitié rempli.

— Tu m'amènes à l'école demain ?

La réponse de ma meilleure amie provoque l'ébauche d'un sourire de satisfaction sur ses lèvres. Cette semaine Abby était moins présente à cause d'un trop-plein de travail pour cette fin d'année. Je ne pouvais pas demander à Josh de gérer les ouvertures et les fermetures, alors j'ai pris la décision que Hunter m'accompagne après l'école pour fermer la boutique quand Josh gère les matins.

Il me regarde et je pointe l'heure qui s'affiche sur le four pour lui signifier qu'il est temps de clore la discussion. Accentuant son petit air canaille, il ajoute :

— Je dois aller me coucher. À demain !

Il fait claquer un bisou volant sur sa bouche et me rend mon téléphone. Il s'empare du verre et boit de petites gorgées. J'en profite pour questionner ma meilleure amie.

— Tu penses finir vers quelle heure ?

— Bientôt ! Neal et M…

En réalisant la portée de ses mots, mon cœur bondit dans ma poitrine. Elle est avec *lui*. Mon attention est vaguement concentrée sur le verre qui se pose avec brusquerie sur le plan de travail. Hunter se positionne devant moi dans l'attente que je le raccompagne jusqu'à son lit.

— Je suis désolée, je ne voulais pas te le rappeler.

En raison des émotions intenses qui remontent tel un boulet de canon du fond de mon ventre, la tristesse et la douleur me submergent et leurs crocs acérés se plantent dans ma poitrine. La gorge nouée, je lui réponds :

— Tu n'as pas à t'excuser. Tu m'as juste surprise, mais ça va. Pas de souci.

— Ouais j'entends ça, réplique-t-elle, loin d'être dupe. Bon, on en reparle tout à l'heure, si tu veux. Ah au fait, je passerai d'abord chez Grant, il a demandé à me voir.

— Tu lui manques ! me réjouis-je pour elle.

— Je ne pense pas que ce soit le cas. Enfin je verrai bien.

Son ton m'interpelle, mais ce n'est pas le moment de l'interroger.

— Prends tout ton temps. Tu as la clé de toute façon.

— Je serai là dans une bonne heure.

— OK. À tout à l'heure.

Je raccroche et dépose mon téléphone sur l'îlot. Perdue dans mes pensées, j'oublie Hunter qui finit par me demander plein d'espoir :

— Je peux do'mir avec toi ?

Après avoir longuement discuté avec sa pédopsychiatre, je décide de suivre ses conseils. Je dois faire preuve de fermeté et ne pas déroger à ma nouvelle ligne de conduite. Je me dévoue entièrement à lui, mais il a besoin de limites pour pouvoir mieux grandir et s'épanouir.

— Non. On en a déjà discuté. Tu es un grand garçon, et mon lit n'est pas le tien.

— Juste pour ce soir, s'il te *plaîîît* Ma'aine, me supplie-t-il d'une voix larmoyante.

Je ne dois pas flancher, c'est pour son bien. *Mais c'est difficile !*

— Pourquoi ne veux-tu pas dormir dans ton lit ?

— J'ai peur qu'un monst'e vienne me manger.

Qu'est-ce que c'est que cette histoire encore ?!

— Les monstres n'existent pas. Et personne ne viendra te manger. Je te le promets !

Son air dubitatif me prouve qu'il n'en croit pas un traître mot. Je lève les yeux au ciel.

— On va fouiller toute ta chambre et tu verras qu'aucune de ces créatures imaginaires ne s'y cache.

Une fois dans la pièce, je m'exécute et ouvre toutes les armoires, tous les tiroirs et m'accroupis pour vérifier sous le lit, sous l'œil attentif de Hunter qui me suit comme mon ombre. Je me redresse, les mains posées sur mes hanches, un sourire victorieux aux lèvres.

— Aucun monstre à signaler. Au dodo, maintenant !

— Becca a dit que les monst'es venaient los'qu'il faisait *tout* noir, m'avoue-t-il d'une voix fébrile en se couchant dans son lit. J'ai peur, Marraine.

Je tilte sur mon surnom qu'il a parfaitement prononcé.

— Je pense que ton amie a une sacrée imagination. Tu ne risques rien !

— N'éteins pas la lumière !

La peur lui fait oublier son problème de langage, apparemment. Je réprime mon sourire, car je sais que tout finira par rentrer dans l'ordre.

— Je vais brancher ta veilleuse et laisser la porte entrouverte.

— D'accord, me sourit-il, rasséréné.

Je l'embrasse sur le front et caresse sa joue d'une douceur incroyable. Pour clôturer notre rituel du soir, je lui dis :

— Je t'aime, mon trésor.

— Je t'aime aussi, Ma'aine Lily.

— Marraine, articulé-je.

Je recommence aussi à lui répéter les mots qu'il prononce mal. J'avais perdu l'habitude de le faire mais il est temps que la vie reprenne son cours.

— *Marraine.*

Je lui souris avec amour.

— Dors bien.

Il se positionne en chien de fusil et me fixe en serrant son doudou tout contre lui. Je l'observe jusqu'à ce qu'il ferme les yeux et sors d'un pas feutré de sa chambre en laissant, comme promis, la porte entrouverte. J'ai tenu bon et je suis plutôt fière de moi. Maintenant que mon cerveau n'est plus occupé, je songe à Matt. Je bloque cette pensée. C'est hors de question ! Il faut que j'arrête de penser à lui tout le temps. Et sur ces bonnes paroles, je me sers une part de lasagnes.

Je regarde l'heure affichée sur l'horloge du four. 20 h 20. Maman a dû rentrer de son service. Je m'installe sur le tabouret de l'îlot et avale une bouchée de mon plat en goûtant à toutes les saveurs qui explosent sous mon palais. Je redécouvre un plaisir simple de la vie qui me redonne l'espoir que tout finit par s'arranger. Avec le temps, bien sûr. *Ce foutu temps !* Je continue à manger avec appétit tout en composant le numéro de téléphone de maman.

— Julia ! m'accueille-t-elle, la respiration hachée.

— Je ne te dérange pas ? Tu sembles essoufflée.

— Je viens juste d'arriver. Attends une minute que je finisse de déposer mes courses dans la cuisine.

J'en profite pour engloutir une autre bouchée que je mastique lentement.

— Ma Lily ?

— Toujours là.

— Je suis tellement heureuse de t'entendre !

Il y a un truc qui cloche.

— Pourquoi ? Ta journée a été difficile ?

Un long silence s'étire entre nous. Je plonge ma fourchette dans ma lasagne et coupe un morceau dans l'attente de sa réponse.

— Je n'ai pas arrêté. Mais tu es mon réconfort de cette fin de journée.

Mon sixième sens aux aguets, je pose mon couvert dans mon assiette.

— Qu'est-ce qui se passe, maman ?
— J'ai démissionné.

Waouh… Le verre dans lequel je m'apprêtais à boire claque sur l'îlot central. Le bruit qui résonne est à l'image de ma stupéfaction. Elle a toute mon attention.

— J'ai longuement réfléchi, me confie-t-elle. Je ne voulais pas t'en parler tant que je n'étais pas sûre de moi. Mais je ne me sens plus chez moi dans cette grande maison. J'avais pourtant cru le contraire, mais il y a trop de souvenirs qui me rappellent chaque jour tout ce que j'ai perdu. C'est devenu trop douloureux.

— Oh, maman ! m'exclamé-je, attristée. Pourquoi tu ne m'as rien dit ?

— Que suis-je en train de faire, d'après toi ? réplique-t-elle avec humour.

— Ça dure depuis combien de temps ?

— Depuis que je vous ai quittés, Hunter et toi. Vous me manquez trop.

Je reste sans voix face à son aveu.

— Ici, plus rien n'a de sens… J'étouffe.

Jamais ma mère ne s'est autant dévoilée qu'à cet instant. J'aurais dû m'en inquiéter bien plus tôt. Une montée de larmes me submerge à l'idée qu'elle vive son deuil sans nous. Je tapote ma fourchette dans l'assiette avant de la lâcher, l'appétit coupé.

— Je vais venir plus tôt que prévu pour les fêtes de Noël.

— Tu arrives quand ?

— Ce dimanche.

— Génial ! me réjouis-je. Hunter va être fou de joie ! Tu n'imagines pas à quel point tu lui manques. Tu *nous* manques.

— Ça tombe bien ! Je ne vous manquerai plus puisque j'ai décidé de m'installer à New York !

Waouh ! Je me lève du tabouret pour encaisser le choc de ses nombreuses révélations. Même si je l'ai souvent souhaité, sa décision me paraît si soudaine ! Ou alors c'est moi qui n'ai rien vu venir ? C'est bien possible…

— Mon bébé ?

— Je n'en reviens pas ! C'est… incroyable ! Même plus que ça !

Je suis heureuse de l'entendre glousser. Je marche et m'assieds au bord du canapé.

— C'est une sacrée décision, maman.

— Oh, oui ! Une décision mûrement réfléchie. Même si ta récente rupture n'a fait qu'accélérer les choses.

— Klint est prêt à te suivre ?

— Il me soutient, élude-t-elle.

— Comment ça ?

— J'ai déjà effectué toutes mes recherches. J'ai trois visites de prévues pour des appartements qui se situent pas très loin de chez toi.

Visiblement, ce n'est pas le moment d'insister pour Klint. Mes doigts se cramponnent à l'accoudoir.

— Et tu sais, comme le personnel dans les hôpitaux est en effectif réduit pendant les fêtes de fin d'année…

— Euh, oui.

— J'ai déjà trouvé un poste d'infirmière urgentiste au Calvary Hospital. Je commence le 24 décembre.

J'hallucine.

— Julia ?

— Ça fait beaucoup de révélations d'un coup !

— Cache ta joie surtout.

Le ton de sa voix exprime son soulagement, elle est heureuse de sa décision. Et moi, je suis carrément folle de joie !

— C'est une fantastique nouvelle ! Je ne pouvais pas rêver mieux comme cadeau de Noël.

J'essuie une larme de bonheur qui roule sur ma joue.

— Pour la maison, tu vas la vendre ?

— Oui. Sauf si tu t'y opposes ? Je sais que tu y as beaucoup de souvenirs.

— Oh non ! C'est surtout pour toi. Tu y as vécu tellement d'années.

— Ce n'est plus la même chose. Je me sens étrangère dans ma propre maison.

— Oh, maman ! Je déteste cette distance entre nous.

— Bientôt, ce sera terminé.

— Je t'aime si fort, lui déclaré-je, tout sourire.

— Moi aussi, ma Lily. Et tu me feras le plaisir de finir ton assiette !

J'ai un mouvement de recul.

— Comment tu sais que…

— Une mère sait tout ! me coupe-t-elle d'une voix douce.

Je ris et me dis qu'il n'existe pas de meilleure maman au monde que la mienne.

— J'ai entendu un couvert tapoter sur une assiette. C'est ton habitude.

— T'es la meilleure ! rigolé-je.

Dès que je raccroche, je termine mon repas et soupire à la vue des factures à encoder dans le nouveau programme informatique. *Misère !*

Chapitre 15

♫ *Don't Stop Me Now*
Queen ♫

Mes pensées reviennent sans cesse sur la révélation d'Abby. Elle a revu Matt. Elle ne me raconte plus rien depuis notre rupture dans le but de me protéger, et j'avoue que ça m'a toujours arrangée. Mais là, je meurs d'envie de savoir comment il va… D'autres questions s'entrechoquent dans ma tête. Est-ce qu'il s'est remis de notre rupture ? A-t-il repris ses coups d'un soir ?… *Non*, je ne préfère pas le savoir. Ce serait trop douloureux.Il faut que j'arrête de penser à lui. J'ai assez d'entraînement pour refouler ma tristesse. Sauf que le nez plongé dans les documents, je suis obligée de relire plusieurs fois mes notes de frais parce que je suis incapable de me concentrer sur les chiffres qui s'affichent sous mes yeux. Je secoue la tête et m'exhorte à m'occuper autrement. J'attrape mon carnet de commandes et lis la prochaine pâtisserie que je dois réaliser pour les cinquante ans d'un homme, cadeau de son épouse.

Je bois une gorgée de mon thé glacé et décide de solliciter la partie créative en moi, celle qui me demande juste de dessiner et de ne réfléchir à rien d'autre. Le crayon glisse à peine sur la feuille que mon esprit vagabonde et s'emballe. Le papier se noircit et les coups de crayon s'enchaînent avec frénésie, représentant le chiffre cinquante en pâte sablée. Le numéro cinq sera garni d'une mousse au chocolat tandis que le zéro, d'une couche de mascarpone aux…

Je perds le fil de mon inspiration en entendant l'arrivée d'une notification. Je m'empare de mon téléphone et découvre un message de Josh. Mais ce n'est pas notre bulle de discussion que j'ouvre, mais celle qui percute mes rétines. C'est plus fort que moi, je relis tous les derniers échanges avec Matt. Des messages pleins d'humour, d'amour, d'impatience et le plus souvent torrides. *Oh mon Dieu, qu'est-ce que je fous !* J'aurais dû tous les supprimer lorsque j'éprouvais de la colère, mais mon amour pour lui est bien trop fort pour m'y résoudre, même sur un coup de tête. Ma gorge se serre de douleur, ce qui provoque une brûlure insidieuse qui embue mes prunelles. Je me mords la joue pour ne pas pleurer, mais c'est trop tard quand je sens des larmes s'écraser sur ma main.

Je suis pathétique ! Je savais que lire les traces de mon bonheur passé signerait ma perte. Je cligne des yeux pour chasser cet état de faiblesse et repense aux dernières larmes que j'ai versées devant Hunter… Depuis, je le préserve de mon chagrin. Une semaine déjà…

— Il vient quand Matt ? m'interroge Hunter.

Sa question me prend au dépourvu, enfin sur l'instant, disons, car je savais bien qu'il fallait que je lui en parle. Mais dans mon cas, je n'ai jamais trouvé le bon moment. Existe-t-il d'ailleurs ?

— Je te l'ai dit, c'est fini avec lui.

— Ce n'est plus ton amou'eux ?

Je secoue la tête en pinçant les lèvres.

— Pou'quoi ?

— C'est devenu compliqué entre nous.

Il fronce les sourcils d'incompréhension et se concentre pour parler.

— T'es triste ? articule-t-il.

— Oui, lui avoué-je, la voix nouée par le chagrin.

— On peut aller le voir ?

Bon sang, que c'est difficile !

— Avec Matt, on a beaucoup trop de travail et on ne trouve plus de temps pour se voir.

Il réfléchit et semble perdu.

— Vous n'êtes plus amou'eux ?

— Si, on s'aime encore.

Son air sérieux m'indique son incompréhension la plus totale.

— Je veux voir Matt !

— Ça ne va pas être possible… pour l'instant.

Je souffle de dépit. Cette discussion ne mène à rien. Je ne veux pas lui mentir, mais hors de question qu'il se sente coupable de l'échec de notre couple. Bon, je n'aime pas dire ça, mais…

— Tu comprendras quand tu seras plus grand.

Une lueur de colère transperce son regard.

— Je ne veux pas êt'e g'and ! hurle-t-il en laissant couler des larmes.

— Matt est trop occupé…

— Il ne veut plus nous voir ?

Je me sens un peu perdue sur le coup, et réfléchis à ce que je peux lui répondre quand il réplique :

— Je le déteste !

Face à mon hébétement, il part en trombe se réfugier dans sa chambre en claquant la porte. Il s'était attaché à Matt, bien plus que je ne le croyais, d'ailleurs. Il lui fallait du temps pour accepter qu'un homme fasse partie de ma vie et de la sienne, mais je pense qu'au fond de lui, il a toujours senti que Matt ne voulait pas s'impliquer avec lui. Il gardait ses distances. Ne remettait jamais en cause mes décisions. Et là, je comprends qu'il n'avait aucune envie de le faire… C'est peut-être pour toutes ces raisons que Hunter a commencé à faire des cauchemars. Il ne se sentait pas aimé de Matt. Il a dû avoir peur que je l'abandonne pour lui !

Mes yeux s'écarquillent d'horreur face à cette découverte. Non, ce n'est pas possible que ce soit ça !… Et si je ne me trompe pas, alors Matt a fait le bon choix pour nous trois.

Je presse mon dos contre le mur et me laisse glisser jusqu'au sol, puis j'enroule mes bras autour de mes genoux pliés contre ma poitrine. Sans crier gare, ma vue se brouille et des larmes inondent mes pommettes. Quoi que je veuille ou que je décide, je suis incapable de le détester. Il me manque à en crever. Il a créé un vide en moi, comme si j'étais incomplète.

Aimer fait trop mal !

Je renifle, puis m'essuie le nez et le visage sur le pan de mon tee-shirt. Enfin de son tee-shirt, que je ne lui rendrai pas. J'enfouis mon nez dedans et inspire les dernières fragrances de son assouplissant qui m'enveloppent telle une caresse apaisante.

Tu me manques tellement, pensé-je.

Suite à une pression répétée au niveau de mon épaule, je relève la tête et découvre un visage à l'expression pétrie de remords. Il s'agenouille et me chuchote comme si j'étais une petite chose fragile.

— Quand maman était t'iste, elle dansait.

— Oui, lui réponds-je avec tendresse. Et vous mettiez la musique à fond !

Il rit à ce beau souvenir et renchérit :

— On chantait fort aussi.

Je frotte mon nez et dégage les mèches de mon visage. Il s'accroupit et me tend une clé USB qu'il laisse tomber dans la paume de ma main, puis il me déclare sur le ton de la confidence :

— C'est la clé magique de maman. Elle chasse le chag'in.

— Oh !

Je me retiens de justesse de pleurer sous le coup de l'émotion. On le faisait déjà quand j'étais adolescente.

Je me lève, la branche sur ma chaîne Hi-fi, puis sélectionne le premier titre. Don't stop me now de Queen. Excellent choix ! Dès les premières notes, nous nous observons, sourire aux lèvres, et chantons tout bas, histoire de nous mettre dans le bain, puis nous gesticulons lentement des bras en ondulant du bassin. Lorsque le refrain commence, les différents instruments de musique s'emballent à un rythme effréné, voire frénétique. J'augmente le son juste avant de me laisser envahir par la folie de l'instant et les notes de musique m'embarquent dans une danse endiablée sous les prunelles pétillantes d'amusement et pleines de vie de Hunter. Il couvre ses lèvres de ses mains pour retenir un gloussement. Je chante fort et affreusement faux tandis qu'il se bouche les oreilles et sa grimace se transforme en un fou rire. Le voir si heureux et insouciant provoque un éclat de rire qui m'empêche de continuer à chanter, et nous trémousser devient vite secondaire dès que nos regards se croisent. Nous finissons par rire à gorge déployée jusqu'à en avoir mal au ventre.

— T'es encore plus folle que maman ! s'esclaffe-t-il.

— Merci. C'est un beau compliment, mon trésor.

Je cherche mon souffle et chaque nouvelle respiration chasse mon sentiment de déprime et de tristesse. Voilà un petit bonhomme haut comme trois pommes qui me donne une leçon de générosité, de partage et d'amour, exactement comme Beth le faisait. Le bonheur ne dépend que de moi. Que de nous. Je m'assieds par terre et tire sur son bras pour le faire tomber sur mes genoux. Je le dévore de baisers sous ses éclats de rire.

— Est-ce que je t'ai déjà dit à quel point je t'aime, petite canaille.

Je le chatouille.

— Oui. Plein de fois ! hurle-t-il de rire.

Un silence complice s'installe entre nous jusqu'à ce qu'il prenne un air solennel. De nouveau, il se concentre et s'applique à parler en articulant :

— Pardon d'avoir claqué la porte. Je ne le ferai plus.

Je le félicite par un doux sourire.

— Tu as le droit d'être en colère. Je ne t'en veux pas. Tu sais, Matt me manque beaucoup à moi aussi.

— C'est pas vrai, je ne le déteste pas, m'avoue-t-il en posant sa joue contre mon sein.

— Je le sais bien.

— Je veux le voir ! Je peux l'appeler ?

— Plus tard, mon trésor.

Je m'extirpe de ce souvenir et réalise qu'il n'a pas pu lui dire au revoir. Qu'il doit prendre son absence comme un abandon, et la lâche que je suis n'a toujours pas remédié au problème. Je lui ai promis plus tard, mais même mon plus tard semble s'éterniser, et Hunter ne paraît pas s'en formaliser. Pour l'instant du moins. Je pensais qu'entre-temps, Matt se rendrait compte de son erreur. Qu'il ne lui serait pas possible de vivre sans moi. Sans nous. Comme il est inconcevable pour moi de vivre sans lui. Je sais que je lui aurais pardonné d'avoir douté, d'avoir eu peur de cette vie à trois. Mais je me suis lourdement trompée…

Je soupire, expulsant le goût d'amertume qui accapare ma bouche. *Ne dit-on pas que l'Amour triomphe de tout ?* Sombre bobard et pauvre conne, oui.

Bon, assez rêvassé ! Je me lève, saisis mon assiette et mes couverts que je dépose dans l'évier en faisant couler l'eau chaude. J'inspecte le plan de travail qui déborde de vaisselle sale. Je n'ai pas encore reçu le nouveau lave-vaisselle alors que l'ancien a rendu l'âme. J'allume la radio, retrousse mes manches et commence à frotter tout ce qui me tombe sous la main en me trémoussant sur le rythme de la musique.

— Tu es bien motivée !

Un sourire aux lèvres, je tourne la tête vers Abby, qui me décoche un clin d'œil avant de sortir les lasagnes du four. J'avise l'heure : 20 h 45, et fronce les sourcils.

— Tu es là plus tôt que prévu !

— J'ai préféré ne pas m'éterniser chez Grant.

Elle se sert une part et s'installe sur le tabouret de l'îlot.

— Tu m'expliques ? m'enquiers-je en m'essuyant les mains tout en la rejoignant à table.

— Il quitte New York, à la fin de la semaine.

— Il n'a pas prolongé son contrat ?

Elle secoue la tête dans une moue résignée.

— Il retourne auprès de sa femme dans le Minnesota.

Elle débite froidement l'info tout en avalant une bouchée. Je sens la colère gronder en elle. L'incrédulité, mêlée au choc, doit se peindre sur mon visage.

— Attends… Quoi ? Il est marié ?!

— Oui !

Je suis perdue et bois une gorgée de mon thé glacé pour ne pas la bombarder de questions. Elle inspire d'un coup sec et pose sa fourchette.

— Je savais qu'il devait repartir, je m'étais faite à l'idée. Ce qui m'a permis de ne pas trop m'attacher. Mais quel salaud de m'avoir caché qu'il était marié !

Un coude sur la table, mes doigts contre ma bouche, je digère l'information.

— Je n'aurais jamais eu une aventure avec lui si j'avais su ! Il a fini par me l'avouer. Mais je comprends mieux pourquoi il a mis plusieurs mois à céder à mes avances ! J'aurais dû m'en douter ! Quelle conne !

J'attrape sa main et la presse.

— N'inverse pas les rôles ! C'est lui qui a foiré !

— Trois mois que j'entretiens une liaison avec lui ! Ah, ça me dégoûte ! J'ai eu envie de le frapper !

— Tu aurais dû !

Elle esquisse un rictus diabolique.

— Disons que ses couilles ne s'en sont pas sorties indemnes.

On rit, mais le cœur n'y est pas. Elle continue à manger sans se laisser démonter.

— Mais pourquoi il te l'annonce seulement maintenant ? Je ne comprends pas…

— Oh, mais accroche-toi ! Sa femme veut visiter New York et *« ses décos de Noël »*, me révèle-t-elle en mimant les guillemets d'une intonation écœurée.

Son indignation, pleine de fureur, lui procure une montée de larmes.

— Il a osé me demander de me faire discrète.

Elle abat sa paume sur la table.

— J'aurais dû le castrer !

— Je peux m'en charger pour toi, riposté-je, les dents serrées.

Je me lève et la prends dans mes bras.

— Oh non, t'inquiète, je vais faire en sorte qu'il regrette son séjour ici.

Sa voix pleine de détermination m'intime l'ordre de laisser tomber. Mais je préfère insister.

— T'es sûre ?

— Oh que oui !

Et là, je me dis que ce connard ne s'est pas frotté à la bonne personne. Je l'embrasse sur la joue et décide de lui changer les idées.

— J'ai une grande nouvelle à t'annoncer !

— Quoi ?!

— Maman vient s'installer à New York !

— Mais non !

— Oh que si !

Abby se redresse, lève les bras en l'air et hurle de joie en exécutant un tour sur elle-même.

— J'en étais sûre !

Je souris face à son enthousiasme.

— Tu aurais dû l'entendre. Elle a déjà trouvé un nouveau boulot ici et elle a prévu la visite de plusieurs appartements !

— Elle vient quand ?
— Ce dimanche.
— Il faut fêter ça !

Elle repousse son assiette presque vide et se dirige vers le frigo pour en extraire le dessert. Lorsqu'elle le déballe de sa boîte, un soupir d'extase s'échappe de ses lèvres. Elle le réchauffe au micro-ondes et ouvre le tiroir pour en sortir deux petites cuillères, puis elle m'en tend une.

— Une Apple pie, miam miam !
— Ton péché mignon. Je ne pouvais pas passer à côté !

Le *ding* du micro-ondes fait bondir de joie mon amie qui sort le dessert et nous en sert une part à chacune. Nous nous installons sur les tabourets, elle découpe un morceau à l'aide de sa petite cuillère et gémit de plaisir une fois en bouche. Rongée par la curiosité, je l'interroge.

— Comment va Matt ?

Elle mastique lentement, ce qui lui permet de choisir ses mots. Alors que, mue par l'impatience, je tape plusieurs fois d'affilée mon couvert sur le plateau en bois de manière à l'agacer.

— Il avait une sale gueule.

Alors que cette nouvelle devrait me réconforter, je me sens au contraire dévastée. Sans plus d'espoir. Il préfère être malheureux qu'être avec nous. Un jour, il finira par aller mieux et vivra sa vie comme il l'entendra. Alors que moi…

— Je pensais que mon aveu te soulagerait.
— Pas vraiment. Je sais maintenant qu'il ne reviendra pas sur sa décision. Et moi qui ai promis à Hunter qu'il pourrait lui parler.

Je me gratte le front, la mine décomposée.

— Il s’est senti rejeté et abandonné… Mais c’est une promesse que je ne tiendrai pas. Ce ne serait bon pour personne.

Abby, qui a dévoré la moitié de son dessert, pose sa cuillère et esquisse une moue désabusée.

— Tant qu’il ne revient pas dessus, laisse tomber l’affaire. Ou alors, tu peux aussi demander à sa psy d’aborder le sujet avec lui. Histoire qu’il soit en paix avec cette rupture.

J’acquiesce d’un signe de tête, elle a raison. Comme un clin d’œil du destin, mon téléphone retentit sur l’îlot central. Le prénom qui s’affiche sur l’écran lumineux me rend plus que perplexe.

— C’est qui ?

Sa tête se tord sur le côté afin de découvrir le nom qui s’affiche.

— Oh, oh ! Tu ne décroches pas ?

Je ne lui réponds pas, à lui non plus d’ailleurs. Je laisse son appel basculer sur ma messagerie vocale.

Chapitre 16

<u>*Point de vue de Matt*</u>

Je pénètre le hall de mon immeuble tout en clôturant ma commande sur le site du resto chinois au coin de ma rue. Ce soir, Lilou et Neal viennent passer la soirée chez moi et j'ai bien l'intention de surprendre ma frangine en donnant, de ma propre initiative, le biberon à Heaven. *Je pense que ça va lui plaire !*J'arrive devant l'ascenseur quand une voix m'interpelle.

— Hello, Matt !

— Salut, Henry.

On cogne nos deux poings l'un contre l'autre en guise de salutation.

— Il guette votre venue depuis une heure, intervient Horne, le concierge. Il est intenable.

— Que voulez-vous, c'est l'effet que je fais aux gens !

L'ombre d'un sourire apparaît sur ses lèvres.

— J'ai eu la réponse du coach ! s'écrie-t-il, débordant d'enthousiasme. Je vais jouer un match contre la meilleure équipe du Bronx ! Tu viendras me voir ? Hein ? Dis oui ! Dis oui !

Et là, je réalise que ça fait un bout de temps que je n'ai plus été le soutenir. Depuis la disparition de Beth, en fait ! Il est temps d'y remédier.

— Comme si j'allais rater ça ! Tu as la date ?

— Oui. Le samedi 5 janvier ! Dix heures, je crois. Il doit encore nous le confirmer.

— Tu peux compter sur moi. On ira avec ma Camaro.

— Merci ! Maman viendra avec nous. Mais pas papa, il doit travailler, annonce-t-il, une pointe de déception dans la voix.

Mon regard se pose sur Horne qui affiche une mine défaite, mais donne rapidement le change en souriant à son fils. Cette nouvelle me dérange alors il me vient une idée.

— J'ai une caméra, lui annoncé-je. Je te filmerai et tu pourras revoir le match avec ton papa. Qu'est-ce que t'en dis ?

— Trop génial !

Je lui flanque une tape amicale sur l'épaule avant de la presser.

— Merci, monsieur Evans, intervient Horne, un sourire sincère vissé aux lèvres.

— Matt ! Comme t'es donateur pour notre club, le coach a donné ça pour toi.

Il me tend un sac en plastique avec le logo *« Inwood-Manhattan Little League »* dont je m'empare. J'en extrais un tee-shirt et une casquette à l'effigie de son équipe. Je prends le temps de retourner le vêtement dans tous les sens, hausse un sourcil interrogateur à l'attention d'Henry qui, en retour, plisse son front en signe d'incompréhension.

— Je ne vois aucune trace de ta dédicace.

— Oh… !

Un mot qui exprime sa totale incrédulité.

— Tu veux que je signe ton tee-shirt ?

— Bien sûr ! Et tu n'oublieras pas la casquette aussi !

Je lui rends le sac après y avoir fourré les accessoires sous son regard émerveillé. Il ne se fait pas prier et part fissa jusqu'à chez lui.

— Henry ! On ne court pas dans les couloirs ! le gronde gentiment son père. Monsieur Evans, je ne sais pas comment vous remercier. Madame Harry du cinquième étage déménage le jour de son match et je dois m'assurer que tout se passe pour le mieux.

— Vous n'avez pas à vous justifier. Vous avez un chouette gosse.

Il me sourit et sort de sa poche un papier qu'il me tend.

— Voici la note du teinturier. Ma femme a déposé vos costumes sur le fauteuil de votre salon.

— Je me demande ce que je ferais sans vous ! Dites à Henry que je récupérerai mes affaires demain. Bonne soirée, Horne !

— Bonne soirée à vous aussi, monsieur Evans.

***

Un verre de whiskey en main, le seul que je m'autorise après ma journée de boulot, je m'avance jusqu'à la terrasse, ouvre la porte coulissante et savoure la brise glacée qui me fouette le visage. J'appuie ma hanche contre la balustrade et m'abîme dans la contemplation de mon quartier. Je me perds dans mes pensées qui me ramènent sans cesse à Julia. Elle m'a changé. Avant elle, je n'aurais eu aucun scrupule à recouvrer mes bonnes vieilles habitudes. Des parties de baise sans prise de tête. Mais apparemment, ma queue n'est pas de cet avis. Elle est en berne, tout comme mon moral. J'avale l'alcool cul sec pour me détendre et anesthésier mes pensées moroses. Je sursaute de surprise en entendant la sonnette de l'appart retentir. Je zieute ma montre. Il est 19 h 45. Ils sont en avance !

Je referme la porte vitrée derrière moi, puis marche jusqu'à la l'entrée pour ouvrir. J'esquisse un sourire de ravissement dès que j'aperçois ma filleule, endormie dans le Maxi-Cosi porté par Neal. Ma bonne humeur me quitte face à l'état de stress manifeste de mon pote qui suinte de tout son être. Il franchit le seuil tel un bulldozer, me bousculant au passage, les bras chargés. *Okay*… Je hausse les sourcils d'étonnement en découvrant Horne derrière lui qui transporte… Aucune idée, mais les objets semblent lourds et encombrants.

— Où puis-je déposer les bagages de Monsieur Rendall ? s'enquiert Horne.

Je me rends compte que je bloque l'accès et me décale sur le côté pour lui permettre de rentrer à son tour. Je me racle la gorge et parviens à articuler :

— Dans le salon.

Lorsqu'il rejoint Neal dans la pièce, je passe la tête dans l'encadrement de la porte et fixe l'ascenseur de longues secondes dans l'attente de voir ma frangine apparaître. Sans succès. Un mauvais pressentiment m'assaille. Mais je fais fi de mon instinct et retrouve le petit monde près du canapé qui s'active à monter un lit de voyage. Toutes les affaires ont été déposées sur la table du salon… *Un vrai champ de bataille !*

— Horne, c'est gentil de votre part, mais je vais m'en sortir.

— Bien, monsieur.

— Un grand merci pour votre aide.

— Si vous avez besoin de quoi que ce soit, n'hésitez pas à me contacter.

Je hoche la tête en signe d'assentiment.

— Merci, Horne.

Il me sourit en inclinant le buste et sort de l'appartement.

— Matt, amène-toi !

— Pas besoin de gueuler. Je t'entends.

Il continue de déplier le lit de voyage.

— Ça fait dix minutes que je t'attends pour que tu me files un coup de main. Heureusement que Horne était là.

— Tu m'as appelé ?

J'attrape mon téléphone sur le comptoir et découvre qu'il a essayé de me contacter deux fois et m'a laissé plusieurs messages.

— Désolé, je l'avais laissé sur silencieux. Je peux t'aider ?

— Oui. Dans la housse bleue, sur la table. C'est le matelas pliable. Déballe-le, s'te plaît.

Je m'exécute et m'enquiers :

— Tu t'es disputé avec ma frangine ?

— Non. Pourquoi ?

Il inspecte les montants du lit d'un air perplexe, comme si c'était une énigme à résoudre.

— Pourquoi Lilou n'est pas avec toi ?

Il s'arrête net dans son mouvement et me fixe comme si j'étais dépourvu de tout bon sens. Bon, là, je ne peux pas vraiment lui en vouloir, car pour être sincère, j'ai l'impression que la situation m'échappe quelque peu.

— Si elle était venue, elle n'aurait jamais pu te laisser Heaven. C'est à peine si elle te fait confiance, alors ne pousse pas.

— Sympa ! râlé-je en ne tenant compte que de sa dernière phrase.

— Oh, arrête ! Ce qui t'a sauvé la mise c'est que tu t'es montré particulièrement attentif à tout ce que Lilou t'expliquait sur les habitudes de Heaven.

— Tu me l'avais demandé, je te rappelle.

Un éclat accusateur illumine ses iris et durcit ses traits, mais je ne m'en formalise pas, car seuls quelques mots m'obsèdent.

— Explique-moi pourquoi Lilou voudrait me laisser Heaven ?

— Tu te fous de ma gueule ?!

Neal fulmine en me fustigeant d'un regard noir, abandonnant l'idée de terminer le montage du lit de voyage qui semble aussi bancal que moi.

— C'est le week-end de ma demande en mariage ! Et toi, pas plus tard que cette semaine, tu m'as promis que je pouvais compter sur toi pour garder notre fille.

Comme un uppercut en pleine face, je vacille sur mes jambes et recule de deux pas sous l'impact du choc. *C'était donc ça ! Et moi qui ai pensé à un dîner chez moi sans alcool… Putain de bordel de merde !*

— Tu plaisantes ? croassé-je.

— Bordel ! Je n'y crois pas ! Tu ne sais *vraiment* pas de quoi je parle !

Sa voix charrie l'incrédulité, accentuée par une rage froide. Il glisse ses doigts dans ses cheveux en signe d'agitation et ferme les yeux pour s'exhorter au calme. Reprenant tout doucement le contrôle de la situation, je sors de ma léthargie et m'explique :

— Écoute, c'est le black-out au loft. J'allais pas bien, souviens-toi. Je n'ai aucun souvenir que tu me l'as demandé.

— Ah, ouais ! rage-t-il. C'est pour ça que j'ai insisté en te demandant si je pouvais compter sur toi !

Il me bouscule d'une main sur le torse.

— Et tu m'as affirmé que oui ! Bordel ! Tu vas me faire croire que ça non plus, tu ne t'en souviens pas ! Comme pour le message que je t'ai envoyé hier pour m'assurer que tu étais toujours OK. Et tu as répondu oui, bon sang !

— Je pensais que tu me parlais du dîner prévu chez moi ce soir !

— Mais de quel dîner tu parles ?!

J'ai tout compris de travers… Je souffle, perdu, en m'interrogeant sur comment j'ai pu merder à ce point-là.

— Il y a un mois, articule-t-il les dents serrées, je t'ai demandé si c'était OK pour toi de garder Heaven. Et tu m'as dit que je pouvais compter sur toi !

Bon sang, j'ai complètement zappé cette discussion…

— C'est vrai, mais c'est parce que Julia devait être avec moi ce week-end.

— Ah ! Mais ça, je suis d'accord ! C'est exactement pour cette raison que je te l'ai à nouveau demandé au loft. Et tu as dit oui, bon sang !

— Neal. C'est de la pure inconscience de me confier Heaven tout un week-end. Je n'y connais rien en bébé !

Je frotte ma mâchoire jusqu'à m'en faire mal.

— Il va pourtant falloir que tu assumes !

— Non, Neal. Je suis désolé, mais ça ne va pas être possible. Je suis conscient d'avoir mer…

Hargneux, la respiration courte, il se jette sur moi et me propulse contre le mur avec une violence inouïe. Ma tête heurte la brique et un élancement sourd irradie à l'arrière de mon crâne. Je le repousse avec force jusqu'à ce qu'il trébuche en arrière tout en le toisant d'un œil torve et incrédule. C'est la première fois qu'il perd son sang-froid avec moi.

— T'es un connard ! Un putain de connard égoïste ! m'interrompt-il, les dents serrées. Tu m'as assuré que je pouvais avoir confiance en toi !

Les mains à plat contre la baie vitrée, il baisse la tête. Je n'en mène pas large d'avoir été aussi con et ai l'intelligence de me taire, conscient que chacun de mes mots sonnerait creux. Quand il reporte son attention sur moi, il affiche une mine pleine de déception. Il secoue la tête en proie à la frustration, sans doute. Je m'en veux de lui avoir gâché son week-end si important à ses yeux… et je ne sais pas quoi faire pour y remédier. Je passe une main lasse sur mon visage en espérant y faire disparaître la couche nauséabonde de ma lâcheté.

Le silence lourd de ressentis qui s'étire entre nous est interrompu par les pleurs de plus en plus stridents de Heaven, accentuant ma culpabilité. Il marche jusqu'à elle, puis s'abaisse à son niveau pour la détacher. Il la prend dans ses bras avec une tendresse toute naturelle. J'ai foiré et je dois rattraper le coup. *Mais comment ?!*

Je me masse les tempes et me demande comment un si petit être peut s'époumoner avec autant de puissance et d'énergie ? Neal arpente la salle à manger en l'abreuvant de mots d'amour et de réconfort tandis que je contemple la scène les bras ballants en signe d'impuissance. Il ne me regarde pas, mais je sens tout le poids de mon égoïsme peser sur nos épaules. Lorsqu'elle s'apaise enfin, Neal la couvre de baisers et la berce encore quelques minutes. Il s'assure qu'elle s'est bien endormie avant de la réinstaller dans son Maxi-Cosi, un plaid sur elle. Comme si le karma s'était ligué contre moi, son attention se porte sur mon verre d'alcool et il me crache sur un ton plein de dégoût :

— Combien ?

— Un seul.

— Dixit le mec qui m'a affirmé ne pas avoir bu une seule goutte d'alcool depuis sa rupture.

— Je n'ai bu qu'un seul verre !

— Tu ne te souviens *peut-être* pas des autres, ricane-t-il, mauvais.

— Je te jure que je m'octroie un unique verre le soir.

— Tu sais quoi ?

L'air déterminé qu'il affiche m'interpelle.

— Ce n'est pas mon problème. Tu as promis que tout se passerait bien, alors tu vas honorer ta parole.

Oh bordel !

— Ça ne va pas être…

Neal m'interrompt en attrapant un gros sac de voyage, le pose avec fracas sur une chaise de la salle à manger et glisse une main à l'intérieur.

— Tu as suffisamment de vêtements de rechange pour les deux jours.

— Neal…

— Tais-toi, et écoute-moi ! Je ne me répéterai pas !

Il les étale sur la table et ma seule pensée apeurée est de me dire que c'est bien trop petit pour elle, que je vais la casser en deux en essayant de l'habiller. *Non, non, c'est un cauchemar ! Faites que je me réveille très vite !*

— Ainsi que son doudou pour dormir, ses tétines et… Ah, les voilà !

D'un geste brusque, il extirpe plusieurs feuilles tandis que mon cœur bat à tout rompre. Je peine à déglutir et encore plus à répliquer. Je suis tétanisé et lui, guidé par la colère, il s'en tape.

— Tu connais ta sœur. Même si elle t'a tout montré, elle t'a tout noté sur un récapitulatif. Toutes les habitudes de Heaven. Ses activités préférées en période d'éveil. Son rituel d'endormissement. Ses heures de sommeil et celles pour la nourrir.

— Neal, il faut que tu m'écoutes.

— Ah ! Et le biberon de ce soir est déjà prêt. C'est celui avec le lait maternel. Mets-le dans le frigo !

Il me tend un sac isotherme que je regarde comme si j'étais dissocié de mon corps. Devant mon manque de réactivité, il ne se laisse pas démonter et le range lui-même. Cette scène surréaliste est en train de virer à la catastrophe. J'ai le bide noué par l'appréhension rien qu'à l'idée qu'il m'abandonne avec ma filleule. Je suis un joueur qui adore relever les défis. OK. Je me bats comme un acharné pour montrer que je suis le meilleur. Tout le monde le sait ! Mais être responsable d'un bébé et de son bien-être… *Putain, je suis mort de trouille*. Un frisson d'horreur me parcourt l'échine !

Il ne peut pas faire ça ! Me faire ça !

— Neal ! Il faut…

Il referme la porte du frigo, il m'assène d'une voix fulminante :

— C'est noté noir sur blanc ! Tu réchauffes le biberon maximum dix secondes au micro-ondes selon la puissance choisie. Pour la première fois, je te conseille de sélectionner la plus basse. Tu m'écoutes ?

— Je ne fais que ça ! m'écrié-je au bord du désespoir.

— Répète les instructions pour le biberon !

Le pire est que je m'exécute à la lettre. *Bon sang, mais qu'est-ce qui cloche chez moi ?!* Je ne peux pas accepter !

— N'oublie pas que les autres biberons seront avec du lait en poudre. Ceux-là, tu dois bien les frictionner entre tes paumes pour bien dissoudre le lait ! Et vérifie que ce n'est pas trop chaud à l'intérieur de ton poignet, comme Lilou te l'a montré.

OK. *Ça*, je m'en souviens ! C'est l'endroit le plus sensible du corps pour jauger la température. Je me rends compte trop tard que je viens d'acquiescer d'un signe de tête.

— Attends, Neal ! Ça ne va pas être possible ! Je suis incapable de gérer ce week-end.

J'attrape son coude, mais déterminé à mettre son plan suicidaire en action, il fouille à l'intérieur du bagage et en extrait un carnet de bord. Il me le met sous le nez.

— Tu as le numéro de téléphone de son pédiatre en cas d'urgence. Le soir, elle est plutôt grincheuse avant de s'endormir, je te conseille de lui mettre son CD de berceuses, que voici ! Sans oublier les couches et les lingettes nettoyantes.

Avec une expression atterrée, une main camouflant ma bouche, j'assiste à son manège. Ma table est en train de se transformer en un étalage digne d'un magasin pour bébé.

— Evans ! gronde-t-il.

Je tourne la tête jusqu'à percuter son regard et l'aura qu'il dégage est si autoritaire, au bord de l'explosion, qu'il est préférable que je la ferme.

— Je vais demander en mariage la femme de ma vie. Et toi, tu te démerdes comme tu as toujours su le faire, m'assène-t-il d'une voix tranchante. Tu vas t'occuper de la prunelle de mes yeux durant ce putain de week-end ! Je sais que tu en es capable.

Il est fou ou complètement inconscient !… Les deux, putain !

J'ouvre la bouche pour plaider ma cause, mais Neal ne m'en laisse pas l'occasion. Il continue sa diatribe :

— Ah ! Tu n'oublieras pas de nous envoyer des messages pour nous rassurer. Lilou ne sera pas sereine sinon !

— Neal, déclaré-je, le tout pour le tout.

Il me tourne le dos, s'abaisse et chuchote quelques mots que je ne saisis pas à l'oreille de sa fille endormie. À part, *« sois forte »*. « *Soyez forts* » aurait été plus judicieux, mais mon avis semble peu lui importer. Il la couvre de baisers et nous abandonne sans un regard en arrière. Sans un dernier mot pour moi. Sans un au revoir.

Oh bordel de merde !…

Chapitre 17

Dès qu'il referme la porte derrière lui, le claquement sonne comme une sentence. D'un air hébété, j'observe un véritable chaos autour de moi. Je m'assieds sur la première chaise à ma portée et pour la première fois de ma vie, je ressens une impuissance qui me paralyse. J'ai besoin d'un deuxième verre !Comme pour me mettre en garde, mes prunelles croisent celles éveillées et… curieuses de Heaven. Je me dirige vers elle, m'accroupis et lui dédie mon plus beau sourire pour lui faire avaler la pilule.

— La situation est grave, je ne vais pas te le cacher. Mais pas encore totalement désespérée. Alors si tu pouvais faire un effort et ne pas brailler comme tout à l'heure, ça m'aiderait grandement. D'accord ?

Elle me fixe sans ciller, l'air le plus sérieux du monde, jaugeant certainement l'état critique dans lequel on se trouve. Lorsque je constate que ses lèvres se mettent à trembler, signe annonciateur d'une crise, je m'empresse de la détacher et de la prendre dans mes bras.

— Oh non, ma puce, n'écoute pas ton parrain. Tout va bien se passer !

Je module le timbre de ma voix pour la rendre plus enjôleuse, plus câline. Mais on ne dupe pas un petit bout de soixante centimètres ! Des pleurs déchirants fendent le silence et le peu de self-control qui me restait. Je frotte son dos pour l'apaiser alors qu'elle est en train de me cramer les tympans.

— Bon sang, Heaven ! Tu peux y aller moins fort ! Je t'entends, je ne suis pas sourd.

Mon éclat d'agacement ne fait que redoubler l'intensité de ses pleurs. Son petit corps se contracte dans mes bras et son visage rouge pivoine semble prendre une couleur encore plus alarmante. *Et merde !* Les mains tremblantes, je déploie les notes et les différentes recommandations de Lilou sur la table, et lis que le prochain biberon est pour 23 heures. Un rapide coup d'œil à l'horloge murale m'indique que ce n'est pas la faim qui la tiraille et qui la rend si impatiente. Il n'est que 20 h 10. *Mais alors quoi ?* Je parcours chaque annotation en espérant découvrir les conseils en cas d'apocalypse, mais rien. Nada. Je me remémore les gestes de Neal, mais sans succès. Si elle continue comme ça, elle va avoir ma peau. Je vais déclarer forfait à peine une demi-heure après son arrivée.

— Ta tétine ! déclaré-je telle une illumination. Oui, c'est ça que tu veux !

Je la cherche avec frénésie et la retrouve dans le Maxi-Cosi. Je m'empresse de la lui mettre en bouche. Elle la recrache et ses pleurs hystériques me hurlent à l'oreille mon incompétence. De ma main libre, je prends mon téléphone et compose le numéro de Neal. Et ô surprise ! Je tombe directement sur sa messagerie. Je m'apprête à contacter ma sœur lorsque mes doigts s'immobilisent d'eux-mêmes. *Je ne peux pas faire ça…*

— Bordel ! Tu fais chier, Rendall !

Gros mots ou pas, les braillements s'interrompent comme par magie, laissant place à de légers hoquets. Soulagé du retour au calme, je fais abstraction de mes oreilles qui bourdonnent.

— Tu sais que tu es une emmerdeuse comme ta mère ? Elle aussi m'en a fait voir de toutes les couleurs, lui dis-je d'une voix adoucie. Je te promets de tout te raconter, mais avant…

Revigoré par cette accalmie, je me dirige vers le salon et allume ma chaîne Hi-fi, laissant diffuser les notes de musique rythmées d'Imagine Dragons. Heaven pose sa tête sur mon épaule et son corps se détend au fil de la chanson.

— Ce ne sont pas des berceuses qu'il te faut, mais du pop-rock, ma petite demoiselle !

Elle pousse un petit soupir d'aise en signe d'assentiment. J'arpente mon appartement de long en large, en quête d'une illumination et m'apprête à appeler ma mère pour qu'elle me conseille quand je réalise que ça pourrait se retourner contre Lilou. Ça ne tient déjà pas à grand-chose entre elles, alors hors de question d'en rajouter une couche. Il vaudrait mieux que j'appelle Lilou pour déclarer forfait, et tant pis pour les retombées désastreuses !

Mais c'est plus fort que moi, je me refuse à cette possibilité. Je dois d'abord tout tenter… Il me faut les conseils d'une maman… *La femme de Horne !*

J'attrape mon téléphone sur la table et compose le numéro de mon concierge.

— Monsieur Evans ?

— Pourriez-vous demander à Kimberley de monter me voir, j'ai besoin de ses connaissances de maman.

— Oh, je suis désolé, mais ça ne va pas être possible. Elle est partie chez sa sœur qui est souffrante. Je peux peut-être vous aider ?

Je réalise qu'il doit gérer seul ses trois enfants, le pauvre. C'est avec le cœur lourd et d'une voix morne que je lui réponds :

— Non, ça va aller, Horne. Je m'excuse de vous avoir dérangé.

— Aucun souci, monsieur Evans.

Je raccroche et réalise que je connais trop peu mes voisins pour solliciter leur aide. Je parcours la liste de mes contacts à la recherche d'une assistance providentielle. *Abby !* Je compose son numéro et tombe sur sa messagerie. Je coupe la communication sans lui laisser de message. Je suis certainement la dernière personne qu'elle voudrait aider et même entendre. Mon doigt s'arrête net devant le nom de Julia. La tentation est forte, mais je ne peux pas lui infliger ça. À regret, je continue mon investigation et tombe sur le nom de ma secrétaire. Je l'appelle et lorsqu'elle décroche, elle me questionne d'une voix chargée de perplexité.

— Monsieur Evans ?

— Oui, c'est bien moi. Je ne vous dérange pas ?

— Euh… Non. Je vous écoute ?

— Vous vous y connaissez en bébé ?

— Pas vraiment.

Merde !

— J'ai ma filleule de trois mois avec moi ce week-end. Je ne sais pas quoi faire. Vous pensez pouvoir m'aider ?

Un long silence s'étire jusqu'au point de me faire croire que nous avons été coupés. Je vérifie que nous sommes toujours en contact.

— Mademoiselle Corridge, vous m'avez entendu ?

— Oui. Mais vous vous adressez à la mauvaise personne. Veuillez m'excuser, je dois y aller. On m'attend, me répond-elle comme si elle voulait clore cette discussion à tout prix.

Je pousse un soupir résigné.

— Bien. Je ne vous retiens pas plus longtemps. Bonne soirée à vous.

— Également, réplique-t-elle avant de mettre un terme à notre conversation.

J'essaye de ne pas me laisser miner par la situation en continuant mes recherches et constate avec consternation que des prénoms de femme qui sont toujours enregistrés dans mon répertoire sont d'anciens plans cul. Neal a raison, je suis un putain de connard égoïste !

Heaven commence à gigoter dans mes bras, je baisse le menton et dépose mes lèvres sur son front comme par instinct. J'ai l'impression que sa peau dégage beaucoup trop de chaleur. Et si elle était malade ? Une flambée de panique me submerge, je recompose le numéro de Neal. C'est un cas de force majeur ! Il comprendra. Je m'impatiente en constatant que je tombe directement sur son répondeur.

Je ne peux pas faire autrement. J'appelle Julia. Elle se souviendra qu'elle avait accepté de me filer un coup de main. Oui, je suis certain qu'elle ne me laissera pas tomber. Je compose son numéro et sens ma respiration s'altérer à chaque sonnerie. C'est l'occasion parfaite de la revoir enfin ! Un regain d'espoir me gagne jusqu'à ce que je bascule sur sa messagerie à elle aussi. Mes mots fusent avec détresse.

— Julia, c'est moi… Je n'avais pas l'intention de t'appeler, mais… attends, ce n'est pas ce que je voulais dire. Je pense souvent à toi, trop souvent même. Bon sang, je ne suis pas censé te dire ça non plus… Enfin pas de cette manière.

Bordel, arrête tes conneries ! songé-je. *Reprends-toi !*

— Écoute, je suis vraiment dans une situation *compromettante*. Je ne sais pas si tu te souviens, mais c'est le week-end où on devait garder Heaven. Seulement sans toi, je me sens paumé… Et encore, le mot est faible. Ma filleule est là avec moi. Neal me l'a laissée et je ne sais pas du tout m'en occuper. J'ai besoin de toi… Bon sang, je m'exprime mal. *On* a besoin de toi. Appelle-moi s'il te plaît.

Mon intonation semble suppliante et fébrile parce que je meurs d'envie de la revoir. Le bip qui annonce la fin du message sonne comme un compte à rebours. Je raccroche et n'ai plus qu'à prier tous les dieux possibles qu'elle me contacte au plus vite. En attendant, je déambule dans chaque pièce en espérant que son appel retentisse d'un instant à l'autre. Mon excitation gagne en grade lorsque Heaven s'est enfin endormie.

Je me positionne face à la baie vitrée en avisant la noirceur de la nuit qui s'épanouit sous mes yeux. Des bourrasques font virevolter les dernières feuilles séchées et brunies des arbres, vestiges de la saison automnale tandis que mon esprit s'apaise face à la douce chaleur du corps de Heaven. Les minutes défilent et le silence s'intensifie comme annonciateur d'une vérité pas belle à entendre. Elle ne m'appellera pas. Elle a tourné la page. Pensée trop douloureuse. Dépité, je ferme les yeux et n'ai pas d'autre choix que d'appeler Neal une nouvelle fois. Et s'il ne répond pas, je contacterai Lilou la mort dans l'âme. Le téléphone en main, telle une providence, je reçois un message d'Abby… OK, ce n'est pas la personne à laquelle je pensais, mais pourquoi pas !

De Abby :
[J'arrive !]

Le front plissé par la confusion, je me demande comment elle peut être au courant… C'est certainement Julia qui a dû la prévenir ! Soulagé, je pose ma main sur le dos de Heaven et la presse contre moi. On va s'en sortir, *promis !*

Le bras endolori, je la dépose avec toute la douceur du monde dans son cosi. Je souris en constatant, victorieux, qu'elle ne s'est pas réveillée. Je réfléchis au fait que c'est Abby qui m'a répondu. Julia ne viendra pas. Pour éviter de me morfondre, j'allume mon PC et bosse sur un nouveau contrat.

Soudain, la sonnerie de l'interphone retentit. Je suis prêt à embrasser le sol rien que pour ce bruit salvateur à mes oreilles. J'enclenche l'ouverture de la porte du hall d'entrée en lui indiquant l'étage et le numéro de mon appart et laisse l'allégresse me bercer d'espoirs. J'ouvre la porte et suis agressé par une crinière blonde qui, d'après l'expression de son visage, m'annonce l'envie de commettre un meurtre. Elle m'assène un coup de genou bien placé dans l'entrejambe d'où irradie une douleur aussi violente que brutale. Je me plie en deux pour encaisser le choc, la respiration coupée.

— Tu m'avais promis ! Si tu savais à quel point j'ai envie de t'étriper ! m'accueille-t-elle de toute sa hargne vengeresse. C'est dégueulasse de lui demander son aide, alors que tu es incapable de revenir sur ta décision ! Elle était dans tous ses états. Heureusement que j'étais avec elle ! Espèce de sal…

Elle s'arrête dès qu'elle entend les pleurs de Heaven. Elle ferme sa main en un poing alors que je souffre toujours le martyr. Je baisse la tête au sol pour me remettre de son coup bas alors qu'elle me bouscule pour entrer dans mon appartement.

— Mais je t'en prie, fais comme chez toi, dis-je d'une voix rauque, recroquevillé par la douleur encore vive qu'elle vient de m'infliger dans les parties.

Je me redresse tant bien que mal et claque la porte en priant pour que mes couilles restent en place. *La vache, ça fait super mal !*

— Oh ma petite bouille d'amour, tu es réveillée, lui murmure-t-elle en modulant sa voix emplie de chaleur et de tendresse.

Il y en a qui ont de la chance !

En boitant, je la retrouve dans le salon à contempler d'un œil médusé le désastre qui s'étale devant elle tout en berçant paresseusement ma filleule. Elle semble apprécier le balancement puisqu'elle se rendort illico.

— Mais qu'est-ce que tu as foutu ?

Tout de suite, les grands mots !

— Je n'y suis pour rien.

Son œillade à mon égard charrie la perplexité. J'avise le bordel sur ma table et le lit de voyage bancal, je peux comprendre son point de vue.

— Comme tu peux le constater, Neal a vidé le sac avec un peu trop… d'empressement.

Elle hausse un sourcil des plus sceptiques. J'ai vécu trop d'émotions en peu de temps pour que ce geste ne me gonfle pas.

— Tu peux m'aider, oui ou merde ?!

— Je ne peux pas croire que Neal te laisse gérer seul sa fille. Pas avec un tel b… bazar.

— Tu peux dire *bordel*, Heaven semble apprécier les gros mots. Ou *putain de bordel* !

— Matt ! se scandalise-t-elle en faisant sursauter le petit corps de ma filleule.

— Elle ne parle pas encore, alors il y a peu de chance qu'elle le répète, rétorqué-je par pure provocation.

Elle s'avance vers moi, je recule par précaution.

— Explique-moi pourquoi Neal t'a laissé sa fille alors que tu es incapable de t'en occuper ?!

— C'est à lui que tu devrais demander.

— Et que t'es désespéré au point d'appeler Julia à l'aide ?! renchérit-elle comme si elle ne m'écoutait pas… Ça n'a aucun sens !

— Tu as parfaitement résumé la situation.

Je pose mon cul sur la table en agrippant le rebord.

— Je suis aussi paumé que toi… Je te propose la chambre d'amis.

Ses épaules sont parcourues de soubresauts et un éclat de rire surgit du fond de sa gorge. Son expression moqueuse m'insuffle l'idée que je suis un parfait idiot. Pour confirmer et appuyer *l'idée*, il se transforme vite en un fou rire qu'elle peine à maîtriser. Quant à moi, je suis fasciné par la faculté de ma filleule à rester endormie. Abby est ma bouée de sauvetage et il est hors de question que je la laisse partir.

— Je suis là pour la soirée. Après, bye bye ! Débrouille-toi, ce ne sera plus mon problème.

Elle repose Heaven avec délicatesse dans son Maxi-Cosi puis se redresse.

— Mais avant, je veux que tu supprimes le numéro de Julia de ton répertoire.

Il faut qu'on me foute la paix ce soir. Je sature *là* ! Elle croise les bras sous sa poitrine et s'agace face à mon silence.

— OK. Débrouille-toi tout seul, alors !

Elle me défie du regard avant de marcher vers la porte d'entrée.

— T'es consciente que c'est de la non-assistance à personne en danger.

— T'es sérieux, là ? s'indigne-t-elle en pivotant sur ses talons.

— Non. Je suis désespéré.

Un mot empli de sincérité qui adoucit son expression. Elle soupire, puis finit par flancher.

— Neal a dû te donner des instructions, non ?

Je m'empare des feuilles à mes côtés que je lui tends.

— Merci.

Elle hoche la tête en signe d'assentiment et plonge son nez en lisant chaque annotation.

— J'ai grandi avec six frères et sœurs, me confie-t-elle lorsqu'elle a terminé sa lecture. J'étais l'aînée.

Son regard me transperce de mille feux.

— J'ai élevé les deux derniers comme s'ils étaient mes propres enfants.

— Comment ça se fait ? la questionné-je, impressionné.

— Ma mère cumulait jusqu'à trois boulots pour subvenir à nos besoins.

Elle a toute mon attention.

— Sois tranquille, à l'âge de Heaven, les bébés ont besoin de beaucoup de sommeil.

— Combien ?

Elle réfléchit avant de me répondre.

— Je dirais seize heures, peut-être moins. Il te reste donc huit heures à gérer les biberons, le bain, les couches et ses activités. Il faut juste que tu t'organises et tout se passera bien !

Je grimace d'horreur.

— Pas question que je change les couches !

Elle sourit, franchement amusée.

— Je te conseille de te faire à l'idée.

Elle vérifie l'heure sur sa montre.

— Il est 21 h et son prochain biberon est à 23 h. J'ai deux heures pour tout t'expliquer.

Deux heures ! Ça ne sera jamais suffisant. Comme un signe de l'Univers face à mon abattement, l'interphone résonne.

La poitrine gonflée d'espoir, *Neal, c'est Neal ! Il est revenu à la raison !* J'actionne l'ouverture de la porte du hall d'accueil d'où me parvient une voix masculine et étrangère.

— Je suis le livreur du Wo Hop. Quel étage ?

Et là, avec un goût amer en bouche, je percute : la livraison des plats chinois. *Misère !* Je n'ai pas pensé à décommander.

Chapitre 18

♫ *Move in the Right Direction*
Gossip ♫

Je reviens auprès d'Abby, les bras chargés. Une délicieuse odeur s'échappe des sacs en papier, me faisant saliver d'envie.— J'espère que tu as faim !

— Tu as de quoi tenir un siège, ma parole !

— J'ai dû sélectionner le double de ma commande par erreur.

Je dispose les huit emballages individuels sur le plan de travail de la cuisine et me sers la première préparation qui me tombe sous la main. J'attrape deux baguettes en tendant une paire à Abby qui décline l'offre.

— Je n'ai pas faim.

Mon plat en main, j'engloutis ma première bouchée et gronde de satisfaction tout en mâchant.

— Ne dit-on pas que quand l'appétit va, tout va ? se moque-t-elle gentiment.

Je lève le pouce en l'air et la suis dans le salon.

— T'as coupé la musique ! m'enquiers-je.

— Même au plus bas, ce n'est pas le genre de musique douce et apaisante.

Elle attrape le CD de berceuses et le met en route.

Je termine d'avaler ma bouchée avant de lui répondre.

— Quand Neal est parti, elle m'a fait une grosse crise. Ce sont mes gros mots et le pop-rock qui l'ont calmée. Trois mois, et déjà une rebelle ! Lilou et Neal ont du souci à se faire.

Elle esquisse un sourire amusé.

— OK, le comique. Je vais t'expliquer ce qui t'attend. Heaven se réveille vers six heures le matin, tu dois être paré pour éviter que les pleurs s'éternisent. Lève-toi plus tôt et prépare déjà le biberon. Mais tu le réchauffes seulement lorsqu'elle est éveillée, pas avant !

— Il y a combien de biberons à lui donner ?

— Cinq.

Moi qui avais envie de lui donner le biberon seulement ce soir, je ne vais pas être déçu ! Je lui prends la feuille des mains.

— OK. Elle a aussi noté cinq doses pour 150 ml d'eau, l'informé-je en parcourant la note des yeux. Une dose correspond à quoi ?

Elle cligne lentement des cils en signe d'incrédulité.

— Tu n'as vraiment rien écouté, ma parole ! Le doseur est dans la boîte de lait en poudre.

Elle se lave les mains avant de l'ouvrir et je découvre une dosette en plastique transparent avant qu'elle referme le tout. Même si je suis concentré à dévorer mon repas, je n'en reste pas moins attentif à toutes ses explications.

— Tu remplis le biberon d'eau minérale jusqu'à la ligne ici, qui indique 150 ml. Tu y ajoutes les cinq dosettes à ras bord, puis tu fermes le tout avec la tétine et le couvercle et tu frictionnes entre tes paumes pour dissoudre complètement la poudre.

J'opine de la tête.

— Neal m'a prévenu, ça je m'en souviens.

Elle jette un regard circulaire autour d'elle et, telle une magicienne à la manière de Mary Poppins, que je suis à deux doigts d'enfermer à double tour dans mon appartement, elle transforme le foutoir dans mon salon en plusieurs tas bien ordonnés selon leur utilité. Le lit de voyage est finalement opérationnel, muni de son matelas et d'un nid d'ange comme elle l'a nommé. Un sentiment de soulagement m'étreint avec l'envie de prendre Abby dans mes bras pour la remercier, mais je ne pousserai pas le bouchon jusque-là. Au souvenir de son coup de genou, un élancement lancinant s'éveille au niveau de mon entrejambe.

Je prépare deux tasses de café que nous dégustons assis dans les fauteuils du salon.

— Merci pour le coup de main.

Elle hoche la tête en signe d'assentiment. Je repense à sa confidence de tout à l'heure. Elle a élevé ses frères et sœurs.

— Une chance pour moi que tu t'y connaisses en bébé. Julia a beaucoup de chance de t'avoir.

— J'ai aussi beaucoup de chance de l'avoir.

Elle se plie en quatre pour aider les personnes qu'elle aime. J'ai une certaine admiration pour elle.

— Tu m'impressionnes, Abby, lui dis-je pour partager le fond de ma pensée.

— Parce que je suis la seule à avoir rendu service à l'humanité en te castrant, me charrie-t-elle.

Pour la première fois depuis le départ de Neal, je me marre.

— Tu te donnes sans compter pour tes amis. Quitte à faire passer tes intérêts en dernier.

— C'est tout à fait normal !

— Non. Pas pour tout le monde.

Je dépose ma tasse sur la table basse tandis qu'elle me gratifie d'un sourire entendu.

— Quand tu m'as appelée en début de soirée, c'était pour cette raison ? Que je te vienne en aide ?

— Yep. Mais j'ai laissé tomber. Je pensais que tu ne voudrais pas.

— Et tu as eu raison. J'étais avec Julia et je n'avais pas non plus l'intention de te rappeler. Je ne plaisantais pas tout à l'heure. Tu supprimes son numéro !

Je suis incapable de le faire.

— Je ne recommencerai pas.

Son air sceptique parle pour elle.

— Le temps qu'Heaven se réveille, je dois bosser un peu, m'avertit-elle.

— OK.

Elle extirpe une tablette de son sac et s'active dessus. Je décide de suivre son exemple et me lève pour récupérer mon PC.

Un gazouillis de contentement nous sort de notre concentration. On rive notre regard sur Heaven qui a les yeux grands ouverts.

— À toi de jouer ! m'intime-t-elle.

Sous son œil avisé, un brin fébrile, je prends ma filleule dans mes bras et l'allonge sur le matelas à langer. Abby s'installe à mes côtés et me donne ses instructions.

— Retire son pyjama au niveau de sa taille.

Je contemple le vêtement qui enveloppe d'une seule pièce le corps de Heaven.

— Je suis censé faire comment ?

— Les boutons à pression sont situés dans le dos, tu dois la retourner pour la déshabiller. Et maintiens sa nuque !

Face à mon expression craintive, elle pouffe et prend les choses en main. Ce n'est certainement pas moi qui vais m'en plaindre. Je l'observe avec la plus grande attention jusqu'à ce qu'elle retire la couche et nettoie ses petites fesses à l'aide d'une lingette. Elle s'écarte et déclare :

— À ton tour.

Sous le regard empreint de bonne humeur de ma filleule, je m'empare d'une couche que je glisse sous ses fesses en soulevant ses jambes avec précaution. *Elle semble si fragile !* Je rabats les deux scratchs qui permettent de maintenir la sienne en place. Fier de moi, je savoure cette victoire en posant ma bouche sur son ventre rebondi et mes lèvres vibrent sur sa peau douce. Imitant le bruit d'un pet qui l'amuse. Je réitère jusqu'à ce qu'elle rie aux éclats. Nous voilà sur la même longueur d'onde, pourvu que ça dure… Je la rhabille, mais c'est compliqué quand elle gesticule comme pour m'en empêcher. Abby me tapote l'épaule.

— Bon, tu t'en sors pas trop mal ! Et maintenant, le biberon.

Je prends ma filleule dans les bras et suis Abby jusque dans la cuisine.

— Il y en a un de prêt dans le frigo, l'avertis-je.

Elle suit ma recommandation, le secoue et le positionne dans le micro-ondes après avoir retiré au préalable le couvercle en plastique et la tétine. C'est bon à savoir.

Je sélectionne le programme 1 et choisis dix secondes.

Le temps que le biberon chauffe, elle met un bavoir autour du cou de Heaven, qui comprend que le repas est proche et manifeste son impatience en pleurnichant. Dès que l'alarme de fin retentit, Abby sort de l'appareil le biberon, le frictionne entre ses mains et vérifie la température en laissant tomber quelques gouttes sur l'intérieur de son poignet. Comme me l'avait expliqué Neal.

— Parfait !

Elle réitère l'opération sur l'intérieur de mon poignet.

— Je vois, OK.

Le biberon en main, je m'installe sur le canapé et commence à la nourrir. À peine la tétine en bouche, elle tète goulûment. Je la contemple en souriant. Elle ne me quitte pas des yeux et mon attention semble la combler. Ses petits doigts s'enroulent et s'agrippent avec force autour de mon auriculaire tandis que son petit corps se relâche entre mes bras. Cette connexion aussi soudaine qu'inattendue me prend aux tripes. C'est comme si elle me faisait confiance pour prendre soin d'elle et un sentiment indescriptible m'envahit.

Lorsqu'elle termine son biberon, sous les directives d'Abby, je me lève et la plaque contre ma poitrine en attendant qu'elle fasse son renvoi. Dès qu'elle a éructé, elle rechigne pourtant à s'endormir. Je caresse son dos en signe d'apaisement, mais ça ne semble pas suffire.

— Lilou a noté qu'elle est sujette aux coliques, m'informe Abby. Ce sont des douleurs intestinales. Est-ce que son ventre est dur ?

Je retourne délicatement son corps et palpe son ventre.

— Comme de la pierre, oui ! m'inquiété-je.

— Masse-lui le ventre d'un massage circulaire, dans le sens des aiguilles d'une montre.

Je m'exécute et me souviens vaguement que Lilou m'en avait parlé.

— La chaleur de ta main combinée au massage aura l'effet d'une bouillotte et soulagera son mal-être.

Je ne m'arrête que lorsque les traits du visage de Heaven se détendent et que sa tête dodeline contre ma poitrine.

— Elle s'endort, chuchoté-je, émerveillé.

— On va installer son lit de voyage dans ta chambre.

Affublée de sa couverture à manches, je la dépose dans son lit, mais l'opération semble lui déplaire. Ses petits yeux embrumés de sommeil s'ouvrent de mécontentement, puis ses pleurs de plus en plus prononcés me font grimacer de malaise. Je la reprends dans mes bras et la berce jusqu'à ce que sa respiration se fasse plus régulière, plus profonde. Elle paraît si paisible. Hors de question que ça change !

— Tu ne peux pas la garder éternellement dans tes bras.

— Tant que ça nous convient à tous les deux, je ne vois pas où est le problème. Ils n'ont pas laissé un porte-bébé ?

Elle rit en secouant la tête.

— Si, Lilou a laissé une longue écharpe dans un sac. Mais si tu ne sais pas comment la nouer, elle ne sert à rien.

— Il faut pourtant que j'apprenne. Je n'ai pas l'intention de rester tout le week-end dans mon appart.

— Tu as aussi le châssis du Maxi-Cosi qui sert de poussette.

Je me souviens qu'elle me l'a montré quand elle a effectué le rangement. Je secoue la tête.

— C'est trop encombrant si je veux prendre le métro pour aller à Central Park. Je ne me sentirai pas à l'aise avec.

Elle hausse les épaules.

— Comme tu veux.

Elle allume son téléphone et se connecte à des tutos spécialisés pour les parents. Les yeux fixés sur l'écran, nous observons une femme qui détaille point par point l'enchevêtrement du tissu en porte-bébé sur son propre corps. Le visage d'Abby s'illumine de compréhension et d'enthousiasme.

— OK. Retire ton pull.

Je m'exécute, et vêtu d'un tee-shirt, face à ses mains habiles qui délient et bandent le tissu tout autour de Heaven, je joue un pantin sur lequel elle semble s'éclater à confectionner le lit provisoire de ma filleule.

— C'est pas mal du tout.

Je passe un bras sous les cuisses de Heaven, la peur au ventre qu'elle dégringole de son lit de fortune.

— Elle ne risque rien, pouffe-t-elle.

Après une grande inspiration, je laisse tomber mes bras et atteste de la solidité du lien.

— Oh, quelle belle petite bouille d'amour ! déclare Abby en caressant sa joue rebondie.

— Je vais te demander de recommencer, mais plus lentement si tu veux bien. Histoire que je me familiarise avec l'écharpe.

— OK !

Elle prend le temps de tout recommencer à zéro. Je reste focus sur chaque étape et dès que j'ai une hésitation, elle réitère son geste jusqu'à ce que je lui donne mon accord par un hochement de tête. Quand elle termine, je lui souris, me sentant d'un coup plus confiant.

— Merci. Tu voudrais bien prendre une photo et me l'envoyer. Il faut que je rassure nos jeunes parents.

— T'abuses-là.

— S'il te plaît.

Elle souffle.

— OK, et après je file !

Elle sort son téléphone et en prend plusieurs.

— Envoyé. À toi de jouer maintenant !

Je me familiarise peut-être avec mon nouveau rôle de parrain, mais ce n'est pas une raison pour ne pas insister.

— Tu ne peux pas rester jusqu'à demain matin ? Je t'offre le petit-déj.

— Non.

Elle ramasse sa veste sur la chaise du salon et l'enfile en enroulant un foulard autour de son cou.

— Tu te débrouilleras très bien. Et tu as mon numéro en cas de souci.

— OK… Merci, Abby.

Elle remonte la fermeture Éclair jusqu'à son menton.

— Dernier conseil. Plus Heaven te sentira à l'aise avec elle, plus elle sera facile à vivre.

— OK, je retiens.

Je prends mon courage à deux mains.

— Dis à Julia que je suis désolé d'avoir agi comme un con.

— Je n'y manquerai pas. Bye !

Elle quitte l'appart en souriant, ce qui reste un bon signe. Quand la porte d'entrée claque, les émotions de la journée m'assaillent et m'assomment, tel un bon coup de massue sur la tête. Je m'empare de mon téléphone et transfère la photo à ma sœur et à Neal via Messenger.

De Matt :

[Aucune femme ne me résiste.]

Voilà une bonne chose de faite !

Je lève les bras en l'air pour détendre mes muscles ankylosés par le stress de cette soirée et me rends dans la salle de bains. J'évite d'allumer la lumière pour me laver les dents, fais une toilette succincte pour ne pas réveiller la petite puce. Je m'installe dans mon canapé, calé entre deux oreillers, puis caresse d'une main paresseuse sa tête brune jusqu'à sombrer dans le néant.

Chapitre 19

Baigné dans la pénombre, je me réveille en savourant le silence. J'ai dormi comme une masse même si mes lombaires me hurlent le contraire. Je reprends tout doucement conscience du monde qui m'entoure lorsque je perçois un poids chaud sur mon torse. Je cligne des yeux et réalise que je viens de passer une nuit complète en compagnie de ma filleule.Les battements de mon cœur s'affolent, comprenant plus vite que mon esprit encore embrumé l'enjeu de taille qui m'attend. Il me faut quelques minutes pour laisser défiler les événements de la veille et mettre mes pensées en ordre. Nous sommes samedi matin et j'ai la garde de Heaven jusqu'à dimanche. Une sourde angoisse m'assaille.

OK. Je dois me calmer !

J'inspire…

Son bien-être dépend uniquement de moi.

J'expire…

J'en suis capable.

Une autre respiration, plus soutenue, plus profonde cette fois-ci.

Abby m'en juge digne sinon elle ne m'aurait pas laissé.

J'exhale un long filet d'air jusqu'à vider mes poumons.

J'ai toujours relevé tous les défis qu'on me lançait. *Hors de question d'échouer !*

D'une main déterminée que je pose sur son dos, je m'extrais de mon lit improvisé, puis soutiens le bas de mon dos endolori. Avec beaucoup de précautions, je dégage le corps de Heaven de l'écharpe et la sens tressaillir jusqu'à ce que je la dépose avec douceur dans son relax. Je la recouvre de son plaid d'un rose bonbon écœurant, avec des cœurs rouge vif pour motifs.

Une horreur !

Mission réussie : elle ne s'est pas réveillée. Du moins, pas encore. Je dénoue l'écharpe et la pose sur le fauteuil, puis me dirige vers la salle de bains pour soulager ma vessie. Je tire la chasse d'eau et me lave les mains tout en m'inspectant dans le miroir. Depuis ma rupture, c'est la première fois que je me lève sans cette impression de vide dans ma poitrine. Je ne peux pas m'empêcher de penser que ça aurait pu être un chouette week-end à quatre. *Ouais, mais sur ce coup-là, tu ne peux t'en prendre qu'à toi-même !*

J'ouvre le robinet et m'asperge le visage d'eau fraîche en noyant mes réflexions sous le bruit du jet. Bon, le temps file et le compte à rebours a commencé. Je m'essuie et marche vers la cuisine ouverte pour me préparer une tasse de café, serré de préférence. En attendant, je découvre un message de ma sœur reçu la veille. Un éclat de rire m'échappe et mon regard se porte sur la table de la salle à manger, vers le petit corps toujours assoupi. Je reporte mon attention sur mon écran et ce que j'aurais dû faire pour le rituel d'endormissement de Heaven. Comme si son CD de berceuses pouvait rivaliser avec la pop-rock et qu'elle dormait seulement avec son doudou contre la joue. Eh bien, ce fut un plaisir d'être son nouveau doudou pour la nuit ! Je pose mon téléphone sur la tablette et sirote mon café jusqu'à ce que j'entende Heaven s'agiter.

C'est à son tour de se réveiller. C'est d'un pas tranquille que je la rejoins. Dès qu'elle papillonne des yeux et me fixe de ses prunelles bleu nuit – enfin je crois, car d'après Lilou, la couleur n'est pas encore définie à cet âge. *Hé, mais je n'ai pas l'air comme ça, mais je retiens pas mal de choses !*

— Salut, petite puce. T'as bien dormi ?

Mon large sourire qui flotte sur mes lèvres provoque le sien et pendant une longue minute, nous nous apprivoisons à notre aise. Elle commence ses babillages en toute décontraction, me montrant sa confiance d'être avec moi. Du moins, je me persuade de cette version-là.

— Continue comme ça, tu vas faire de ton parrain le plus heureux des hommes.

Mes mots semblent lui plaire lorsqu'elle me dédie son plus beau sourire en retour. Mon bagout charmeur prend à tout âge et je ne vais pas m'en priver. Je l'enveloppe de mes bras et la couvre d'un baiser appuyé, puis l'installe sur le matelas à langer pour la changer. Je retire sa couche lourde et humide, attrape une lingette et la nettoie. Sa mine réjouie et joueuse aurait dû m'intimer la méfiance, elle ressemble bien trop à sa mère. Au moment où je veux refermer le lange, elle décide d'envoyer un liquide chaud sur mes doigts en aspergeant au passage mon tee-shirt. Je me recule d'un pas pour éviter le projectile, mais trop tard.

— Bon sang, Heaven, tu n'aurais pas pu patienter dix secondes de plus !

Elle gazouille joyeusement alors que je suis bon pour changer sa nouvelle couche. Une fois ma tâche terminée, je frotte mon tee-shirt avec une nouvelle lingette et la prends dans mes bras. Je suis sur le point de la gronder gentiment, mais mes mots meurent sur mes lèvres lorsqu'elle rit en agitant ses jambes, comme si elle s'apprêtait à nager le cent mètres. Un doux son qui devient vite contagieux. Je suis en train de fondre et mon air renfrogné se transforme en un sourire amusé.

— Petite coquine, tu ne perds rien pour attendre.

Je peine à reconnaître le timbre de ma voix qui est anormalement mièvre, et j'embrasse le haut de sa tête brune. Elle est en train de m'embobiner avec mon entier consentement. Au moment de l'installer dans le relax, sa bouche tâtonne la peau de mon cou et lorsque mon visage se tourne vers elle, elle tète l'arête de ma mâchoire. Je m'esclaffe de bon cœur. Je m'empare de mon téléphone et prends un selfie que j'envoie aux jeunes parents.

Ma joie est de courte durée dès qu'elle me voit attraper un biberon vide. Elle se tortille et se met à geindre. *Merde, j'ai oublié de le préparer avant son réveil !* Je la repose dans son relax et me concentre sur la préparation du biberon. Je termine d'ajouter la cinquième dosette quand ses jérémiades se font de plus en plus puissantes. Je fais fi de ses pleurs et le frictionne entre mes paumes avant de le mettre à chauffer dans le micro-ondes. Pour couvrir ses cris d'impatience, j'allume la chaîne Hi-fi en choisissant les meilleurs tubes de la veille, mais sans grand succès.

Bon apparemment, ça ne fonctionne pas à tous les coups. Ce serait trop facile ! Vive la vie de parents !

Le bip répété de fin de programme résonne à mes oreilles comme une douce mélodie. Je sors le biberon, installe la tétine dessus et le secoue en vérifiant la température sur mon poignet.

— C'est bon, Heaven ! J'ai compris !

Je la prends et la cale au creux de mon bras. Et ô miracle ! Son mécontentement intempestif se tait dès la tétine en bouche. Je soupire de soulagement et comme un écho à l'accalmie, je perçois la sonnerie de mon téléphone, mais ce n'est pas le bon moment, alors ça attendra. Je m'installe dans le canapé et arrime mon regard au sien. Je me détends comme me l'a conseillé Abby. Elle se tortille dans mes bras et laisse entendre un bruit de gaz.

— À ton aise. Fais comme chez toi !

Une odeur nauséabonde agresse mes narines et je regrette très vite mes mots.

— La vache, ça fouette !

Je me déplace dans la pièce pour échapper à l'odeur qui me poursuit. Ce qui ne gêne nullement la responsable, qui indifférente à mon inconfort, tète tout en me scrutant.

— Allez, avoue, je suis le lit le plus confortable que tu aies connu, hein ?

D'humeur joyeuse, je chantonne un morceau de vieux rock anthologique qui la captive. Ses minuscules doigts agrippent mon index que je bouge au rythme de la mélodie. Sa prise se resserre comme si j'étais son ancre. L'idée me plaît plutôt bien et en réponse, j'embrasse sa petite main, puis me fends d'un large sourire en réalisant qu'elle a éveillé en moi un taux élevé de sentimentalisme.

Lorsqu'elle termine son repas, je pose le biberon sur la table basse et bascule son corps contre mon torse, attentif à son renvoi. Tout en patientant, je récupère mon téléphone et consulte le message reçu.

De Lilou :
[Elle a faim ! Ne la fais pas attendre !]

Je tape d'une main.

À Lilou :
[Sans blague ! Tout va bien, elle vient de faire son renvoi.]

Je repose le téléphone sur le plan de travail tout en posant mes lèvres sur la tempe de Heaven.

Nouvelle notification reçue. Je capte sur l'écran une photo de ma frangine qui envoie un baiser.

De Lilou :
[Embrasse-la pour moi.]

Je m'exécute, puis son visage se chiffonne comme si elle poussait…

— Oh non ! Pas ça !

Il me faut une volonté de fer pour ne pas la porter à bout de bras, comme si elle était hautement toxique, jusqu'à son matelas à langer. Une grimace aux lèvres, j'affiche une gestuelle plus incertaine en la déshabillant. Je redoutais ce moment ! Dès que j'ouvre la couche, je la rabats aussi vite.

— C'est une blague ! C'est un sacré paquet surprise que tu m'as fait là.

Ses petits pieds s'activent et pédalent dans le vide faisant déborder le lange. *OH BORDEL !*

— Et ça te fait rire ?! grimacé-je d'horreur. Les lingettes ne suffiront jamais à tout nettoyer !

Je plisse le nez de dégoût et essuie le plus gros avec la serviette éponge du matelas à langer. Il y en a partout ! Alors autant déployer les grands moyens. Je décide de porter ma filleule cul nu et à bout de bras dans la salle de bains, elle babille et s'emballe comme si c'était une aventure drôle à vivre. Je dirais plutôt une drôle d'aventure, mais pas dans le bon sens du terme.

— Retiens-toi de faire pipi ! Je ne suis pas certain que mon parquet ait été traité contre les attaques acides.

Arrivé dans la pièce, je soutiens sa nuque en la déposant sur le sol froid de la douche. Elle grimace de mécontentement.

— Oh non ! Pas de pleurs ! Dans cinq minutes, tu me remercieras parce que tu peux me croire, je ne te vois plus du tout de la même manière !

J'ouvre le pommeau de la douchette et patiente jusqu'à ce que l'eau soit assez chaude. En attendant, je la dépouille de son body et de son pyjama. Ma p'tite rebelle fronce les sourcils jusqu'à provoquer un tremblement de ses minuscules lèvres.

— Je te promets de faire au plus vite. Et entre nous, tu devrais même avoir honte !

Elle n'en fait qu'à sa tête et ses pleurs finissent par me flinguer les tympans. Mais je tiens bon et vais jusqu'au bout de ma tâche, allant jusqu'à pousser un long soupir de soulagement lorsque je coupe l'eau. Heureux d'avoir eu un savon à portée de main. Je l'emmaillote d'une nouvelle serviette en la serrant contre mon cœur et dépose un chapelet de baisers sur son visage échauffé par ses sanglots. Je n'aime pas la voir dans tous ses états et commence à m'interroger si je n'ai pas fait preuve d'un peu trop d'emportement.

— Je suis désolé si j'ai manqué de douceur. Si tu décides de te venger en me faisant pipi dessus, je promets de ne rien te dire. Je le prendrai même avec le sourire. Mais calme-toi, bon sang !

Mes mots sont noyés par ses pleurs déchaînés. Dès notre arrivée dans le salon, je constate que le matelas à langer est hors d'usage. Je soupire, puis ferme les yeux de dépit quand son chagrin semble prendre des proportions démesurées. Je la berce dans mes bras en allumant ma chaîne et sens qu'elle a besoin d'être rassurée, alors je l'habillerai plus tard. Un jeu de guitare plutôt rythmé s'emballe à travers les enceintes et je baisse le son. Je la balance avec indolence, cadencé par mes pas, et chante d'une voix profonde. Mon initiative finit par l'apaiser et elle me dévisage comme si je l'intriguais.

Je poursuis jusqu'à ce que son petit corps se relâche dans mes bras. Je continue mon fredonnement tout en m'emparant d'une couche et de nouveaux vêtements rose fuchsia.

— Cette couleur est vraiment affreuse. Ce n'est pas digne d'une rebelle comme toi, hein ?

Son soupir d'aise en réponse provoque un élan de soulagement en moi. Je l'habille en prenant soin de ne pas la brusquer.

— C'est bien, ma puce. On va finir par former une super équipe !

Je suis récompensé par un sourire ! Je caresse sa joue de mon index et jette un regard circulaire dans la pièce.

— Parrain va devoir décontaminer les lieux !

Elle continue à sourire.

— J'imagine que c'est le cadet de tes soucis, me marré-je.

Je l'installe dans son relax et allume son mobile qui retient son attention. Ayant l'impression que les égouts de New York ont pris refuge chez moi, j'ouvre la fenêtre. Une bourrasque glaciale s'invite dans mon appartement. Ce n'est pas le moment qu'Heaven tombe malade alors que je la recouvre de son plaid immonde. J'enfile une chemise en coton sur les épaules, puis m'active à nettoyer le coussin à langer, en jetant au passage la housse en éponge à la poubelle. Hors de question de mettre ça à laver ! Je referme la fenêtre et termine de désinfecter la douche et les vêtements souillés.

Une fois la machine à laver en route, je retourne auprès de ma filleule pour m'assurer qu'elle va bien. Je découvre qu'elle bâille à s'en décrocher la mâchoire. J'avise l'heure sur ma montre. Déjà 8 h 30, je n'ai pas vu le temps filer ! Je bâille à mon tour et me sens déjà vanné. Ça promet pour le reste de la journée !

— C'est l'heure de la sieste.

Je la blottis contre moi et la berce le temps qu'elle ferme ses paupières. Je ne pensais pas autant aimer savourer ces instants câlins, peut-être parce qu'elle atténue ce sentiment de solitude en moi… et m'empêche de penser au silence omniprésent et bien trop pesant de mon appartement depuis ma rupture. Je dépose un baiser sur sa tempe avant de la coucher dans son lit et de la couvrir de son plaid. Son petit corps en total abandon face au sommeil fait naître un sentiment d'émerveillement en moi. Je m'arrache à ma contemplation et profite de l'occasion pour prendre une douche à mon tour.

Chapitre 20

De retour dans la cuisine, je frictionne mes cheveux humides en découvrant un message.

De Abby :
[Tu t'en sors ?]

À Abby :
[Après la couche de l'horreur, je peux survivre à tout ! 😊]

De Abby :
[Je n'en doute pas 😊]

Je fixe mon ordinateur du boulot sur la table basse et réalise que j'ai encore du temps devant moi pour rédiger mon rapport. Seulement, quand je pose mes fesses sur le canapé, je l'allume et navigue sur plusieurs sites sur le développement des bébés. C'est incroyable tout ce que l'on peut découvrir ! Je décroche mon attention de l'écran et remarque l'écharpe que j'ai défaite ce matin. Il serait plus malin de ma part de visionner des tutos pour la nouer moi-même en porte-bébé… Je me remémore les gestes d'Abby et me dis que ce n'est probablement pas si sorcier que ça…

Après avoir échoué plus d'une dizaine de fois et m'être agacé de ne pas obtenir le résultat escompté, je souris face au miroir de ma chambre d'y être enfin parvenu ! Je jette un regard par-dessus mon épaule et remarque qu'Heaven papillonne des yeux. Je m'avance jusqu'à elle et me penche au-dessus de son lit. Elle me fixe avec attention, puis me sourit. Ce qui me rend plutôt heureux.

***

Aux alentours de 13 h, le rituel accompli, autant elle que moi avons besoin de bouger, et surtout de changer d'air ! Je confectionne l'écharpe en porte-bébé et l'installe à l'intérieur, puis enfile ma large veste d'hiver qui la protégera du grand froid.

En marchant dans le hall, nous sommes accueillis par le concierge.

— Monsieur Evans, bonjour !

— Bonjour, Horne.

— Tout se passe bien ? s'enquiert-il avec bonhomie.

— On peut dire que ça roule. Et là, on sort un peu. J'ai prévu une balade dans Central Park.

Horne inspecte Heaven. Je m'attends à ce qu'il me félicite de l'avoir bien emmitouflée, mais il me surprend.

— Monsieur Rendall a certainement dû vous laisser un bonnet. Il fait glacial dehors, et à cet âge-là, ils sont sensibles.

— Bon sang ! Vous avez raison ! me réprimandé-je pour mon imprudence. Merci pour le conseil.

— Ne me remerciez pas. Bonne promenade à vous.

Il me sourit et retourne à ses occupations tandis que j'emprunte le chemin retour jusqu'à mon appartement.

Nous déambulons dans les artères de New York. L'animation constante, les rues bondées et noires de monde hypnotisent Heaven. La captive. Quant à moi, ça fait une éternité que je ne me suis pas senti aussi détendu. Comme si la morosité qui me collait comme une seconde peau depuis des semaines s'était volatilisée. Nous pénétrons Central Park, dépourvu de toute verdure, le paysage est beaucoup moins attrayant en hiver qu'en été, mais la scène qui se dévoile sous mes yeux retient toute mon attention. Deux oiseaux au plumage rouge intense dont le bec est bordé d'un noir profond se tiennent côte à côte sur le dossier d'un banc. Ils observent les visiteurs tels des gardiens protecteurs de leur environnement. Je m'approche avec lenteur sans les effrayer.

— C'est la première fois que je vois des cardinaux d'aussi près !

Comme si elle avait saisi l'importance de cette vision, elle les fixe – du moins, c'est ce que je pense – en babillant. Je souris d'aise quand soudain, un cri d'enfant à nos côtés fend notre petite bulle de complicité et provoque la fuite précipitée des deux oiseaux. Je jette une œillade par-dessus mon épaule et contemple un jeune garçon qui court et qui rit en tentant de fuir l'étreinte d'un homme. Il se fait attraper et en volant dans les airs, ses éclats de rire redoublent d'intensité. L'enfant s'accroche au cou du malabar qui l'enlace avec tendresse.

— Fini de jouer pour aujourd'hui, fiston. Maman nous attend.

Je les suis du regard jusqu'à ce qu'ils disparaissent et mon indiscrétion me ramène au souvenir de Hunter. Une scène qui me rappelle tout ce qu'il a perdu et qu'il n'aura pas la chance de vivre. Un élan de tristesse m'envahit à cette pensée et à l'idée de ne pas y avoir été plus sensible avant. D'un geste protecteur, j'enveloppe la tête de Heaven et embrasse le haut de son bonnet. Je ne sais pas si je me fais des films, mais cet instant me trouble. Je continue ma promenade et découvre un petit grimpeur qui file comme l'éclair.

— Là, un écureuil, Heaven ! m'écrié-je en le pointant du doigt.

Peu de chance qu'elle l'aperçoive quand je sais qu'à son âge, sa vue est peu développée pour voir aussi loin. Une info que j'ai retenue ce matin dans ma lecture, et j'en suis plutôt fier ! Je baisse le menton et constate qu'elle s'est endormie. Je poursuis ma balade et réalise que ça fait une éternité que je n'ai pas pris le temps de flâner. De savourer l'instant présent, sans objectif particulier à atteindre. Juste pour se vider la tête, et j'avoue que ça fait un bien fou !

Sur le chemin du retour, je m'arrête devant la vitrine d'un magasin pour bébés et décide d'y entrer. Je souris de satisfaction en sentant la vague de chaleur qui nous assaille et frotte le dos de Heaven en signe de réconfort.

— Bonjour ! me surprend une voix vaporeuse.

Je tourne la tête et découvre une vision enchanteresse que je dévisage suffisamment longtemps pour que mon geste soit mal interprété. Je pensais la connaître, mais non. Mignonne tout de même. Je m'éclaircis la voix et lui rends sa politesse.

— Bonjour !

Son sourire appuyé confirme mon faux pas. Elle joue de son principal atout, une bouche pulpeuse qui est un véritable appel au péché. Mais aucune étincelle de prédateur en moi ne s'anime, et le peu d'intérêt qu'elle avait su éveiller retombe comme un soufflé. Aucun frisson. Rien. Nada. Alors que ma dernière relation sexuelle date du jour de ma rupture.

— Si je peux vous aider, n'hésitez pas.

— Ce ne sera pas utile, merci.

Je la salue d'un bref hochement de tête et erre dans les différents rayons, fasciné par toutes les inventions plus folles les unes que les autres. J'agrippe l'anse d'un panier et y fourre différents vêtements qui n'ont pas une once de couleur rose ou fuchsia. J'extirpe mon téléphone de ma veste, photographie mes trouvailles, accompagnées d'un message.

À Lilou :

[Nouvelle garde-robe. Le rose devrait être interdit !]

Elle a besoin de mes messages pour pouvoir profiter à fond de son week-end. *Ah, d'ailleurs !* Il est temps que je me rattrape avec Rendall.

À Neal :

[Elle a dit oui avant ou après avoir pleuré ?]

La vendeuse se déplace vers nous.

— Vous cherchez quelque chose en particulier ?

— Oui. Le rayon des plaids pour ma filleule.

Elle se penche de manière à me dévoiler une partie de son décolleté.

— J'ai cru que c'était votre fille. Elle est vraiment trop mignonne !

Ben voyons ! Son sourire chaleureux reste professionnel, même si son regard me murmure tout le contraire.

— Suivez-moi.

D'une démarche chaloupée, elle nous dirige vers le bon endroit, alors que mon attention se porte sur les étalages colorés qui s'étendent à perte de vue. Je suis impressionné par tous les articles existants pour le bien-être des tout-petits ou pour faciliter la vie des parents. Élever un bébé est beaucoup plus complexe et déroutant que je ne me l'imaginais. Je m'arrête net devant le rayon des livres, et un immense sourire fleurit sur mes lèvres lorsque j'en saisis un dont la couverture est inchangée depuis toutes ces années. *Les aventures de Winnie l'Ourson* ; l'histoire préférée de ma frangine quand elle était petite. Je la lui ai lue tellement de fois que je suis certain de pouvoir raconter cette histoire les yeux fermés. Je baisse le menton vers la petite bouille qui papillonne des yeux et lui relate :

— C'est l'aventure d'un ourson très gentil qui a une addiction au miel. Mais celui que ta maman adorait était *Tigrou*. Un vrai excité, celui-là ! Toujours de bonne humeur. Je vais te faire une confidence : son passage préféré est quand *Tigrou* dévaste le potager de *Coco Lapin*. Et tout ça à cause de ses bonds. Tu penses que ça pourrait être le tien aussi ?

Je suis plutôt bon pour raconter les histoires, alors autant lui faire profiter de mes compétences ! Le livre rejoint le fond de mon panier, ainsi que trois autres en constatant au passage qu'Heaven s'est rendormie. Quand je relève la tête, je croise le regard de la vendeuse, rayonnant de tendresse.

— Voici ce qui pourrait faire votre bonheur, me dit-elle en me scrutant avec une certaine intensité.

Sa franche assurance parvient à capter mon attention, mais je m'en détourne pour enfin découvrir le rayonnage dédié aux couvertures et plaids pour bébé. Il y en a pour tous les goûts. Mes doigts touchent les différentes textures de modèles exposés et s'imprègnent de leur douceur. Un long plaid d'un bleu nuit profond retient mon intérêt, car il me fait penser à la couleur de ses yeux. Il est imprimé de motifs ludiques d'animaux de la forêt, dont un écureuil. Impossible de ne pas craquer.

— Je vais prendre celui-là.

— Excellent choix !

Elle s'accroupit et me tend un exemplaire emballé. Il trouve illico sa place dans mon panier, suivi d'un deuxième aux couleurs automnales. Nos regards s'accrochent un peu plus longtemps qu'il ne le faudrait, et je décide de rompre le contact de cet échange devenu trop insistant. Je n'éprouve qu'un semblant d'intérêt. Alors je la remercie et me détourne d'elle pour terminer ma visite dans le rayon des poussettes. Je pense à la seule femme qui m'obsède, que j'aime et que j'ai pourtant quittée.

Tu pleureras sur ton triste sort un autre moment, Evans !

Un soupir s'extirpant de mes lèvres, je vérifie l'heure sur ma montre. 17 h, bon sang ! J'écarquille les yeux d'horreur. Si elle se réveille, je ne donne pas cher de ma peau. Je me dirige vers les caisses avec empressement et constate avec surprise l'ampleur de mes trouvailles. J'étale le tout sur le tapis de la caisse, et la vendeuse qui m'a accompagné depuis mon entrée me dédie un sourire éblouissant en enregistrant chacun de mes articles.

— 346,89 dollars, s'il vous plaît.

Je sors ma carte et règle la note.

— Elle a beaucoup de chance de vous avoir.

Quand elle me tend mon ticket de caisse, elle y joint un papier où est inscrit son numéro de téléphone ainsi que son prénom, Tess. Je le découvre seulement maintenant alors qu'il est lisible sur le badge accroché sur sa poitrine. Je sais ce que je désire, et ce n'est pas elle. Je glisse vers la vendeuse sa carte d'invitation en bonne et due forme, et range mon ticket de caisse dans la poche de ma veste.

— Merci pour vos conseils, et bonne soirée à vous.

— À vous aussi.

Une tache rouge s'épanouit sur ses joues tandis que je l'abandonne d'un bref hochement de tête. Les mains chargées, je me dépêche de rejoindre mon appartement.

Chapitre 21

♫ *Let It Snow, Let It Snow !*
Frank Sinatra ♫

Dès que la porte d'entrée claque derrière moi, je pose tous mes sacs dans le couloir, puis me débarrasse de ma grosse veste en m'emparant de mon téléphone. Je retire le bonnet de Heaven en constatant que la sueur a mouillé ses cheveux et perle sur son front.— Tu as eu chaud ma puce, murmuré-je, empreint d'inquiétude.

Je l'essuie en pressant la paume de ma main sur sa tête et défais par la même occasion ma chemise, trempée dans le dos par la transpiration. Ma bouche se presse contre sa tempe en un baiser appuyé.

— Ça fait longtemps que je n'avais plus passé un samedi si agréable. Merci à toi.

Garder ma filleule sans assistance était un gros défi à relever. J'ai vraiment cru ne pas y arriver, et pourtant, je ne me débrouille pas si mal. Malgré le bordel qui règne dans la pièce avec toutes ses affaires, je suis envahi par un sentiment d'allégresse. Ouais, je me sens transporté par cette aventure. Elle comble vraiment ce vide en moi. Qui l'aurait cru ? *Certainement pas moi !*

Avant de déposer mon téléphone sur le plan de travail, je prends connaissance des messages reçus.

De Lilou :

[Vous êtes sortis ! Génial, Heaven adore ça. Et tu la gâtes beaucoup trop : –) Merci ! Neal m'a demandée en mariage ! Je suis folle de joie !!!!]

Je souris à l'idée qu'elle soit si heureuse. Un autre message de sa part, accompagné d'une photo de sa bague de fiançailles au doigt.

De Lilou :

[J'ai dit oui bien sûr ! 😊]

Je souris, puis éclate de rire en lisant la réponse de Neal.

De Neal :

[Dès qu'elle a vu la bague, elle a dit oui. Même pas eu besoin de faire ma demande. Elle est pas belle la vie ? 😊]

Je tape mes réponses.

À Lilou :

[Je suis heureux pour vous deux.]

À Neal :

[Tu répètes qu'elle est ton exception. Mais toi tu es son évidence 😉]

Ces mots résonnent en moi ; j'en prends la pleine mesure en les lui écrivant. Je n'ai pas le temps de m'appesantir sur le sujet, car Heaven s'est réveillée et j'ai appris à mes dépens qu'on ne la fait pas poireauter.

— Hé, salut, petite puce. Bien dormi ?

J'allume ma chaîne et laisse diffuser de vieux morceaux de rock. Je la déshabille en fredonnant les paroles, ce qui retient son attention. Dès que je claque la langue contre mon palais, elle écarquille les yeux et sourit. Je réitère mon geste tout en changeant sa couche et mon dernier claquement de langue recueille son éclat de rire. Je rigole à mon tour et l'installe dans son relax en lui enfilant son bavoir. Elle a compris que c'était l'heure de son repas et commence à s'impatienter en pleurnichant. Je m'empresse de mettre au micro-ondes le biberon que j'ai préparé à l'avance. Note pour plus tard : ne lui mettre le bavoir qu'au moment où le biberon est prêt à lui être donné.

Quand je le récupère, elle est grincheuse, mais rien qui n'agresse mes oreilles. Je la blottis au creux de mon bras et la nourris. D'après ce que j'ai pu lire, il est important de parler à un bébé pour nouer une meilleure connexion. Alors, je la regarde et lui relate toute notre après-midi passée ensemble. Ça semble lui plaire, elle tète avec appétit sans me quitter des yeux. C'est moi qui prends l'initiative de tendre mon index pour qu'elle l'agrippe. Et dès qu'elle s'exécute, j'embrasse ses petits doigts en signe de remerciement.

— Tu m'as bien eu. Je suis dingue de toi, maintenant.

Son étreinte autour de mon doigt se resserre comme si elle me comprenait. J'ai l'impression qu'on s'est bien apprivoisés tous les deux. Je caresse de mon pouce ses doigts accrochés au mien et pige enfin la connexion de Neal avec sa fille. Cette sensation, je n'aurais jamais pu la comprendre, ou ne serait-ce que l'imaginer. Avant aujourd'hui.

Une fois son repas terminé, je la positionne à plat ventre contre mon torse et… un liquide chaud se répand dans mon cou. Je grimace en découvrant qu'elle a régurgité un peu de son lait.

— Charmant ! déclaré-je en frottant la tâche dans mon cou.

J'éclate de rire quand elle me rote dans l'oreille.

— T'es une vraie rebelle, toi !

J'essuie sa bouche à l'aide de son bavoir. Je la cale entre mes cuisses et pose une main sur son ventre et de l'autre, j'entreprends ma lecture de *Winnie l'Ourson* qui ravive pas mal de souvenirs, et je souris tout en lisant. Heaven reste calme, donc j'imagine que ça lui plaît. Lorsqu'elle pousse un petit soupir, je l'interroge :

— Je t'ennuie ?

Je la porte jusqu'à ce que nos visages soient à la même hauteur.

— OK, tu sais quoi ? Quand tu seras plus grande, je te lirai les *Avengers*. Tu verras qu'il y a des héroïnes super bien gaulées avec de super pouvoirs. Bon, j'imagine que pour toi, les héros seront plus intéressants.

Elle babille de joie et fait bouger ses jambes d'excitation dans tous les sens. Je me marre et me rends compte que mon sentiment de bien-être ne m'a plus quitté depuis notre sortie. J'embrasse son front et lui chuchote.

— Ne te réjouis pas trop vite. Pour l'instant je continue avec *Tigrou* !

Je la positionne de nouveau entre mes jambes et poursuis ma lecture.

Lorsque je ferme le livre après avoir lu le mot de la fin, je perçois sa respiration profonde et régulière. Elle dort. Je me lève et rejoins ma chambre pour la coucher dans son lit de voyage en l'habillant de sa couverture avec manches. J'attrape son doudou à ses côtés pour le presser contre sa joue.

J'enlève mon tee-shirt souillé et cherche celui que j'ai à l'effigie de l'université de Denver, mais ne parviens plus à mettre la main dessus. Je me demande si je ne l'ai pas laissé chez Julia. Et si elle ne me l'a pas rendu, c'est qu'au fond, elle préfère le garder pour avoir un souvenir de moi... Enfin je l'espère ! Et cette pensée m'emplit de nostalgie. J'en attrape un autre et l'enfile avant de me rendre dans la cuisine. J'ouvre le frigo et m'empare d'une des boîtes de la commande d'hier que je réchauffe au micro-ondes.

Je coupe la musique pour rester à l'affût du moindre bruit que ferait Heaven, et m'installe à table pour manger mon plat. J'en profite pour naviguer sur un site qui conseille les novices comme moi dans la meilleure manière de donner le bain à un bébé. N'ayant qu'une douche à disposition, il parle d'utiliser un siège de bain... Je reconnais cet objet ! Je tourne ma tête vers le Maxi-Cosi et le découvre à ses côtés. Je me lève et feuillette de nouveau les instructions de Lilou qui me l'avait bien spécifié. Mais honnêtement, je n'aurais jamais deviné à quoi il pouvait bien servir. Je retourne m'asseoir et visionne le tutoriel d'utilisation quand mon téléphone crache les notes de *Wicked Game* de Chris Isaak. J'ai un temps d'arrêt, n'osant pas y croire. Pourtant c'est bien le nom de Julia qui s'affiche sur l'écran. Mon cœur s'emballe comme s'il voulait bondir hors de ma poitrine pour la rejoindre. Je décroche, plein d'incrédulité dans l'intonation.

— Julia !

— Matt ! chuchote une voix enfantine. C'est Hunter !

Waouh ! Sous le coup de l'étonnement, je me rencogne contre mon tabouret et manque de tomber dans le vide.

— Matt ? m'interroge-t-il, en proie au doute.

Je secoue la tête en me raclant la gorge.

— Salut, Microbe ! Je suis content de t'entendre.

— Je le savais ! se réjouit-il en articulant. Je l'avais dit à marraine que tu voulais encore me pa'ler.

Je me redresse et arpente le salon en frictionnant mes paupières closes, lourdes de culpabilité. Je l'ai quitté sans même lui dire au revoir, et n'ai pas pensé un seul instant que ça pourrait lui poser le moindre problème alors qu'il m'avait toujours apprécié. Mais après notre rupture, j'ai cru qu'il serait heureux d'avoir sa marraine pour lui tout seul. Apparemment, je me suis trompé.

— Je suis désolé de ne pas t'avoir appelé plus tôt. C'était... compliqué, en fait.

— Je sais ! Marraine était t'ès triste aussi.

Il est bien plus perspicace que je ne l'aurais imaginé. En même temps, c'est un enfant intelligent et plutôt vif d'esprit, je m'attendais à quoi d'autre ?... À rien, n'ayant pas poussé ma réflexion plus loin.

— Oh ! s'emballe-t-il. Tu sais aujou'd'hui j'ai répété le chant de Noël de l'école, *Let It Snow*, devant *toute* la classe ! Et madame Ashley a dit que c'était beau. Je peux te la chanter ?

— Avec plaisir !

Sa voix enfantine, presque cristalline, vibre avec beaucoup de justesse à travers le micro de mon portable. Comme transporté par sa chanson, il n'écorche aucun mot. Je n'entends aucun problème d'élocution et me laisse captiver par cette parenthèse hors du temps. Son timbre si innocent, empli de sincérité et criant de joie, craquelle mon assurance, ma décision de les avoir quittés. Accentuant mon malaise de les avoir abandonnés. Lorsqu'il entonne la dernière note, je parviens à sourire et à donner le change :

— Ton institutrice a raison. Je ne l'ai jamais entendue chantée aussi bien.

— C'est vrai ! s'écrie-t-il avec un trop-plein d'enthousiasme. Je vais chanter pou' le jour de Noël devant G'anny et ma'aine.

— Hunter, respire ! rigolé-je.

Je l'entends reprendre son souffle.

— Je peux te dire un secret ? articule-t-il, le sourire dans la voix.

Il a dû continuer ses séances chez l'orthophoniste pour son trouble du langage. Je l'entends moins, c'est léger maintenant. Cet enfant ne lâche rien, il m'impressionne.

— Qui n'aime pas les secrets ?! le charrié-je.

Il pouffe et me balance sa bombe :

— Je voulais que tu sois *le premier à l'écouter*.

Il prend le temps d'articuler les derniers mots. Une boule d'émotion se loge dans ma gorge lorsque des bruits sourds et calfeutrés résonnent en un capharnaüm qui m'oblige à décoller mon oreille de mon téléphone. Je m'apprête à le héler pour savoir si tout va bien quand soudain, je perçois la voix étouffée de Julia qui fait voler l'équilibre précaire de mes émotions.

— Tu ne dors pas encore ?

— Je suis pas fatigué.

— C'est pourtant l'heure de dormir. Je ne veux plus entendre de bruit… Et je suis sérieuse !

J'arbore un sourire jusqu'aux oreilles. *Que c'est bon de l'entendre !*

— T'as écouté ma chanson ? la questionne-t-il, visiblement soucieux.

— Non. J'ai juste entendu du bruit en sortant de la salle de bains.

— Je ne pa'lais à personne ! se justifie-t-il trop vite.

Je retiens mon hilarité de justesse face à sa maladresse et l'étouffe dans mon poing.

— Je n'ai jamais dit ça, réplique Julia d'une intonation lente et bien trop suspicieuse.

— D'accord ! Je ferme les yeux, prononce-t-il avec sérieux. Et toi tu t'en vas !

Sa spontanéité est accueillie par un doux éclat de rire qui me vrille de douleur la poitrine. Elle me manque au-delà des mots.

— Qu'est-ce que tu manigances ! Ne me dis pas *rien*, car ton air coupable m'avoue tout le contraire.

— Rien ! s'esclaffe-t-il de bonne humeur.

Ne me sentant pas à ma place, je n'ai jamais vraiment pris le temps de profiter de leur tendre complicité. Est-ce que tout aurait été différent si j'avais décidé de prendre ce temps ? Je ne serais sans doute pas là à les espionner avec une avidité presque obsessionnelle.

— Allez, maintenant dodo ! Sinon il te faudra dix minutes pour te réveiller demain matin.

— Oui, oui !

— Je t'aime, mon trésor. Dors bien.

Je perçois le bruit d'un baiser, puis le silence s'invite le temps qu'il s'assure qu'elle est bien partie. Enfin, j'imagine.

— Matt ? T'es là ?

— Oui. Julia n'est pas au courant que tu m'appelais ?

— Non, me chuchote-t-il. J'ai caché son téléphone sous ma couette.

— Pourquoi ?

— C'est notre secret. Elle ne doit pas savoir pa'ce qu'à chaque fois que je parle de toi, elle est trop triste.

Un soupir douloureux s'échappe d'entre mes lèvres.

— Ta marraine est la femme la plus merveilleuse que je connaisse. Et moi, je suis un imbécile.

— Tatie Abby a dit autre chose. Mais je ne peux pas le dire sinon je devrai mett'e un dollar dans le bocal à gros mots.

Je ris à gorge déployée, ce qui secoue tout mon corps, allégeant la gravité du moment.

— Je pense deviner.

Il glousse en tentant d'en maîtriser l'intensité.

— L'alarme incendie a sonné fort hier, ça m'a réveillé. Ma'aine…

Je l'entends inspirer à fond avant de reprendre.

— Marraine avait oublié le poulet dans le four. Il y avait *beaucoup* de fumée. Elle a ouvert toutes les fenêtres !

— Personne n'a été blessé ? !

J'arpente le salon en passant une main dans mes cheveux.

— Non ! Mais Marraine a eu très peur et elle a pleuré, me susurre-t-il. Je lui ai dit que c'était pas g'ave. *Grave*.

Il répète ce dernier mot en articulant. Quand soudain, sa confidence me percute de plein fouet en réalisant que ça coïncide certainement avec mon appel d'hier. J'ai dû autant l'inquiéter que la perturber.

— Elle a préparé du chocolat chaud et on l'a bu dans mon lit pa'ce qu'il faisait trop froid dans la cuisine.

Je me reprends et souris.

— Tu parles, c'était son excuse pour avoir un câlin.

Il pouffe de nouveau.

— Hunter ! s'énerve Julia en arrière-plan. Qu'est-ce que j'ai dit ?

— Je dois te laisser, me souffle-t-il à voix basse. Je peux t'appeler encore ?

— Quand tu veux. Je suis heureux de t'avoir entendu.

— Moi aussi !… Matt ?

— Oui ?

— Tu me manques.

— Tu me manques aussi, bonhomme.

Il raccroche et un froid insidieux s'engouffre dans ma poitrine. Il n'a pas eu peur de s'exposer. Il a même fait preuve de courage en me contactant… Ce gamin m'impressionne !

Je repense au fil de notre discussion. Il s'est montré si sincère. Si authentique. Si touchant que son appel a ébranlé quelque chose en moi. J'ai aimé notre échange. Est-ce le fait de m'occuper de ma filleule qui m'a rendu si ouvert à son appel ? Ou bien de me rendre compte que la solitude me pèse bien plus que je ne l'imaginais ?… C'est bien possible. En tous les cas, il veut encore me parler. Alors, je me suis avancé peut-être un peu trop vite en acceptant. Mais il n'est pas question que je le déçoive une seconde fois !

Je dois être à la hauteur de son appel. Un appel que je considère comme une porte ouverte à un regain d'espoir. Bon, je dois encore convaincre Julia. Ce qui est loin d'être gagné… Je pourrais d'abord en toucher deux mots à Abby pour jouer franc-jeu avec elle… J'imagine déjà la rébellion que ma décision va provoquer. Pour ne pas me filer un mal de crâne, il faut que je me change les idées. Et fissa !

Je passe ma soirée à bosser sur un de mes dossiers jusqu'au moment où je constate qu'il est 23 h 20, et que Heaven n'est toujours pas réveillée. Le grand air semble l'avoir assommée. Je me lève et rejoins ma chambre.

— Ah, mais si, tu es réveillée !

Un sourire heureux flotte sur mes lèvres en prenant conscience qu'elle est détendue et d'un calme olympien, comme si elle se sentait bien chez moi. Je la prends dans mes bras et dépose un baiser sur sa joue.

— Un biberon, ça te dit ?

Installés sur le canapé, les yeux dans les yeux, le temps qu'elle termine de téter, je lui raconte l'appel de Hunter et mon émotion de l'entendre. Je pose le biberon sur la table basse et presse Heaven contre mon torse.

— J'ai fait une erreur, je pensais que le Microbe n'avait pas besoin de moi, que je ne lui manquerais pas. Qu'il ne me manquerait pas. Mais tu sais quoi ? J'ai eu tout faux.

Son rot retentit comme une bénédiction.

— Amen. Tu es la voie de la sagesse ! Tu en es consciente ?

Je me lève et me positionne devant la baie vitrée. J'aperçois mon reflet avec un bébé dans les bras. Ce n'est pas aussi effrayant que je le pensais. C'est plutôt cool, d'ailleurs. Je me marre. En même temps, ce n'est que pour un week-end !

Chapitre 22

Je plisse le nez de dégoût. Il y a beaucoup de choses que je me suis surpris à aimer ce week-end avec Heaven, mais *ses paquets cadeaux* n'en feront jamais partie. Je ne m'habituerai jamais à cette odeur pestilentielle. Je secoue la tête, écœuré, en fermant le sac poubelle. Hors de question que je l'ouvre de nouveau ! Il doit bien exister une poubelle spéciale.Je pars récupérer le plaid que j'ai acheté hier et m'accroupis pour couvrir Heaven.

— Tu m'étonnes d'avoir des coliques. Je ne sais pas ce qui se passe à l'intérieur, lui confié-je en lui chatouillant le ventre, mais ça déconne grave !

Elle tend sa main pour toucher le mobile qui tourne, sans me prêter la moindre attention. Je m'esclaffe.

— T'as raison. Là où il y a de la gêne, il n'y a pas de plaisir !

J'ouvre la baie vitrée en grand pour renouveler l'air et profite de continuer ma lecture sur le site *« SOS jeunes parents »*. De fil en aiguille, je découvre qu'il existe bien une poubelle miracle, qui par une simple torsion rend le sac hermétique à toute odeur. *Fascinant !* Je mets l'article dans mon panier pour l'offrir à ma sœur. Quoique je doute qu'elle ne possède pas déjà une telle trouvaille. Au pire, je la garderai pour moi lorsqu'Heaven viendra à la maison. Et oui, j'ai bien l'intention de renouveler l'expérience. Ce n'était pas aussi effrayant que je le croyais. Sur cette pensée positive, je referme la baie vitrée, un sourire de satisfaction aux lèvres.

Heaven geint comme si elle vivait quelque chose de désagréable. Inquiet, je la soulève de son relax pour la presser contre mon torse. J'allume la radio et augmente le son d'une musique pop rock. Connaissant juste l'air, je la fredonne et ça semble lui plaire. De ma main libre, je m'empare des instructions de Lilou et percute seulement maintenant que le lit de voyage doit être mis en journée dans la pièce de vie et à la lumière du jour. Elle doit apprendre à différencier le rythme de vie entre le jour et la nuit.

Je mets Heaven dans son transat le temps de récupérer le lit de voyage dans ma chambre et l'installe dans le salon. Ma manœuvre ne lui plaît pas et elle le manifeste en pleurant. Elle se calme après avoir retrouvé la chaleur de mes bras. Il me faut de la patience et de la douceur pour qu'elle s'assoupisse de nouveau. Avec précaution, je la dépose dans son lit, la recouvre du plaid et colle son doudou contre sa joue. Je profite de sa sieste pour traiter différents mails concernant ma future boîte.

Happé par ma tâche, je fronce les sourcils en entendant la sonnette de mon appart retentir.

Quand j'ouvre la porte, Lilou m'accueille de son enthousiasme.

— Où est mon cœur d'Amour ?

Elle n'attend pas de réponse et se dirige dans le salon.

— Salut à toi aussi ! ironisé-je en secouant la tête d'amusement.

Une pointe d'appréhension me titille dès que je découvre la mine sérieuse de Neal. J'espère que sa rancune n'est pas trop tenace. Il rentre à son tour en me tapant l'épaule dans un geste amical, puis me dévoile un large sourire.

— Tu t'es plutôt pas mal débrouillé, me charrie-t-il.

Pourtant, je perçois une pointe d'admiration dans son ton. Je claque la porte derrière nous.

— J'ai assuré, tu veux dire. Ma filleule est folle de moi.

— Je pense plutôt que ma fille a un don pour rendre les personnes folles d'elle.

— On a un sacré point en commun, riposté-je.

— J'aurais cru que ce petit week-end te rendrait plus humble.

On rejoint Lilou dans le salon.

— Ne m'insulte pas. L'humilité est pour les hypocrites !

On se marre, heureux de constater que notre amitié est intacte.

— Ne la réveille pas ! ordonné-je à ma frangine d'un ton sec. Il lui reste une vingtaine de minutes de sommeil.

Les yeux écarquillés par l'incrédulité, elle se redresse du lit de voyage et me dévisage comme si j'étais un extra-terrestre. Je me sens obligé de me justifier.

— J'ai lu qu'il était important de respecter le cycle de sommeil d'un bébé. Ça l'aide à mieux grandir.

Elle étouffe son rire, la main devant la bouche… Et apparemment, le papa a décidé de s'y mettre aussi. Je lève les yeux au ciel. Eh bien, voilà ce que je récolte à montrer de l'intérêt au bien-être de ma filleule.

— Sympa, les gars !

Je m'assure qu'elle dort toujours et en profite pour recaler son doudou contre son visage. Je dois avouer qu'elle est trop mignonne, et je caresse sa joue rebondie. Dès que je relève la tête, Lilou est passée du rire aux larmes sans se départir toutefois de son sourire. Si je me souviens bien, elle avait ce genre de changement d'humeur quand…

— Rassure-moi, m'inquiété-je, t'es pas enceinte ?

Elle se jette dans mes bras en riant.

— Mais non ! C'est te voir si tendre avec Heaven qui me rend heureuse !

— Je dois avouer que j'ai passé un bon moment avec elle. Elle m'a fait du bien.

Ma confidence lui donne de nouvelles larmes aux yeux. *Ce n'est pas possible d'être aussi sensible !* Je m'esclaffe en passant mon bras autour de sa nuque pour la presser contre moi et l'embrasse sur le front. Neal se baisse à son tour sur le lit pour caresser le visage de sa fille. Je scrute ma sœur.

— Te voilà donc fiancée, m'enquiers-je, tout sourire.

— OUIIIIII ! s'écrie-t-elle en me dévoilant sa bague de fiançailles. Elle est magnifique. Je l'adore !

— Félicitations ! Vous allez finir par me rendre nauséeux avec tout votre amour !

Lilou secoue la tête d'amusement.

— Tout était parfait ! C'est un moment dont je me souviendrai toute ma vie.

Ils se contemplent en souriant. Non, ils se bouffent du regard. Et pour avoir vécu ce genre de connexion, mon moral en prend un sacré tout. Sans Julia, j'ai la sensation d'être incomplet. Son amour pour moi me rendait bien plus fort. Elle a révélé la meilleure version de moi-même. Mon amour pour elle me rendait bien plus heureux que je ne l'avais jamais été… Je suis un connard jusqu'au bout des ongles de l'avoir compris bien trop tard. Lilou me sort de mes sombres pensées en s'approchant de mon ordinateur, dont l'écran est encore allumé.

— Tu as encore fait des achats pour Heaven ?

— J'étais occupé, oui. Au fait, vous possédez une poubelle anti-odeurs ?

Neal acquiesce d'un signe de tête.

— C'est le premier kit de survie à avoir chez soi.

J'ai trouvé un allié ! Je lui souris de toutes mes dents.

— Une véritable infection ! Je vais en commander une quand elle viendra dormir chez moi.

Ils me dévisagent comme s'ils n'en croyaient pas leurs oreilles.

— Notre fille est une magicienne ! s'écrie Lilou, rehaussant les lèvres jusqu'à ses oreilles.

— Une putain de magicienne, renchérit Neal. Les miracles existent vraiment !

Je tends mon majeur en l'air en constatant qu'ils prennent vraiment leur pied. Lilou passe vite à autre chose dès qu'elle remarque les sacs au logo du magasin de bébé. Elle se jette dessus et pousse des exclamations de ravissement sur chaque article qu'elle inspecte. Vêtements, plaids, nids d'ange – *ce mot m'éclate !* et bavoirs. Tout y passe.

— J'ai fait une overdose du rose et de ses nuances, qui seront d'ailleurs à bannir quand Heaven viendra chez moi.

Elle ignore mon avertissement et réagit comme si les cadeaux lui étaient destinés.

— J'ADORE ! Tu as fait des folies. Merci !

Je l'avais déjà fait auparavant en achetant la majorité des articles de sa liste de naissance. Encore une fois, je me suis peu impliqué en tant que parrain en imaginant que l'argent compenserait. Un rôle que j'avais défini à l'avance. Une réflexion qui m'amène sur un autre sujet plus délicat.

— Hunter m'a appelé hier, leur confié-je.

J'ai le mérite de rétablir un instant solennel et de capter toute leur attention.

— Il l'a fait dans le dos de Julia. Il voulait me faire entendre son chant de Noël de l'école. Il tenait à ce que je sois le premier à l'écouter.

Neal me sourit comme si cette confidence le rendait heureux pour moi alors que Lilou se mord la lèvre pour ne pas pleurer.

— Qu'est-ce que tu attends, bon sang ?! tonne-t-elle. Ils sont ta famille. Fonce !

J'esquisse un sourire.

— Je dois d'abord faire mes preuves avec Hunter. Je veux nous donner une vraie chance que ça fonctionne entre nous. C'est mon seul espoir de récupérer Julia.

Elle lève la tête au ciel, et quand elle reporte son attention sur moi, l'expression qu'elle arbore n'a pas de prix. J'y lis autant de soulagement que de joie. Elle s'apprête à me répondre quand les babillements de Heaven nous interrompent. Elle gesticule dans son lit et gazouille de joie. Lilou écarquille les yeux en souriant comme une folle et s'empresse de la retrouver. Neal savoure la scène et je remarque que l'amour de la femme qu'il aime à sa fille le comble de bonheur. Il finit toutefois par reporter son attention sur moi.

— Tu as pris la bonne décision, me déclare-t-il.

— Je pense aussi. Je regrette d'avoir perdu autant de temps… d'avoir été si con en les abandonnant sans me battre.

Une expression de surprise se dessine sur son visage.

— Tu ne les as pas abandonnés. Tu ne te sentais pas capable d'assumer un rôle parental. Et pour savoir ce que ça représente, personne n'est en droit de te juger.

Putain, c'est peut-être débile, mais j'avais besoin d'entendre ces mots.

— Encore faut-il que Julia accepte que je revienne dans la vie de son filleul.

— Je ne doute pas qu'elle le fera. Tu risques juste d'en chier pour y parvenir.

Ça, j'en suis bien conscient ! On rigole comme si nos années d'amitié coulaient dans nos veines. Ce qui me fait penser à…

— Merci pour ta confiance.

— Ne me remercie pas trop vite. Je n'ai jamais autant flippé que tu n'assumes pas. J'avais coupé mon téléphone en sortant de chez toi. J'ai risqué le tout pour le tout pendant une heure et si tu ne contactais pas ta sœur, c'était que tu contrôlais la situation.

Pas con…

— Je m'en serais voulu si j'avais gâché ton week-end.

Il soupire.

— Je sais, mais ce n'est pas arrivé, alors oublions ça.

Un sourire plus tard, Heaven est dans ses bras et il n'est pas près de la lâcher.

***

Assis sur mon canapé, l'appart est trop silencieux pour moi. Ce qui me focalise sur mon seul objectif en tête : nous donner une seconde chance à tous les trois. Et pour cela, j'ai besoin d'une complice. Assez de tergiversations, je compose le numéro d'Abby. Les tonalités se succèdent et j'ai le sentiment qu'elle ne va pas décrocher. En effet, je tombe sur sa messagerie. Hors de question que je lui explique mes intentions sur sa boîte vocale. Je retente ma chance.

— Tout va bien ? décroche-t-elle enfin.

Je suis un homme d'action alors autant aller droit au but.

— J'ai besoin de Hunter et de Julia dans ma vie ! J'ai…

Je me tais lorsque la tonalité de fin d'appel résonne jusqu'à mes oreilles. Je n'aurais pas dû être si direct. Elle a interrompu la communication. *C'est mal me connaître !* Je ne me décourage pas et recompose son numéro.

— Quoi ?! aboie-t-elle.

Sachant pertinemment que mes chances de réussite sont maigres, j'utilise ma carte maîtresse.

— Hunter m'a appelé hier.

Un long silence s'étire entre nous.

— Julia ne m'a rien dit, répond-elle avec suspicion.

— C'est parce qu'il l'a fait en cachette.

Son souffle excédé souligne son tiraillement à continuer cette conversation. Je sais pourtant que j'ai toute son attention et c'est tout ce que je désirais.

— Balance, Matt. Mais je ne te promets rien !

— Hunter avait besoin de m'entendre pour que je le rassure… Je n'ai pas imaginé un seul instant que notre rupture le toucherait autant.

— Mais tu t'attendais à quoi, bon sang ?! soupire-t-elle, à bout de patience. C'est un enfant de six ans.

— Cinq ans !

— Non, six ans. Il les a eus le 12 décembre.

Il y a quatre jours… Et je n'en savais strictement rien. Encore par manque d'intérêt. Je m'apprête à lui demander ce que Julia avait organisé et acheté quand elle poursuit son explication d'une voix vindicative :

— Comment veux-tu qu'il interprète votre rupture en voyant sa marraine malheureuse ?

Je n'y ai jamais réfléchi…

Je me frotte la mâchoire et mon silence parle pour moi.

— Et tu as quitté sa vie sans lui dire au revoir ! Alors bien sûr qu'il avait besoin que tu le rassures !

— J'ai l'intention de me rattraper.

— Oh mon Dieu ! Je crains le pire.

— Je veux être là quand il en a besoin, je…

— Tu gardes Heaven, et WAOUH ! Tu as l'illumination de ta vie.

Je fais fi de son sarcasme.

— Il m'a touché, Abby.

— Mais on ne parle pas de toi, là ! Il n'est pas question de donner de faux espoirs à Hunter.

— Je le désire cette fois.

— Ça ne suffit pas !

Elle a raison, mais hors de question que je lâche quoi que ce soit.

— Il veut me rappeler et je lui ai donné mon accord.

— Désolée de te casser ton délire, mais tu n'aurais pas dû.

— On va y aller à notre rythme. Je n'ai pas l'intention de foirer.

C'est peut-être la détermination dans ma voix qui provoque son silence, alors j'en profite pour lui révéler mes intentions.

— Préviens Julia de me laisser une chance avec Hunter. Je veux faire mes preuves.

— Eh bien, bonne chance à toi !

Elle a raccroché. Je sens l'espoir enfler en moi. J'ai dévoilé mes cartes et souris qu'elle m'ait écouté jusqu'au bout. Je compte bien leur prouver que je peux être à la hauteur de leurs attentes. Je suis conscient que ça ne se fera pas du jour au lendemain, mais je veux que cette relation soit la plus authentique possible. Mon bonheur en dépend !

Chapitre 23

Point de vue de Julia

J'observe la main de ma mère qui s'active encore à frotter une tache sur le plan de travail.— Je pense que ma cuisine n'a jamais été aussi rutilante, me gaussé-je.

Elle relève la tête en affichant une mine amusée, puis récupère les assiettes sales dans l'évier et les range dans le lave-vaisselle.

— Maman, laisse-moi m'occuper du reste !

Elle se redresse et fixe l'heure sur sa montre en soufflant sur la mèche grisonnante qui lui tombe sur le visage.

— T'as raison ! Ce n'est pas le moment d'être en retard pour mon premier jour de travail.

Elle commence sa journée aux urgences de l'hôpital à 15 h. Je lis l'heure sur l'horloge du four. Il est 13 h 41.

— Tu as le temps, la rassuré-je par un sourire.

— Je suis un peu déboussolée, mon bébé, souffle-t-elle. Excuse-moi.

J'attrape sa main que je presse dans la mienne.

— Ne t'excuse pas. Je comprends… Je n'aurais pas pu survivre à ce repas sans ta présence avec nous.

— Je n'aurais jamais permis que ça arrive. J'avais besoin que l'on soit tous les trois réunis pour la veille de Noël.

C'était le jour préféré de Beth. Son absence a plané comme une ombre omniprésente et pesante pendant cette journée de réjouissance.

— Elle me manque tellement.

Elle rive ses prunelles emplies d'amour aux miennes et me prend dans ses bras. Une étreinte qui répand une douce chaleur dans ma poitrine meurtrie.

— Il n'y a pas une heure sans que je pense à ma fille.

Face à son regard empreint d'une tristesse profonde, je lui rends son instant câlin. Sachant que Hunter est dans sa chambre, les masques tombent et nous laissons éclater notre chagrin. Un moment qui allège nos cœurs. On s'essuie les yeux. J'esquisse un sourire sur mes lèvres et lui dis :

— Tu as vu comme Hunter était heureux pendant tout le repas ?

— Il a super bien chanté *Let It Snow*.

— Oui, et sans ses soucis d'élocution.

Ses lèvres s'étirent d'amusement quand je lui confie :

— Beth n'aurait jamais attendu la fin de sa prestation sans pleurer ou le prendre dans ses bras.

— Hunter aurait râlé qu'elle ne lui laisse pas le temps de terminer sa chanson, renchérit maman, des larmes de joie aux yeux. Mais elle aurait su se faire pardonner.

— Comme toujours ! Elle lui aurait répondu qu'il ne pouvait pas se fâcher d'être aimé aussi fort.

On rit de bon cœur et je fixe le plafond comme pour lui adresser mon vœu le plus cher. Je veux tellement lui ressembler dans mon rôle de maman de substitution et de future mère. Je veux avoir sa patience, son amour inconditionnel et son grain de folie qui rend la vie beaucoup plus amusante. Avec Hunter, je me révèle déjà bien meilleure que je ne le pensais.

— Je vais y aller, maintenant, m'avertit-elle.

Je me soustrais à regret à sa douceur maternelle.

— Tu vas être géniale ! Tes collègues vont t'adorer.

— Je l'espère.

— Hunter ! le hélé-je. Viens dire au revoir à Granny. Elle doit partir !

Des petits pas martèlent le sol et telle une fusée à plein régime, il saute dans les bras de sa grand-mère, lui arrachant un gloussement au passage. Il s'accroche à son cou et réclame à son tour un gros câlin.

— Tu reviens quand ?

— J'ai une longue journée qui m'attend. Mais mercredi, je viendrai te chercher à la boutique de marraine. On pourrait aller au cinéma ?

Il hoche la tête d'un air satisfait.

— D'accord.

À peine ses pieds touchent-ils le sol qu'il retourne dans sa chambre en attrapant mon téléphone au passage. Je plisse les yeux d'un air contrarié. Presque dix jours que ce manège dure. J'ai accepté à contrecœur ses appels en cachette pour son bien-être avant tout. Mais jamais je n'aurais cru que ça tiendrait aussi longtemps, ce qui avait facilité le fait que je ne dise rien… Et pour être honnête, une part en moi voulait voir Matt foirer pour le chasser définitivement de ma vie. De nos vies. Seulement…

— Il est de moins en moins discret, soupiré-je.

Ma remarque est suivie d'un éclat de rire étouffé de ma mère qui est en train d'enfiler sa veste et son écharpe.

— Il continue de contacter Matt tous les jours ?

— Oui. Et je ne sais toujours pas quoi en penser. Si Abby ne me l'avait pas dit, je ne l'aurais peut-être jamais découvert.

Maman me dédie son fameux sourire de celle-qui-comprend-tout-avant-tout-le-monde et pose sa paume sur ma joue. Je presse ma tête tout contre.

— Il ne peut en sortir que de bonnes choses.

— Abby semble penser la même chose. Elle s'est même adoucie envers lui.

Quant à moi, je préfère encore jouer l'ignorante. Je ne suis pas prête à laisser mon ex entrer de nouveau dans ma vie.

Je ne le serai d'ailleurs peut-être jamais…

— Et personne ne t'oblige à le faire. Hunter s'est enfin attaché à un homme. Il tient beaucoup à lui. C'est la seule chose qui doit t'importer pour l'instant. Surtout…

Je sais pertinemment ce qu'elle va me dire alors je poursuis à sa place.

— Qu'il n'a presque plus aucun problème d'élocution.

Elle opine d'un signe de tête. C'est vrai qu'il est de plus en plus rare de le voir avaler ses mots, sauf quand il est excité et qu'il veut aller trop vite. Il faut admettre que ses séances chez sa pédopsychiatre lui ont été fort utiles. Mais je dois reconnaître que tout s'est accéléré depuis qu'il a tissé un lien particulier avec Matt au téléphone.

Un soupir contrarié s'échappe de mes lèvres.

— J'en suis consciente. Mais j'ai peur que Matt ne réponde pas à ses attentes sur le long terme. Je ne veux pas qu'il le blesse.

— Sur ce coup-là, tu vas devoir lui faire confiance.

Je souffle. C'est bien là le problème !

Je pense soudain à un autre sujet que j'aimerais aborder avec elle.

— Au fait, je ne suis pas d'accord avec toi. Hunter s'est déjà attaché à un autre homme : Klint.

Je vois à son regard qu'elle n'est pas fan de mon changement de sujet. Mais tant pis, j'ai besoin de savoir.

— Il passe Noël avec sa famille, mais il a prévu de venir quand à New York ?

— Je dois filer, s'empresse-t-elle de me répondre. Je vais vraiment être en retard.

— Maman ?

— Plus tard, mon bébé, esquive-t-elle. Plus tard !

Le claquement de la porte, aussi brutal que soudain, n'augure rien de bon. Je ne comprends pas pourquoi elle élude toute discussion à propos de Klint. Mais je finirai bien par en avoir le cœur net. En attendant, même si je refuse de le reconnaître, je suis avide d'en apprendre plus sur le rituel entre Hunter et Matt. Je m'approche d'un pas feutré de la chambre de mon filleul et m'adosse contre le mur, à côté de la porte fermée. Honte à moi, je ne peux pas m'empêcher d'écouter chaque jour leur conversation, animée d'un maelström d'émotions. Du sourire d'entendre mon neveu heureux, à la tristesse d'avoir perdu l'homme que j'aime. De la joie de le voir se confier avec conviction à l'amertume d'avoir été rejetée de la vie de Matt. Des souvenirs des moments tendres et intenses que j'ai vécus grâce à lui, mais qui sont devenus un rappel constant et douloureux de ce que j'ai perdu, aux sentiments profonds que j'ai toujours pour lui et qui font de moi une écorchée vive. À cette pensée, mes bras s'enroulent autour de ma poitrine pour me protéger de cette sensation de solitude qui me drape les épaules. Je soupire à l'idée d'être assez désespérée et tordue pour écouter leur conversation. L'oreille à l'affût, je dois me concentrer pour saisir chacun de ses mots.

— Non, Granny est partie travailler.

…

— Non, juste moi, Marraine et Granny. Tatie Abby est partie chez sa maman à Atlanta et Klint le fête avec sa famille. Et toi ?

Je crève d'envie d'entendre sa voix et aurais dû lui apprendre à écouter sur haut-parleur.

— Oui ! J'ai chanté ma chanson de Noël et elles ont pleuré *tellement* elles ont adoré.

La réponse de Matt est accueillie par un grand éclat de rire enfantin, ce qui provoque l'ébauche de mon sourire en retour. J'aime l'entendre si heureux et si insouciant, même si c'est mon ex qui en est le responsable.

— Ouais, elles ont pleuré comme *des gonzesses.*

…

— Non, pouffe-t-il, je ne leur dirai pas.

Je secoue la tête d'amusement et me remémore tous ces instants où Matt me faisait rire par son insolence ou par sa provocation. Mais lorsque j'étais blottie dans ses bras, il était capable d'une telle attention et d'une telle tendresse que je me sentais chérie, et la femme la plus précieuse à ses yeux. Un élancement sourd et sournois vrille ma poitrine. Je croise mes doigts dans une prière et ferme les yeux.

— Matt, ne lui brise pas le cœur, récité-je comme un mantra. S'il te plaît…

— Oui ! Les lions et les zèbres !

…

— J'allais tout le temps au zoo avec maman.

…

— Non, je n'ai pas encore vu Central Park. Je pourrais venir avec toi ?

…

— Tu me le promets ?! s'enthousiasme Hunter.

…

— TROP COOL !

Il s'extasie comme si Matt venait de lui offrir le plus beau cadeau de Noël. Si j'ai bien compris, il veut revoir Hunter pour l'emmener au zoo de Central Park. Je ne parviens pas à me réjouir de cette nouvelle, malgré l'excitation qui me dévore le cœur – *ce sale traître*. C'est bien de lui que j'ai le plus peur. De tout ce qu'il va me faire ressentir et éprouver quand je le verrai. Quoi qu'il en pense, je n'ai pas l'intention de lui laisser une seconde chance. *Oh, ça non !*

…

— D'accord, à demain, Matt.

Comme un rituel bien rodé depuis que j'espionne leurs conversations, je déguerpis sur la pointe des pieds et me rends dans la cuisine. Je m'occupe en passant une lavette sur le plan de travail rutilant tout en gardant un œil attentif au salon. D'un geste naturel, comme si mon téléphone était devenu le sien, il le dépose sur la table basse et me rejoint en s'asseyant sur un tabouret.

À ton aise, mon trésor !

— Tu fais quoi ? m'interroge-t-il, un sourire extatique aux lèvres.

À moi aussi, il me faisait cet effet.

— Je nettoie, ça ne se voit pas ? répliqué-je avec un brin d'humour.

Il pouffe.

— Tu frottes comme maman quand elle était ennuyée.

Mes yeux se rivent aux mouvements circulaires et frénétiques que j'inflige au plan de travail.

Oups !

Je m'arrête net et le dévisage en esquissant un sourire nostalgique.

— J'adore t'entendre dire que je lui ressemble. Elle a toujours été un modèle pour moi. Tu le savais ?

Il baisse la tête et dessine de son index un tracé imaginaire sur l'îlot.

— Je veux tout le temps la voir, murmure-t-il d'une voix à peine audible, libérant une larme.

Je jette mon carré d'éponge dans l'évier et le prends dans mes bras. Il s'accroche à ma nuque avec une énergie presque désespérée. Sentir son souffle chaud au creux de mon cou me procure un bien-être immédiat. Je pose ma bouche sur sa tempe et lui susurre.

— Elle me manque tout le temps à moi aussi, mon trésor. Qu'est-ce que maman faisait quand tu étais triste ?

— Elle me faisait un chocolat chaud avec des marshmallows.

— C'est dans mes cordes. Je peux faire ça !

Il redresse sa petite tête blonde et un sourire malicieux taquine ses lèvres. Il attrape son médaillon entre ses doigts et pousse sa chance encore plus loin en me révélant :

— On regardait aussi un dessin animé à la télé avec la couette sur nous. Quand c'était fini, maman commandait une *grande* pizza avec *plein* de fromages et des morceaux de jambon. C'était TROP bon !

— Rien que ça ! rigolé-je.

— Non ! On mangeait aussi un *grand* bol de chips au bacon.

Ses prunelles s'illuminent d'espièglerie et j'éclate de rire en pensant que ma sœur était tout à fait capable de faire ça. C'était tout ou rien, jamais le juste milieu. Et souvent *tout* avec les personnes qu'elle aimait. Je réalise que Hunter a chopé cette manie qui m'apporte une gaieté sans pareille. Ma bouche se pince en une fine ligne pour m'empêcher de rire.

— Tu es sûr que tu n'oublies pas le dessert avec une énorme boule vanille aux morceaux de brownies, surenchéris-je de plus en plus amusée.

— Miam ! s'émerveille-t-il. Je veux tout ça !

Sa petite frimousse exprime une joie pure et innocente qui me fait gonfler les poumons d'une bouffée d'amour.

— Tu n'as pas assez mangé ce midi ? Granny a cuit la meilleure dinde farcie de New York.

— Beurk ! Il y avait trop de légumes. J'aime pas ça.

— Pourtant, pour grandir et devenir fort, il faut en manger beaucoup.

Je le serre encore plus fort dans mes bras et le couvre de baisers dans le cou. Il éclate de rire. *J'adore ce son !*

Mes doigts titillent la peau sensible de ses côtes jusqu'à faire redoubler l'intensité de son rire.

— Arrête ! m'ordonne-t-il, à bout de souffle.

Je le dépose à terre et frictionne sa tête le temps qu'il récupère sa respiration.

— Va mettre ton bonnet de Père Noël, lui annoncé-je.

— Je vais aussi mettre ma combinaison de *Cars* !

J'ai eu une idée de génie pour son cadeau d'anniversaire. Il ne le quitte presque plus.

— Et prends le plaid dans ma chambre ! Je m'occupe du chocolat chaud et des marshmallows.

Il hurle sa joie – *tant pis pour les voisins !* – en courant vers sa chambre.

— C'EST MOI QUI CHOISIS LE FILM ! JE VEUX *CARS 3* !

Pour changer ! rigolé-je.

Je me réjouis d'être à demain quand il va déballer ses cadeaux de Noël. Le jour de l'année où opère la magie. J'ai préparé la boîte avec les premiers objets de sa naissance en ajoutant d'autres polaroïds que j'avais pris d'eux. Il va adorer, c'est certain ! J'ai donné carte blanche à maman pour choisir ses cadeaux et elle s'est laissé happer par la magie du Disney Store. Ma carte de crédit a flambé, la sienne aussi. Mais ça me rend heureuse, parce que j'adore ma famille telle qu'elle est !

Chapitre 24

♫ *Don't You Remember*
Adele ♫

Nous avons décroché notre plus beau contrat au Metropolitan Museum of Art de New York. Un lieu mondialement connu qui peut nous apporter une notoriété sans précédent. Nous travaillons depuis un mois pour répondre à tous les critères exigés par la direction, alors que nous avons remporté le marché sans véritable concurrence. Une aubaine, qui, d'après notre client, est due à un bouche-à-oreille efficace et plutôt élogieux.Le grand jour est enfin arrivé, je pousse la desserte contenant une centaine de mignardises dans les innombrables galeries souterraines. Je n'ai pas le temps de flâner, d'admirer ou de m'émerveiller sur chaque trésor entreposé et prêt à être exposé au public. Je franchis une grande porte métallique et pénètre dans une immense pièce au plafond voûté, recouvert d'un jeu de lumières tamisées qui intiment une note chaleureuse à l'endroit. *Splendide*. Un hurlement de colère détourne mon attention sur un homme d'un certain âge.

— Je dois vous le répéter combien de fois ! Vous devez installer les tables selon le plan, pas selon vos envies ! Bon sang, écoutez un peu !

Il tourne la tête vers un livreur qui vient de faire son entrée avec un diable rempli de caisses en carton.

Il doit certainement être le superviseur de la salle. Bon, aucune envie de me faire prendre en pleine séance de rêvasserie pour subir son courroux. Je me concentre alors sur ma tâche et recherche une table drapée d'une nappe ivoire, portant le nom de notre boutique sur un écriteau. Mes lèvres se rehaussent de joie en la trouvant enfin ! Je ne perds pas de temps et enfile une paire de gants avant de disposer mes mignardises sur plusieurs présentoirs à étages tout en respectant le code couleur du plan imposé.

Je termine de déposer les dernières verrines au trio de chocolat et me fends d'un large sourire en observant l'étal coloré qui contentera les papilles. *Du moins, je l'espère !* C'est un contrat que je tiens à honorer afin de renouveler notre commande une fois par mois pour commencer. Je recule d'un pas, pétrie de satisfaction. Je m'apprête à faire une photo de mon montage pour la diffuser sur les différents réseaux sociaux de notre boutique en ligne, lorsqu'une voix aussi inattendue que familière crispe chacun de mes muscles. Mon cœur cogne comme un fou dans ma poitrine quand je me retourne vers la source de mes tourments passés.

— Julia !

Ma gorge se contracte d'effroi et mon incrédulité enfle et sort de ma bouche tel un uppercut.

Oh bordel, c'est bien lui !

Nash, mon ex, celui qui m'a abandonnée lâchement en me laissant un putain de message en guise d'adieu !

Nos regards se croisent et le contact autrefois si familier, si rassurant, si aimant me percute de plein fouet. Je me sens démunie face à ce sourire bienheureux qui retrousse ses lèvres, comme si ces trois dernières années n'avaient pas été marquées par son silence radio.

— Je te retrouve enf…

Mon hébétement laisse place à la colère qui me submerge avec une intensité explosive.

Comment ose-t-il ?!

Ma main se tend vers son visage pour lui exprimer ces années de profonde tristesse et de rancœur. Le bruit sourd de la gifle magistrale que je viens de lui infliger lui coupe le souffle et me sort de mon emportement. J'accueille avec une satisfaction malsaine le fourmillement de douleur dans ma main. Au moins, son satané sourire a disparu ! Je ressens pourtant l'envie de réitérer mon geste avec plus de conviction encore.

Seulement, son air choqué et ahuri m'intime l'ordre de laisser mon bras contre ma hanche. Je suis consciente de m'être donnée en spectacle, et sens chaque regard curieux dans la salle me brûler la peau jusqu'à ce que le silence devienne trop étouffant et assourdissant à mes oreilles. J'expulse d'un seul coup tout l'air bloqué dans mes poumons et fixe cet homme que j'ai autrefois aimé, dont la vision me révulse maintenant. Je le déteste. Un son étranger et menaçant sort de ma bouche déformée par la fureur.

— Ne me parle pas, espèce d'enfoiré ! Tu as perdu ce droit il y a trois ans !

Mon Dieu, je suis en train de me faire remarquer… J'ai besoin d'air !

Furieuse, j'attrape mon sac et mon manteau, puis l'oblige d'un coup d'épaule à me laisser la voie libre et fonce vers la sortie. Parvenue à la moitié du chemin, à l'abri des regards, il agrippe mon poignet pour me retenir et provoque, par ce geste, l'explosion irréversible de toute ma rage contenue jusque-là. D'un coup de poing, je percute avec une violence vengeresse le haut de sa mâchoire. Alimentée par l'adrénaline qui pulse avec force dans mes veines, faisant fi de la douleur qui irradie jusque dans chaque extrémité de mes articulations, je lui assène d'une voix sinistre :

— Ne me touche PAS ! Ne m'approche plus JAMAIS !

Mes prunelles assassines le font reculer d'un pas. Il frictionne sa peau meurtrie alors qu'une lueur de regret et de culpabilité accentue l'expression confuse de son visage. Aucune parole, aucun geste ne pourra justifier sa fuite lâche après trois ans de vie commune.

Jamais !

Je sors de ma torpeur en cognant avec emportement la porte de secours contre le mur en brique, et respire l'air glacial par petites goulées. Je ferme les paupières et me concentre sur chaque inspiration jusqu'à délier le nœud qui m'obstrue les poumons. Je cligne des yeux en levant la tête vers le ciel. À cet instant, je pense à la seule personne dont j'ai besoin. *Matt*. Son prénom est un coup de poing qui assombrit encore plus mon horizon. Je rejoins la camionnette en courant. J'enfile mon manteau avant de me glisser à l'intérieur. Dès que je claque la portière, le bruit résonne et m'assène avec clarté ce que je viens de faire, compromettant ainsi toutes nos chances de partenariat.

Merde. Merde. Et re-merde !

Je tape sur le volant plusieurs fois jusqu'à retrouver un semblant de contrôle. Je refuse de craquer maintenant et démarre en pilotage automatique, sans un regard en arrière.

***

Je gare le véhicule à quelques pas de la boutique et lorsque je coupe le contact, je reste inerte, sans oser bouger, le temps de me remémorer malgré moi toute ma relation avec Nash. Mon premier amour. L'homme qui m'a apporté un grand soutien dans tous les pans de ma vie malgré sa jalousie maladive. Le premier homme à qui j'ai accordé toute ma confiance et qui m'a lâchement trahie. Je ne pourrai jamais oublier et lui accorder mon pardon pour la manière dont il m'a quittée. Je ferme les paupières afin de chasser les mots inscrits à l'encre noire qui ont marqué mon âme comme un tatouage indélébile.

« Je te quitte. J'espère qu'un jour, tu me pardonneras. »

Il a tout balayé d'un revers de la main comme si notre relation ne valait rien.

Pathétique.

Sur cette dernière pensée, je sors de la camionnette et marche d'un pas déterminé pour ne pas flancher. Je sens à peine le vent glacial qui fouette mon visage, et cingle telle une brûlure les larmes qui coulent sur mes joues. Après toutes ces années, il a encore ce pouvoir de me rendre faible et ma colère se retourne contre moi. Je ne peux en vouloir qu'à moi-même. *Il faut que je me reprenne !* J'essuie mes joues mouillées avant de passer le seuil de la boutique. L'atmosphère familière m'étreint telle une enveloppe rassurante, mais le froncement de sourcils de Josh m'informe que mon chaos intérieur doit se voir telle une enseigne clignotante sur chacun de mes traits. *Eh merde !* Je m'apprête à me réfugier dans mon bureau pour reprendre contenance quand une voix au grain éraillé m'interpelle. Je jette une œillade par-dessus mon épaule et percute un regard sombre et visiblement inquiet.

— Tu devrais t'asseoir.

Plantée devant l'entrée, je finis par réagir lorsqu'on me bouscule parce que la simple politesse de me demander de bouger ne fonctionne pas.

— Julia.

Son intonation bien trop douce m'intime le sentiment que je dois ressembler à un animal blessé. *Et je déteste ça !*

— Quoi ! tonné-je.

Ses doigts calleux m'enserrent le poignet pour me propulser contre lui. Lorsque ses deux mains m'enlacent le dos comme un cocon protecteur, mon corps s'amollit et se gorge de cette chaleur inattendue. *Mon Dieu, c'est si bon !* Je m'abandonne à cette étreinte. C'est ce dont j'avais besoin.

— Tu te sens bien ?

Je ne lui réponds pas. Trop obnubilée par la possibilité de savourer ce réconfort pour m'inquiéter des répercussions d'être dans ses bras. J'exhale une profonde bouffée de ce parfum aux effluves apaisants durant de longues minutes. Mes yeux se ferment et mes doigts agrippent avec reconnaissance son pull tandis que sa main glisse dans mes cheveux. Sa caresse m'intime la volonté de lâcher prise et je m'exécute. Ma tête cède et ma joue se presse contre son torse. Mon corps ressent chaque toucher habile, mais égoïstement, je m'en contrefiche malgré l'alarme interne qui s'enclenche avec les sirènes hurlantes. J'ai besoin de cette combinaison pour récupérer un semblant de maîtrise jusqu'à ce que je sente chaque partie de mon être se détendre, puis se raidir à nouveau quand ses lèvres se posent avec insistance sur mon front. *Là, ça va trop loin !* Mes paupières se soulèvent et j'aperçois devant la vitrine, une silhouette familière. *Matt !* Mon regard télescope le sien, figé par une mine sombre et grave, chargée d'inquiétude.

C'est de lui dont j'ai besoin. Mon cœur me le crie et s'emballe à tout rompre, propageant une douce chaleur dans mes veines. Mais un battement de cils plus tard, il a disparu. Je recule d'un pas pour m'extirper de cette étreinte au réconfort illusoire, et me dirige vers les grandes fenêtres dans l'espoir de le voir réapparaître. Mais rien. *L'ai-je rêvé ?*

— Julia ?

Je me retourne vers Travis, l'air encore plus hébété qu'à mon arrivée.

— Tu es si pâle. Viens t'asseoir !

Il me tend sa main, mais je décline l'invitation. Je me racle la gorge pour éviter d'avoir la voix qui déraille.

— Non. Ça va passer. J'ai beaucoup de travail qui m'attend.

— Tu devrais prendre un Coca ?

L'inquiétude qui se peint sur son visage adoucit mon humeur.

— Non, merci, lui réponds-je en m'asseyant sur la première chaise à ma portée.

— Tu veux me raconter ?

— Pas spécialement.

— OK, rigole-t-il avant que ses traits se peignent de gravité. Je suis revenu hier de Los Angeles et j'ai appris pour le décès de ta sœur. Toutes mes condoléances.

— Merci, répliqué-je, affichant un sourire triste aux lèvres.

— D'après ma mère, c'était une sacrée bonne femme.

— La meilleure.

— Tu n'es pas mal dans ton genre. J'ai appris que tu élevais seule ton neveu.

Apparemment, il est au courant de ma rupture avec Matt.

— Je fais pour le mieux. Mais ce n'est pas tous les jours facile.

Il me dévisage comme s'il était impressionné.

— Tu forces le respect, j'en aurais été bien incapable.

— Tu es revenu plus tôt que prévu de Los Angeles, non ? éludé-je.

— Yep. J'ai prévu de m'y installer.

Mon étonnement déclenche son sourire.

— J'ai envie de tenter l'aventure, on verra bien ce que l'avenir me réserve.

— Oh, c'est super ! Je suis contente pour toi.

— Oui, c'est cool ! Est-ce que je pourrai compter sur toi pour un banquet sucré que j'organise avant mon départ ?

— Oui, avec plaisir. C'est prévu pour quand ?

— Dans huit jours.

J'acquiesce d'un signe de tête.

— Bruce me tanne pour que tu n'oublies pas les babas au rhum.

Il me fait de gros yeux faussement navré qui libèrent mon gloussement. Ce moment de légèreté me fait un bien fou ! Il jette un coup d'œil à sa montre.

— Je dois filer.

Il hésite à continuer.

— Quoi ?

— C'est vraiment fini avec ton copain ?

Je revêts un masque impassible. Ça ne le regarde pas.

— Vu son expression tout à l'heure, il est loin d'en avoir terminé avec votre histoire.

Je n'ai pas rêvé ! Lui aussi l'a vu.

— Et pourtant ! lui réponds-je les lèvres pincées par la détermination.

— Cet homme a été un sacré chanceux de t'avoir. Tu m'étonnes qu'il est incapable de rester loin de toi.

— Tu ne devais pas y aller ?

Il se marre.

— Bien vu ! On se tient au courant pour le banquet.

— OK. Salut !

— Ciao.

Je le regarde disparaître d'une œillade distraite, puis passe à côté de Josh que je rassure d'un sourire. Il fronce les sourcils comme s'il voulait percer un mystère.

— Je vais faire l'inventaire avant d'enregistrer les commandes, l'avertis-je pour couper court à son futur interrogatoire.

— Je te prépare un thé ? s'enquiert-il, occupé à la machine à café.

— Non. Un Harrar[1].

— Il est costaud celui-là.

— Sans blague ! pouffé-je.

— Je te l'apporte tout de suite.

— Merci.

Que je le veuille ou non, il n'a pas l'intention de lâcher l'affaire.

Arrivée dans le couloir, j'accroche mon manteau dans la penderie et pars me laver les mains. J'ai dû mal à me remettre du choc de l'avoir revu. Moi qui ai fini par m'accoutumer à l'idée de ne jamais le recroiser, j'aurais aimé que ça continue comme

1. Un café arabica de la région de Harras en Éthiopie

ça. En essuyant mes doigts, les articulations sont encore douloureuses. Un rictus mauvais se dessine sur mes lèvres. C'était trop pour que je regrette quoi que ce soit… Et si c'était à refaire, je taperais encore plus fort !

Je m'adosse contre le plan de travail et me perds dans mes pensées. *Que faisait-il là ?* C'est impossible que ce soit une coïncidence… Il a réagi avec un tel naturel, comme si…

L'évidence me percute de plein fouet.

Il savait que j'étais là et il est venu pour moi !

Oh mon Dieu !

— Et un café pour la jolie demoiselle en détresse ! s'exclame Josh d'un ton enjoué.

— Merci. Tu as les coordonnées de la personne qui t'a passé la commande pour le Metropolitan Museum of Art ?

— Euh, non. Pas de tête. Pourquoi cette question ? s'enquiert-il en déposant la tasse sur le plan de travail.

— J'y ai rencontré mon ex.

Son léger froncement de sourcils associé à une concentration intense m'indique que ses réflexions carburent à plein régime.

— Matt ?

— Non, Nash.

— Oh ! Celui qui est parti en te laissant un mot ! se scandalise-t-il.

Suite à mon hochement de tête, il sort son téléphone de sa poche et consulte l'écran jusqu'à ce que son index s'arrête. Il reporte son attention sur moi en esquissant une moue désolée.

— Il s'appelle Nash Cole. Il bosse dans une boîte spécialisée dans l'événementiel.

Bingo de merde ! Je fulmine et abats la paume de ma main sur l'inox, qui se recouvre d'éclaboussures de café.

— Il s'est pointé quand tu étais absente. Il disait qu'on lui avait conseillé de prendre contact avec nous pour la partie du buffet sucré. J'avoue que ça a été une affaire vite conclue.

Vibrante de colère, je laisse libre cours à mon indignation.

— Mais quel connard ! Il a osé !

— Je vais annuler notre participation pour les prochains événements.

— Non, surtout pas ! C'est une occasion qui ne se représentera pas deux fois.

Je repense au superviseur, énervé que les instructions ne soient pas suivies à la lettre. Mon emportement risque de ne pas être passé inaperçu.

— J'ai manqué de maîtrise quand je l'ai vu.

— Ce n'est pas moi qui vais t'en vouloir.

Je lui souris avec reconnaissance.

— Et tu entends quoi par manque de maîtrise ?

— Je l'ai giflé et lui ai administré un coup de poing. Mais je regrette de ne pas avoir frappé plus fort !

Un rire jaillit d'entre ses lèvres. Il jette un coup d'œil dans la boutique à travers la verrière. De nouveaux clients ont fait leur apparition et patientent tout en discutant.

— Je dois te laisser, m'informe-t-il en sortant de la cuisine. Ah, au fait ! Javier vous a cuisiné des enchiladas. Ils sont dans le frigo !

J'en connais un qui va être content !

— J'adore ton homme ! Et continuez comme ça, vous allez devenir les meilleurs amis de Hunter.

— J'y compte bien !

Quand il disparaît, j'ai conscience qu'il faut que je m'occupe l'esprit. *Ah oui, l'inventaire !* Mais avant j'ai besoin de me défouler avec les mains. Papa disait toujours : « *Rien de mieux qu'une pecan pie*[1] *pour oublier ses soucis !* ». Ce souvenir rehausse le coin de ma bouche. C'est lui qui m'a appris les secrets d'une bonne pâte brisée. Papa était un passionné ; il fallait prendre le temps pour chaque étape, c'est la condition essentielle pour qu'une pâtisserie soit réussie. Savoureuse. Et que le client revienne. Notre seul différend, la pecan pie doit avoir pour moi le goût du sirop d'érable, c'est comme ça que je l'aime, alors que pour papa, ce n'était pas assez authentique. Trop canadien selon lui. Il me répétait aussi qu'il fallait suivre ses convictions et c'est exactement ce que je m'apprête à faire.

***

J'emprunte la camionnette pour aller chercher Hunter chez maman. Je profite du trajet pour composer le numéro d'Abby. Je tombe sur son répondeur et lui laisse un message.

— Des enchiladas au dîner, ça te dit ? Rappelle-moi.

Je me mords la lèvre, indécise à couper la communication. Je meurs d'envie de lui raconter ma rencontre avec Nash, mais comme elle est en déplacement toute la journée, je ne veux pas la déranger. Je peux encore attendre, alors je raccroche. Comme si elle était munie d'un sixième sens, elle me recontacte aussitôt. Je souris en acceptant la communication.

— C'est Javier qui les a préparés ?

— Oui, et il y en a assez pour trois.

---

1. Une tarte aux noix de pécan

— Josy ne mange pas avec nous ?

— Non, elle commence sa nuit à l'hôpital et comme elle s'est occupée de Hunter toute la journée, elle préfère se reposer avant.

— OK. J'apporte la bouteille de vin ! On fête quelque chose en particulier ?

— J'ai revu Nash.

Elle marque un temps d'arrêt avant que sa voix ne transpire l'affolement.

— Tu plaisantes ?!

— J'aurais préféré. Mais non.

Je m'arrête à un feu rouge et souffle un bon coup.

— Je suis sur le cul. Il faut que tu m'expliques !

Je replonge dans mes souvenirs et lui relate comme si je revivais la scène jusqu'à mon retour à la boutique, déboussolée et réconfortée par Travis.

— Mais quel connard ! Mais pourquoi voudrait-il reprendre contact avec toi après tout ce temps ? Ça n'a pas de sens !

— La seule chose dont je suis certaine, c'est que ce n'est pas le fruit du hasard.

Je tourne à droite et me retrouve coincée dans un embouteillage.

— Tu as une idée de ce qu'il te veut ?

Je secoue la tête pour moi-même.

— Non. Je ne lui ai pas laissé le temps de me parler. C'est trop tard de toute façon.

Le silence s'invite avant qu'elle ne reprenne la parole.

— Je ne sais pas. Je pense que ça peut être une bonne chose au final. Ça pourrait te permettre de tourner la page une bonne fois pour toutes.

Je souffle d'un air désabusé.

— Que je le veuille ou non, le Nash que je connaissais ne baissera pas les bras. Je m'attends à le revoir, malheureusement.

— C'est possible. Mais vu comment tu l'as accueilli, il va peut-être faire profil bas.

J'avise l'heure sur le tableau de bord et espère ne pas arriver trop en retard.

— Bon, assez parlé de lui. Tu as pensé à prendre un rendez-vous chez ton médecin ?

— Non. J'ai commencé une cure de vitamines.

Ça fait plus de deux semaines qu'elle est patraque et j'ai dans l'idée que sa rupture est beaucoup plus douloureuse qu'elle ne veut bien le reconnaître.

— Mais attends un peu. Tu m'as bien dit que tu avais aussi aperçu Matt ! élude-t-elle.

J'aurais dû garder ce détail pour moi. Je lève les yeux au ciel tout en roulant au pas et opte pour le silence. Ma meilleure arme avec elle.

— Je me demande ce qu'il te voulait, me charrie-t-elle. Je suis curieuse de découvrir ce qu'il a en tête pour te récupérer.

— Ne dis pas de conneries ! Il ne me récupérera pas ! Seule sa relation avec Hunter m'importe.

— Mouais… Tu n'es pas très convaincante.

Peu encline à poursuivre cette conversation, je lui mens.

— Je dois te laisser, je suis devant chez maman.

— Mouais. On en reparle ce soir !

— Persona non grata[1], ça te tente ?

Son rire ricoche encore dans l'habitacle quand je raccroche. Je cherche une place pour me garer et raffermis ma décision d'être mieux seule que mal accompagnée.

---

1. Personne qui n'est pas la bienvenue

Chapitre 25

À la veille de la nouvelle année, je travaille au comptoir et la file d'attente ne désemplit pas, ce qui accentue ma *bonne* humeur. Je termine de préparer un Skybury, un café australien très parfumé au goût équilibré en bouche, pour une cliente régulière qui a vécu de longues années là-bas. Ce nectar lui remémore un tas de souvenirs, suscitant même le mal du pays. C'est toujours ce que j'ai désiré, éveiller ou réveiller les papilles, et provoquer une salve d'émotions chez les clients en les motivant à revenir.— *Hola*[1], Julia !

Une voix chaude à la saveur du Sud me donne instantanément le sourire. Je rabats le couvercle sur le gobelet et me retourne.

— Salut, Javier. Enfin prêt ?

— Je n'attends plus que mon homme.

— Il est dans la cuisine, il termine de tout nettoyer.

— Il a été puni ? badine-t-il.

Je pouffe en opinant de la tête.

— On peut dire ça.

— Il n'arrive pas à déstresser, soupire-t-il.

— C'est vrai, mais il est aussi impatient de rencontrer ta famille.

---

1. Salut en espagnol

Josh a été invité pour la première fois à célébrer la nouvelle année au Mexique. Une grande fête mémorable les attend, d'après ce dernier. Son homosexualité a été accueillie tout d'abord avec beaucoup de réserve, mais les liens du sang ont été plus forts et plus solides que tous les préjugés à ce sujet. Je ferme le couvercle sur le gobelet et tends le nectar à la cliente. J'ajoute à sa commande un mini moelleux au chocolat, offert par la Maison.

— Bonne année à vous !

— Bonne année, me répond-elle avec chaleur. Et à l'année prochaine !

Je lui adresse un sourire de connivence et porte mon attention sur Javier qui se prépare un expresso.

— Tu as prévu quoi pour ce soir ? me questionne-t-il.

— Repas tranquille avec Hunter à l'appart. Et en fin de soirée, la boîte d'Abby a reçu plusieurs accès sur le toit de l'hôtel du Casablanca grâce à leurs derniers travaux réalisés.

Ses yeux s'arrondissent d'étonnement.

— Vous allez avoir une vue dégagée sur Times Square pour fêter la Nouvelle Année !

— Oui, on a une chance incroyable de voir la Ball drop[1] de si près.

— Et pour Hunter, ce sera un moment inoubliable.

— C'est vrai. Et je veux plein de moments comme celui-là pour lui.

— Tu es une bonne maman.

Je m'apprête à le reprendre quand je réalise que c'est ce que je suis. Une maman de substitution que

1. Une grosse boule lumineuse en cristal qui annonce le passage à l'année suivante.

je ressens dans chacune des fibres de mon corps. Un grand sourire de reconnaissance se dessine sur mes lèvres.

— Merci.

— Le taxi est arrivé ! nous interrompt Josh qui tient deux gros bagages en main.

Je ne sais pas si c'est la présence de Javier, mais il semble beaucoup plus apaisé à ses côtés. Il imprime un doux baiser sur ma tempe.

— Amuse-toi bien, me déclare-t-il.

— C'est plutôt à toi que je devrais dire ça !

— Oh, mais j'y compte bien !

Je lui claque un bisou sur la joue en retour et les regarde s'engouffrer dans le taxi. Josh va vivre un moment crucial dans sa vie, être aimé par une famille parce qu'il rend heureux leur fils. C'est tout ce qu'il mérite !

Avec l'aide de Ruby, je continue à servir au comptoir. Je porte mon attention sur le prochain client et suis surprise par la manière dont il me détaille. Quand nos regards se percutent, ses yeux bruns, comme un vieux whisky, prennent une teinte plus chaude. Ce qui est assez déstabilisant.

— Bonjour. Que puis-je vous servir ?

Le coin de ses lèvres se retrousse jusqu'à laisser apparaître une fossette sur sa joue droite. Il a ce petit quelque chose d'assez doux qui me donne l'envie de l'accueillir avec un sourire plus appuyé. Ses pupilles trahissent un éclat d'intérêt lorsqu'elles s'éternisent sur ma bouche. Un client est en train de flirter avec moi et je dois reconnaître que c'est plutôt agréable.

— Bonjour. Deux parts de Hummingbird cake et une part de Cinnabons à la cannelle.

Son ton traînant m'interpelle, il a un accent prononcé. Je prépare sa commande et sens un picotement au niveau de ma nuque, comme si je pouvais ressentir chaque onde de son attention caresser ma peau.

— Le Cinnabons est pour ma mère, m'informe-t-il. Depuis qu'elle a découvert votre boutique, elle ne jure que par cette pâtisserie.

— Un compliment qui fait toujours chaud au cœur. Merci de me l'avoir dit.

— On tient un restaurant familial à deux rues d'ici. Le Mambo's.

— Je vois ! Je passe souvent devant l'enseigne.

Il intensifie son sourire charmeur.

— La prochaine fois, arrêtez-vous, et venez déguster les meilleures spécialités de La Nouvelle-Orléans !

Ah, voilà d'où provient son accent. Je referme la boîte.

— Vous aimez les produits de la mer ? s'enquiert-il.

— J'adore, oui.

— Vous n'avez plus aucune excuse, alors !

Il pose sur le comptoir une carte de visite et je lui souris pour toute réponse. J'enregistre le montant de sa commande.

— Huit dollars quarante.

Je glisse vers lui son paquet. Il me règle en liquide et quand je lui rends sa monnaie, son regard s'attarde sur mes traits, comme s'il voulait les imprimer.

— Bonne année à vous, Julia.

— À vous aussi…

— Archer, se présente-t-il. À bientôt, j'espère.

— Vous venez de me vendre du rêve. Il y a de grandes chances qu'on se revoie !

Il rit et je l'observe quitter la boutique.

— J'appelle ça avoir une touche ! me chuchote Ruby à l'oreille.

Son ton espiègle a le mérite de me sortir de ma transe contemplative et de terminer ma matinée d'une humeur joviale. Je ne vais pas me mentir, ça flatte mon ego !

***

Quinze heures passées, suite au départ de mon employée, je me dirige vers la porte d'entrée pour la fermer à clé. Hunter est avec maman pour la journée. Je ne sais plus à quand remonte la dernière fois où j'ai eu plusieurs heures devant moi pour décompresser. Mais ma seule envie du moment : un bain chaud et une série sur HBO. La main sur la poignée, je m'arrête net dans mon mouvement en découvrant ma mère, essoufflée et apparemment dans tous ses états. J'ouvre la porte et l'interroge, envahie par la peur.

— Où est Hunter ?

— Il va bien, ma Lily ! Ne t'inquiète pas. Il va bien. Je vais bien. Tout le monde va bien !

Okay…

Elle mordille sa lèvre et me dévisage, le rouge aux joues.

— Je lui ai dit oui, me dévoile-t-elle.

Interloquée, je fronce les sourcils.

— Tu as dit oui ?

Elle opine d'un signe de tête.

— Mais je ne m'y attendais pas. Enfin si, avant. Mais pas depuis que j'habite New York ! s'exalte-t-elle.

— OK, maman. Balance !

Elle glousse comme une collégienne.

— Je vais épouser Klint.

Waouh !

Mes yeux s'arrondissent de surprise, je ne m'attendais pas à cette nouvelle. J'étais d'ailleurs plutôt pessimiste pour être honnête. Ses traits se chiffonnent d'inquiétude quand elle plonge ses prunelles dans les miennes. Ses doigts s'enroulent autour de mon poignet.

— Je l'aime, Julia. C'est important pour moi que tu le comprennes.

Elle a mal interprété mon expression. Je la prends dans mes bras et la serre fort contre mon cœur.

— Oh, mais bien sûr ! C'est génial ! Je suis tellement heureuse pour toi !

— C'est un homme bon.

— Je suis d'accord, et c'est l'homme parfait pour prendre soin de toi.

Je libère des larmes de joie tout en laissant s'épanouir un immense sourire sur mes lèvres. J'enlace nos doigts pour la guider vers la première table à notre portée quand je sens un objet. Je soulève sa main et admire le gros solitaire à son annulaire qui a remplacé celui de papa.

— Elle est magnifique, lui confié-je en sortant un mouchoir de ma poche pour me frotter les yeux.

— Oui, c'est vrai…

Encore une chose surprenante, ma mère s'empourpre.

— Ce n'est pas très discret, mais Klint ne parvient pas à se raisonner dès que ça me concerne.

Un éclat de rire jaillit d'entre mes lèvres.

— Mon Dieu ! Il est vraiment parfait pour toi.

Sa bouche se pince en une fine ligne de regrets.

— Il m'avait fait une première demande avant que je quitte Atlanta.

— Mais pourquoi tu ne m'as rien dit ?!

On s'assied.

— C'était avant que je lui annonce ma décision d'habiter à New York. Il l'a quand même maintenue. Mais je voulais qu'il prenne le temps de réfléchir, car il a encore toute sa famille à Atlanta.

Je sens une nouvelle vague d'émotion m'envahir quand je comprends…

— Il est venu jusqu'ici pour te réitérer sa demande.

Elle acquiesce d'un signe de tête et c'est à son tour d'être au bord des larmes.

— Ce matin, lorsque j'ai ouvert ma porte et que je l'ai découvert un genou à terre… Il m'a tendu l'écrin pour la deuxième fois.

— C'est si romantique !

— Il ne veut pas vivre sans moi.

— Ou il ne *peut* pas vivre sans toi.

— Moi non plus, je ne peux pas vivre sans lui. Il me rend heureuse.

Vu notre passif, c'est la seule chose qui compte ! Je pose ma main sur la sienne et la serre avec tendresse.

— C'est tout ce qui m'importe, maman. Ton bonheur.

— Merci, me répond-elle, un sourire extatique accroché aux lèvres. Tu aurais dû voir le hurlement de joie de Hunter quand il l'a vu. Il était si heureux !

Klint et Matt sont les seuls hommes que Hunter a tout de suite adoptés. J'éprouve un élan de soulagement qu'il puisse retrouver une figure paternelle dans son éducation… et Klint, lui, ne l'a jamais déçu.

— Mais Klint était toujours à genoux quand Hunter lui a sauté dans les bras, m'explique-t-elle en me sortant de ma réflexion. Ils sont tombés en arrière, et ça a déclenché un bon moment de rigolade.

— J'imagine, pouffé-je.

— Quand il s'est redressé, j'avais glissé la bague à mon doigt et je lui ai dit oui. J'ai su à cet instant que je ne regretterais jamais ma décision.

Je ne sais pas si c'est le fait d'être réglée qui me rend si sensible, mais ma vision se brouille une nouvelle fois.

— Hé ! m'indigné-je faussement en essuyant mes joues. Tu tiens vraiment à me faire pleurer aujourd'hui !

Je récolte un gloussement de sa part.

— Prépare des mouchoirs le jour de la cérémonie, me taquine-t-elle.

— Ah, mais d'ailleurs ! Vous avez déjà fixé une date ?

— Pas encore ! s'esclaffe-t-elle de bon cœur.

— Compte sur moi pour l'organiser !

Une vague d'enthousiasme me submerge à l'idée de fêter enfin un événement aussi heureux. Et quand je vais le dire à Abby…

— Abby pourra y participer ?

— Quelle question ! Elle fait partie de la famille.

— Elle va être folle de joie ! Et j'imagine déjà qu'elle va m'aider à concocter un truc de fou !

— Hé, ne vous emballez pas trop. Je veux que ça reste en toute simplicité.

— Je veux le meilleur pour toi, maman. Alors, laisse-nous te gâter !

Son regard est débordant d'amour et de reconnaissance.

— Mais au fait, c'est Klint qui garde Hunter ?

— M-mh.

— Comme tu bosses ce soir, il va se retrouver seul. Dis-lui de passer chez moi en fin de journée pour qu'on passe la soirée ensemble. Il pourra même nous accompagner à Time Square ensuite s'il veut.

Il faut que j'appelle Abby pour la prévenir. *J'espère que ce sera encore possible et que je ne me suis pas trop avancée !*

— Il va être content !

Je lui souris.

— On a du temps à rattraper.

— Merci.

Elle se lève et pose sa main sur son cœur, comme si elle avait encore du mal à y croire.

— Tu mérites tout ce bonheur, maman. Et encore plus !

— Toi aussi, mon bébé.

Je lui dédie un clin d'œil de complicité. Hors de question qu'on aborde le sujet Matt, ça gâcherait ce merveilleux moment. Maman est un peu trop fan de lui pour l'instant. Il a peut-être reconquis le cœur de Hunter et le sien par son intermédiaire, mais c'est loin d'être mon cas.

— Julia…

Oh, non ! Je la vois venir. Je me redresse à mon tour.

— J'ai du boulot, maman. On se voit plus tard ?

Elle esquisse son bébé sourire qui signifie qu'elle n'est pas dupe, et opine de la tête avant de quitter la boutique. Je ferme la porte à clé derrière elle et la regarde disparaître. Je lève les yeux au ciel et m'adresse à Beth.

— Tu l'aurais cru, toi ?

Et là soudain, je comprends ! Je souris avant de libérer mon éclat de rire.

— Mais bien sûr ! Même de là-haut, il faut que tu continues à prendre soin de nous.

Mon cœur saigne moins quand je m'adresse à elle. J'ai plutôt envie de revêtir son grain de folie et continuer à discuter comme si elle était avec moi.

— Je te vois venir ! déclaré-je en passant derrière le comptoir pour compter la caisse. Et tu oublies ça tout de suite ! Je suis capable de trouver mon bonheur toute seule.

Chapitre 26

Comme si elle se jouait de moi et s'amusait follement des coups du destin. Comme si elle voulait me prouver qu'elle restait ma grande sœur têtue, autoritaire et qui savait mieux que personne ce qui était le meilleur pour moi, j'entends un frappement insistant à la porte. Je m'apprête à signaler au quidam que c'est fermé quand mes yeux s'ouvrent en grand de jubilation. Je trottine jusqu'à l'entrée pour accueillir Lilou.— Entre ! m'écrié-je, tout sourire.

Elle passe devant moi en enroulant son bras autour de ma nuque pour me claquer un baiser sur la joue.

— Tu me manquais ! Mais pas autant que tes pâtisseries.

— Sympa, pouffé-je. Tu aurais dû venir plus tôt, alors !

— Pas question ! J'ai déjà du mal à perdre mes kilos de grossesse, alors autant éviter la tentation. Mais imagine ! Les insomnies, les crises de manque et ma mauvaise humeur. Je ne veux plus jamais revivre ça !

J'avais presque oublié sa personnalité un brin loufoque. C'est rafraîchissant, et mon sourire ne peut que s'élargir.

— Ça a dû être un véritable calvaire. Je compatis !

— Voilà. Maintenant, je craque ! J'ai besoin d'une de tes douceurs pour me remonter le moral.

— Avec plaisir ! Assieds-toi. Tu veux un café ?

— Un thé au jasmin si tu as ?

— J'en ai reçu la semaine dernière, une nouvelle récolte de la région de Fujian en Chine. Je te prépare ça tout de suite !

Elle s'assied et inspecte d'un œil conquis la boutique.

— J'ai confectionné pour Hunter des cookies au caramel beurre salé, ça te dit ?

Ses yeux pétillent de gourmandise.

— Tu me poses vraiment la question ? s'indigne-t-elle faussement.

— Par principe, oui.

Elle lève les yeux au ciel.

— Pour la peine, tu peux m'en mettre deux.

Je ris en préparant sa commande.

En la rejoignant à table, un plateau en main, je dépose la théière et une tasse devant elle. Elle est occupée à pianoter sur son téléphone.

— Merci ! Excuse-moi une petite minute, le temps que je termine de répondre à Neal.

— Comment va-t-il ? m'enquiers-je en m'asseyant en face d'elle.

— Bien ! Il est très occupé en ce moment, me révèle-t-elle en relevant la tête pour me dévisager. Tu sais, avec l'ouverture de leur boîte qui est prévue dans dix jours.

Je sais…

Peu désireuse de m'aventurer sur ce chemin-là, je hoche la tête d'un signe entendu. Elle en profite pour s'emparer d'un cookie et le croque à pleines dents. Son gémissement d'extase m'arrache un sourire.

— C'est délicieux !

— Merci. Et Heaven ? Elle a dû changer depuis la dernière fois que je l'ai vue.

— Oui. En mille fois plus belle.

C'est plus fort que moi, je ris. Elle me sourit en retour.

— Attends, je te montre !

Elle ouvre sa galerie et me tend son téléphone.

— Tu peux balayer l'écran vers la droite, tu auras toutes les photos de la semaine.

Je m'en empare et les fais défiler.

— Oh mon Dieu, elle a tellement changé !

— Elle a trois mois et demi, dit-elle en secouant la tête. Ça passe si vite !

Des cheveux foncés, presque noirs, un petit nez retroussé et un sourire qui ferait fondre n'importe quel cœur de pierre.

— Elle te ressemble, mais elle a le regard de Neal, je trouve.

— Oui, c'est bien ce que je disais, réplique-t-elle la bouche pleine. Ma fille est trop belle.

Prise dans mon élan, je suis remontée un peu trop loin en arrière et mon sourire s'efface quand mes yeux sont scotchés sur une photo de Matt avec Heaven dans les bras. Je rends le téléphone à Lilou, mais j'ai beau cligner des cils, j'ai l'impression d'avoir l'image marquée au fer rouge sur ma rétine. Il était si beau, si paisible… Si inaccessible. Je glisse mes mains sous la table et frictionne mes cuisses comme si ça pouvait m'aider à garder mon sang-froid. Ce qui, bien sûr, n'échappe pas au regard inquisiteur avec lequel me couve Lilou. À moins que ce soit mon air chiffonné que je peine à masquer.

— J'adore cette photo. C'est celle de mon fond d'écran, d'ailleurs.

J'esquisse un pâle sourire quand elle porte la tasse à ses lèvres et bois une gorgée.

— Heaven est la seule à procurer une certaine sérénité à mon crétin de frère.

— Lilou, je préfère...

— Crétin, m'interrompt-elle, pour avoir réalisé trop tard tout ce qu'il perdait.

Ah ! Au moins, ça a le mérite d'être direct.

— Je t'apprécie beaucoup, Julia, et je pense que vous êtes faits l'un pour l'autre. Il faudrait être aveugle...

— Je ne veux pas discuter de ton frère.

— Je m'en doute. Je ne suis pas venue pour lui, mais pour voir une amie. Et la dernière chose que je souhaite est que Matt soit un sujet de malaise entre nous.

— OK.

Elle me sourit comme si je la rendais heureuse.

— Et toi, raconte ! Quelles nouvelles ?

— Ma mère s'est installée à New York !

— Je l'ai appris par Matt, ça m'a rendue heureuse pour toi.

Elle boit une gorgée de son thé et je réfléchis à comment Matt... *Ah, oui, Hunter !*

— Elle est passée juste avant toi pour m'annoncer qu'elle avait accepté la demande en mariage de Klint, son amoureux.

Ses yeux s'arrondissent de joie.

— Mais c'est génial ! Après tout ce que vous avez traversé. Je suis heureuse pour vous.

Je lui souris avant de boire une gorgée de mon café. Elle se penche en avant pour attraper ma main.

— Et *toi*, comment tu vas ?

Je lui raconte tout de mon nouveau rôle de maman de substitution à l'incroyable succès de notre boutique, en passant par la rencontre avec mon ex et sa fuite lâche. *Mais pourquoi j'en viens à parler de lui ?!...* Bref, pas une seule fois elle ne me quitte du regard, concentrée sur chacun de mes mots, même quand son téléphone tremble sur la table. Ma langue se délie avec une facilité déconcertante parce que Lilou est une femme entière, généreuse, sensible et que ses émotions se lisent sur son visage comme dans un livre ouvert.

— C'est dingue quand t'y penses ! intervient-elle en fronçant les sourcils. Pourquoi il chercherait à te revoir après trois ans ?

— Aucune idée.

— Et tu ne veux pas le savoir ?

— Non. Pour moi, il a perdu toute crédibilité. J'ai tourné la page.

Elle me fait de gros yeux pour exprimer tout son scepticisme et croise les bras en posant ses coudes sur la table.

— Si tu m'en parles avec autant de colère, c'est qu'au contraire, elle est loin d'être tournée.

— Tu as raison, avoué-je dans un soupir las. Mais je refuse de lui accorder de l'importance à l'heure actuelle. Je ressens plus de colère envers moi-même de lui donner autant de pouvoir sur moi.

— Il t'a profondément blessée alors que tu lui faisais confiance. C'est compliqué de passer au-dessus, même après toutes ses années. Ne sois pas si dure avec toi-même !

— Depuis, je me suis fait la promesse de ne plus laisser l'occasion à un homme de me blesser une seconde fois.

Elle grimace en comprenant que je parle aussi de son frère.

— Je vais t'avouer quelque chose dont je ne suis pas fière. Quand j'étais à l'université, ma relation avec mes parents était merdique. J'étais paumée émotionnellement. Au point que je me suis renfermée sur moi-même. Je t'épargne les détails sinon on en a pour des heures. Mais j'ai fait la seule chose que je croyais bonne pour Neal et moi, je l'ai quitté sans explication.

Sa confidence résonne douloureusement en moi. Je pince mes lèvres en une fine ligne de compassion pour lui.

— Neal a toujours été le seul homme à me faire vibrer d'un simple regard, d'un simple sourire. Il est l'homme de ma vie.

Je lui souris.

— Je l'avais deviné.

— Tu comprends que quand il m'a donné une seconde chance, je l'ai saisie comme mon unique chance.

Loin d'être dupe de son sous-entendu, je lui glisse l'assiette sous le nez. Elle n'en a pour l'instant mangé qu'un seul.

— Tu m'as demandé deux cookies, alors mange !

Elle pouffe et ne se fait pas prier pour l'attraper et le croquer à pleines dents. J'ai envie de lui dire que j'ai besoin d'un homme qui m'aimera suffisamment pour ne pas avoir peur de s'engager, en sachant que ça peut bouleverser sa vie bien rangée. Qu'il se battra quoi qu'il arrive pour la femme qu'il aime.

Et Matt n'est pas cet homme. Mais je m'abstiens de le lui dire, c'est sa sœur, elle le défendra toujours. Ce que je peux comprendre. Le crissement du tabouret me sort de mes pensées.

— Ma vessie est encore détraquée ! J'ai l'impression de passer mes journées aux toilettes.

Elle repose son téléphone sur la table et se lève. Dès qu'elle emprunte l'accès au couloir, je jette un regard par-dessus mon épaule pour m'assurer qu'elle a bien disparu de ma vue. Ma tête pivote vers son téléphone dont l'écran est encore allumé. Ma raison me dicte une chose, mais mon cœur décide de n'en faire qu'à sa tête. Je m'en saisis et scrute chaque détail. Heaven est éveillée et semble bien pressée contre le torse de son parrain qui a une main posée sur son dos. Un geste protecteur qui provoque une montée de larmes que je chasse d'un battement de cils. Il a en effet l'air serein, comme s'il se sentait à l'aise dans cette position. Il y a une sorte de connexion entre eux. Je…

— C'est aussi la préférée de Matt, me déclare Lilou.

Je sursaute, regarde par-dessus mon épaule et la dévisage.

Grillée !

Le dos appuyé contre le mur, un léger sourire satisfait flottant sur les lèvres, elle semble fière d'elle. Je plisse les paupières en réalisant qu'elle l'a certainement fait exprès. Elle voulait me tester et j'ai plongé la tête la première.

— Heaven est dingue de son parrain. Ils ont pratiquement été scotchés l'un à l'autre pendant les trois jours chez nos parents.

Voilà pourquoi j'aime autant les photos, elles dévoilent toutes les émotions de l'instant pour qu'on n'oublie pas tous les moments heureux.

— Ça se voit.

Elle sourit tout en acquiesçant d'un signe de tête, puis revient à table pour prendre une chaise juste à mes côtés.

— Il faut que je t'avoue que depuis la disparition de ta sœur, j'ai pris conscience que je devais laisser une chance à mes parents de faire partie de la vie de ma fille.

Sa révélation m'émeut. Je suis certaine que de là-haut, Beth adore l'idée d'avoir réconcilié les membres d'une famille.

— Et de la tienne aussi, renchéris-je.

— Exact ! Et pour l'instant, ça se passe plutôt bien. Toutes les occasions étaient bonnes pour prendre Heaven en photo.

Je pose un coude sur la table en appuyant mon menton au creux de ma main.

— C'était la star !

— Carrément ! Même Matt a fait le plein de clichés. Depuis peu, il a commencé à en exposer dans le couloir de son appartement.

L'expression de surprise qui se peint sur mon visage ne lui échappe pas et son sourire s'agrandit. *La petite maligne !* Elle tapote le bout de ses doigts sur la table et je remarque sa bague de fiançailles. Elle tend sa main en l'air devant moi pour la mettre en évidence.

— Neal m'a demandée en mariage !

— Mais oui, félicitations !

— C'était magique. J'ai adoré notre séjour en amoureux.

— J’imagine, pouffé-je. Et ça n’a pas été trop dur de te séparer de Heaven ?

— Si, une torture. Et pour être tout à fait honnête, j’avais vraiment des craintes à laisser Matt prendre soin d’elle. Alors que maintenant je le ferais les yeux fermés !

Apparemment…

Elle laisse un silence s’étirer entre nous pour donner plus de poids et de solennité à ce qu’elle s’apprête à dire :

— Il faut le voir pour y croire.

Elle me décoche un clin d’œil avant de disparaître et me crie :

— Cette fois-ci, je dois vraiment aller aux toilettes !

— Il faudra que tu me racontes votre week-end en amoureux ! Je veux tout savoir ! m’exclamé-je pour avoir le dernier mot.

Chapitre 27

Dès que je claque la porte de mon appartement, je retire mes bottes et accueille avec un soupir de soulagement la douceur du tapis sous mes pieds endoloris.Je me rends dans la cuisine en jetant au passage mon manteau et mon écharpe sur le tabouret, puis m'empare de mon téléphone dans mon sac pour le poser sur le plan de travail. Je vérifie que mes placards regorgent de tous les aliments, saturés en graisse et en sucre, que j'ai promis à Hunter pour fêter la nouvelle année. *Parfait !*

Comme Klint n'est pas un adepte du vin, j'ouvre le frigo pour m'assurer d'avoir de la bière en quantité suffisante et le referme avec satisfaction. Je zieute l'horloge : 18 h. Ils ne vont pas tarder, je soupire et peux oublier mon bain chaud et ma série. En même temps, j'ai fait le choix de remettre de l'ordre dans mes tâches administratives. Ma tranquillité d'esprit n'a pas de prix.

Ding dong.
Ding dong.
Ding dong.
Ding dong.
Ding dong.
Ding dong.

Arrgh ! Hunter joue avec la sonnette, et je le soupçonne de vouloir me rendre dingue. Je me précipite vers l'interphone et appuie sur le bouton d'accès. Deux minutes plus tard, j'ai à peine le temps d'ouvrir la porte d'entrée que Hunter file comme une fusée vers la cuisine.

— On ne court pas dans l'appartement ! Et qu'est-ce que je t'ai dit pour la sonnette ? Une fois suffit !

J'ai droit au silence pour toute réponse.

— Hunter ! râlé-je. Tu as entendu ce que j'ai dit ?

— Oui, oui ! Promis !

Il s'empresse de rejoindre sa chambre. Je me retourne vers Klint et mes lèvres s'étirent jusqu'aux oreilles. Dès qu'il déploie ses bras pour m'accueillir, je m'y réfugie sans attendre.

— J'ai cru ne plus jamais te revoir !

— Je t'ai manqué ? s'enquiert-il en souriant.

Je penche ma tête en arrière pour croiser son doux regard.

— Tu as manqué à tout le monde ! D'ailleurs, félicitations ! Maman m'a annoncé la nouvelle. Je suis si heureuse pour vous deux !

Son sourire s'élargit au point de dévoiler toutes ses dents.

— Maintenant, ma journée est parfaite, ma fille.

Sa révélation me coupe le souffle, je ne m'y attendais pas, mais j'aime qu'il me considère comme un membre de sa famille. *Que cet homme est bon !* Alors je l'étreins avec force et lui chuchote un merci. Je finis par me détacher de ses bras et l'invite à entrer.

— J'espère que tu n'as rien contre des chips au bacon en apéro ou contre des pizzas géantes comme dîner ? lui demandé-je en claquant la porte derrière nous.

Ses lèvres se retroussent d'amusement.

— Tu as de la bière ?

— Oui, de la Miller.

— Je suis un homme béni, aujourd'hui !

Mon gloussement nous suit jusque dans le salon. Je saisis au passage une bouteille de bière, la décapsule et la lui tends. Il s'en empare et nous nous installons sur le canapé. Il regarde par la fenêtre et sourit d'un air distrait.

— Cette ville me plaît, me confie-t-il. Elle est un peu bruyante, mais elle dégage une énergie entraînante.

— C'est vrai. Et même une énergie vibrante qui m'a toujours donné envie de me surpasser. De croire en nos rêves.

— Avant de retourner à Atlanta, j'ai bien l'intention de goûter à tes pâtisseries. Depuis le temps que Josy m'en parle.

Je fronce les sourcils et le dévisage tandis qu'il boit au goulot.

— Tu dois repartir ? Quand ?

— Dans trois jours. Maintenant que j'ai la certitude que ta mère me veut dans sa vie, je dois finir de régler certaines affaires à Atlanta.

— Oh, mais tu vas pouvoir assister à la Ball drop de ce soir !

— C'est gentil. Mais ce sera sans moi.

— T'es sûr ?

— Certain. Je n'ai jamais aimé fêter la nouvelle année.

— Tu…

Je me tais quand Hunter déboule dans la pièce pour poser mon téléphone sur la table. Il semble contrarié et le claquement de la porte de sa chambre ne fait que confirmer mes doutes. Je porte mon attention sur Klint. Nous nous dévisageons, le regard chargé d'interrogations. La panique m'envahit à l'idée que Matt en ait eu assez de cette relation qui ne mène à rien.

— Tu veux que j'aille lui parler ? s'enquiert-il.

— Non. Je m'en occupe, lui réponds-je en me levant, quand la sonnerie de mon téléphone m'arrête dans mon mouvement.

Je reconnais cette sonnerie. Ça fait un bout de temps que mon cœur ne s'était plus emballé aussi fort. Ma respiration s'accélère quand je l'attrape et découvre le nom de Matt. Je suis partagée entre l'envie de laisser le répondeur s'activer et le désir de l'entendre. Je mordille ma lèvre jusqu'à ressentir une vive morsure. Le poing serré, je décroche et lui assène :

— Je te donne une minute pour m'expliquer ce qui se passe !

Je perçois son soupir comme s'il était soulagé que je lui réponde.

— Julia. Je suis heureux de t'entendre…

— Tu perds du temps, là.

Mon ton cassant le rend muet. Je suis d'un regard distrait Klint se lever et disparaître dans le couloir.

— Je te remercie de me laisser une chance avec Hunter.

— C'est pour lui que je le fais, lui réponds-je d'un ton glacial. Ne t'attends à rien d'autre de ma part.

Je le connais suffisamment pour savoir qu'il a envie de répliquer, mais il a l'intelligence de s'abstenir.

— Quand Hunter m'a appelé la première fois… Je n'avais pas imaginé qu'en le quittant sans un au revoir, ça le perturberait autant.

— Tu n'as pas imaginé parce que ça ne t'intéressait pas d'y penser.

Qui ne dit mot consent ! Alors je renchéris :

— Ta satisfaction avant tout, Matt, c'est bien comme ça que tu fonctionnes ?

— Tu as raison, m'avoue-t-il dans un soupir abattu, et je m'en veux terriblement pour ça. Mais maintenant, j'essaye de faire les choses bien.

— Maintenant ?! Parce que *tu* le décides ? dis-je en secouant la tête de dépit. Eh bien non…

— OK ! Laisse-moi t'expliquer son premier coup de fil. Il est haut comme trois pommes, mais bon sang, il m'a touché par sa sincérité. Il avait peur que je le rejette et pourtant, il n'a pas hésité à m'appeler pour que je sois le premier à entendre sa chanson de Noël !

L'effet de surprise me coupe la voix.

— Je lui manquais et il avait besoin de me le dire. Il m'a demandé si on pouvait continuer à se parler. Chaque jour depuis deux semaines, j'attends son appel. Et tu sais quoi, je me suis surpris à aimer ça.

— Alors pourquoi est-il en colère, maintenant ?

— Parce que je lui ai dit que ce soir, j'allais à Times Square pour fêter la nouvelle année. J'y vais avec Lilou et Neal. Heaven sera là aussi.

Je le sens mal ! Je ferme les paupières, dépitée d'avance.

— Hunter m'a demandé plusieurs fois quand on pouvait se voir. Et là, il était super emballé par l'idée que ce soit enfin possible. Je ne savais pas que vous y seriez aussi. Je ne pouvais pas lui confirmer sans ton accord avant. Alors, je lui ai dit qu'il y aurait beaucoup de gens présents et qu'il serait compliqué de se retrouver.

— Si tu voulais le voir, tu aurais pu me le demander bien plus tôt qu'aujourd'hui. En me téléphonant par exemple !

— J'ai pensé que je serais la dernière personne à qui tu voudrais parler.

— Et tu as eu raison ! Mais tu aurais dû me demander mon accord pour tes coups de fil à Hunter, et ne pas passer par l'intermédiaire d'Abby !

Ce n'est pas juste de ma part de lui asséner ça. J'ai laissé couler de mon côté aussi, parce que ça m'arrangeait bien de ne plus l'entendre. Je dois mettre ma rancœur de côté pour le bien de Hunter. Matt a raison : il a eu le courage de l'appeler pour renouer avec lui parce qu'il lui manquait, et je ne peux pas le lui interdire. Je m'exhorte au calme.

— Je voulais te laisser le temps de te faire à l'idée, mais surtout te prouver que j'étais sérieux. Je suis venu à la boutique après Noël pour obtenir ton accord de le revoir, mais ce n'était apparemment pas le bon moment.

Je m'en souviens ! J'étais dans les bras de Travis à cause de mes retrouvailles avec Nash. En effet, le moment était mal choisi.

— Tu semblais bouleversée et je me suis inquiété…

— Ce n'est plus ton problème. Écoute, Times Square est un lieu public et je n'ai pas l'intention de vous empêcher de vous retrouver. Je t'enverrai un message pour le lieu de rendez-vous.

— Merci.

— Je le fais pour Hunter. Pas pour toi.

Je raccroche sans lui laisser l'opportunité de continuer cette conversation, mais je sens qu'il m'a chamboulée. L'avoir en ligne est une chose, mais je me serais bien passée de le revoir. Je glisse mon téléphone dans la poche arrière de mon jean et souffle un bon coup pour reprendre contenance avant de rejoindre Hunter dans sa chambre.

Je frappe à sa porte et attends son accord avant d'y pénétrer. Il est couché en boule sur son lit, le visage chiffonné de chagrin. Il a pleuré et cette constatation me brise le cœur. Je m'approche et m'assieds sur le rebord du lit tandis que Klint disparaît de la pièce, en ébouriffant ses cheveux au passage. Je ne peux plus reculer, alors je me lance :

— Matt vient de m'appeler.

Ses yeux s'écarquillent avant de les détourner vers la fenêtre.

— Je sais aussi que tu lui téléphones tous les jours en cachette.

Il reporte son attention sur moi, anxieux de ce que je peux en penser.

— Je sais que vos appels sont importants pour toi.

— Je ne voulais pas que ça te rende triste.

Je lui souris en enveloppant sa main dans la mienne.

— Si ça te rend heureux, alors c'est tout ce qui compte pour moi.

— Mais il ne veut jamais me voir.

Il me murmure ces mots, le menton tremblotant.

— Ce n'est pas ce qu'il vient de me dire.

Il se redresse pour être à la même hauteur que moi et plonge son regard, habité par une lueur d'excitation, dans le mien.

— Il t'a dit quoi ?!

— Qu'il avait très envie de te voir. Mais il devait d'abord me demander la permission.

— Pourquoi ? m'interroge-t-il en fronçant les sourcils. C'est aussi mon copain. Je peux le voir sans toi.

— Tu as raison, pouffé-je. Et tu vas pouvoir le revoir ce soir.

— C'est vrai ? s'écrie-t-il, fou de joie.

J'opine d'un signe de tête. Il me saute dans les bras en enroulant ses deux mains autour de mon cou.

— TROP COOL ! Je vais le dire à Klint !

En un bond, il descend de son lit et file comme un éclair dans le salon tandis que je m'étale sur son matelas les pieds cloués au sol. Je sors mon téléphone de ma poche et rédige un message pour Abby.

À Abby :

[Tu aurais encore trois places pour moi ce soir ?]

Je me perds dans ma réflexion et dans l'appréhension de le revoir quand je reçois sa réponse.

De Abby :

[Il faut que je demande à ma patronne. C'est pour qui ?]

La connaissant, dès que je lui aurai répondu, elle va tenter de me joindre alors autant gagner du temps. Je compose son numéro et elle décroche de suite.

— C'est pour Lilou, Neal et mon ex.

— Il t'a appelée ?!

— Pour la faire courte, ils seront à Times Square ce soir et quand Hunter l'a appris, il s'est fait une joie de le revoir. Matt m'a contactée pour me demander la permission. J'ai accepté pour Hunter. Tu devrais voir comme ça le rend heureux.

— Et toi ça va ?

— Je savais que ce jour arriverait. Je dois juste me faire à l'idée de le revoir.

— Je pense que c'est une bonne chose. Même pour toi.

— Ah ! J'ai une grande nouvelle à t'annoncer ! m'écrié-je pour changer de sujet. Klint est venu à New York pour faire sa demande en mariage. Maman a accepté !

Son hurlement de joie me perce un tympan au passage, et pourtant, j'éclate de rire.

— Maman te considère comme un membre de la famille, alors tu es invitée bien sûr. Il faut qu'on lui organise le mariage de ses rêves…

Je l'entends renifler.

— Abby ? Ça ne va pas ?

— Si, me répond-elle, pleine d'émotion dans la voix. Je suis super touchée. Tu sais à quel point j'adore ta maman.

Elle se mouche.

— Laisse tomber, en ce moment je suis super sensible.

— Tu as surtout un besoin urgent de lâcher prise et de t'envoyer en l'air, la rappelé-je à son bon souvenir.

Elle éclate de rire.

— Pas faux. Mais je ne suis pas encore au top de ma forme.

Je la vois suffisamment pour le savoir. Elle avait prévenu Grant qu'il ne fasse pas l'erreur d'amener sa femme au travail ni qu'elle la croise. Elle avait promis de le lui faire regretter sinon. Tout compte fait, sa femme n'est pas venue à New York et il a quitté la ville plus tôt que prévu. Abby a refusé de se rendre à son pot de départ. Elle s'est réfugiée chez moi pour une soirée Pixar. On dévore tous les dessins animés depuis que Hunter nous a contaminées.

À la place, elle l'a injurié, maudit, pleuré, et surtout aimé.

— Bon ! se réjouit-elle en me sortant de mes pensées. Pour Josy, j'ai déjà une vingtaine d'idées en tête !

— T'es la meilleure. Je sais qu'elle aura un mariage de dingue !

— MARRAINE ! TU COMMANDES LES PIZZAS ?

Il hurle pour être certain que l'immeuble tout entier l'entende.

— La nouvelle lui a ouvert l'appétit, glousse-t-elle.

— C'est vrai ! Et son bonheur est tout ce qui compte pour moi.

— T'es incroyable ! Bon, j'appelle Sophia et je te tiens au courant.

Une tête blonde apparaît dans l'encadrement de la porte, une moue espiègle aux lèvres.

— Je peux avoir du Fanta ?

Ma meilleure amie s'esclaffe avant de raccrocher. Je me lève du lit en glissant mon téléphone dans la poche arrière de mon jean.

— Oui, mais pas dans un grand verre.

— Klint a déjà ouvert le paquet de chips. Et c'est pas moi qui lui ai dit !

Il repart en courant comme un dératé, accompagné par mon éclat de rire.

Que j'aime cet enfant !

Chapitre 28

♫ *Still Loving You*
Scorpions ♫

Abby a pu obtenir des places pour trois personnes supplémentaires, mais plus sur le toit malheureusement où la vue devait être grandiose. Le directeur nous a trouvé un local que l'on partage avec quelques employés de l'hôtel et la vue sur Times Square est limitée. Il faut se tordre le cou pour apercevoir la Ball drop dans son entièreté. Ce qui est loin de perturber Hunter, debout sur une chaise, le nez collé à la vitre, fasciné par toute l'effervescence à l'extérieur. Je m'approche de lui et lui demande en souriant :— Tu t'attendais à un tel spectacle ?

— Il y a beaucoup de gens, déclare-t-il, absorbé par la scène qui se déroule sous son regard.

— Tu vois la grande boule en cristal là-haut, lui expliqué-je en la pointant du doigt. Dans une heure, elle va descendre et toutes les personnes que tu vois vont décompter les secondes pour annoncer et célébrer la nouvelle année.

— Ils vont tous crier ?! me questionne-t-il en me dévisageant, les yeux dévorés par la curiosité.

— Oui, comme des fous ! Tu vas voir, ça va être magique ! Ils vont hurler jusqu'à zéro, et il y aura des confettis et des feux d'artifice qui vont exploser partout dans le ciel.

— Oh !

Ce simple mot exprime sa totale incrédulité. Mue par un élan d'amour, je le soulève pour le prendre dans mes bras. Il se débat et râle.

— Non. Je veux encore regarder !

Je rigole et le repose sur la chaise.

— On fera un câlin plus tard, alors.

Il ne m'écoute plus et se perd dans sa contemplation. Mon sourire meurt dès que j'entends une voix grave au timbre profond résonner dans la pièce. Un frisson de plaisir s'épanouit sur ma peau que je peine à refouler. C'est comme si elle avait gardé en mémoire sa chaleur. Son toucher. Ses caresses et ses baisers brûlants.

— MAAATT ! hurle de joie Hunter.

Il saute de la chaise et file telle une fusée dans les bras de mon ex qui les ouvre en grand. Il le soulève du sol et Hunter s'accroche à son cou avec une telle énergie qu'il déclenche le rire de mon ex. Il lui sourit avec une telle affection que mon souffle s'altère. Il lui chuchote des mots à voix basse, hors de ma portée, qui illuminent le visage de Hunter d'un sourire contagieux. Émue par la scène, je parviens à décrocher mes rétines d'eux pour me détourner dès que l'attention de Matt se focalise sur moi. Je sens son regard qui me dévore.

Doux Jésus, j'avais oublié la force attractive qu'il exerçait sur mes sens ! Je me retiens de justesse de poser une main sur mon cœur qui ne s'en remet toujours pas. Je découvre Lilou qui arrive à ma hauteur. Elle porte Heaven dans ses bras. Elle est éveillée et fixe le plafond comme si un secret y était enfoui. Je caresse sa joue rebondie de mon index jusqu'à attirer son attention sur mon large sourire. Elle m'accueille d'un gazouillis de joie et je fonds.

— Tu veux la prendre ? me propose Lilou.

— Avec plaisir !

Elle la bascule dans mes bras et la positionne de manière à la bercer.

— Elle préfère quand on la redresse, m'avertit Matt à mes côtés. Elle aime observer ce qui l'entoure.

Il me sourit avec une telle décontraction que ça me perturbe au point que mes lèvres se rehaussent de connivence. Du coin de l'œil, je vois Lilou qui nous scrute, et je décèle une lueur de jubilation dans ses yeux. Je m'exécute et relève la tête de Heaven qui babille de gaieté lorsqu'elle voit son parrain.

— Elle ne jure que par lui, m'explique Lilou.

Matt lui caresse la tête et quand ses pupilles se fixent sur moi, mon monde s'arrête. Il me couve avec une telle adoration que mon souffle se bloque dans ma poitrine.

— Hunter, comment tu vas, champion ? s'enquiert Neal qui brise cet instant hors du temps.

— Super !

Neal lui décoche un clin d'œil complice, puis lève son poing vers Hunter qui tape avec ferveur contre le sien. Je me décale pour échapper à l'emprise que Matt a encore sur moi. Je pose ma bouche sur la tempe de Heaven et pense soudain à quelque chose.

— Félicitations aux fiancés ! m'écrié-je en fixant les Nealou.

Les acclamations s'élèvent pour célébrer l'évènement.

— Vous avez déjà une date pour le mariage ? les questionne Abby.

— Pas encore, lui répond Lilou en souriant. On aimerait que ce soit en automne. On adore cette saison !

Neal hoche la tête et Heaven communique sa bonne humeur en gazouillant, les jambes qui pédalent dans le vide.

— Heaven est d'accord avec vous, pouffé-je.

Je repère le téléphone de Matt qui est fixé sur nous. Il n'a pas osé prendre une photo ?! Il le range, un sourire satisfait aux lèvres. Si, il a osé !

— J'ai une amie *wedding planner* si ça t'intéresse, lui propose Abby.

— Carrément ! jubile Lilou.

Heaven commence à geindre et tète son poing fermé, ce qui attire tout de suite l'attention de la maman. Lilou jette un coup d'œil à sa montre.

— C'est l'heure du biberon, m'annonce-t-elle en la prenant dans ses bras. Je suis là, mon amour.

Je balaye la salle du regard et repère Hunter qui est occupé à déballer un paquet. Matt s'est accroupi à sa hauteur et a sorti une nouvelle fois son téléphone. Il est braqué sur mon filleul qui découvre son cadeau. Je tente de déchiffrer la photo sur la boîte quand Hunter me la cache en faisant barrage de son corps.

— C'est un appareil photo, me dévoile Neal en me surprenant.

Je pivote la tête vers lui ; on se sourit, puis les yeux dans les yeux, il continue sa confidence :

— Matt a stressé pour lui choisir son cadeau d'anniversaire. Ce n'était jamais assez bien.

— OK.

Mon ton empreint de scepticisme ne lui échappe pas quand il ajoute :

— Fie-toi à ses actes. Tu verras, c'est assez impressionnant à voir !

Il me tapote l'épaule en se marrant.

— MARRAINE LILY ! Regarde mon cadeau d'anniversaire.

Il brandit son bras en l'air en courant vers moi. Je m'accroupis pour le caler entre mes genoux.

— C'est mon appareil photo à moi !

— Waouh ! lui réponds-je en écarquillant mes yeux pleins d'admiration. Il est très beau.

Un large sourire fend son visage et il me fait une démonstration de la manière de l'utiliser. Je découvre sur l'écran des clichés d'animaux. OK, mais mon front se plisse de confusion, je ne comprends pas les intentions de Matt.

— Matt dit qu'on peut croiser tous ces animaux à Central Park. Mais il faut être patient pour les voir !

Son expression est empreinte d'une telle fascination que je ne peux pas m'empêcher de pouffer.

— OK.

— Julia ?

Je porte mon attention sur l'objet de tous mes tourments. Plonger mon regard dans le sien reste une expérience douloureuse.

— J'aime me retrouver à Central Park. Ça me permet de me vider la tête. Je m'y balade souvent en prenant des photos. C'est ma manière de me détendre.

J'avoue être plutôt surprise par sa révélation. Matt a toujours été la quintessence de la force tranquille, mais ce soir, il y a autre chose qui l'habite. La sérénité peut-être…

— Si tu le veux bien, j'aimerais amener Hunter avec moi lors d'une de mes excursions.

— À Central Park ? l'interroge Hunter, pour voir les animaux ?!

— Yep.

Cette proposition fait bondir de joie mon trésor qui se jette sur lui en nouant ses doigts autour de sa cuisse.

— Dis oui, Marraine ! Dis oui ! S't *plaaaaît* !

Son enthousiasme est contagieux. Je souris à le voir si heureux. Tant que sa relation avec Matt lui apporte du bonheur, je ne m'y opposerai pas.

— Mais oui, c'est une bonne idée.

Il se réfugie entre mes jambes pour me serrer très fort contre lui, et son sourire extatique lui mange le visage. J'ébouriffe ses cheveux quand Neal l'interpelle pour lui montrer comment l'appareil fonctionne. Quant à Abby et Lilou, elles sont en pleine discussion. Voilà comment je me retrouve en tête à tête avec Matt ! Il me tend la boîte de l'appareil photo. Je m'en empare et lorsque ses doigts touchent les miens plus longtemps que nécessaire, j'abaisse ma main pour rompre le contact. Tout s'affole en moi alors que mon attitude ne trahit rien.

— À l'intérieur, tu as une fiche USB qui te permet de télécharger les images sur un ordinateur. S'il le souhaite, il peut me les envoyer par mail avant qu'on ne s'appelle.

— OK, je le ferai s'il me le demande.

— Ce serait sympa de prévoir une balade à trois.

Il est si proche de moi que cette promiscuité me rend trop sensible, alors je recule de plusieurs pas.

— Non. Ça ne m'intéresse pas.

— C'est le décompte ! nous annonce Abby.

Hunter court jusqu'à sa chaise qu'il escalade, et se colle à la vitre qu'Abby a ouverte en oscillant-battant.

Sous ses exclamations incrédules et surexcitées, je m'avance et me cale dans un coin qui ne me donne pas une bonne visibilité. J'admire en partie la sphère de cristal qui descend le long d'un mât et qui met en valeur l'immeuble du One Times Square. Un spectacle qui ne dure que quelques secondes. Je me focalise ensuite sur les voix à l'intérieur de la pièce qui décomptent les dernières secondes de l'année dans un cri joyeux.

Du coin de l'œil, je remarque que Matt s'approche de moi et penche sa tête. Son odeur envahit mes narines. C'est comme une explosion de souvenirs heureux et de moments bourrés de complicité qui me percutent. Il me chuchote à l'oreille.

— Il n'y a eu aucune autre femme dans ma vie depuis toi.

— 16 !

— Parce que tu es la seule femme que j'aime et que je désire.

Son souffle nargue ma peau, la hérissant d'un frisson de plaisir.

— 15 !

— J'étais perdu, Julia. Je ne savais pas quelle était ma place.

— 14 !

Malgré toute l'énergie que je mets à rester indifférente, ses mots me touchent et ébranlent l'épaisse muraille entre nous. Je le dévisage avec froideur et lui crache :

— L'as-tu réellement cherchée ?

Son absence de réaction me prouve que j'ai raison.

— 13 !

C'est bien ce que je pensais. Il n'a jamais eu peur de relever chaque défi qui s'imposait à lui.

— 12 !

Sauf celui de m'aimer envers et contre tout. Il n'a pas vraiment essayé, d'ailleurs.

— 11 !

— J'étais paumé. Je ne me sentais pas capable d'assumer un rôle aussi important…

— 10 !

— … et si lourd de sens que celui de tuteur parental. Je me suis senti coincé.

— 9 !

— Je l'avais compris, lui réponds-je en pinçant les lèvres de regret. Même si c'était douloureux à constater.

— 8 !

— Tu as préféré mettre fin à notre histoire. OK.

— 7 !

— Mais tu n'avais pas le droit de m'appeler au secours ensuite.

— 6 !

— Juste par égoïsme. Alors que j'espérais ton appel depuis des jours.

— 5 !

— J'ai cru que l'amour serait assez fort pour te faire regretter ta décision.

— 4 !

— Que j'étais assez importante pour valoir le coup de te battre, lui dis-je en lui confiant ainsi la profondeur de ma blessure.

— 3 !

— Je ne peux pas revenir en arrière.

Sa voix charrie une telle désolation que ça se passe en effet de commentaire.

— 2 !

— Mais je suis prêt à tout pour que tu me donnes une seconde chance.

— 1 !

— Je ne veux rien d'autre que Hunter et toi. Vous êtes ma famille.

J'aurais tellement aimé entendre cette déclaration plus tôt, j'en ai même rêvé.

— BONNE ANNÉEEEEEEE !

Je plonge mon regard empli de détermination dans le sien.

— Ce ne sont que des mots.

— Je compte bien te prouver le contraire.

Les défis ont toujours animé notre relation, mais pas sur ce coup-là. Je ne le veux plus.

L'ambiance délirante des personnes qui s'étreignent et qui s'embrassent autour de nous pour se souhaiter une bonne année disparaît. Il ne cache pas le désir que je lui inspire alors j'approche mes lèvres des siennes. Sa respiration s'emballe.

— Tu arrives trop tard, lui susurré-je avant de faire un pas en arrière.

J'observe d'un œil distrait l'activité à l'extérieur, une pluie de confettis et une avalanche de cris d'extase fendent le tourbillon de mes émotions. Je fixe le ciel qui est éclairé par des feux d'artifice aussi spectaculaires que bruyants. Abby porte Hunter et leurs bras s'enroulent autour de mon cou. Ils m'embrassent sur la joue et me hurlent dans les oreilles.

— BONNE ANNÉE !

— Bonne année ! rigolé-je en les embrassant à mon tour.

Il n'y a rien de plus fort que l'amour d'une famille et d'une meilleure amie.

Chapitre 29

Je débarrasse les tables, puis les frotte tout en jetant des coups d'œil vers Hunter qui ne décroche pas son attention de la porte d'entrée depuis que l'heure du rendez-vous est dépassée.Je vérifie ma messagerie au cas où, mais rien. Matt a proposé à Hunter qu'ils se voient en fin d'après-midi pour tester son appareil photo à Central Park. Je sais qu'il ne lui fera pas faux bond. Je ramène la vaisselle sale en cuisine et retrouve Josh en pleine création d'un nouveau dessert, dont la pâte lisse et brune, presque noire, agrémentée d'éclats de noisette, ne me dit vraiment rien. Il relève la tête en esquissant un sourire amusé avant de retourner à ses occupations.

— Tu prépares quoi ?

— Tu ne connais pas. C'est une spécialité mexicaine que je modifie à ma sauce.

— J'ai hâte de goûter, lui réponds-je en déposant le plateau sur le plan de travail.

— Salina m'a donné plusieurs recettes. Si tu valides, on pourra en intégrer à notre carte.

Salina est la mère de Javier. Ils se sont bien entendus et ont passé pas mal de leur temps en cuisine. Il a déjà hâte d'y retourner !

— On pourrait demander aussi l'avis à nos clients.

— Oui, c'est une bonne idée.

— Même si je n'ai aucun doute sur tes talents.

— Je n'ai aucun doute moi non plus.

Je pouffe.

— Au fait, j'ai fini de charger la camionnette, m'informe-t-il. Tu peux partir quand tu veux.

— J'attends que Matt se pointe avant.

C'est la soirée d'adieu de Travis. J'avoue ne pas être motivée à l'idée de faire partie de la fête et, d'ailleurs, je n'ai pas l'intention de rester après avoir installé le buffet sucré.

— Quand on parle du loup !

Je remarque la présence de Matt à travers la baie. Il est occupé à enfiler son manteau à Hunter.

— C'est pour lui que tu souris comme ça ?

Je dévisage Josh en revêtant un air agacé.

— Je ne souriais pas !

— Si tu le dis, rétorque-t-il avec une pointe de sarcasme dans la voix.

Je lève les yeux au ciel et retourne en salle.

Matt noue l'écharpe autour du cou de Hunter. Dès qu'il me voit, son regard s'assombrit d'un désir affamé à peine dissimulé.

— Il t'attendait avec impatience, lui annoncé-je d'un ton neutre.

— Ah ? Mais je n'aurais raté notre rendez-vous pour rien au monde !

Ils cognent leurs poings, puis Hunter passe la lanière de son appareil photo autour de son cou.

— Prêt pour la chasse aux écureuils !

— On n'va pas les tuer ! s'horrifie mon filleul.

Matt jette sa tête en arrière et rit à gorge déployée, puis il presse Hunter contre lui en lui ébouriffant les cheveux. Ce geste empli de tendresse est assez déroutant de sa part.

— Bien sûr que non ! C'est une expression pour dire qu'il nous faudra faire preuve de patience pour pouvoir les prendre en photo.

— Oh, d'accord ! s'émerveille Hunter.

— Après notre excursion, on ira manger un hot dog.

Hunter crie sa joie en brandissant ses bras en l'air. Matt sourit, puis plonge son regard dans le mien. Il est si intense que le monde autour de moi disparaît. Il a toujours été le seul homme à me faire sentir unique. Je dois lui faire passer un message dans le mien car il avale la distance entre nous et…

— On y va ! s'impatiente Hunter en tirant sur la veste de Matt.

Je me mords la lèvre pour reprendre contenance alors qu'un nerf tressaute sur sa mâchoire. Il se retient visiblement de faire ce qu'il meurt d'envie de faire : m'embrasser.

— Je le ramène chez toi dans trois heures.

— OK. Amusez-vous bien !

Je porte mon attention sur la porte d'entrée quand la sonnette d'entrée retentit. Je fixe la personne, livide, sans vraiment la voir jusqu'à ce que l'inquiétude perce dans la voix de Matt.

— Julia ? Que se passe-t-il ?

— Un ex qui m'a aussi brisé le cœur.

Le calme dans mon intonation me surprend. Je savais au fond de moi que j'allais le revoir, et maintenant, je suis préparée. Quant à Matt, mu par un élan de protection, il fait barrage de son corps. Je le repousse en le fusillant d'une œillade noire.

— Je t'interdis de t'en mêler. Ma vie ne te concerne plus depuis le jour où tu as décidé de ne plus en faire partie.

Le coup est rude à encaisser pour lui.

— Julia…

— Hunter t'attend. Fais en sorte qu'il n'assiste pas à cet échange.

Il opine d'un signe de tête plein de raideur.

— Allez, Microbe, on y va !

Insouciant de la scène qui se joue sous ses yeux, affichant une mine extatique, Hunter glisse sa main dans celle de Matt ; il jette un dernier regard par-dessus son épaule en secouant la main en guise d'au revoir.

— À tout à l'heure, Marraine. Je t'aime !

J'arbore un sourire de façade.

— Je t'aime aussi, mon trésor.

Matt se penche vers Nash quand il passe à ses côtés et lui souffle certainement un avertissement à l'oreille, car le visage de ce dernier se contracte sous l'effet de surprise.

Dès qu'ils ont quitté la boutique, je m'exhorte au calme. Hors de question, cette fois-ci, que je perde mon sang-froid. Je veux qu'il emporte avec lui toute ma froideur, toute mon indifférence feinte. Je remarque qu'il n'est pas venu seul. Une femme enceinte lui tient la main.

— Tu n'es pas le bienvenu ici !

— Je te demande juste cinq minutes.

— C'est déjà trop.

— Je te dois une explication concernant…

— Ta fuite ?… Tu t'es comporté comme un lâche doublé d'un sombre connard. J'en sais suffisamment pour vouloir que tu partes sur le champ.

L'intonation de ma voix claque comme un coup de fouet. Impossible de garder mon calme. La colère obscurcit mon esprit et la rancœur est tenace.

Je veux lui rendre coup pour coup. Du coin de l'œil, je remarque les doigts de la femme qui se resserrent avec plus de vigueur autour de sa main, puis elle l'encourage d'un sourire aimant.

— J'ai vraiment merdé avec toi.

— Sans blague !

— Je l'ai fait pour te protéger !

Je croise les bras pour m'empêcher de lui faire ravaler ses mots.

— Tu te souviens de Glenn ?

Oui, mais je ne suis vraiment pas pressée de lui répondre.

— On était associés dans notre boîte d'événementiel à l'époque. J'étais épuisé par le rythme infernal au boulot. Sans parler du stress de perdre tout mon investissement financier… Enfin bref, j'étais crevé et irritable. Je devenais dingue et un jour, il m'a proposé un rail de coke pour tenir la cadence. Et j'ai dit oui…

— Mais non !

— Si, prononce-t-il comme si ce souvenir le rebutait. Et je suis devenu accro à cette merde.

Soudain, je ressens le besoin de m'adosser contre le rebord d'une table. Ce que je fais, d'ailleurs. Il inspire une grande bouffée d'air, comme pour se donner du courage.

— Ça coûtait cher, alors j'ai décidé pour une courte période d'en vendre à notre cercle d'amis.

Oh mon Dieu !

Je porte ma main contre ma bouche, refusant de croire à cette facette de lui. *Comment ai-je pu passer à côté ?!* C'est complètement dingue.

— Au début, je me suis senti comme un dieu. Je n'étais plus crevé et j'ai amassé assez de fric pour le réinjecter dans notre entreprise. J'en voulais toujours plus et la coke m'a procuré un sentiment de puissance. J'étais infatigable. J'ai misé beaucoup d'argent sur une *start up* prometteuse, mais c'était de la poudre aux yeux. J'ai tout perdu. Même le fric que je devais à mon dealer.

J'ai l'impression d'avoir pénétré la quatrième dimension. J'aurais dû me douter de quelque chose ! Oui, il avait des comportements qui m'ont interpelée. Sa paranoïa, principalement. Sujet de nos nombreuses disputes. Il y coupait court en quittant l'appartement.

— Tu ne m'as jamais rien dit, déclaré-je d'une voix blanche.

Je m'approche de lui et pointe un doigt accusateur sur sa poitrine.

— Il t'a fallu trois ans pour avoir les couilles de tout m'avouer !

— J'étais ruiné ! C'était un véritable bordel dans ma tête, Julia !

— On était un couple ! Tu aurais *dû* m'en parler. Je t'aimais et je t'aurais soutenu ! tonné-je, implacable.

Sa copine tire sur sa main. Il la dévisage et un jeu de regards commence entre eux. Il souffle pour se calmer et reprend.

— Pas après t'avoir piqué deux mille dollars dans tes économies personnelles pour payer mon dealer.

C'est vrai… Je soupire en réalisant que j'avais oublié cette autre trahison… Á l'époque, c'était le cadet de mes soucis ; je voulais tellement comprendre son geste. Je voulais juste qu'il revienne…

— J'avais touché le fond ! déclare-t-il comme s'il vivait encore la scène. Je ne voulais pas te mêler à tout ça, tu venais de perdre ton père.

Cet homme était en fait un parfait inconnu.

— Et j'avais tellement honte, alors je suis parti à San Francisco pour suivre une cure. J'avais l'intention d'être clean pour tout t'expliquer et trouver le moyen de te rembourser. Mais j'ai rapidement replongé dans un enfer qui a duré deux ans. L'année dernière, j'ai rencontré Joyce, infirmière dans un centre de désintox. On attend notre premier enfant et je veux devenir meilleur pour eux.

— Et je dois te féliciter ? le questionné-je d'un ton acerbe. Si tu es venu pour obtenir mon pardon, tu peux oublier.

Je suis consciente qu'on est dans l'impossibilité de trouver un terrain d'entente. Trop de souffrance. De non-dits. Et d'années à avoir une image biaisée de l'amour par sa faute pour tout effacer et pardonner. Je ne le peux pas. Je ne le *veux* pas.

— Non. Tu méritais de connaître la vérité.

Il me tend une enveloppe et je rechigne à m'en emparer.

— C'est un chèque. Le montant que je te dois.

Je plie l'enveloppe et la fourre dans la poche arrière de mon jean sans vérifier si le montant est juste.

— Je te le devais. Surtout si ça peut t'aider à tourner la page.

— Tu te donnes trop d'importance. Mais tu peux faire une dernière chose pour moi.

— Dis-moi.

— Je ne veux plus jamais te revoir.

Je pivote sur mes talons et, sans un regard en arrière, je marche d'un pas déterminé jusqu'au comptoir pour servir un client. J'entends la sonnette de l'entrée. Ils sont partis. Il me faudra un peu de temps pour assimiler ses révélations, mais une partie de moi se sent déjà plus légère. Plus libre. Notre couple était devenu une mascarade. Je n'y ai vu que du feu, mais c'était lui le problème. Pas moi. C'est peut-être nerveux ou libérateur, mais je souris comme si j'étais possédée. Il a raison, je vais pouvoir tourner la page et le sortir de ma vie, une bonne fois pour toutes !

Chapitre 30

<u>*Point de vue de Matt*</u>

Nous sortons de la boutique et je m'oblige à avancer sans me retourner. *Qu'est-ce qu'il peut bien lui vouloir ?*Je déteste être dans l'ignorance, mais surtout ne pas pouvoir être là pour elle. Le doute s'immisce en moi. Ce n'est peut-être pas de moi dont elle a besoin… Je repense à la fois où je suis venu la voir dans sa boutique et qu'elle était dans les bras de l'autre guignol. Elle était bouleversée et c'est lui qui l'avait réconfortée. Une flambée de jalousie m'avait pris aux tripes. J'étais autant frustré de ne pas pouvoir intervenir que de ne plus être le seul homme à être son roc. J'ai perdu ce droit et ai dégusté pendant des jours. J'ai même douté de pouvoir la récupérer. Cette option était bien trop douloureuse pour que je l'envisage. Depuis, je me suis fait la promesse de tout mettre en œuvre pour faire à nouveau partie de sa vie. Et si elle me donne une seconde chance, ils seront ma priorité ! Je m'en fais la promesse.

Nous marchons jusqu'à ma Camaro. Enfin marchons est un doux euphémisme, car la colère et la frustration grondent dans mes veines au point que mes grands pas pressés affolent Hunter.

— MATT ! ARRÊTE !

Je me penche vers lui et remarque qu'il doit courir pour me suivre, mais ses petits doigts bien calés dans ma main lui imposent mon rythme. *Merde !*

— Désolé, bonhomme.

— Pourquoi t'es fâché ?

Je me calque sur son pas et le scrute.

— C'est à cause du monsieur ?

Fin observateur !

— Oui.

— C'est qui ?

— Un ancien ami de Marraine.

— Elle ne l'aime plus, alors.

Julia m'a demandé de prendre soin de Hunter et de tout faire pour qu'il soit épargné par cette histoire.

— Non, et elle va faire en sorte qu'il le comprenne.

Il acquiesce d'un signe de tête et reste silencieux comme si ça cogitait dans sa caboche.

— Elle ne t'aime plus, toi non plus ?

La tristesse dans sa voix m'oblige à m'arrêter. Je m'accroupis pour le prendre dans mes bras. Je poursuis mon chemin tout en plongeant mon regard dans le sien empreint de curiosité.

— Si, elle m'aime encore. Et je vais tout faire pour qu'elle me pardonne !

— Elle a beaucoup pleuré.

— Et je suis en colère contre moi-même pour ça.

Il sourit comme si ma réponse était la meilleure à ses yeux.

— Tu aimes toujours Marraine ?

Je parle peut-être à un enfant, mais j'ai l'impression qu'il voit les choses mieux que moi. C'est lui qui m'a fait réaliser mon manque d'investissement, et pas une seule fois il ne me l'a reproché. Par respect pour lui, je ne veux plus lui mentir.

— Je l'aime comme un fou et j'ai été stupide de penser que je pourrais vivre sans elle, lui avoué-je en passant mes doigts dans ses cheveux. Sans toi. Sans vous.

Son sourire souligne l'émerveillement que ma confidence a sur lui.

— Tu vas lui dire ?

Arrivé devant ma Camaro, j'actionne le déverrouillage automatique et lui ouvre la porte.

— Monte !

— Tu vas lui dire ? insiste-t-il.

J'attache sa ceinture de sécurité et le dévisage avec intensité.

— Je lui ai dit. Mais elle a besoin de temps.

— D'accord.

— Je dois faire mes preuves. Tu comprends ?

Il opine de la tête avec gravité.

— Oui.

— Ça reste entre nous. Pas un mot à Marraine.

— Oui !

On cogne nos deux poings et je l'embrasse sur le front en le remerciant intérieurement d'être si compréhensif avec moi. Le temps de faire le tour de mon bolide, je me concentre sur Hunter et notre sortie.

***

Dès que nous pénétrons dans l'allée de Central Park, Hunter s'anime et devient insouciant. Il s'extasie du monde qui l'entoure et lâche ma main pour explorer les alentours. Je ne le perds pas de vue et marche à mon aise en profitant du spectacle qu'il m'offre : sa joie de vivre.

Il a fait un sacré chemin depuis la mort de sa mère, et Julia y est pour beaucoup. Cette femme m'impressionne, pas étonnant que j'en sois dingue. Soudain, Hunter s'accroupit et prend un temps de pause avant de mitrailler un buisson sans feuilles. Il visionne les différents clichés pris et un sourire de satisfaction flotte sur ses lèvres. Il attise ma curiosité quand je le rejoins.

— Je peux voir ?

Il me tend son appareil et je détaille le tout avant de l'interroger.

— Je ne vois pas d'animal dessus.

Il pouffe.

— C'est parce qu'il n'y en a pas ! Il y a plein de petites boules rouges, me dit-il en pointant son doigt. Là, tu vois ! Et ça me fait penser au sapin de Noël de Marraine.

Euh…

— Ah… D'accord. T'as une sacrée imagination !

Il hausse les épaules.

— Je sais.

Son attention se porte aussitôt sur un gros arbre dont les feuilles séchées tapissent encore le sol hivernal. Il court, se penche, attrape une grosse poignée entre ses mains et les jette au-dessus de sa tête comme une pluie de confettis. Il réitère son geste jusqu'à ce que son rire communicatif provoque le mien. Je n'en perds pas une miette et profite de son insouciance pour le filmer avec mon téléphone. Un couple âgé qui passe à mes côtés m'interpelle en souriant.

— Votre fils est une vraie boule d'énergie. Ça fait plaisir à voir !

Mon fils. Un drôle de sentiment me gonfle la poitrine. Ce serait trop long à expliquer alors je vais à l'essentiel :

— Merci.

Ils me font leur adieu d'un signe de tête avant de continuer leur chemin. J'envoie la vidéo à Julia avec cette légende : « *Il respire la joie de vivre. Tu es une magicienne* ». Je range mon téléphone et l'interpelle.

— Hunter ! On va voir les canards ?

— Oui ! Je veux voir les canards !

— Alors en route, bonhomme !

Il galope vers moi et ses bras s'entortillent autour de ma cuisse. Il presse sa joue contre ma hanche.

— D'accord.

Son élan d'affection m'émeut et je frictionne son crâne avec tendresse.

— C'est parti !

Enfin quand je dis que c'est parti, au rythme où l'on marche, on est loin d'arriver à l'étang. Hunter se laisse tout le temps distraire par tout et n'importe quoi, comme par un groupe d'enfants qui jouent au ballon ou par un merle qui se pose sur le dossier d'un banc et qui lui donne l'envie irrationnelle de vouloir l'attraper. L'oiseau s'envole loin de son rire espiègle qui résonne tout autour de nous. Puis soudain, il s'exclame d'émerveillement avant de se précipiter vers l'animal :

— Un chien !

Un labrador chiot, plus précisément. La petite boule de poils, qui est tenue en laisse, sautille dans tous les sens quand Hunter s'agenouille pour le câliner. Les pattes du chien sur ses genoux, les coups de langue pleuvent sur le visage de Hunter qui rigole de bon cœur.

— Il est trop beau ! Et tout doux !

— Doucement, Flash ! lui ordonne le propriétaire.

Mais l'animal n'en fait qu'à sa tête et sa queue fouette l'air avec frénésie. On peut dire qu'ils se sont trouvés tous les deux.

— Je veux un chien, moi aussi !

Un non catégorique fuse entre mes lèvres.

— Quand je serai grand, alors !

— On verra.

Il enfouit son visage dans le pelage du chien et le serre fort dans ses bras. Si je laisse faire, on en a pour des heures.

— Hunter, les canards nous attendent. On y va !

— D'accord ! Au revoir, Flash !

Il frictionne la tête du chiot et se relève. Après un bref sourire de remerciement au propriétaire, nous continuons chacun notre route.

— Maman a dit que j'aurai un chien.

Je perçois de la tristesse dans sa voix. Il lève les yeux vers le ciel.

— Je ne vois jamais les étoiles.

Il attrape son médaillon et une idée surgit dans mon esprit. J'attrape sa main tout en avançant.

— Je connais un endroit où il y a plein d'étoiles !

— Oh ! On y va ? s'écrie-t-il en écarquillant les yeux.

— Il est trop tard pour visiter le planétarium aujourd'hui.

— C'est quoi un *platarome* ?

Je secoue la tête en riant.

— Un *planétarium,* le corrigé-je. Le bâtiment est impressionnant à voir. Je te montrerai !

— C'est comment ?

— Un immense cube vitré et à l'intérieur, il y a une boule géante. Quand tu observes le plafond, tu vois le ciel et une constellation d'étoiles. C'est impressionnant !

— C'est magique ?

— Oui, on peut dire ça.

— Je veux voir !

— OK. Je programme ça pour la prochaine fois que l'on se voit.

— Oui ! s'extasie-t-il le regard perdu dans ses pensées. Maman dit que ça va être génial !

Je marche dans sa combine.

— J'ai toujours des idées géniales ! Ta maman devrait le savoir, depuis le temps.

C'est à son tour de pouffer.

Quand nous arrivons devant le grand étang, il est vide de tout occupant.

— Ils sont où les canards ? me demande Hunter.

— Ils en avaient marre de nous attendre, alors ils sont partis, le charrié-je.

— Oh, ils sont partis ! Dommage !

Note pour moi-même : il ne capte pas encore le second degré. Mes doigts glissent dans sa chevelure.

— Ce sera pour la prochaine fois.

— Ils nous attendront cette fois ?

Sa voix vibrante d'espoir provoque mon rire.

— J'espère.

Du coin de l'œil, je perçois un mouvement sur ma gauche.

— Hunter ! Regarde l'écureuil !

Je pointe du doigt l'animal qui grimpe sur un tronc d'arbre.

— Oh ! Je vais le prendre en photo !

Le temps qu'il braque l'objectif sur le petit rongeur, il a disparu.

— Oh non ! Il est parti aussi !

— Tu sais pourquoi ?

— Non.

— Il y a trop d'agitation. Et il faut rester calme pour réussir à les photographier.

— D'accord. Tu m'apprendras ?

— On est là pour ça, non ?

J'écope d'un éblouissant sourire.

— Et si on prenait une photo de nous deux ? m'enquiers-je.

— Oui !

Il prend ma main et nous conduit vers le banc le plus proche. Je m'y assieds et il s'agenouille à mes côtés en passant un bras autour de mon cou. Il presse sa joue contre la mienne. D'une main, il tente de nous prendre en photo et il cadre mal l'objectif.

— On a dit une photo de nous deux, me marré-je. Pas de toi tout seul !

Il rigole, ce qui a pour effet de secouer ses épaules de soubresauts, mais il parvient tout de même à nous photographier. *Le résultat promet !*

Quand on contemple le cliché flouté sur lequel un seul de mes yeux apparaît en gros plan, nous éclatons d'un rire complice.

— C'est… un concept.

— C'est pas beau !

Il continue à rire de bon cœur et je me rends compte que mon sourire ne m'a pas quitté depuis que nous sommes entrés dans le parc.

— Je suis d'accord. Bon, tu me laisses faire ?
— Oui.
Il me donne son appareil. Joue contre joue, un large sourire aux lèvres, j'immortalise notre complicité de l'instant en appuyant plusieurs fois sur le bouton.
— Montre ! s'emballe Hunter en me prenant l'appareil des mains pour inspecter l'écran.
— Waouh ! Elles sont trop belles.
— *Celle-ci* est vraiment belle. Tu demanderas à ta marraine de me l'envoyer ?
— Tu vas en faire quoi ?
— C'est pour l'accrocher dans mon appart.
Son sourire s'élargit au point de ressembler au *Joker*. Je rigole quand il m'embrasse. Ses lèvres sont glacées.
— Bon, il est l'heure d'aller manger un méga-hot dog !
— Oui ! J'ai super faim ! Je pourrai prendre du Fanta ?
Son expression malicieuse est contagieuse.
— C'est un jour spécial pour nous deux. Alors, oui.
— Dans un grand verre ?!
Je réprime un nouvel éclat de rire qui taquine mes lèvres.
— Peut-être.
— OUIIIIII !
Il saute du banc, attrape ma main et tire dessus pour me faire avancer plus vite. Je libère mon hilarité. Ce gamin est aussi magique que sa marraine !

Dès que les portes métalliques de l'ascenseur s'ouvrent, Hunter court dans le couloir en criant de joie. *En fait, il passe sa vie à courir !*

Il se réfugie dans les bras de Julia.

— J'ai mangé un hot dog grand comme ça !

Ses mains s'éloignent l'une de l'autre d'au moins trente centimètres. Je rigole tout en les rejoignant. Le sourire de Julia se fane dès que j'arrive à sa hauteur.

— Il était super bon ! Et j'ai bu un grand verre de Fanta !

J'avoue avoir été faible sur ce coup-là.

— Il faut que je te montre les photos ! On n'a pas vu les canards, mais il y avait un chien trop beau ! On peut avoir un chien ? Dis oui, Marraine ! Dis oui !

Ses paumes enrobent le visage de Julia en une tendre supplication. *Il est redoutable !* À sa place, je commencerais à flancher.

— Non. Pas de chien ! Notre appartement n'est pas assez grand.

Sa moue chagrinée accompagne ses mots.

— Plus tard, alors !

— Oui, quand tu seras haut comme ça.

Elle cale le plat de sa main contre son nez. Hunter ronchonne quand il comprend que ce ne sera pas pour tout de suite.

— Tu dis au revoir à Matt et tu vas te brosser les dents, s'il te plaît.

Je m'accroupis et il en profite pour glisser un bras autour de mon cou.

— C'était génial ! me déclare-t-il en claquant un bisou sur ma joue.

— C'était plus que génial !

— La prochaine fois, on ira au *platarome*

— Au planétarium. Oui !

— Cool !

Il saute de mes bras et disparaît dans l'appartement. Je lui emboîte le pas, mais je suis bloquée dans mon élan par le corps de Julia qui fait barrage. *OK. Au temps pour moi !* Je recule.

— Le planétarium ? me questionne-t-elle.

— Oui, pour voir les étoiles. Hunter m'a confié qu'il ne les voyait jamais depuis qu'il est ici.

Elle réfléchit à ma confidence et pince ses lèvres.

— Il a son médaillon, mais j'aurais dû me douter que ça ne suffirait pas.

— Tu fais déjà beaucoup. C'est vraiment un chouette gosse. Tu fais de l'excellent boulot avec lui.

— J'essaye, me répond-elle avec une distance qui me fait mal.

— Et toi, tu vas bien ?

Ses sourcils s'arquent de défiance.

— Pourquoi je n'irais pas bien ?

Le ton provocant de sa voix me prouve à quel point la femme que j'aime est forte. Elle se tient devant moi, la posture bien droite, un air farouche et déterminé accroché sur son joli minois.

— Concernant ton ex. Je me suis inquiété pour toi.

— Tu n'aurais pas dû, réplique-t-elle d'un ton abrupt. Merci pour Hunter, et bonne soirée !

Elle s'engouffre dans son appartement, et je ne veux pas qu'elle parte. *Pas aussi vite !*

— Attends !… Tu me manques. Je n'arrive…

Elle me claque la porte au nez comme un ordre de garder mes sentiments pour moi. *Okay, message reçu cinq sur cinq ! Enfin presque…*

Je pose mon front sur le battant en bois qui nous sépare et lui confie :

— Tu es la première et la dernière personne à qui je pense chaque putain de jour qui passe… Tu me manques à en crever.

Le silence s'éternise et je comprends que je n'aurais pas de réponse, mais je suis certain qu'elle se tient juste derrière la porte. Je veux la reconquérir, et si pour ça il faut que je la provoque, je ne vais pas me gêner !

J'esquisse un sourire en prenant soin qu'elle perçoive mon amusement dans mon intonation.

— Bon, comme convenu, je viens chercher Hunter samedi matin vers 8 h 30 pour assister à un match de baseball !

La porte s'ouvre aussitôt, gonflant ma poitrine de jubilation.

— Quel match ?!

— C'est Henry qui joue un match important. Hunter et moi, on va être les meilleurs supporters.

— Tu ne m'en as jamais parlé ! s'indigne-t-elle.

— Ah ouais, la défié-je avec humour. Et quand je te dis que tu me manques à en crever, tu vas aussi faire semblant de ne pas l'avoir entendu ?

Un éclat transperce son regard, elle vient de piger mon manège. Elle me sourit de connivence. *Putain, j'ai fait fort !* Et quand son visage s'illumine d'amusement, je ressens une joie sans pareil. Il me faut une volonté de fer pour ne pas la plaquer contre le mur et goûter à ses lèvres jusqu'à en perdre la tête.

— OK. 8 h 30 à la boutique. Sois à l'heure !

Elle referme la porte derrière elle. Je reste là comme un abruti heureux en emportant son sourire avec moi ! *Bon sang, on progresse enfin !*

Chapitre 31

♫ *Ain't No Mountain High Enough*
Marvin Gaye feat Tammi Terrell ♫

Après un nombre incalculable de cris d'encouragement, de stress, d'énervement, de joie, de battements de cœur tambourinant à tout rompre et une victoire écrasante des Inwood de Manhattan, l'équipe de Henry, je raccompagne Hunter jusqu'à la boutique. Son enthousiasme qu'il hurle à tout rompre quand nous franchissons la porte attire la curiosité des clients.Occupé à la machine à café, Josh secoue la tête en souriant. Je scanne la pièce et constate avec déception l'absence de Julia, puis repère Josy, installée à une table, qui réceptionne le trop-plein d'énergie de son petit-fils. Je les rejoins et pose le sac de Hunter sur une chaise.

— GRANNY ! GRANNY ! J'ai frappé la balle avec ma batte, et je l'ai touchée ! Henry a dit que c'était *super* impressionnant pour ma première fois !

— Wouah ! Bravo, mon chéri !

— Je n'ai jamais vu un aussi beau premier coup, renchéris-je.

Il arbore une expression canaille qui dévoile toute sa fierté. Josy me dévisage et lorsque nos regards se croisent, le sien s'illumine d'une chaleur que seules les mères peuvent produire. Moi qui appréhendais de lire de la retenue ou de la déception dans ses yeux, une vague de soulagement m'envahit. *Et ça fait un bien fou !*

— T'as vu, Granny ! On est habillés pareil pour encourager Henry !

Hunter glisse sa main dans la mienne. On a revêtu la même tenue de supporter : le maillot et la casquette des Inwood, dédicacés par Henry. Josy s'apprête à ouvrir la bouche quand Hunter poursuit son explication comme un train lancé à pleine vitesse.

— Henry est SUPER fort et il court SUPER vite. Quand il a gagné, il n'arrêtait pas de sauter, tellement il était content ! Oh, tu sais quoi ? Il a même pleuré !

— Hunter a réagi à peu près de la même manière, rigolé-je.

Un éclat de rire jaillit d'entre les lèvres de sa grand-mère.

— Tu aimes le baseball ?

— J'adore !

Il lui décoche un sourire de garnement qui accentue celui de Josy.

— Je veux faire du baseball ! Mais je dois d'abord demander à Marraine.

Elle reporte toute son attention sur moi.

— Ça va requérir une certaine organisation.

— Julia n'aura rien à gérer, je m'en occuperai.

Et pour la première fois depuis le début de notre discussion, je perçois une lueur d'hésitation dans son regard.

— C'est un gros engagement de ta part, Matt.

C'est à moi de la convaincre du contraire.

— Je le fais depuis des années avec Henry. L'accompagner à des entraînements et participer à ses matchs.

— Tu vas bientôt être à ton propre compte, persiste-t-elle.

Je lui décoche un sourire confiant.

— J'ai toujours beaucoup bossé, et souvent jusqu'à pas d'heure. Lorsque je décide de m'engager, je ne me défile jamais.

Elle sait que je lui dis la vérité, car ça a été le nœud du problème avant ma rupture avec sa fille. Je ne voulais pas m'engager dans une telle responsabilité qu'est l'éducation d'un enfant tant que je ne le sentais pas, et j'ai été honnête jusqu'au bout. Ça, on ne peut pas me le reprocher. Du coin de l'œil, Hunter nous scrute jusqu'à ce que sa tête se presse contre ma jambe en signe de soutien. Voilà pourquoi je ne pourrai pas renoncer à cette responsabilité, je refuse de décevoir cet enfant qui m'accorde sa pleine confiance.

— Eh bien, je trouve que c'est une excellente idée, répond-elle en s'adressant ensuite à son petit-fils. Il n'y a plus qu'à convaincre ta marraine.

Si je jubile intérieurement, Hunter, lui, laisse éclater sa joie en criant. Il s'avance vers sa grand-mère pour nouer ses bras autour de son cou, puis cale sa joue contre la sienne. Il lui chuchote à l'oreille, à la manière discrète d'un enfant :

— Je ne voulais pas que la matinée s'arrête.

Une flambée de tendresse me prend aux tripes, assez puissante pour que je m'accroupisse et l'interpelle.

— Hunter ? Viens-là.

Il s'exécute. Je passe ma main sur son crâne pour le presser contre moi.

— Moi non plus, je ne voulais pas que la matinée s'arrête.

Il noue ses bras autour de ma nuque et serre si fort qu'une pointe de douleur apparaît. Je lui frotte affectueusement la tête.

— Tu demanderas à ta marraine de m'envoyer toutes les photos que tu as prises au stade ?

— Oui.

— Parfait ! Je dois bosser maintenant.

— On se voit quand ?

— Très bientôt !

— D'accord.

Je l'embrasse sur la tempe avant de me relever. D'un signe de la main, je les quitte en réfléchissant déjà à notre prochain rendez-vous. Et là, une idée de génie surgit. *Bon sang, pourquoi je n'y ai pas pensé avant ?!* Je souris face à cette évidence qui me rend particulièrement heureux. Je n'ai plus qu'à persuader Julia et Hunter de venir à l'inauguration de ma boîte. Et tout sera parfait !

***

Je vérifie la liste des convives pour l'inauguration, et suis contrarié de constater qu'un de mes contacts professionnels n'a toujours pas répondu à mon invitation. Ça fait plusieurs années que je bosse avec lui sur d'importantes transactions et il a une influence trop importante dans les domaines dans lesquels je veux évoluer. Je rédige un mail pour obtenir un rendez-vous. Je dois pouvoir compter sur lui dès qu'une opportunité se présentera sur le marché. J'ai fait mes preuves ; il sait que je suis un excellent élément qui, par le passé, leur a permis de bénéficier de grosses commissions. Je suis conscient qu'en débutant mon activité, je devrai la jouer petit, par respect pour mon association avec Graham & Carlson…

Je suis tiré de ma réflexion lorsque la sonnerie de mon téléphone retentit. Il est 21 h passées. Je m'en empare en souriant comme un bienheureux à la constatation de la chanson qui retentit. Je me lève de mon bureau et décroche aussitôt :

— Julia !

— Je ne te dérange pas ?

— Jamais. Ma soirée ne pouvait pas mieux se terminer !

— C'est au sujet de Hunter, élude-t-elle d'une intonation agréable. Quand je l'ai récupéré chez maman, il était intarissable sur le match de baseball.

— Il a été génial ! C'est un supporter de compétition !

— Je l'ai rarement vu aussi heureux. Alors, merci pour lui.

Je rejoins le salon pour me servir un verre de whisky.

— Son excitation était contagieuse. Moi aussi j'ai passé un super moment, alors tu n'as pas besoin de me remercier. Il a d'ailleurs tapé quelques balles pour essayer.

— Oui, je sais, pouffe-t-elle. Il m'a fait plusieurs fois la démonstration, au cas où je n'aurais pas compris qu'il était doué !

Un sentiment de bien-être m'envahit à l'entendre rire. Je penche la bouteille pour verser deux doigts du liquide ambré.

— Il est vraiment doué. Tu serais d'accord pour le laisser en jouer ?

— Il a besoin d'une activité sportive et vu son enthousiasme, je ne peux que l'encourager.

— Je m'attendais à plus de résistance de ta part…

— Maman a eu les bons arguments pour me convaincre.

— Peut-être parce que j'ai eu les bons arguments pour la convaincre avant, la taquiné-je avant de boire une gorgée dans mon verre.

— Pas faux, se marre-t-elle.

J'ai la sensation qu'elle a abaissé ses barrières de protection, et je profite de l'occasion pour pousser ma chance un peu plus loin.

— L'inauguration de notre boîte est dans quatre jours.

— Je sais. Et tu te sens comment ?

Elle s'en souvient !

— Je touche mon rêve, je ne peux qu'être bien.

— Bien ? Mais tu attendais cet événement avec tellement d'impatience…

— C'est toujours le cas, mais pour que tout soit parfait, j'ai besoin que Hunter et toi soyez présents.

Je déteste ce silence entre nous.

— Tu ne veux peut-être pas l'entendre, mais je ne sais plus être heureux sans toi.

— Matt…

— Je ne voulais pas d'enfants. Mais Hunter m'a choisi et j'aime chaque moment passé avec lui. On s'entend vraiment bien, tous les deux.

— Tu as fini ? me charrie-t-elle alors que je perçois l'émotion dans sa voix.

— Pour l'essentiel, oui.

— Tu peux compter sur nous.

Elle coupe la communication. Je pose mon téléphone sur la table du salon.

— Bonne nuit à toi aussi, ma diablesse.

Je souris, puis secoue la tête en riant. Ce soir, c'est un pas de géant qu'on vient de faire.

***

Je balaye la pièce d'un regard et une flambée de fierté me prend aux tripes. Pour beaucoup, c'était une évidence qu'avec Neal, on allait s'associer, mais très peu savent à quel point nous avons fait preuve d'acharnement pour arriver à un tel niveau de compétence. La distance qui nous a séparés pendant si longtemps ou même la venue de Heaven ont rendu le challenge d'autant plus méritant. Evans & Rendall ouvrira ses portes demain et notre nom circule déjà dans le milieu de la haute finance. Neal, qui est en pleine discussion, me jette une œillade de connivence. Dix ans que l'on se connaît. Depuis qu'un prof a eu l'idée de génie de nous faire travailler en binôme. Je l'avais déjà croisé bien sûr ! On passait notre temps libre dans les mêmes soirées et à baiser les mêmes nanas. Concernant les études, j'ai toujours été un loup solitaire, j'avais une exigence : être le meilleur. Rendall n'était pas aussi acharné que moi, mais il était sacrément bon quand même. Il avait cette facilité à me comprendre, et plus on discutait de nos aspirations professionnelles, plus l'évidence s'est imposée à nous : ouvrir notre propre boîte de consulting.

Et on y est, mon pote !

Je lui décoche un sourire qui s'accentue quand je remarque l'entrée de Richard Byrne. Il a fini par répondre à mon e-mail. Il s'est même excusé en pensant avoir déjà accepté l'invitation. C'est lui qui m'avait refilé le tuyau sur l'affaire Nedlex. Une affaire sacrément juteuse qui m'avait valu une belle prime et qui m'avait permis d'étendre mon réseau. D'une certaine façon, ce deal avait fait évoluer ma carrière au niveau supérieur, et ce n'est pas pour rien que mon mentor voulait un partenariat avec notre boîte ; il est conscient que je peux lui rapporter gros. C'est le moment d'aller le saluer !

Je braque mon regard vers la porte d'entrée et les vois faire leur apparition quelques secondes plus tard. Comme si j'avais senti leur présence avant même de les voir. Julia et Hunter se débarrassent de leurs manteaux, qu'une serveuse récupère avant de disparaître. J'observe Julia avec une avidité qui frôle l'obsession, et découvre qu'elle s'est coiffée d'un chignon savamment travaillé dont quelques boucles folles soulignent les traits délicats de son visage, et mettent en évidence son rouge à lèvres carmin. Ma bouche brûle d'un besoin impérieux de la goûter. À chaque fois que je la vois, je dois réprimer cette envie d'elle, dévorante jusqu'à devenir douloureuse. Elle porte une robe vaporeuse qui épouse sa taille fine et le décolleté en dentelle en forme de V dans son dos met en valeur sa nuque gracile, qui me donne l'eau à la bouche. Ma diablesse a pris le temps de se préparer pour moi et ça me rend foutrement heureux.

Je m'avance vers eux quand Hunter m'aperçoit le premier. Le sourire lumineux qu'il m'adresse provoque le mien en retour. Avec une maîtrise à peine contenue, il garde ses distances et me fait un coucou de la main. Je fronce les sourcils en l'embrassant sur le front.

Je passe ma main dans ses cheveux.

— Salut, bonhomme. Tu es très beau !

— Merci ! se réjouit-il. T'as vu mon nœud papillon ? C'est moi qui l'ai choisi !

Je découvre des petites voitures imprimées dessus.

— J'ai essayé que ce soit le plus discret possible, m'avertit Julia.

Je la remercie d'un sourire pour cette attention et comprends mieux la retenue de Hunter pour me saluer. Julia a dû le mettre en garde que ce n'était pas un endroit pour les démonstrations d'affection. Quoiqu'à cet instant, en la matant, je ferais bien une exception à la règle… Je me raisonne et m'arrache à sa contemplation pour plonger mon regard brillant d'admiration dans celui de Hunter.

— Il est parfait ! Personne ne porte aussi bien que toi le nœud papillon ! Et toi, tu aimes ma cravate ? m'enquiers-je en la soulevant pour bien la mettre en évidence sous leur nez.

Il hausse les épaules.

— Bof.

Je rigole, car le joueur en moi n'a pas dit son dernier mot.

— Dommage ! C'est la préférée de ta marraine. Elle aimait beaucoup jouer avec.

Eh oui, c'est celle qu'elle avait utilisée pour m'attacher quand elle s'était glissée dans la peau d'une riche héritière russe. Julia mordille sa lèvre inférieure pour s'empêcher de rire, mais l'éclat brillant qui se reflète dans ses pupilles réveille un sombre désir en moi.

— Vous faites quoi ? nous interroge Hunter.

Et là, je me rends compte qu'on était plongés dans un jeu de regards, brûlants d'un désir à peine contenu.

— J'étais en train de penser à quel point je suis fou de ta marraine ! lui réponds-je en lui faisant de gros yeux emplis de malice qui provoquent son gloussement. Je vous montre mon bureau ?

— Oui ! s'enthousiasme-t-il.

J'ouvre la porte et Hunter se faufile jusqu'à mon fauteuil pour s'y asseoir.

— Tu as un grand écran ! s'écrie-t-il en jouant avec la souris.

— Hunter ! l'interpelle Julia avec sévérité. Ne touche pas, s'il te plaît !

— Laisse, interviens-je. Ce n'est pas l'endroit le plus marrant pour lui alors j'ai installé un jeu de son âge pour qu'il puisse s'occuper.

Le temps que je mette Planet Zoo en route et que je lui explique brièvement comment créer son propre zoo, Julia déclare, en observant à travers la paroi vitrée :

— Abby m'avait montré des photos. Mais ça rend tellement mieux en vrai.

Nos yeux se percutent.

— C'est chic et très classe. Ça te ressemble.

— Merci. Et heureux de découvrir que mon projet t'intéressait toujours.

L'ombre de son sourire me donne pleine satisfaction. J'aperçois Neal en compagnie de deux hommes en costume cravate. Il me fait signe de rappliquer.

— Mon associé m'appelle, je dois te laisser.

— Lilou n'est pas là ?

— Non, Heaven avait de la fièvre, elle a préféré la garder.

Je lis de la déception sur son visage.

— Je n'en ai pas pour longtemps.

Je profite d'être près d'elle pour lui chuchoter à l'oreille tout en enlaçant nos doigts :

— Tu es sublime.

Je ne sais pas si c'est notre contact ou alors l'intensité de mon regard, mais elle rougit. Je sors en sentant mon sang pulser dans mes veines. Cette sensation me propulse à l'époque de son inauguration, où elle m'obnubilait au point de me faire passer pour Brian, pour l'atteindre et la provoquer. J'aimais le fait qu'elle me poussait à me dépasser toujours plus. À sortir de ma zone de confort. Une sensation qui me procurait une excitation sans pareil. Mais j'avais tout faux, j'étais déjà accro à elle. Elle était différente de toutes les autres femmes que j'avais rencontrées. Je passe mes doigts sur ma cravate, à laquelle je tiens tant. Il m'a fallu du temps pour le comprendre, mais le jour où elle a joué le rôle de l'héritière russe, j'étais déjà en train de tomber amoureux. J'interpelle un serveur pour qu'il leur prépare une boisson et rejoins mon associé.

Mon mentor est arrivé depuis à peine cinq minutes et il a déjà repéré Julia. Bien entendu, il ne perd pas de temps pour aller lui parler. Le menton fièrement dressé en avant, il esquisse un sourire séducteur et la contemple d'une œillade appuyée. L'irritation me gagne alors que je dois faire bonne figure devant l'ancien patron de Neal qui est venu de Chicago pour l'occasion. Grâce à lui, Rendall est devenu un spécialiste des acquisitions dans le domaine informatique. De ce que j'ai pu comprendre, de futurs contrats seraient possibles entre eux.

Bien ! J'en ai assez entendu. Je prétexte l'arrivée de mon mentor pour m'éclipser et les rejoindre. Julia me remarque et je lis du soulagement dans son regard. Elle profite de ma présence pour s'échapper. Stan Hools la contemple d'un air plus qu'appréciateur en avisant sa robe de soirée qui met en valeur chacune de ses formes. Je toussote sèchement pour attirer son attention, mon raclement de gorge ressemble d'ailleurs plus à un grognement. Il arbore un sourire entendu, presque de connivence.

— Elle m'a dit qu'elle était une amie à toi ?

— C'est ma petite amie.

Ses yeux me transpercent de toute son aura autoritaire. Il me jauge et vu son expression pleine de sévérité, ça ne lui plaît pas.

— Elle a un enfant.

— Ça ne vous concerne en rien, répliqué-je en arborant une attitude confiante.

— Détrompe-toi. Surtout quand ça touche à mes investissements.

Je me remémore sa venue dans mon bureau et sa vision étriquée de notre boulot qui n'est, selon lui, pas compatible avec une vie de famille. Il s'est basé sur cette croyance pour me faire ses propositions. J'ai toujours eu foi en Neal et en notre association ; ce n'est pas maintenant que ça va changer. J'ai du respect pour l'homme d'affaires qui s'investit à fond dans son travail et qui est une pointure dans le milieu, mais je suis loin d'approuver certains de ses agissements. Je ne lui appartiens pas. On a signé un partenariat qui nous engage sur plusieurs mois et j'ai bien l'intention de lui prouver qu'il a tort. Quitte à dormir moins, j'honorerai chacune de mes obligations, que ce soit dans ma vie professionnelle ou privée.

— Ne te laisse pas distraire par une femme ou par tes sentiments pour elle.

Je serre les dents.

Elle n'est pas une distraction !

Ça fait sept ans que je bosse pour lui, et jamais, je ne lui ai donné l'occasion de douter de moi. Ce n'est pas aujourd'hui que ça va commencer. Il a éveillé en moi mon instinct de compétiteur. Pas par orgueil ou pour lui prouver quoi que ce soit. Ça, c'est déjà fait. Je vais lui démontrer qu'il a tort, et j'en fais même une affaire personnelle !

— Elle me rend bien meilleur que je ne le suis.

Je pivote la tête vers Neal.

— Je vais vous présenter mon associé !

— Il est en compagnie de James Kingsley ?

Je perçois de l'intérêt à l'intonation de sa voix.

— Exact. C'était le mentor de Neal quand il travaillait à Chicago.

Il pose sa main sur mon épaule dans un signe plein de condescendance. Il sait, bien sûr ! C'est le genre d'homme à vouloir connaître la moindre des habitudes de toutes les personnes avec qui il pactise. De cette manière, il peut placer ses pions pour mieux en jouer. Je souris à l'idée que bientôt, l'élève va dépasser le maître.

— Je vais vous le présenter.

— Excellente idée.

Au passage, j'attrape la main de Julia qui sort des toilettes et zieute vers Hunter qui est concentré sur son jeu. *Parfait !* Neal remarque nos doigts enlacés et sourit de toutes ses dents. Il la salue d'un clin d'œil de connivence alors que mon ex-mentor la dévisage avec froideur. Sa place est à mes côtés et, à partir de ce soir, je vais tout faire pour effacer le moindre doute en elle.

Chapitre 32

Point de vue de Julia

Je quitte l'immeuble de mes clients et referme le col de mon manteau en sentant la morsure glaciale du vent d'hiver à l'approche des derniers jours de janvier. Je frissonne, puis marche d'un pas pressé pour rejoindre ma voiture. Je souris en tapotant mon sac qui contient un bon de commande important et signé, après plus d'une heure de tergiversations dans une ambiance très conviviale. Il faut sans cesse relever des défis, innover et sortir de sa zone de confort, mais ce sont des facettes de mon métier qui font de moi une véritable passionnée.Je connecte mon smartphone à internet avant de me glisser dans ma voiture et, à peine la portière fermée, une flopée de notifications étouffées fusent à l'intérieur de mon sac. Je fais tourner le moteur pour réchauffer l'habitacle, fouille dans ma besace pour en extraire mon téléphone, et y découvre plusieurs messages reçus dans la matinée. Tous de Matt. C'est le sourire aux lèvres que je les lis.

De Matt, 10 h 10 :

[Je viens de passer le rendez-vous le plus ennuyeux de ma carrière.]

De Matt, 11 h 01 :
[Rectification, ce dernier entretien était un désastre. J'ai besoin d'un verre.]

De Matt, 11 h 02 :
[Non. J'ai besoin de toi.]

De Matt, 11 h 10 :
[Un mot Julia. Juste un !]

De Matt, 11 h 15 :
[J'ai besoin de t'entendre.]

De Matt, 11 h 20 :
[Je t'appelle. Décroche stp.]

De Matt, 11 h 22 :
[Je déteste ta messagerie vocale.]

De Matt, 11 h 25 :
[Je suis en train de craquer.]

De Matt, 11 h 28 :
[Tu ne me laisses pas le choix.]

De Matt, 12 h 03 :
[Josh est beaucoup moins sexy que toi ☹]

Je ris en fourrant mon téléphone dans la poche de mon manteau. J'aime l'idée qu'il flirte avec moi pour mieux me séduire, qu'il m'envoie des messages dès que l'envie lui prend, c'est-à-dire très souvent. Dès que quelque chose de nouveau se passe dans sa vie, ou juste pour me dire que je lui manque. Je suis admirative face à sa détermination sans faille à ce que nous formions à nouveau un couple. Une équipe. Une famille.

Le crâne contre l'appui-tête du siège, un doux sourire aux lèvres, je secoue la tête d'amusement parce que Matt joint aussi les actes à ses paroles. Il prend un réel plaisir à s'investir dans la vie de Hunter. Ils continuent à s'appeler tous les soirs comme une relation père-fils à distance. Comme les entraînements de baseball ne débuteront qu'en été, ils poursuivent leurs sorties deux fois par semaine. Que ce soit aux matchs d'Henry, aux balades dans Central Park et son zoo, aux visites régulières au planétarium, Hunter est toujours affublé de son appareil photo. Il me coûte une fortune en développement, mais quel bonheur de le voir les épingler sur tout un pan de mur de sa chambre. Matt lui apporte l'équilibre dont il a besoin pour s'épanouir. N'importe quelle maman succomberait à cet homme au charme magnétique, débordant de sex-appeal, et super complice avec un enfant… surtout quand cette femme en est toujours amoureuse. *Comment ne pas l'être, d'ailleurs ?!*

Tous les matins, je reçois un message de lui :

[Tu es toujours ma première pensée au réveil.]

J'ouvre toujours la boutique, un large sourire aux lèvres.

Et chaque début de nuit, un dernier vers 1 h du matin, que je découvre à mon réveil et qui me procure mon premier sourire de la matinée :

[Tu es toujours ma dernière pensée quand je m'endors.]

Par la même occasion, il devient aussi la mienne. C'est bien ce que je disais, cet homme est sournois, et j'adore ça. Et maintenant, mon corps exprime ce que ma tête me murmure tout bas. Je veux qu'il fasse de nouveau partie de ma vie aussi.

Je zieute l'heure sur le tableau de bord : 12 h 31, et suis mon envie de l'instant. Je l'appelle via le Bluetooth de la camionnette, puis manœuvre pour me faufiler dans la circulation dense.

— S'il faut que je sois désespéré pour que tu me contactes, déclare-t-il, un sourire dans la voix. Attends-toi à ce que je le fasse chaque matin !

— C'est vrai que tu étais… intense ! pouffé-je. C'était aussi pourri que ça ?

— J'étais habitué depuis des années à décrocher de gros contrats, et là, je dois me contenter de plus petits.

— Tu es parti plusieurs jours à Washington. Ça ne s'est pas bien passé ?

— Si. C'est en bonne voie, d'ailleurs. Mais ce n'est pas suffisant.

— Ce n'est jamais suffisant pour toi, répliqué-je en arrivant à un feu rouge. C'est pour cette raison que tu es aussi bon dans ton domaine.

— Le meilleur, me corrige-t-il.

— Combiné à ta modestie, je veux bien le croire, le charrié-je.

— Ça prendra le temps que ça prendra, mais j'obtiens toujours ce que je veux quand ça en vaut vraiment la peine.

Je tapote mes ongles sur le levier de vitesse. Il cherche à me faire passer un message, j'ouvre la bouche quand il poursuit :

— Hunter et toi. Je ne désire rien d'autre.

Je me tais et appuie sur la pédale de l'accélérateur pour avancer et tourner sur ma gauche. Je suis une prisonnière consentante des filets de ses confidences. Il est le seul capable de me faire ressentir des émotions aussi profondes et bouleversantes que celles de l'amour.

— Je sais.

— J'ai une idée qui me trotte dans la tête, m'affirme-t-il avec conviction.

— Dois-je m'inquiéter ?

Je le taquine alors que son rire franc me chatouille agréablement la peau.

— Je pourrais débarquer chaque matin dans ta boutique pour réclamer un café, une pâtisserie… et un câlin. Bordel, oui un câlin qui exige beaucoup de souffle et de salive.

J'aime retrouver nos jeux taquins, animés de désirs. Toujours dans le but de provoquer l'autre et de le faire succomber.

— Tu me laisseras choisir ton café ? J'en ai reçu trois nouveaux qui pourraient te plaire.

— Et toi, tu me laisseras choisir mon câlin ? me rétorque-t-il d'une intonation rauque.

Je me mords la lèvre pour réprimer mon éclat de rire. Il flirte, je flirte… nous flirtons et je sais qu'il est en train de reprendre une place importante dans ma vie.

— Tu as toujours eu le don pour l'exagération, le titillé-je.

Un grognement résonne à travers le combiné, me provoquant une nuée de frissons d'anticipation.

— Julia ?

— M-mh.

— Je veux que mes intentions soient claires.

— Oh, mais elles le sont !

— J'attends que tu fasses le premier pas. Ce sera à ton rythme, je te respecte beaucoup trop pour qu'il en soit autrement… Mais je peux te promettre qu'un jour, tu me supplieras.

Là, je retrouve mon Gobi dans toute sa splendeur. Un rire s'échappe d'entre mes lèvres.

— C'est toi qui es en train de me supplier, raillé-je.

— T'en as mis, du temps à le comprendre. Ça fait des semaines que je suis à genoux pour que tu me reprennes dans ta vie.

Je frissonne de la tête aux pieds face à sa déclaration d'amour qui le rend si vulnérable.

— Quand tu m'aideras à me relever, ce sera pour s'aimer encore plus fort. Vous êtes ma famille, et j'ai besoin de vous, conclut-il avant de raccrocher.

Je plaque le téléphone contre ma poitrine et sens mon cœur battre plus fort que jamais.

***

Assise sur le lit de Hunter, les jambes allongées, je referme le livre d'histoires que je lui lisais quand je le surprends profondément endormi. J'embrasse son front, puis en me redressant, tombe nez à nez avec une photo de Matt qui rit avec Hunter sur ses genoux. Une vague de bien-être m'envahit avec le sourire en prime. Je me lève et une fois debout, je couve du regard les moments importants de sa vie, et Matt apparaît sur presque chacun des clichés. Il s'est fait une place de choix dans le cœur de mon filleul et dans le mien. Il est aussi notre famille. Soudain, une pointe acérée me transperce le ventre. Mes lèvres se tordent de douleur, je régule ma respiration et allume sa veilleuse avant de sortir de sa chambre. Je rejoins la cuisine pour m'emparer d'un anti-inflammatoire que j'avale avec un verre d'eau.

Je masse mon ventre nauséeux et sens un début de migraine poindre.

Une douche, voilà ce qu'il me faut !

Enfermée dans la salle de bains, je me déshabille et m'apprête à m'immerger sous le pommeau d'eau chaude quand j'entends la sonnette de l'entrée retentir. Surprise, je ceins en toute hâte ma poitrine d'une serviette et accélère le pas dès que la sonnerie résonne pour la deuxième fois. J'appuie sur le bouton de l'interphone.

— Oui !

— C'est moi, ma chérie.

Étonnée, j'actionne l'ouverture de la porte d'entrée de l'immeuble et entrouvre la mienne avant de me diriger vers ma chambre pour revêtir une tenue plus confortable le temps qu'Abby me rejoigne.

Elle apparaît dans l'embrasure et s'assied sur le lit, à mes côtés, tandis que j'enfile mes chaussons.

— Je te dérange peut-être ?

Je tilte face à l'intonation de sa voix, mais lui déclare en souriant :

— Pas du tout ! Ici, c'est chez toi, alors n'hésite pas à utiliser ta clé et le code de l'entrée la prochaine fois.

Ses yeux s'embuent de larmes.

— Hé ! Dis-moi ce qu'il se passe ?!

Sa tête bascule en avant et elle s'effondre en pleurs. Je m'assieds à ses côtés et l'enlace pour la presser contre moi.

— Je suis morte de trouille.

Mon sang se fige d'appréhension. Je ne l'ai jamais entendue dire ça.

— Je suis enceinte.

Je ne m'attendais tellement pas à cette nouvelle que je suis muette de stupéfaction.

— J'ai fait une dizaine de tests qui sont tous positifs.

Okay… Je la dévisage. Elle ne risque pas de voir mon air perdu tant ses yeux sont baignés de larmes. C'est le temps qu'il me faut pour reprendre contenance et intégrer l'information.

— Je ne voulais pas l'admettre. J'étais même en colère contre moi-même !

— Pourquoi ?

— Pour ne pas avoir pris toutes mes précautions avec Grant. Par moment, c'était si intense entre nous… J'ai fini par m'abandonner à notre passion.

— C'est normal. Et tu n'as pas à t'en vouloir pour ça.

Elle tente d'esquisser un sourire et c'est un échec.

— Si. J'avais confiance en lui, et je n'aurais pas dû !

— C'est lui qui t'a menti. Tu n'as rien à te reprocher.

Elle soupire de frustration et se frictionne la joue.

— C'est trop tard de toute façon… J'ai balancé mon parfum contre la glace de la salle de bains. Je suis bonne pour la remplacer.

— Tu n'es pas blessée ?! m'enquiers-je dans un élan d'inquiétude.

— Non.

Elle se frotte les yeux et me dévisage.

— J'ai imaginé son petit cœur battre pour grandir en moi. Dès que j'ai posé ma main sur mon ventre, j'ai compris que je le garderais.

Ça ne m'étonne pas ! Je connais ma meilleure amie mieux que personne. Elle a le cœur sur la main et sa générosité est sans limites, quand elle aime. Mes lèvres se rehaussent d'excitation quand je la serre dans mes bras, puis je me lève et exécute une danse de la joie.

— C'est une merveilleuse nouvelle !

Son sourire est timide.

— J'ai peur.

— De quoi ? D'être une trop bonne mère ? la taquiné-je en souriant.

— Je ne suis pas prête.

Je m'accroupis entre ses cuisses.

— C'est normal, un bébé n'était pas dans tes projets avant plusieurs années. Mais crois-moi, si j'ai pu devenir une maman de substitution avec tous les obstacles à surmonter, toi, tu vas être une maman qui déchire.

— Merci.

Elle pose sa main sur son ventre et son sourire se fait plus franc.

— Je suis déjà amoureuse du petit haricot.

— Le contraire m'aurait étonnée.

— Mais il va grandir sans son père.

En effet, Grant vit avec sa femme à des milliers de kilomètres d'ici. La situation risque d'être compliquée.

— Je n'étais qu'un moment d'égarement pour lui. C'est un homme infidèle et menteur, alors je préfère ne rien lui dire.

— Fais comme tu le sens. Mais tu pourras toujours compter sur moi. Je vais être *tatiiie* ! me réjouis-je en maîtrisant ma joie pour ne pas réveiller Hunter.

— Marraine, plutôt.

Je l'enlace pour la presser contre moi.

— Ton haricot va être pourri gâté avec moi. Et attends que maman apprenne la nouvelle. Il va hériter d'une autre grand-mère !

Elle essuie ses yeux.

— Il faut que je l'annonce à maman ! Elle va être morte d'inquiétude pour moi quand elle apprendra que je suis une mère célibataire.

Sa mère, Stephenie, a cumulé plusieurs boulots pour subvenir aux besoins de ses enfants. Tandis que son père est un ivrogne qui a baissé les bras par facilité. Stephenie l'a mis à la porte et Abby a endossé pas mal de responsabilités pour aider sa mère.

— Tu as élevé en partie tes frères et sœurs et tu as une belle situation professionnelle. Elle te connaît suffisamment pour savoir que tu as la tête sur les épaules.

— J'espère ! Je peux rester dormir chez toi ce soir ?

— Ce soir et tous les autres soirs que tu voudras.

Elle m'embrasse sur la joue.

— Pas sûre que Matt soit de ton avis.

— Il composera avec ! Et puis, on n'en est pas encore là.

Elle écarquille les yeux de surprise.

— Ça y est ! Tu as décidé de lui laisser sa chance !

— C'est un orateur très persuasif.

— Mouais, je dirais plutôt qu'il a fait ses preuves avec Hunter et que tu rêves qu'il fasse ses preuves avec toi. Enfin… sur toi ou en toi, au choix.

Elle fait danser ses sourcils de manière suggestive, ce qui déclenche mon hilarité. C'est à son tour de me prendre dans ses bras.

— Je suis tellement heureuse pour toi. Vous allez être une belle famille à trois.

— C'est bien parti pour !

Chapitre 33

♫ *Nothing Else Matters*
Metallica ♫

Les portes de la cabine s'ouvrent et j'observe Hunter courir dans le couloir et frapper comme un petit diable contre le panneau en bois. Avec maman, en fonction de ses nuits de garde à l'hôpital et des matins où je commence à 4 h 00, on le garde chacune à notre tour afin de l'accompagner à l'école le matin.— Hunter ! Une fois suffit ! le réprimandé-je.

Son regard de garnement contre mon aura autoritaire. Il se fend d'un large sourire en représailles et tambourine de plus belle contre la porte de l'appartement de sa Granny.

Julia 0 – Hunter 1

Avant d'arriver à sa hauteur, je m'apprête à le rappeler à l'ordre quand la porte s'ouvre en grand. Il en profite pour s'y engouffrer en gloussant de plus belle, trop heureux de pouvoir m'échapper. Je dois réprimer un rire et rejoins ma mère qui m'accueille avec un sourire amusé. Je l'embrasse sur la joue et la préviens :

— Il est intenable !

Elle s'écarte pour me laisser entrer tout en l'interpelant :

— Hunter, mon chéri, ton bain est prêt ! Et tu laisses la porte ouverte !

Aucune réponse.

— Je préfère aller voir.

Une fois seule dans le couloir, je profite de l'occasion pour scruter deux clichés en particulier avec Hunter et Matt à la patinoire à ciel ouvert du Rockefeller Center. C'était un samedi après-midi et maman était ravie de prendre ma place. Elle a imprimé pour l'occasion une photo en express des deux hommes, les patins aux pieds, glissant sur la glace et riant aux éclats. Même maman, qui ne sait pas patiner, semblait passer un sacré bon moment. Je l'avoue, je suis carrément jalouse de ce souvenir qu'ils ont sans moi.

Je me rends en cuisine et dépose le sac de voyage sur le plan de travail. Le four est allumé et un délicieux fumet s'en échappe. Je m'approche et à travers la vitre, je remarque qu'elle a préparé un mac & cheese. Hunter va être aux anges, personne ne le réussit aussi bien qu'elle.

— Il a l'air en super forme ! me surprend maman d'une intonation réjouie.

— Oh, il l'est !

— J'aime le voir si heureux, déclare-t-elle en s'adossant au meuble derrière elle.

— Moi aussi.

Il lui arrive d'être nostalgique et de regarder les photos de Beth et lui en pleurant. Il réclame le plus souvent un câlin et une danse pour surmonter son chagrin, ou alors il appelle Matt pour rire avec lui. Je dévisage maman qui est perdue dans ses pensées. Hunter a une chance incroyable de l'avoir dans sa vie. Maman a gardé beaucoup d'albums photos. C'est elle qui fait perdurer tous les souvenirs de Beth dans sa mémoire. Il est friand de toutes les anecdotes sur sa mère quand elle avait son âge. Ils se remémorent tous les bons moments passés ensemble de son vivant.

— Beth doit l'être encore plus, me confie-t-elle en levant les yeux vers le ciel et en souriant. D'ailleurs, je dois t'annoncer qu'on a fixé une date pour notre mariage !

— Oh, dis-moi !

Splash !… SPLASH !

Notre attention dévie vers la salle de bains.

— Hunter ! crie maman.

— QUOI ? lui répond-il.

— Ne mets pas de l'eau partout !

— NON ! NON ! rigole-t-il.

On se regarde en pouffant.

— Il est préférable que j'aille voir !

Je la suis et on jette un coup d'œil à l'intérieur, des flaques d'eau et des éclaboussures inondent le sol et les murs de la pièce.

— Hunter ! le grondé-je. Tu n'es pas à la piscine là. Il faudra que tu aides Granny à tout nettoyer !

— D'accord.

D'accord, d'accord ! Il n'a plus que ce mot à la bouche. Je reporte mon attention sur maman avec une certaine excitation.

— Le mariage est prévu pour quand, alors ?

— Le 18 février.

Mon expression est empreinte de confusion.

— Mais c'est… Le jour de l'anniversaire de Beth.

— Exactement. Depuis que j'y ai pensé, je ne vois pas une autre date pour célébrer mon mariage. Klint est d'accord avec moi. On aura l'impression qu'elle sera avec nous. Je veux que son anniversaire reste un jour heureux pour moi.

Je comprends complètement et j'en ai les larmes aux yeux. Je voulais tellement que l'inauguration de ma boutique tombe le même jour que l'anniversaire de papa. Je voulais lui rendre hommage.

— C'est une excellente idée ! m'enthousiasmé-je en souriant. Elle doit être folle de joie en t'écoutant.

— Je pense plutôt que c'est elle qui a tout manigancé de là-haut.

J'éclate de rire.

— C'est tout à fait son genre !... Mais attends un peu ! C'est dans... deux semaines !

Je panique face au challenge que ça représente.

— Klint s'installe ici la semaine prochaine. Je suis croyante et j'ai besoin que notre union soit officielle le plus rapidement possible.

Je souffle un bon coup.

— OK, maman. On va s'adapter ! Je vais prévenir Abby pour l'organisation.

— Il faut peut-être la ménager. Au moins pendant les premiers mois.

Je ris.

— Ne lui dis surtout rien. Sinon elle va redoubler d'efforts pour te prouver le contraire ! Et je pense qu'elle a besoin de se changer les idées.

— D'accord. On veut quelque chose de simple. Donc aucune pression à vous mettre. Nous serons en petit comité, uniquement la famille proche. Klint est occupé de son côté à s'arranger avec ses enfants pour qu'ils soient présents. Le prêtre m'a...

— Tu veux le faire à l'église ? l'interrogé-je, tombant des nues. Mais le délai est trop court ! Ça va être super compliqué pour...

— Je sais ! Ce ne sera pas possible avant plusieurs semaines. Je veux seulement faire mon serment devant un homme de Dieu. Klint et moi avons perdu nos conjoints respectifs, nous n'avons pas rompu nos vœux sacrés. On peut se marier religieusement.

— Oh…

— Je t'assure, j'ai pris tous mes renseignements chez un prêtre la semaine passée.

En pleine réflexion, je m'adosse contre le mur et tourne mon visage vers Hunter qui joue avec des figurines Playmobil.

— C'est un jour important pour vous deux, et il n'est pas question que vous n'ayez pas le meilleur.

— Merci, me répond-elle en me caressant la joue. Mais pas de pression et encore moins de stress. Je suis déjà bien heureuse comme ça.

Un bruit retentit dans la pièce d'eau. Devant la porte ouverte, je tourne la tête et constate le désastre.

— Ta salle de bains va être une vraie pataugeoire.

— Ce n'est que de l'eau. Je vais le laisser encore en profiter.

— Bon, eh bien moi, je file.

— Tu ne manges pas avec nous ?

— Non. Demain, j'ai une grosse journée et je vais devoir me lever encore plus tôt que d'habitude.

— Ce serait bien que tu envisages d'inviter Matt chez toi quand j'ai Hunter.

J'aurais dû me taire quand je lui ai dit que j'avais l'intention de nous laisser une dernière chance ; j'étais si impatiente de lui annoncer la grossesse d'Abby que je n'ai eu aucun filtre pour ma décision prise.

— Avec l'organisation de ton mariage, me gaussé-je, je n'aurai plus une minute à moi.

Son air outré vaut tout l'or du monde.

— Julia Elly Stroms ! Je t'interdis d'utiliser mon mariage comme un alibi pour ne pas sauter le pas.

Je laisse éclater mon hilarité.

— Je te taquine.

— Il fait partie de la famille, et je veux qu'il assiste à la cérémonie.

— Tu es diabolique !

On se sourit, plus complices que jamais. Je suis touchée par sa décision et je sais que Matt va l'être tout autant que moi. Hunter se rappelle à nous quand il tousse plusieurs fois d'affilée.

— Ça a commencé hier, l'informé-je. Je t'ai mis une pommade contre la toux grasse dans son sac. Allez, moi je file !

Je rentre dans la salle d'eau et embrasse Hunter sur le front.

— Bonne nuit, mon trésor. Je viendrai te chercher demain à la sortie de l'école.

— D'accord.

— Je t'aime.

— Moi aussi, je t'aime.

***

Je sors avec précaution de la camionnette réfrigérée la centaine de mignardises que Josh et moi avons confectionnées ces deux derniers jours. C'est en l'honneur d'un départ à la retraite d'un haut dirigeant d'une société cotée en bourse. J'empile plusieurs boîtes et stresse face au peu de temps dont je dispose pour tout mettre en place. La réception se fera au premier étage et non au rez-de-chaussée, comme je le pensais initialement. Erreur de débutant de ma part, j'aurais dû me renseigner avant. C'est une maison de maître des quartiers huppés de l'Upper East Side qui garde son cachet authentique et qui n'a donc pas d'ascenseur. Heureusement, je peux compter sur l'aide d'un employé de maison. Nous montons la flopée de marches avec prudence lorsque la sonnerie de mon téléphone retentit.

Arrivée en haut de l'escalier, je réalise qu'il nous faudra encore deux allers-retours. Nous déposons les boîtes sur une table quand il sonne une nouvelle fois. Je m'arrête dans mon travail dès qu'une notification me signale l'arrivée d'un message dans ma boîte vocale.

— Veuillez m'excuser, je dois répondre à un appel urgent.

Il acquiesce d'un signe de tête. J'écoute le message. C'est la directrice de l'école de Hunter. Il a une poussée de fièvre depuis plus d'une heure et je dois venir le chercher à l'infirmerie.

— Merde ! m'alarmé-je.

Je frotte mon front d'une main anxieuse et réfléchis à toute vitesse. Je suis coincée à l'autre bout de la ville et dois encore faire toute la mise en place sur des plateaux. Maman et Abby bossent. Une seule solution s'impose à moi : Matt. Pourvu qu'il ne soit pas en rendez-vous !

Je compose son numéro et il décroche à la deuxième sonnerie.

— Julia, prononce-t-il mon prénom avec une pointe d'inquiétude dans la voix.

C'est vrai que je ne l'appelle jamais au boulot, uniquement le soir quand Hunter est couché.

— Matt ! J'ai besoin de toi.

— OK. Je t'écoute !

— Hunter est à l'école, mais la directrice vient d'appeler. Il est malade et je dois aller le chercher. Mais je suis à l'autre bout de la ville et…

— Je pars tout de suite, je serai là-bas dans… vingt minutes. Tu préviens la direction que c'est moi qui le récupère ? J'ai besoin de ton autorisation pour sa sortie.

Je suis impressionnée. *Comment peut-il le savoir ?* Comme si nous étions connectés, il m'informe :

— Je voulais t'en parler après m'être renseigné. Je me suis dit que ça pourrait être sympa de pouvoir lui faire la surprise de temps en temps d'aller le chercher et de faire notre balade au parc plus tôt.

Waouh ! Je me laisse choir sur la première chaise à ma portée, sidérée par son aveu.

— Tu aurais le temps de le faire ?

— Il suffit de s'organiser, mais on en discutera plus tard si tu veux bien. Tu contactes l'école ?

— Oui, bien sûr. Je suis désolée, tu as certainement beaucoup de tra…

— Julia, on perd du temps là ! Appelle-les et je m'occupe du reste.

— Merci.

Il a à peine raccroché que j'exhale un profond soupir de soulagement. Mes pensées fusent dans tous les sens et je réalise que je dois lui communiquer des infos importantes, alors mes doigts pianotent sur mon écran.

De Julia :

[Pour la clé de chez moi, il faut que tu la demandes à Josh. Je t'envoie aussi les coordonnées de son pédiatre. Tiens-moi au courant !]

Après avoir rappelé la directrice de l'école, je poursuis ma journée de labeur et ne suis de retour à la boutique qu'en fin de matinée. J'ai l'esprit apaisé depuis que j'ai reçu un message de Matt m'annonçant que tout était sous contrôle. Le médecin ne devrait pas tarder, d'ailleurs.

Je m'active en cuisine pour préparer le nappage du layer cake au café. Je verse le beurre ramolli dans un saladier, y ajoute du sucre glace, puis je commence à fouetter le mélange à la main. Un geste qui me permet d'évacuer mon trop-plein de stress, et de ne pas culpabiliser de laisser Matt seul aux commandes.

Je recouvre le gâteau de nappage et termine par les graines de café chocolatées pour la décoration, puis le range dans une boîte en attendant que le client vienne le chercher en fin de journée. Je m'apprête à nettoyer le plan de travail quand la sonnerie spécifique à Matt s'enclenche. Je prends aussitôt la ligne.

— Alors ? m'enquiers-je avec inquiétude.

— Hunter a la grippe. Le docteur Cruz lui a déjà administré une dose de Tylenol[1] contre la fièvre et ça semble plutôt efficace, car il vient de s'endormir.

— Oh ! Mon pauvre trésor, soufflé-je de contrariété d'être si loin de lui. Je suis désolée, je ne peux pas rentrer tout de suite, j'ai…

— Tu n'as pas à te justifier et encore moins à t'excuser. Je gère.

— N'hésite pas à le faire boire pour éviter qu'il se déshydrate. OK ?

— Il faut que tu déstresses. Le médecin m'a expliqué tout ce que j'avais à savoir.

— D'accord. Et pour ton boulot, ça va aller ?

---

1. Médicament à base de paracétamol disponible en Amérique du Nord.

— Bon sang, Julia ! Arrête de te mettre autant de pression pour rien ! On forme une équipe. Alors, respire !

Je souris, il a raison.

— J'aimerais un jour que tu m'expliques comment faire pour avoir la moitié de ta force tranquille.

Je l'entends se marrer au bout du fil.

— Tu es prête à me supplier ?

Je lève les yeux au ciel alors que j'ai déjà envie de rentrer dans son jeu.

— En ayant toute ma reconnaissance, c'est un peu dans le même genre, non ?

Il éclate de rire avant de grogner.

— Arrête de me provoquer.

— Et toi, arrête de me chercher.

— C'est vraiment trop bon entre nous pour que j'arrête quoi que ce soit.

Il a raccroché, et il est parvenu à m'ôter toute pression des épaules. C'est le bonheur au bout des lèvres que j'envoie un message à maman pour la prévenir pour Hunter, puis commence les préparations pour le lendemain.

***

J'insère la clé dans la serrure de ma porte pour l'ouvrir et bâille à m'en décrocher la mâchoire. Je suis restée après la fermeture pour finir toutes mes préparations afin de pouvoir rester une partie de la matinée de demain avec Hunter. Maman prendra ensuite le relais.

Dès que je franchis le seuil de mon appartement, je me déchausse avec empressement et soupire de bien-être en sentant le massage du tapis sous la plante de mes pieds. Je rejoins Matt qui est installé sur la table du salon. Il est en plein entretien téléphonique tout en tapant sur son ordinateur portable. Comme une intuition, il redresse la tête et dès qu'il m'aperçoit, une main en appui sur l'encadrement de la porte, il esquisse un sourire au charme dévastateur qui prend possession de mes sens. Ma respiration s'altère et mon cœur s'emballe à la vue de sa présence chez moi. Je m'oblige à ne pas bouger alors que mes lèvres fourmillent et réclament un baiser et que mon corps implore sa chaleur. Son toucher. Son amour pour moi. La magie de l'instant est brisée quand il cherche quelque chose dans ses papiers, puis répond à son interlocuteur qui semble vouloir des garanties sur son investissement.

J'en profite pour gagner la chambre de Hunter. À travers la porte entrouverte, je le découvre endormi sur le dos, la bouche grande ouverte et ses quatre membres étalés de tout leur long sur le lit. Il est uniquement vêtu de son pyjama, la couette pliée sur une chaise. Je marche jusqu'à son lit, me penche pour l'observer et constate la rougeur de ses joues qui m'indique qu'il a toujours de la fièvre.

— Coucou, mon trésor, lui murmuré-je en passant une main sur son front et dans sa chevelure, humide à cause de la transpiration. Je suis là.

Je dépose un baiser sur sa tempe brûlante et le laisse tranquille. De toute manière, à part dormir, il n'y a pas grand-chose à faire pour soigner ce virus. J'aperçois une petite bouteille d'eau sur sa table de chevet ainsi qu'un gant mouillé qui trône sur une assiette.

— Il dort depuis une demi-heure, m'explique Matt qui me prend par surprise. Il faut lui donner toutes les deux heures une pipette de Tylenol contre la fièvre, mais je le fais boire toutes les heures. Tu sais pour éviter qu'il se *déshydrate*.

Je lui souris quand il me rejoint près du lit.

— Tu as assuré !

— Oui, mais pas tout seul. Josy s'est occupée des médocs.

— Je me doutais qu'elle passerait après le boulot.

Sans m'en rendre compte, je me perds dans son regard. Je dois lui délivrer quelque chose qui le rend téméraire. Il se penche, frôlant dangereusement ma bouche de ses lèvres. Je laisse échapper un soupir involontaire. Son souffle brûlant incendie ma peau telle une traînée de poudre. Durant une poignée de secondes, le monde qui nous entoure s'arrête, sauf mon cœur qui s'emballe dans une danse endiablée. Son nez se niche dans mon cou et m'effleure d'une douce caresse. Je tente de réprimer un frisson. Sans succès. Ce qui le motive à continuer.

— Julia, fais ce putain de premier pas.

Sa main se pose sur mon cou et son pouce caresse avec indolence la courbe de ma mâchoire. Un désir intense enflamme chaque fibre de mon corps. Je m'apprête à fondre sur ses lèvres quand un cri de détresse fend le silence.

— Marraine !

Je me retourne vers Hunter qui est assis sur son lit et qui pleurniche.

— Je dois faire pipi. J'ai mal à la tête.

Matt prend les commandes. Il le soulève dans ses bras et le console d'un baiser appuyé sur son front. Hunter ferme les yeux en se laissant aller à ce geste de tendresse. Ils passent devant moi et Matt m'ordonne :

— Rafraîchis le gant de toilette sur sa table de nuit, on revient dans deux minutes.

Je m'exécute et patiente sur le lit en attendant leur retour. Dès que Hunter me voit, il me parle d'une voix fébrile.

— J'ai mal partout.

Matt le couche dans son lit. J'en profite pour étendre le gant mouillé sur sa nuque.

— Je sais, mon trésor, et tu es hyper courageux.

— Matt va rester avec moi ?

— Je vais devoir partir, mais je reviendrai voir comment mon champion se porte demain.

La sonnerie de son téléphone retentit jusqu'à nous. Il me dévisage.

— Il doit boire quelques gorgées d'eau.

— Je m'en occupe.

Il disparaît dans le couloir quand je m'assieds sur le lit et m'empare de la bouteille d'eau.

Quand je reviens dans le salon, Matt est sur le point de partir. Une vague de déception m'assaille au point d'en perdre le sourire. Je ne veux pas qu'il parte.

— J'ai des lasagnes dans le frigo. Il y en a assez pour deux.

Je décèle une lutte dans son regard.

— Merci pour l'invitation, mais j'ai un boulot de fou à rattraper.

— Oh, oui, OK. Je comprends.

Il s'approche de moi et lutte pour garder ses distances.

— Non, tu ne comprends pas. Si je reste, je ne pourrai plus maîtriser ma faim de toi.

Il émet un soupir défaitiste en posant son front contre le mien, puis ferme les yeux.

— Et j'ai un boulot de dingue et des impératifs à rattraper. Ne me laisse pas flancher maintenant.

Il a été incroyable aujourd'hui et le désespoir dans sa voix m'interpelle. Je recule.

— Mon invitation tient toujours. Ton jour sera le mien.

Il me jauge d'une œillade pénétrante.

— Josy m'a invité à son mariage.

— Je sais, me réjouis-je.

— Ne joue pas avec moi.

— Ce n'est pas mon intention ! m'indigné-je.

— Alors dis-le. J'ai *besoin* de te l'entendre dire.

Avec plus de facilité que je ne l'aurais cru, je lui confie :

— Je veux que tu fasses à nouveau partie de ma vie. De nos vies.

Il ferme les paupières comme pour savourer pleinement mon aveu. Lorsqu'il braque ses iris sur moi, une flamme incandescente embrase ses pupilles et me coupe momentanément le souffle.

— On forme une équipe ?

J'opine du chef.

— Toi, Hunter et moi, on est une famille. On est d'accord ?

— Oui.

— Tu as un mariage express à préparer. Et moi, je vais tout mettre en œuvre pour prendre soin de vous deux !

Il prend ma main entre les siennes et embrasse chacun de mes doigts avec une telle dévotion que ça vaut le plus torride des baisers. Il me sourit comme si j'avais fait de lui le plus heureux des hommes et part sans se retourner.

Chapitre 34

Je vais devenir dingue !— Hunter ! tonné-je pour la énième fois. Viens ranger tes jouets !

— *J'arriiiive* !

— Tout de suite !

Mon ordre est suivi par le silence jusqu'à ce que le rire d'Abby, assise à la table du salon, le brise.

— Quelle autorité ! me charrie-t-elle sans quitter des yeux l'écran de son ordinateur.

Elle n'a pas tort…

Je souffle en fourrageant mes doigts dans mes cheveux et contemple le bordel qui s'offre à mon regard. Le salon est un véritable champ de bataille. Je râle après Hunter, mais je ne suis pas mieux que lui. Ça fait des jours que je dois mettre de l'ordre sur mon bureau et faire le ménage.

— J'ai honte ! avoué-je en débarrassant la table basse de bols et de tasses sales.

Abby jette un coup d'œil circulaire dans la pièce et libère son hilarité.

— J'avoue que tu fais fort !

Elle fixe la montagne de vêtements propres qui envahit la table et que je n'ai pas encore eu le temps de plier et de ranger. Ses gros yeux faussement catastrophés et son sourire provoquent mon gloussement en retour. Il faut que je déstresse ! Dans huit jours, après le mariage, tout rentrera enfin dans l'ordre. Mais pour l'instant, entre maman qui doit faire de nombreuses heures supplémentaires à l'hôpital en prévision des jours de congé qu'elle a posés pour sa lune de miel et son temps de repos réduit, j'ai Hunter à temps plein. Ce qui relève d'un sacré défi quand je dois composer avec le boulot et l'organisation de son mariage.

Je passe à côté d'Abby, occupée à sélectionner plusieurs décos pour la salle souterraine du Rock Hell'S. Je n'ai jamais éprouvé autant de reconnaissance envers Travis. Même si je n'étais pas présente pour sa soirée d'adieu, je lui ai offert une partie du buffet qu'il m'avait commandé. Comme nous étions restés en bons termes, j'ai tenté ma chance pour la location de la salle, et j'ai bien fait ! Même à l'autre bout du pays, il était plus que ravi de pouvoir participer au mariage de maman en nous réservant le lieu à un prix dérisoire.

— Bonne nouvelle ! m'annonce Abby en me dévisageant. On réceptionnera la commande des bougies et des supports en verre dans deux jours.

— Tu es fantastique ! lui réponds-je en rangeant les verres dans le lave-vaisselle. Des nouvelles pour la livraison des matériaux en bois ?

— Il y a du retard. On aura tout dans cinq jours.

Je me redresse en affichant une expression choquée et m'écrie :

— Mais c'est trois jours avant le mariage ! Il faut combien de temps pour réaliser le plafond suspendu ?

Son visage est empreint d'une sérénité que je lui envie.

— Ça va être chaud, mais c'est faisable !

— Avec trois heures de sommeil par nuit, ironisé-je, c'est faisable, en effet.

— Fais-moi confiance, soupire-t-elle sans se départir de son sourire.

— J'ai confiance ! Mais il faut aussi que tu penses à te ménager.

— Oh, mais je prends soin de nous ! réplique-t-elle en caressant son ventre.

Je m'empare d'une partie de la vaisselle souillée dans l'évier pour tout fourrer dans le lave-vaisselle et le mets en route.

— D'ailleurs, tu as quelque chose à grignoter ?

— Regarde dans le tiroir à ta gauche.

Elle se lève et fouille à l'intérieur tandis que j'avise l'heure sur le four. *20 h !*

— Oh, merde ! Hunter n'a pas encore mangé !

— Tu l'as autorisé à manger des chips au vinaigre tout à l'heure.

C'est vrai !

Je scrute le coin cuisine.

— Où est le paquet ?

— Il est parti avec dans sa chambre. Il doit avoir l'estomac bien calé maintenant.

— J'ai autorisé ça ?!

Elle opine d'un signe du menton. Je me refais le film dans ma tête et, concentrée sur le croquis du gâteau de mariage, je lui ai en effet répondu un oui distrait.

— Je te parie qu'à l'heure actuelle, renchérit-elle, sa canette de Fanta n'a pas fait long feu non plus.

Mes yeux s'écarquillent d'horreur.

— Je crains le pire !

— Moi aussi ! pouffe-t-elle. Je vais aller voir s'il m'a laissé un peu de chips.

— OK. Je fais chauffer les pâtes !
— Excellente idée.

J'allume la plaque de cuisson et installe la casserole d'eau dessus quand Abby revient avec mon téléphone.
— Laisse tomber les pâtes, Matt arrive avec les pizzas ! se réjouit-elle en se frottant le ventre.
— Comment ça ?
— Hunter l'a eu au téléphone. Il vient de m'annoncer la nouvelle.
Elle soulève le sachet de chips vide en l'air.
— Je m'étonne qu'il ait encore faim.
Et moi, la seule chose que je retiens est que Matt va bientôt se pointer !
Mon Dieu ! Lui qui est si ordonné…
Quand je contemple l'état de mon salon, j'aurais préféré le savoir plus tôt afin de mieux… *m'organiser*. Bon, l'essentiel est que je vais enfin le revoir ! J'attrape le linge sur la table et sur le fauteuil au passage… du moins, ce que mes bras m'autorisent à porter, et file jusqu'à ma chambre. Abby me suit en riant.
— Tu as peur que ton Gobi découvre ton bordel.
— Moque-toi, vilaine ! lui réponds-je en jetant le tas de vêtements sur le lit. Je suis sûre qu'il comprendra.
Enfin je l'espère ! Je retire mon vieux jogging informe et enfile un legging à la place. Plus sexy !
La sonnette de l'entrée retentit.
— C'EST MOI QUI OUVRE ! exulte Hunter que j'entends courir.
— On dirait l'impatience d'une ado qui va revoir son chéri. C'est trop mignon ! me taquine Abby avant de disparaître dans le couloir en pouffant.

Je lève les yeux au ciel tout en souriant et m'inspecte dans le miroir quand mon regard tombe sur les vêtements que je viens de poser. *Son tee-shirt fétiche !* Ça va le rendre dingue si je le porte et cette idée m'électrise d'une énergie nouvelle. Je me change, me coiffe d'un chignon négligé, puis me pince les lèvres pour en accentuer la rougeur naturelle. *Le tour est joué !*

Arrivée à l'entrée du salon, je m'installe en retrait lorsque j'assiste au mécontentement de Matt.

— Tu es assez grand pour ranger tes jouets sans qu'on ait à te le demander ! déclare-t-il d'un ton sec.

Hunter mime une moue contrite tout en hochant la tête.

— Demain, tout doit disparaître ! On est d'accord ?

— Oui.

— Et les prochains jours aussi.

— Oui.

Son manque de conviction n'échappe pas à Matt qui le dévisage sans un mot jusqu'à ce que Hunter craque.

— Promis !

— OK. Tope-la.

Ils se tapent dans la main pour sceller leur accord. Matt lui sourit, puis lui frictionne les cheveux.

— Viens manger, maintenant.

Je fonds de tendresse en découvrant cette facette autoritaire dans un gant de velours que Matt dégage.

— OUI ! s'écrie mon filleul dans un regain d'énergie.

Matt prend une assiette dans le placard pour lui servir une part de pizza au jambon-mozzarella, sa préférée, suivi de près par Abby qui l'imite en remplissant la sienne. Quand il arrive devant la table, il contemple ma pile de dossiers qu'il pousse sur le côté pour faire une place à Hunter. Il dépose l'assiette et débarrasse la chaise de son plaid et de son coussin.

— Bon appétit, mon grand !

— Merci.

Hunter s'installe et croque à pleines dents dans la pizza comme s'il ne venait pas de s'empiffrer de chips avant. Abby doit certainement penser la même chose que moi quand elle s'assied à ses côtés en s'esclaffant.

Je franchis le seuil du salon quand Matt me remarque et me sourit comme si ma présence le rendait particulièrement heureux. *Et son sourire, mon Dieu, c'est quelque chose !* Mes lèvres s'étirent de complicité quand il me rejoint.

— Tu es le livreur le plus sexy que je connaisse, l'accueillé-je en le dévorant des yeux.

— Et toi la nana la plus bordélique que je connaisse. Mais je vais laisser couler parce que tu es canon avec mon tee-shirt et qu'avec toi, je suis un homme faible.

J'éclate de rire quand il passe son bras autour de mon cou et m'embrasse sur la tempe.

— C'est bon de t'entendre rire, me chuchote-t-il à l'oreille.

Je me laisse aller dans ses bras, le nez contre son torse, et me shoote à son contact. À sa présence qui m'apaise.

— C'est si bon de te retrouver, lui confié-je.

— Tu sais que tu aurais pu m'appeler plus tôt.

— Tu étais parti à Détroit, lui réponds-je en le scrutant.

— Et je suis revenu hier.

— J'étais complètement débordée avec le mariage…

— C'est exactement pour cette raison que tu aurais dû m'appeler, m'interrompt-il avec sérieux. Tu m'as assuré qu'on formait une équipe. Une famille.

Je hoche la tête.

— C'est toujours vrai.

— Alors, prouve-le-moi ! riposte-t-il en prenant mon visage entre ses mains.

Il a raison…

— J'ai besoin de toi.

— C'est un bon début.

Les vannes s'ouvrent.

— Une partie de la déco arrivera en retard. Le timing est super serré pour tout réaliser comme Abby l'a imaginé ! On cherche toujours une destination de rêve pour leur Lune de Miel. Heureusement, Kelly est sur le coup.

— Kelly ?

— La fille de Klint.

— OK.

— Je dois trouver le resto après la cérémonie et je n'ai toujours pas le montage que je souhaite pour le gâteau du mariage. Il faut que je fasse un essai avant le grand jour, et ça me stresse ! lui confié-je en reprenant mon souffle. Samedi, j'accompagne maman pour trouver sa robe de mariée et je dois aussi trouver ma robe de demoiselle d'honneur…

Il me fait taire en posant ses lèvres sur les miennes et l'émotion intense que je ressens, combinée à celles exacerbées de ces derniers jours, me donne envie de pleurer… Ce que je fais, d'ailleurs.

— Rassure-moi, ce sont tes nerfs qui lâchent, me taquine-t-il.

— Je pense, oui, pouffé-je.

— Les nuits sont courtes ?

— Trop courtes. Je dors à peine cinq heures.

— C'est peu.

— Je sais. Maman ne peut plus s'occuper de Hunter pour le moment…

— Alors je m'occuperai de lui.

— C'est un jour sur deux. Il faut…

— Je gère. Quoi d'autre ?

Sa force tranquille me donne l'envie de retrouver notre complicité.

— Que tu t'occupes de moi aussi.

— C'est exactement ce que je suis en train de faire.

Son sourire est la dernière chose que je vois de son visage quand sa main enveloppe ma tête pour me presser contre lui, alors que son autre main me pince les fesses et les malaxe avec douceur.

— Et je n'ai pas attendu que tu me le demandes pour prendre soin de vous.

Je plisse les yeux de confusion.

— Tu veux dire quoi ?

— Dans huit jours, tu seras toute à moi. Mais en attendant, tu as beaucoup de choses à gérer et j'aimerais que tu te préserves.

— Alors, loge à l'appart…

— Non. La tentation qu'on se retrouve à poil sera trop forte et je suis insatiable quand ça te concerne.

— Ce programme me plairait pourtant beaucoup, ronronné-je.

Une lueur d'hésitation transperce ses iris.

— Je suis même prête à te supplier.

— Bordel, tu ne me facilites pas la tâche !

Il rit, puis inspire un coup sec comme s'il livrait une bataille interne.

— Je vais devoir décliner ton offre.

La surprise me rend muette de stupéfaction.

— Le jour du mariage de Josy, m'explique-t-il avec tendresse, je veux que tout soit parfait pour toi aussi.

Je ne comprends peut-être pas tout ce qu'il me dit, mais je sais reconnaître ses déclarations d'amour et celle-ci me touche particulièrement. J'entrelace mes doigts autour de son cou et lui rends toute son affection. Je pourrais rester des heures dans ses bras. Mais j'ai besoin de savoir, alors…

— Qu'as-tu…

Il pose un doigt sur mes lèvres.

— Je ne fais rien comme les autres.

Je glousse en plongeant mes prunelles dans les siennes qui sont si emplies d'adoration qu'elles balayent le moindre doute en moi.

— Il faudrait que tu arrêtes de me couper la parole à chaque…

— Seulement si tu arrêtes de me bombarder de questions.

On lance un jeu de regards pour faire flancher l'autre et ce, jusqu'à ce que notre hilarité nous rattrape.

— Au fait, réplique-t-il. J'ai eu Klint au téléphone. Samedi, on va se dégoter nos costards pour le mariage. Le Microbe sera aussi de la partie.

Ma bouche forme un O de stupéfaction. Cet homme est si surprenant, tout ce que j'ai toujours aimé chez lui.

— Si tu continues comme ça, je vais t'enfermer de force dans mon appart, le menacé-je alors que mes lèvres frôlent avec sensualité les siennes.

Il se marre.

— C'est tentant, mais on a un défi à relever avant. On va se prouver pendant ces huit jours que l'on forme une putain d'équipe, me déclare-t-il avec conviction. OK ?

— OK !

Je me perds dans son regard qui respire une force inébranlable et suis prête à lui succomber. Nos bouches s'unissent avec passion. *Mon Dieu !* J'avais oublié à quel point c'était si bon. Si bouleversant. Si chavirant. Si planant. Un baiser qui récolte les acclamations enthousiastes de Hunter et Abby.

Chapitre 35

♫ *Perfect Day*
Lou Reed ♫

Le grand jour est arrivé, et Abby est fantastique ! Elle a transformé la salle souterraine du Rock Hell's en un lieu romantique et inoubliable.Je lève les yeux en l'air et contemple le plafond voûté, recouvert d'une myriade de bougies suspendues, à différents niveaux, dans des sphères en verre. Elles sont accrochées à des branches d'arbre fixées au plafond, autour desquelles s'entourent des guirlandes, garnies de petites boules lumineuses, tel un lierre. J'embrasse la scène d'une œillade admirative, en ayant l'impression que des lucioles se sont nichées dans les branchages pour donner l'illusion d'un ciel étoilé.

Abby accueille le prêtre et le guide jusqu'à l'autel improvisé afin qu'il se familiarise avec l'endroit. L'estrade où seront prononcés les vœux est encadrée d'une grande arcade en bois dont le contour est habillé d'une couronne de roses rouges et blanches. Aux quatre coins de la pièce, nous avons disposé les tronçons d'arbre coupés sur plusieurs épaisseurs les uns contre les autres pour apporter une note chaleureuse à la pièce. Les tronçons sont recouverts de branches de sapin et des bougies colorées, emprisonnées dans des bocaux en verre.

— Vous vous êtes surpassées, me déclare Cooper, accompagné de sa femme, Ashley. Ça a vraiment de la gueule.

Je lui souris.

— Merci !

Cooper est le fils de Klint. Je l'apprécie, il est taciturne, mais son sourire franc et direct m'a tout de suite mise à l'aise. Il pose sa main sur mon épaule et je dois lever les yeux pour le fixer. Il n'est pas aussi massif que son père, mais il reste impressionnant à regarder.

— Je vais bientôt pouvoir t'appeler frangine ?

— Mais bien sûr, frérot !

Il se marre et me donne un petit coup de poing amical sur le bras.

— Je viens de croiser papa. C'est rare de le voir aussi stressé.

— Pour tout t'avouer, lui réponds-je, maman doit être certainement aussi nerveuse que lui !

— Non, mais mon père a tiré le gros lot avec ta mère. C'est normal qu'il stresse. Elle est trop canon pour lui.

Sa réflexion est accueillie par des exclamations indignées d'Ashley et de moi.

— Ton père est un bel homme.

— Tout est relatif.

C'est à mon tour de lui administrer un coup de poing moins amical sur le bras.

— Quoi ?! s'esclaffe-t-il. J'adore mon père, mais je reste réaliste.

— Ils forment un très beau couple, je trouve, intervient Ashley.

— Tout à fait d'accord ! confirmé-je. Bon, installez-vous. Je vais voir où en est la future mariée !

Ils prennent place en chuchotant entre eux et en se couvrant de mamours, sous la mine écœurée de leur jeune fille Amber, âgée de huit ans.

J'emprunte le couloir pour me rendre dans la réserve et ouvre la porte. Sa robe de mariée est d'une simplicité désarmante. Un fin tissu blanc nacré épouse la moindre courbe de son corps et lui tombe au-dessus du genou, dénudant néanmoins ses épaules. Aucun accessoire, à part le collier en argent qui orne son cou et dont le médaillon renferme un passé heureux, Beth, Hunter et moi. La coiffeuse a terminé son chignon haut, agrémenté de petites fleurs blanches. Quelques mèches poivre et sel légèrement bouclées encadrent son visage et mettent en évidence ses pommettes hautes ainsi que son petit nez mutin. La maquilleuse a intensifié son regard par une ombre à paupières pailletée et un gloss à lèvres couleur pêche.

— Tu es si belle, maman.

Son expression bouleversée se réverbère dans la glace. Elle me scrute et une larme scintille au coin de ses yeux. Une boule se loge au creux de ma gorge et je déglutis avant de prononcer ces mots :

— Beth et moi, on t'aime si fort.

— Et moi, plus encore, ma Lily.

— Le prêtre est arrivé.

— Je suis prête.

— Je vais chercher Matt alors.

Je m'apprête à refermer la porte derrière moi quand je passe la tête dans l'embrasure et lui confie.

— J'aime Klint comme un père, tu sais.

Elle sanglote de bonheur et c'est exactement ce que je veux pour cette journée. Chaque moment doit être un bonheur à vivre et à se rappeler toute sa vie.

En arrivant dans la salle, je tombe nez à nez avec Kelly, la fille aînée de Klint, qui est une perle de gentillesse. Elle est venue plus tôt d'Atlanta pour nous donner un coup de main. Elle est accompagnée de son mari, Austin, et de leurs jumeaux de quatre ans, Aaron et Kyle, que j'accueille en ébouriffant leurs cheveux.

— Maintenant que toutes les bougies sont allumées, c'est splendide, annonce Kelly en observant la salle d'un regard empli d'admiration.

Je passe un bras autour de ses épaules et elle presse mes doigts en retour.

— Ils méritent le meilleur, lui réponds-je.

— Carrément ! Papa est dingue de Josy. Ça fait longtemps que je ne l'avais plus vu aussi heureux.

Je pose enfin la question qui me brûle les lèvres depuis que je la connais.

— Tu n'es pas trop déçue qu'il vienne vivre à New York ?

— Non. On est tous très indépendants dans la famille.

— Et pour tes enfants aussi ?

Elle opine d'un signe de tête.

— Les garçons ont pas mal d'activités en dehors de l'école et papa ne les voit pas plus que ça. Tu sais, si chacun de nous est heureux, alors tout le monde l'est.

Elle hausse les épaules.

— C'est aussi simple que ça ! renchérit-elle.

On se sourit et elle rejoint son frère tandis qu'Abby plonge son regard extatique dans le mien, les pouces levés en l'air. Tout se passe à merveille. *Parfait !*

— MARRAINE !

Hunter court comme une fusée jusque dans mes bras. Je bloque mon souffle pour réceptionner toute sa fougue et le dévore de bisous comme si je ne l'avais pas vu depuis des jours. Il est beau à croquer. Ses cheveux blonds ont été coiffés en arrière, figés dans du gel qui fait briller le reflet cuivré de ses cheveux. Il est vêtu d'un costume bleu nuit et d'une chemise blanche, agrémentée d'un nœud papillon rouge.

— Tu es trop beau, mon trésor.

— T'as vu, je suis habillé comme Matt !

Il aperçoit Amber et crie de joie en courant vers elle. Je contemple l'homme que j'aime follement et qui s'approche de moi. En effet, c'est sa copie conforme, sauf que sa chevelure noir corbeau à lui est savamment ébouriffée et qu'il porte la cravate mieux qu'aucun autre homme. Il est super sexy avec son sourire qui lui mange le visage lorsqu'il me couve de son regard adorateur.

— Matt, ronronné-je.

— Julia.

L'intonation éraillée quand il prononce mon prénom, le faisant rouler comme un bonbon qu'on déguste longuement, me fait frissonner de la tête aux pieds. Il balaye avec indolence mon corps qui enfièvre ses iris.

— Cette robe… Tu es divine.

— Et toi, canon !

Ma longue robe bleu pâle, couleur fétiche de maman, ne laisse apparaître que le bout de mes escarpins et met en évidence mon dos nu. Matt ne manque pas de l'explorer quand ses mains vagabondent et flattent chaque centimètre de ma peau dévoilée. Le tissu épouse la rondeur de mes hanches et s'épanouit telle une seconde peau sur la cambrure de mes reins. Il enroule ses doigts autour de mes bras nus, hérissant ma peau d'une nuée de frissons ; il dépose un baiser appuyé à la commissure de mes lèvres, puis me susurre à l'oreille :

— Je fantasme rien qu'à l'idée de te l'enlever.

— C'est exactement le genre de pensées que j'ai eues en la choisissant.

Ses yeux s'alourdissent de désir.

— Je te veux tout entière, toi, ta fougue et ta passion, me révèle-t-il d'une voix profonde. Aucune retenue. Donne-moi tout, mon amour.

Mes lèvres effleurent les siennes, une fois puis une deuxième fois, d'une douce caresse emplie de promesses et de provocation. *C'est si bon !* Surtout lorsque je sens ses mains se crisper sur ma taille, et dont il émane une chaleur qui envoie une vague de bien-être dans tout mon corps. Il m'a prouvé durant de longues semaines qu'il tenait assez à Hunter et à moi pour changer. Et mon Gobi ne fait jamais rien à moitié ! *Oh, ça non !* Je souris et ressens ce bonheur intense en me remémorant toute son implication envers Hunter. Il s'est investi à tel point qu'ils ont créé un lien fort et authentique. Un lien qui m'a touchée au point que je suis tombée encore plus amoureuse de lui. Puis, sa volonté mêlée à sa vulnérabilité pour me reconquérir a achevé ma résistance à le tenir loin de moi. De ma vie. Je lui ai à nouveau succombé avec plus de passion qu'avant notre rupture. Il est le seul homme à me faire bouillonner de vie et d'envie. Avec lui à nos côtés, je suis capable de tout traverser. De tout désirer. De tout réaliser.

J'ai besoin de lui exprimer ce que je ressens à cet instant et de me perdre dans notre baiser, alors je fonds sur sa bouche quand Abby m'interrompt :

— Je suis désolée de vous déranger, les amoureux, mais le prêtre et Klint attendent la mariée !

— Oh oui ! m'affolé-je d'un coup. On va chercher maman.

C'est vrai qu'on choisit mal notre moment. Je me détache à regret et le dévisage, le souffle coupé. Un éclat brûlant illumine ses iris, mais il parvient à garder une certaine maîtrise tout en souriant.

— Pas question de faire patienter Josy plus longtemps.

Nos doigts enlacés, je le guide dans le couloir. Maman a décidé que Matt était le seul homme de la famille digne de l'accompagner jusqu'à l'autel. Quand elle m'a fait part de sa décision, les vannes se sont ouvertes et j'ai pleuré comme une madeleine, assaillie par une vague d'émotions aussi brutale qu'intense. On s'arrête devant la porte et Matt frappe sur le battant en bois, puis s'engouffre à l'intérieur lorsqu'elle crie son invitation à entrer. Je reste dans l'embrasure et observe maman, plus rayonnante que jamais, l'étreindre avec une affection maternelle.

— Tu es sublime.

— J'espère bien ! glousse-t-elle, ce sont des heures de travail pour arriver à ce résultat.

— Klint est un homme chanceux.

Je referme la porte derrière moi, un immense sourire aux lèvres qui doit éblouir tout l'immeuble devant leur complicité.

Je retourne dans la salle et découvre Klint en pleine discussion avec le prêtre. Sa carrure de bûcheron est mise en évidence avec goût dans un smoking sombre ; ses cheveux noirs, parsemés de blancs, sont coupés court pour l'événement, et ses joues rasées de près accentuent les traits de sa mâchoire carrée. Je m'approche de lui et lui serre la main avec tendresse.

— Elle arrive.

— Je suis impatient.

— Oh, mais maman aussi !

On se sourit avant que le prêtre nous interpelle pour nous ramener à l'instant présent. La cérémonie commence et la musique se diffuse dans les haut-parleurs. Je souris à Cooper, témoin de son père qui lui frotte affectueusement le dos. Quant à moi, témoin de ma mère, j'attends que l'heureuse élue fasse son entrée.

Dès qu'elle apparaît, son bras accroché à celui de Matt, une montée de larmes me submerge.

C'est si émouvant !

Et je remercie intérieurement Hunter, son appareil photo contre son œil, et Kelly, son téléphone en main, qui immortalisent cet instant magique, un brin surréaliste.

Maman marche d'un pas digne et mesuré jusqu'à son futur mari et soude son regard au sien. Klint me prouve qu'un homme peut être encore plus impressionnant quand des larmes scintillent au coin de ses yeux. Je papillonne des cils pour chasser ma propre émotivité. Le cri de Hunter fend l'air dès que maman s'arrête devant l'autel.

— Granny !

Il se lève de sa chaise et court et noue ses bras autour de ses cuisses.

— Que t'es belle !

Mon Dieu ! Il ressemble tellement à sa mère que ça en est troublant. Maman le remercie par un sourire éblouissant, chargé de tendresse, et l'embrasse sur la tempe avant de lui ordonner de retourner s'asseoir. Il s'exécute et s'installe sur les genoux de Matt qui ne me quitte pas des yeux. Son attention est si pénétrante et emplie d'amour que j'ai l'impression de me liquéfier sur place. Je me force à rompre notre connexion et observe maman se positionner à côté de Klint. Ils entrelacent leurs doigts lorsque le prêtre commence sa longue oraison devant un public silencieux et termine par ces mots :

— Sois attentif à nos supplications, Seigneur : Dans ta bonté, répands ta grâce sur Josy et Klint, et puisqu'ils sont devant ton autel pour s'engager l'un envers l'autre dans le mariage, que leur amour en devienne plus grand. Par Jésus, le Christ notre Seigneur.

Suivi par ce que tout le monde attend avec fébrilité, l'échange des vœux. Consciente de sa responsabilité, Amber marche avec élégance jusqu'à eux et leur présente un petit coussinet blanc sur lequel reposent deux bagues scintillantes. Klint enveloppe les deux mains de ma mère dans les siennes et déclare d'un ton solennel :

— Moi, Klint Elliot Wood, je te reçois Josy Helen Campbell, comme épouse. Je te promets de te rester fidèle, dans le bonheur et dans les épreuves, dans la santé et la maladie, pour t'aimer tous les jours de ma vie.

Son regard est si doux, aimant et protecteur que l'on devine sans peine qu'il s'agit là d'une promesse pour la vie. Il s'empare de la bague cerclée de pierres précieuses et la glisse à l'annulaire de sa femme. Je déglutis avec peine et mes joues sont baignées de larmes. Je sens une petite main chaude agripper la mienne et porte mon attention sur Hunter qui s'est levé des genoux de Matt pour me tendre un mouchoir. Je m'accroupis et l'embrasse sur la joue.

— Merci, mon trésor.

— C'est Matt qui m'a dit de te le donner.

Il dépose un bref baiser sur ma pommette.

— Il faut pas être triste, Marraine, me chuchote-t-il.

— Au contraire, je suis très heureuse.

Je me redresse, gardant sa menotte dans ma main, et tamponne délicatement mes yeux. C'est au tour de maman d'exprimer ses vœux et, d'une voix affectée mais débordante d'émotion, elle se lance :

— Moi, Josy Helen Campbell, je te reçois Klint Elliot Wood, comme époux. Je promets de te rester fidèle, dans le bonheur et dans les épreuves, dans la santé et la maladie pour t'aimer tous les jours de ma vie.

Elle s'empare de l'anneau d'or et le glisse à l'annulaire de son homme. Je me fends d'un large sourire en assistant à l'impatience de Klint dont les mains encadrent le visage de sa femme. Il fond sur sa bouche avec une passion à peine contenue. Un baiser comme dans les films romantiques qui fait soupirer d'aise les femmes tandis que les enfants s'exclament avec un dégoût ponctué de beurk. Quant à moi, depuis la disparition de Beth, mon cœur n'a jamais débordé autant de tendresse et d'amour. Le prêtre pince ses lèvres d'amusement avant de renchérir :

— Vous pouvez embrasser la mariée.

Des éclats de rire et un tonnerre d'applaudissements accompagnent sa déclaration. Je pense aussitôt à Beth, qui de là-haut est certainement en train de fondre en larmes. Je resserre ma main dans celle de Hunter et lève les yeux en l'air en m'adressant à elle. *On t'aime si fort tous les deux. Tu as quelque chose à ajouter ?*

J'aimerais qu'à cet instant, elle me fasse un signe. Hunter s'échappe de mon étreinte et part rejoindre Matt. Quand nos regards s'accrochent tels des aimants, il me susurre du bout des lèvres.

— Je t'aime.

Il balaye l'autel d'une œillade intéressée et hausse un sourcil dans ma direction. *Cet homme est dingue !* Je ris en levant les yeux au ciel. C'est fou à penser, mais j'ai la sensation que ma sœur est avec nous et chérit tout comme moi ce moment comme un bien précieux.

Des bras m'enserrent les épaules et je respire à pleins poumons l'odeur fleurie qui a bercé mon enfance.

— Pourquoi tu pleures, mon ange ?

— Je suis si heureuse pour toi, madame Wood.

Le dos de ses doigts caresse ma joue.

— Je suis une femme comblée.

— Et Beth est avec nous, lui affirmé-je.

— Tu l'as sentie, toi aussi ?

J'opine de la tête.

— Cette journée ne pouvait pas être plus parfaite, me confie-t-elle.

— C'est vrai. Elle est parfaite !

Chapitre 36

Nous mangeons tous avec appétit les différents mets raffinés : des gambas, des poissons grillés aux herbes exotiques ainsi que des beignets croustillants farcis au crabe. *Un vrai régal pour les papilles !*

Comme les jeunes mariés sont friands des produits de la mer, j'avais utilisé la carte de visite d'Archer en réservant une table au Mambo's pour ses spécialités de La Nouvelle-Orléans. Les propriétaires ont fait en sorte de nous trouver un endroit à l'écart des autres clients. Abby et moi avons même pu venir très tôt ce matin pour décorer la table et les chaises pour le repas qui était organisé après la cérémonie.

Un gémissement de plaisir incontrôlé sort d'entre mes lèvres. Matt, en grande discussion avec Cooper, se retourne vers moi en étirant sa bouche d'amusement. Il plaque sa cuisse contre la mienne comme s'il voulait garder le contact entre nous. Pour ne pas me noyer dans son regard, je m'exclame :

— C'est délicieux !

— J'ai entendu ça.

Mes lèvres se tordent sur le côté en une moue malicieuse.

— Je peux goûter ton pulled pork ?

Il s'esclaffe.

— Fais-toi plaisir !

Je pique avec ma fourchette un morceau de porc effiloché bien juteux dans son assiette, le mets en bouche et le sens fondre sur mon palais. Il est encore meilleur que celui que maman prépare et qui était indétrônable jusqu'à maintenant.

— Il faudra qu'on revienne, lui annoncé-je. Il y a de nombreux plats que j'aimerais découvrir.

— C'est une invitation ?

— Évidemment, l'addition ne va pas se payer toute seule.

Nous rions et notre complicité me saute aux yeux. C'est si facile entre nous que je ne peux pas m'empêcher de le provoquer en léchant le jus de la viande du bout de ma langue. Il arque un sourcil, loin d'être dupe, mais reste trop sage pour moi. Je pioche un nouveau morceau dans son assiette et le mastique avec lenteur. Je m'apprête à darder le bout de ma langue quand il me prend de court. Son pouce essuie l'excédent de sauce sur mes lèvres et le suce avec une sensualité qui me coupe le souffle. *Bordel !* Je sens un fourmillement sur ma bouche suite à son toucher. L'envie aussi soudaine que féroce d'empoigner le col de son costume et de lui faire payer cette provocation m'envahit. Comme celle de me jeter sur ses lèvres et de l'embrasser jusqu'à lui faire perdre toute retenue.

Je reviens à la réalité quand je perçois le silence autour de moi. Je tourne la tête vers les personnes dont j'avais oublié l'existence. C'est-à-dire sept paires d'yeux d'adultes qui me dévisagent tandis que Matt se réjouit de la scène.

— Si vous le souhaitez, je peux faire sortir les enfants, se gausse Cooper.

— Il est même préférable qu'on sorte tous, renchérit Kelly.

Leur boutade déclenche un élan d'hilarité autour de la table, dont le mien alors que je suis certainement aussi rouge que le homard dans l'assiette de maman. Elle enveloppe ma main dans la sienne alors que chacun retourne à ses conversations. Même Matt est accaparé par la discussion entre Klint et Austin. Maman me dit d'un ton réjoui :

— Il y a vraiment quelque chose de spécial entre vous.

Abby, qui se tient en face de moi, ne perd rien de l'échange. Elle pose un coude sur la table, puis appuie son menton au creux de sa main.

— De puissant même, renchérit-elle en poussant un léger soupir de ravissement. J'espère que tu me laisseras plus de deux semaines pour organiser ton mariage.

On pouffe de concert.

— On va d'abord prendre le temps de se retrouver…

— Et de vous aimer, me taquine-t-elle.

— Aussi, rigolé-je.

Archer apparaît devant nous pour s'assurer que tout se passe bien. Son regard s'attarde sur Abby. Je pense que cet homme flirte comme il respire. Ce matin, occupée à la décoration des chaises, j'ai constaté qu'il avait toujours un sourire ou un mot gentil lorsqu'il croisait une femme dans son restaurant. Comme j'y ai eu le droit dans ma boutique ; mais quand il a vu Abby, il s'est transformé en un véritable tombeur. Je dirais même qu'il avait sorti tout l'arsenal pour la rendre sensible à ses charmes. Abby est restée agréable, mais indifférente à ses tentatives de séduction.

— Tu devrais laisser une chance à Archer.

Elle me fusille du regard, ce qui interpelle maman.

— Non. Cet homme drague comme il respire.

On est d'accord !

— Et alors ? C'est juste pour t'amuser.

Elle s'essuie les lèvres à l'aide de sa serviette.

— Je suis enceinte et j'ai des responsabilités, maintenant.

— Ton haricot n'est pas encore né, alors profite seulement.

Ses yeux s'emplissent d'indignation.

— Par respect, si. Aucun homme ne me touchera si mon bébé n'est pas aimé avant.

Je suis admirative de sa nouvelle résolution et en même temps, je m'inquiète du temps qui passera avant qu'un homme prenne soin d'elle aussi. Maman lui caresse la main.

— Comme nous, ton bébé a une chance incroyable de t'avoir, lui confie-t-elle.

— Tu vas être une fantastique maman, renchéris-je.

Elle retrouve le sourire, les yeux rendus humides par l'émotion.

— Merci.

— Oh, Josy, tu nous expliques ce que vous avez prévu pour votre lune de miel ? s'enquiert Kelly.

Maman a toute notre attention et nous relate les différentes étapes de leur voyage de noces. Beaucoup de marche en perspective, d'escapades, de visites et un plein de soleil. Ils partent pour l'Australie ce soir, plus précisément à Cairns pour sa barrière de corail qu'ils rêvent d'observer en plongée sous-marine, puis leur voyage se poursuivra en Nouvelle-Zélande pour la beauté de ses paysages atypiques et ses multiples randonnées possibles. Il y avait une offre qui était impossible à refuser et on s'est tous cotisés pour leur payer ce voyage inoubliable. Mais ce sont les jeunes mariés qui ont organisé tout leur périple. Seul bémol, pas de soirée dansante pour ce soir, mais on se rattrapera plus tard, histoire que toute notre grande famille se réunisse le plus souvent possible. Bon, connaissant tout leur périple par cœur, je porte mon attention sur la conversation entre Matt et Cooper sur les fluctuations et les risques en bourse. *De quoi me donner un sacré mal de tête !*

Mes lèvres s'étirent de satisfaction quand deux serveurs arrivent avec le gâteau de mariage.

— Oh mon Dieu ! s'extasie ma mère. Il est magnifique !

Un florilège d'exclamations et d'applaudissements retentit autour de la table jusqu'à étouffer le son des voix. Ils ne souhaitaient pas de discours pour leur mariage. Ça met mal à l'aise maman, qui reste une femme très pudique, surtout en public. Mais je veux qu'elle entende mes mots, ma déclaration d'amour à une femme et une maman exceptionnelles. Je m'approche d'elle, dont les yeux étincellent de joie, et lui susurre à l'oreille :

— L'amour que je ressens pour toi est au-delà des mots. Je veux le meilleur pour toi. Je veux continuer à voir le bonheur s'exprimer à travers tes larmes et tes sourires. À travers l'amour infini de ton mari et de ta famille. Je t'aime si fort, ma petite maman.

— Merci, mon bébé.

On se sourit avec une profonde tendresse tandis que Kelly, notre photographe attitrée pour le mariage, prend des clichés de la pièce montée sur trois étages. Elle est enrobée d'un glaçage blanc, agrémenté de zestes de citron vert, et d'un collier de roses en pâte à sucre, qui se décline en plusieurs couleurs pastel et qui s'enroule tout autour du montage. Lorsque tout le monde est servi, nous levons notre coupe de champagne pour trinquer à leur santé et dégustons le gâteau qui laisse peu de place à la parole, mais plutôt à un concerto de gémissements de plaisir.

Je plante ma cuillère dans la génoise qui est généreusement garnie sur plusieurs couches d'une crème fraîche et de fruits frais de saison. C'est une véritable explosion de saveurs en bouche ! Pour satisfaire les papilles des plus petits, Josh a remplacé la crème et les fruits frais par un trio de mousse au chocolat. Je souris en observant Hunter qui dévore sa part en quelques bouchées tout en se barbouillant la moitié du visage de chocolat. Ashley fait disparaître toutes les traces de sa gourmandise et je la remercie d'un hochement de tête. J'éclate de rire, suivie par les parents d'Aaron et Kyle, car ces petits garnements ont décidé de manger avec leurs doigts.

— C'est délicieux ! s'écrie Klint.

Des hochements de tête approbateurs suivent son avis puisque tous les convives ont la bouche pleine. Matt penche sa tête jusqu'à mon oreille, et je ressens notre attraction plus fort que jamais.

— Dis-moi ton secret pour que ce soit aussi bon.

— C'est fait avec amour, lui chuchoté-je.

Son sourire s'étire jusqu'à le rendre diablement sexy, puis ses doigts me massent la nuque. Je ferme les yeux et prends pleinement conscience qu'on va enfin pouvoir être une famille heureuse, maintenant.

***

Il est l'heure des adieux. Comme ça allait leur faire un grand détour de retourner jusqu'à leur appartement pour embarquer toutes leurs valises et prendre un taxi jusqu'à l'aéroport, Matt s'est proposé de les conduire lui-même. Il a installé leurs bagages dans le coffre de sa Camaro, la veille. Hunter les accompagne parce qu'il est toujours heureux de passer du temps avec Matt et que maman va lui manquer. Il observera surtout les avions décoller. Il adore ça !

Je serre maman dans mes bras au point de ne plus vouloir la lâcher.

— Profite bien de chaque moment ! Je t'aime.

— J'y compte bien. Moi aussi, je t'aime, mon bébé.

Klint a aussi le droit à un câlin.

— Amusez-vous comme des petits fous.

— C'est bien notre intention.

— Et n'oubliez pas les photos !

Il s'esclaffe.

— Tu peux lui faire confiance ! Il y a tout un pan de mur de notre appartement qui est prévu pour ça.

Oh, c'est certain ! Je tiens d'elle concernant tous les cadres photos des personnes que j'aime à l'entrée de mon appart. C'est hyper chaleureux, je trouve, et ça donne toujours le sourire quand je rentre chez moi.

— Julia ! m'interpelle Kelly. Ça irait plus vite si on te filait tous un coup de main pour ranger la salle du Rock Hell's !

J'ai l'impression qu'elle culpabilise, alors que toute la famille de Klint n'a pas hésité à faire le déplacement jusqu'à New York pour le mariage et que leur départ est prévu pour demain matin.

— Non, je t'assure que ça ira. Profitez plutôt de l'après-midi pour monter au sommet de la statue de la Liberté.

Elle me sourit.

— Merci, et j'espère bientôt te voir à Atlanta !

— J'ai ton numéro. Je n'y manquerai pas.

On s'étreint, suivi par toute la famille. Matt est sur le point de partir pour l'aéroport quand il m'avertit :

— Hunter veut dormir chez moi ce soir. Ça ne te dérange pas ?

Je m'attendais à tout, mais pas à cette demande… Ça signifie qu'on ne se voit pas ce soir ?… *Mais…* Mon froncement de sourcils semble l'amuser.

— Tu as eu une journée bien chargée. Tu as mérité d'avoir du temps pour toi en te prélassant dans un bain chaud avec un verre de vin blanc liquoreux comme tu aimes.

Je passe de la confusion à l'étonnement.

— Je n'ai pas envie de me retrouver seule ce soir ! Et ce n'est pas ce qui était convenu !

Mon aveu le réjouit au point qu'il me sourit en faisant chavirer mon cœur.

— Si tu acceptes de venir chez moi, ce sera selon mes règles.

— Quelles règles ? m'enquiers-je aussi surprise qu'intriguée.

— Trois règles. La première, tu ne dois poser aucune question.

Je plisse les yeux. *Il est en train de jouer, mais à quel jeu ?*

— La deuxième règle est que tu n'auras pas ton mot à dire sur mes décisions.

Je ris.

— Rien que ça ! À moins que je te supplie…

— Je suis sérieux, Julia, m'interrompt-il en me dévorant du regard. La troisième règle est qu'en venant chez moi ce soir, tu vas me prouver que tu me fais entièrement confiance.

OK, là, je suis perdue.

— Et je dois te le prouver comment ?

Il esquisse un rictus diabolique.

— En venant chez moi ce soir.

J'opine d'un signe de tête.

— Hunter et moi, on t'attend. Alors, fais vite !

J'ai la sensation qu'il a préparé un gros coup et mon esprit s'emballe à chercher la réponse. Il prend mon visage dans ses mains.

— Sur ce coup-là, tu vas devoir lâcher prise. Est-ce que tu m'aimes ?

— Oui, lui réponds-je sans réfléchir.

— Mon seul désir est de prendre soin de vous deux. C'est la seule chose que tu dois garder en tête.

Il me couve avec une telle intensité qu'une vague d'amour me submerge. Au fond de moi, je sais qu'il fera tout pour nous rendre heureux. J'arbore un sourire si lumineux qu'il comprend que je viendrai. Sa bouche fond sur la mienne en un baiser torride. Plus rien d'autre n'existe que nos deux corps réunis et toutes les fibres de mon corps qui lui hurlent mon amour. C'est lui qui y met fin à regret quand il doit partir.

En tête à tête avec Abby, je lui dévoile notre conversation et la seule chose qui l'intéresse est de savoir ce qu'il pourrait me réclamer sans mon accord.

— Oh, je sais ! Il va te demander en mariage !

Je rigole face à son délire plein d'enthousiasme. Mais cette idée me plaît plutôt bien.

— Ou alors un bébé !

Là, je rigole beaucoup moins. C'est déjà compliqué à gérer avec un enfant de six ans, alors avec un bébé…

— Il ne me demandera jamais ça ! lui assuré-je.

Elle lève un sourcil empli de provocation.

— Souviens-toi, ton homme ne fait jamais rien comme les autres.

Elle doit lire la panique dans mon regard et laisse éclater son hilarité.

— Mais ne fais pas cette tête ! On pourrait avoir nos bébés presque en même temps. Bon, si vous vous y mettez maintenant, on aura que trois mois d'écart.

OK, j'en ai assez entendu.

— Et dans cinq ans, riposté-je, ils auront cinq ans d'écart. Ce n'est pas mal non plus !

Son rire est si communicatif qu'il déclenche le mien.

Chapitre 37

Il est 20 h passées quand j'arrive devant l'immeuble de mon Gobi. J'appuie sur la sonnette et patiente.— T'es en retard.

Son petit commentaire d'accueil me donne le sourire. Je pousse la porte d'entrée sans un mot. Je marche dans le couloir jusqu'à l'ascenseur en ressentant une bouffée d'excitation déferler dans mes veines.

Dès que les portes métalliques se referment derrière moi, j'appuie sur le bouton de l'étage, retire mon manteau et inspecte ma silhouette dans le miroir. Mes cheveux cascadent sur mes épaules et encadrent mon visage de manière à mettre en évidence le rouge carmin de mes lèvres. La fente sur le côté de ma robe laisse entrapercevoir la fine bande en dentelle de mon bas. Je me sens sexy et désirable. Quand je sors de la cabine et marche dans le couloir, je le vois apparaître.

Oh mon Dieu !

Il est si sexy dans sa posture de play-boy. J'ai soif… Soif de lui. Les cheveux humides comme s'il venait de prendre une douche. *Miam.* Un bras négligemment pressé sur l'embrasure de la porte qui relève son tee-shirt pour dévoiler une bande d'abdos fermes. *Double miam.* Son pantalon de jogging tombe bas sur ses hanches et ses pieds nus mettent à mal mon self-control. Je m'aperçois trop tard que je suis devant lui en train de le dévorer des yeux quand son index se pose sous mon menton. D'une douce pression, il m'arrime à son regard de braise. Lui aussi a apprécié la vue. L'odeur de son produit de douche percute mes narines et me rappelle tous ces longs mois de solitude que je ne veux plus jamais revivre.

— Je suis là où j'ai toujours voulu être, lui déclaré-je avec détermination.

Un sourire d'un infini amour aux lèvres, il attrape ma main et me fait passer le seuil de son appartement. Dès qu'il a claqué la porte, je découvre les photos accrochées dans son couloir. Chacune d'elles s'imprime sur mes rétines et me bouleverse au point qu'une vague d'émotion embue mon regard. La plupart sont de Heaven et de Hunter. Toutes leurs sorties. Tous leurs moments de complicité. Leurs moments de franche rigolade. Tout est immortalisé sur son mur. Il y a aussi une photo de Hunter et de moi prise chez maman. Il a même exposé la photo volée de Heaven dans mes bras lors de la Nouvelle Année. Je mets une main sur ma bouche et ris de joie. J'ai la certitude absolue que mon cœur est entre de bonnes mains et qu'il ne sera plus jamais malmené.

— Je t'aime. C'est même plus fort que ça, lui révélé-je sans filtre en ôtant mes escarpins.

Ses grandes mains encadrent mon visage et il capture mes lèvres en un baiser fiévreux. Il dévore ma bouche avec une urgence presque brutale. Nos langues s'enroulent, tournoient et se repaissent l'une de l'autre, telles des affamées, réclamant toujours plus. Mes sens sont submergés par ce bonheur indescriptible que je ressens et je m'abandonne à mon homme.

— Beurk ! Vous êtes dégoûtants ! nous surprend Hunter.

Nos bouches se séparent et un froid insidieux me donne l'envie irrépressible de retrouver sa chaleur. Matt enlace ma taille et j'en profite pour poser ma tête sur son épaule en découvrant mon filleul qui arbore un grand sourire aux lèvres.

— Il faut que tu viennes voir ma chambre !

— Ta chambre ? m'enquiers-je en tombant des nues.

— Oui ! On va habiter chez Matt ! s'écrie Hunter, les yeux écarquillés d'émerveillement.

Et là, je percute ce que mon Gobi tentait de me faire comprendre cet après-midi et même depuis des semaines. Il veut prendre soin de nous et pour cela, on doit agir comme une famille.

— Marraine ! Il faut que tu viennes voir le ciel étoilé. Il fait *tout* le plafond ! C'est les photos du *platarome* !

— Planétarium, le corrige Matt.

Hunter opine de la tête sans toutefois répéter.

— Il y a l'étoile de maman et d'Amy ! Je peux *tout* le temps les voir !

— C'est Abby qui a fait toute la décoration de sa chambre, m'informe Matt.

C'est trop pour moi ! Je ne maîtrise plus mes émotions.

— Oh ! Pourquoi tu pleures, Marraine ?

Je m'essuie les yeux.

— Parce que je n'ai jamais été aussi heureuse, mon trésor.

— Ah, d'accord !

Il me prend la main pour me guider vers sa chambre. *Sa chambre !* Je n'en reviens toujours pas.

— Hunter, tu lui montreras plus tard. Marraine a eu une longue journée. Elle a besoin de prendre un bain.

— D'accord.

Encore ce mot qui étire mes lèvres de joie. Matt récupère une tablette sur la table de la salle à manger qu'il allume pour la donner à Hunter.

— Tu peux jouer aux voitures de course. Le jeu dont je t'ai expliqué les règles tout à l'heure.

Aux anges, il s'en empare et trottine jusqu'à sa chambre.

— Hunter ! l'interpelle Matt.

— Quoi ? demande-t-il en s'arrêtant.

— Il y a un minuteur. Quand le sablier s'affiche sur l'écran, tu nous ramènes la tablette.

— Oui, promis !

Impressionnée, je le regarde disparaître dans le couloir, puis reporte mon attention sur mon homme qui manipule sa montre. J'agrippe son tee-shirt dans mon poing et le propulse contre moi. Bouche contre bouche, je lui susurre :

— Je te dis oui à tout !

— J'y compte bien. Mais rappelle-toi, tu ne peux rien me refuser.

— Je serais folle de te refuser quoi que ce soit.

Mon sous-entendu sexuel ne lui a pas échappé.

— Je parlais de la tablette, le défié-je en pouffant.

— Trente minutes où je t'ai rien que pour moi. Je n'ai pas trouvé mieux pour ne pas être dérangé.

Il lève son poignet en l'air et découvre que le minuteur sur sa montre est activé.

— On pourrait d'abord le mettre au lit et on aurait tout le temps pour nous.

Il secoue la tête.

— On a plus important à faire, crois-moi.

Son regard empli de promesses me fait flancher.

— On va être de mauvais parents ! rigolé-je.

— Et il va adorer ça.

Je suis complètement folle de toi.

— Comme s'il pouvait en être autrement.

Ce soir, je suis vraiment sans filtre !

— Ah ton ego, c'est ce qui m'avait le plus manqué ! ironisé-je dans un soupir.

Il s'esclaffe et je lui fais les yeux doux.

— Je vais avoir le droit à un bain avec plein de mousse, minaudé-je.

— Et j'ai une bouteille de Moscato dans le frigo qui n'attend que toi.

Je m'approche de lui, orteils contre orteils, plonge mon regard lascif dans le sien. Je faufile mes doigts sous son tee-shirt jusqu'à son torse et caresse ses tétons. Il gonfle sa poitrine en une brusque inspiration. Mes ongles se plantent dans sa peau et tracent un sillon provocateur jusqu'à l'élastique de son pantalon de jogging. Ses paupières s'alourdissent de désir et son grognement m'enflamme. Je l'embrasse, puis lèche avec sensualité ses lèvres que je pénètre de ma langue en gémissant de plaisir. Il halète, mais ne réagit pas. Ses mains ne sont ni sur moi ni sur mon corps dévoré par la passion alors que j'en meurs d'envie. Pourtant, je le vois, il lutte.

— Fais-moi l'amour, lui chuchoté-je à l'oreille.

Un rictus suffisant rehausse le coin de sa bouche.

— Supplie-moi !

Je bascule la tête en arrière et ris à gorge déployée en m'éloignant de son corps beaucoup trop tentant.

— Tu ne lâcheras pas l'affaire, hein !

— Jamais.

— Tu veux que je te supplie ?… À genoux, peut-être ? ronronné-je.

Son regard se porte aussitôt sur mes lèvres encore gonflées par notre baiser et s'embrase pour devenir brûlant.

— Putain, j'en rêve ! Mais pas tout de suite. Sinon ça risque de ne pas être bon pour mon ego.

— Ton ego ! ricané-je. Il s'en remettra. Donc… J'ai gagné !

Il réduit la distance entre nous pour poser ses mains sur la cambrure de mes reins, son torse contre ma poitrine, son souffle incendie ma peau.

— Je te ferai tellement gémir de plaisir que tu me supplieras de te faire jouir.

— De belles paroles, Evans, riposté-je en inspirant une brusque bouffée d'air, plus excitée que jamais.

— Non, c'est une promesse, grogne-t-il.

Il empoigne la rondeur de mes fesses avec fermeté pour me plaquer contre le renflement impressionnant de son pantalon. Je frémis d'impatience et ondule :

— Tu m'as terriblement manqué.

— Ma queue ou moi ?

— T'es impossible ! gloussé-je, encore.

— Peut-être, mais je te garantis que tu vas adorer ça.

Je pose ma main sur son érection que j'enserre avec fermeté, la juste pression comme il aime pour qu'il halète, et exerce un lent va-et-vient pour le rendre fou.

— Et toi, tu vas adorer savoir que je ne porte aucun sous-vêtement.

Son grondement féroce lui fait perdre tout contrôle, il s'abaisse pour me faire basculer sur son épaule.

— Dans ma chambre, femme. Et tout de suite !

Nous rions aux éclats, mais quand la porte de sa chambre se referme derrière nous, seules nos respirations erratiques résonnent dans la pièce. Vu le peu de temps que l'on a devant nous, on s'empresse de se déshabiller sans détacher nos regards affamés l'un de l'autre. Notre alchimie sexuelle est plus forte que jamais. C'est la première fois que je suis excitée au point de comprendre que je vais jouir très vite. Alors qu'une lueur fiévreuse illumine ses iris, mon Gobi pose ses mains sur mon corps en prenant le temps d'en caresser, d'en effleurer et d'en flatter chaque partie. Il me donne l'impression de vouloir me vénérer comme si j'étais un bien précieux.

Oh mon Dieu ! Son attitude m'ébranle au plus profond de moi. Du bout des doigts, il trace une ligne le long de ma colonne vertébrale jusqu'à la cambrure de mes reins. Je papillonne des yeux et me laisse submerger par sa main qui câline amoureusement la chair ronde de mon sein et par la chaleur humide de sa langue sur la pointe durcie. Il happe mon téton et sa manière de le sucer déclenche une flèche de plaisir dans mon bas-ventre. J'empoigne son érection si chaude, si dure, si… Il rejette la tête en arrière comme s'il souffrait, puis plonge de nouveau son regard dans le mien. Je lis son désir fou de me posséder. Il respire fort tout en retirant ma main, ce qui me surprend. D'une voix écorchée, il m'explique.

— Non, d'abord toi. Ce sera toujours ton plaisir avant le mien… J'en ai besoin.

La gorge nouée par une boule d'émotion, il me soulève du sol en fondant sur mes lèvres en un baiser débridé. Allongé sur le lit, sa tête entre mes cuisses qu'il mordille, il enfonce ses doigts en moi, puis suçote et pince mon clitoris. J'arque le dos quand une chaleur brûlante se déverse dans mes veines. Sa main se pose sur ma bouche pour étouffer mon long gémissement, et au creux de mon oreille, il me susurre :

— Tu vas attirer une oreille indiscrète si je te laisse continuer. Mais au prochain round je prendrai le temps nécessaire pour que tu me supplies.

Mon gloussement meurt entre mes lèvres lorsqu'il me pénètre d'un profond coup de reins. Pour ne pas crier d'extase, mes dents happent sa veine gonflée que je suce avant de la mordre. Il pousse un juron et libère sa fougue. Je m'accroche à sa nuque et noue mes chevilles autour de ses hanches en suivant son rythme. Il se retire pour pouvoir mieux s'enfouir en moi avec ardeur. Je suis emportée par un tourbillon de sensations, par son souffle qui irradie ma peau de désir. Par l'expertise de son toucher. Par la chaleur grisante de son corps contre le mien. Par son amour qui se propage dans chaque fibre de mon être. Je cède aux affres du plaisir et suis balayée par une jouissance sans pareil.

Des baisers répétés sur mon visage m'arriment à la réalité. Ses prunelles me couvent de son amour lorsque je prends conscience que je sanglote. Rien n'a jamais été aussi fort. Aussi émotionnellement intense entre nous. Une pensée qui intensifie mes larmes.

Un sourire paresseux aux lèvres, il me confie :

— Bon sang, le sexe n'est jamais aussi bon qu'avec la femme qu'on aime.

Il se laisse tomber sur le côté pour basculer sur le dos et m'allonger sur lui. J'avais érigé un tel mur depuis notre séparation pour me protéger de tous mes sentiments pour lui. Pour anesthésier le souvenir de me sentir si aimée, si désirée entre ses bras.

— Je t'aime, lui répété-je parce que ces mots n'ont jamais sonné aussi vrai.

— Oh, mais tu m'aimeras encore plus quand Hunter sera couché.

Je ris. En parlant du petit loup, l'alarme sur la montre de Matt s'enclenche. Je l'embrasse et m'arrache à ses lèvres pour me lever et enfiler son peignoir. Au moment où Matt enfile son caleçon, la porte de sa chambre s'ouvre en grand et laisse apparaître Hunter qui lève la tablette en l'air.

— C'est fini ! Je peux encore jouer ?

Je m'apprête à lui répondre quand Matt me devance.

— Non. Il est l'heure d'aller te coucher.

Le sérieux de sa voix intime à Hunter de ne pas protester.

— D'accord ! Marraine, tu viens voir ma chambre ?

— J'arrive.

Avant qu'il disparaisse, Matt l'interpelle.

— Hunter !

— Oui ?

— À l'avenir, tu devras frapper quand la porte sera fermée.

— D'accord.

— Et tu attendras aussi avant de rentrer.

— Pourquoi ?

Soudain, ses yeux s'écarquillent d'horreur.

— T'es blessé !

Je suis son doigt et… *Oh mon Dieu !* Son torse nu garde à plusieurs endroits l'empreinte de mes ongles. De longues griffures zèbrent son torse nu, certaines plus rouges et plus profondes… *Oh bon sang !* Il y a même une morsure au niveau de son cou. Mal à l'aise face à mon lâcher-prise, je mordille ma lèvre alors que Matt croise les doigts derrière sa tête en arborant une expression amusée… Il semble même fier.

— Non. C'est une démonstration d'amour de ta marraine.

Face à la mine confuse de Hunter, je le fusille du regard. Il me provoque en se marrant.

C'est malin ! Comment vais-je rattraper le coup, maintenant ?!

— Bon, je vous laisse. Je vais faire couler un bain !

Quand il se retourne, c'est à mon tour d'écarquiller les yeux. C'est pire, vu de dos. *Oh, mon Dieu, mon Dieu !* J'attrape la main de Hunter et l'entraîne hors de la chambre.

— Il a quoi, Matt ?

Une idée germe dans mon esprit. *Il veut jouer, alors on va jouer !*

— Des démangeaisons.

— C'est quoi ?

— Tu as déjà eu une piqûre de moustique ?

— Oui !

— Eh bien, Matt souffre de démangeaisons, c'est comme des piqûres de moustiques. Et il en a partout !

— Oh ! grimace-t-il comme s'il compatissait.

On marche dans le couloir.

— Les marques que tu as vues, ce sont mes ongles.

— Tu l'as gratté trop fort !

Je mime une moue désolée.

— C'est vrai. Mais tu as vu comme il était content !

— Oui. Il est guéri ?

— J'espère ! Mais si demain, tu vois que ça le démange encore, tu voudras bien l'aider à se gratter ?

— Oui ! se réjouit-il.

— Ça lui fera super plaisir !

Il acquiesce d'un signe de tête quand je passe le seuil de sa chambre et découvre la pièce métamorphosée. Son lit est une cabane perchée à toit ouvert. Les murs sont recouverts d'un papier peint, comme s'il était au milieu d'un parc. Je le touche, car l'effet est très réaliste.

— C'est là où on va avec Matt !

— C'est Central Park ?

Il opine d'un signe de tête.

— C'est beau, hein ?

— Très beau.

Je suis impressionnée. Hunter a une vue directe sur le plafond étoilé. Les photos du planétarium sont bluffantes de réalisme.

— Là, regarde Marraine, il y a maman et Amy !

Il y a trop d'étoiles pour que je repère quoi que ce soit, mais je lui fais confiance.

— Elles brillent fort ! m'extasié-je.

— Oui ! pouffe-t-il.

J'enserre ses épaules pour le presser contre moi. Matt s'est surpassé. Cet homme ne fait en effet rien comme les autres. Je souris, me sentant vibrante de vie. J'ai beau l'aimer comme une dingue, quand il me cherche, il me trouve !

Épilogue 1

Point de vue de Matt, un an plus tard

Hunter joue son premier match de baseball. OK, c'est contre une petite école. Les gradins sont peu remplis, mais ce n'est pas une raison pour ne pas célébrer l'événement ! Je vérifie ma montre pour la énième fois et m'irrite de leur retard.— Ils vont arriver, me répète Julia en me charriant.

— Ils ont intérêt !

Elle se marre tandis que Josy s'éloigne du rang pour répondre à un appel.

— C'est un moment important pour notre bonhomme. Alors, autant mettre toutes les chances de son côté !

L'éblouissant sourire qu'elle me dédie apaise la tension en moi. Je tire sur sa queue-de-cheval et l'embrasse à pleine bouche. Elle me repousse en gloussant.

— Sois sage.

— Avec moi, c'est un mot à bannir.

Et pour lui prouver que je ne plaisante pas, je pelote son cul avant de lui administrer une claque.

— Matt ! s'indigne-t-elle en riant.

Elle zieute en direction d'Henry qui est venu encourager Hunter. Il est occupé sur son téléphone avec Klint qui s'est révélé aussi fan de baseball que moi. Tous les deux, on forme un bon duo. Quand je suis bloqué avec des rendez-vous, c'est lui qui accompagne les garçons à leur entraînement. Je reporte mon attention sur ma diablesse qui est hyper sexy avec son sweat moulant à l'effigie de l'équipe des Inwood de Manhattan.

— Ce soir, Hunter dort chez ta mère, lui chuchoté-je à l'oreille. Tu es toute à moi !

— Si j'étais toi, je ne miserais pas dessus.

J'aime quand elle joue dans le but de se faire désirer. Je tapote la visière de sa casquette et me laisse prendre dans ses filets.

— Je suis pourtant prêt à miser gros.

Ma réponse lui plaît. Ses yeux flamboient de malice.

— J'ai acheté une nouvelle cravate en soie.

J'aime encore plus quand elle me provoque.

— J'ai hâte que tu t'exerces sur moi.

— Je t'encourage même à devenir impatient.

Je libère un éclat de rire. Il faut toujours qu'elle ait le dernier mot. Je laisse couler, car au final, on sera tous les deux gagnants. Un mouvement sur le côté attire mon attention. J'aperçois ma frangine qui porte Heaven dans ses bras. Ma filleule m'accompagne souvent aux entraînements de Hunter et en l'observant, j'ai vraiment eu une idée de génie et arbore un sourire qui transpire la satisfaction. En tant que grande supportrice, elle est affublée d'un sweat épais et de la casquette à l'effigie de l'équipe de Hunter que j'ai fait confectionner sur mesure pour elle.

— Oh, mais elle est trop chou ! s'extasie Julia.

C'est vrai ! Mon sourire s'agrandit quand Heaven me repère. Elle gesticule pour se libérer de l'étreinte de sa mère et une fois les pieds à terre, du haut de ses dix-huit mois, elle trottine jusqu'à moi. Sa joie de me voir m'envoie toujours ce shoot de bien-être dans les veines. Je m'accroupis et tends les mains vers elle. Elle me percute en rigolant, puis se presse contre mon torse. Je la soulève dans mes bras en l'embrassant.

— Bonjour, ma p'tite puce.

— Coucou, me répond-elle en faisant claquer ses lèvres contre ma joue.

Elle a hérité des yeux gris de son père et de la beauté de sa mère. Un beau mélange qui m'amène souvent à me demander à qui ressemblera le plus notre enfant plus tard. Si c'est un petit mec, il faut absolument qu'il ait mon regard. Il les fera toutes craquer !

— Hunter ! s'excite-t-elle dans mes bras en l'apercevant.

Elle lève sa main en l'air pour lui faire signe, mais il est bien trop concentré sur les instructions de son coach pour lui prêter attention. Lilou me frotte le dos en signe de bonjour et je lui réponds en lui décochant un clin d'œil.

— Hunter ! répète Heaven en riant juste en le regardant.

Elle en est folle !

Hunter n'est peut-être pas de mon sang, mais il a déjà chopé certaines de mes manies pour séduire les filles. Autant avouer qu'il fait déjà ma fierté !

Julia lui caresse la joue, mais Heaven garde les yeux rivés sur le terrain.

— Neal ne vient pas ? m'enquiers-je.

— Non. Il a accepté un rendez-vous de dernière minute, m'informe-t-elle, un sourire serein vissé aux lèvres.

Rendall est un véritable acharné, il ne lâche rien. Quant à moi, je bosse beaucoup et suis toujours très bon dans mon domaine ; toutes mes réussites de ces derniers mois le prouvent. D'ailleurs, mon ex-mentor a renouvelé plusieurs contrats même s'il a mis du temps à comprendre que l'échec n'était pas une option chez moi. Mais être le meilleur ne m'intéresse plus, du moins pas à n'importe quel prix. Ma famille reste ma priorité et j'ai toujours honoré cette promesse quand Julia m'a donné une seconde chance. Pour le reste, je m'adapte même si mes nuits sont courtes, voire très courtes. Et depuis, je me trouve sacrément chanceux.

Les défenseurs se dispersent pour gagner leur poste, ce qui me sort de mes pensées. Hunter rejoint le banc. Il jouera plus tard, apparemment. Il nous dévoile un immense sourire en nous faisant un signe discret de la main. Heaven se déchaîne dans mes bras, prête à lui courir après s'il lui demandait. J'éclate de rire face à son enthousiasme délirant. Je dévisage Lilou.

— Elle n'est pas trop jeune pour tomber amoureuse ?

— Je te dirais que si, mais maintenant… J'ai un sacré doute, pouffe-t-elle.

Je lui chatouille le ventre et lui confie.

— Papa a du souci à se faire.

— Hunter ! me répond-elle comme si rien d'autre ne comptait.

Son cri du cœur déclenche notre hilarité avant que mon attention ne soit absorbée par le jeu.

Hunter file comme une fusée sur l'outfield[1] pour attraper la balle que le batteur vient d'envoyer dans son champ. Je dois reconnaître que le petit gars de l'équipe adverse a une dextérité qui surpasse ses coéquipiers et ses coups sont puissants pour son jeune âge. Les femmes poussent des cris d'encouragement qui semblent faire leur petit effet. Hunter la rate de peu, mais il accélère sa foulée pour la récupérer en un temps record. Dès qu'il l'a en main, il la renvoie droit au joueur de champ de la base 2 qui élimine l'attaquant qui était sur le point de toucher sa base.

— YES ! hurlé-je avec joie.

— YES ! m'imite Heaven qui se tient debout sur un des sièges en plastique.

Je la regarde et m'aperçois qu'elle a brandi son poing en l'air tout comme moi. Je me marre et embrasse le haut de sa tête.

— Il est bon, notre petit, intervient Klint.

— C'est le meilleur. Hein, ma puce ?

— YES ! répète-t-elle, accompagnant son cri de supportrice d'un poing en l'air.

Nous sommes plusieurs à rire. Pour moi, Hunter est le meilleur de son équipe. Il est le CF[2] de son équipe. Le coach l'a choisi car il est le plus rapide

1. Champ extérieur : désigne l'aire de jeu située au-delà du champ intérieur, c'est-à-dire au-delà des quatre bases, où évoluent en défense les joueurs de champ intérieur et les coureurs en attaque.

2. Joueur du Center field (champ extérieur centre)

sur le terrain. Sa vitesse, combinée à sa puissance pour renvoyer les balles, fait de lui un très bon élément.

Le jeu se poursuit et les balles fusent plus souvent vers les joueurs du champ intérieur qu'extérieur. Ce qui laisse peu l'occasion à Hunter de jouer. Mes iris s'arrachent du terrain quand j'aperçois Abby arriver vers nous avec sa fille, cachée à moitié dans le porte-bébé. Je constate que Tammy a les paupières fermées, puis m'attarde sur les traits tirés et les cernes de la maman. *Eh bien, les nuits sont toujours aussi courtes !*

— Oh ! se réjouit Julia. Tu as pu venir !

— Oui. Je me suis dit que ça nous ferait du bien de prendre l'air.

Un silence flotte entre elles.

— Et toi, ça va ? s'enquiert Julia.

Je connais cette intonation préoccupée et zieute dans sa direction. C'est de l'inquiétude que je lis dans son regard. Tammy approche des quatre mois et il est rare qu'elle fasse des nuits complètes. Au point qu'il arrive de plus en plus souvent à Julia de découcher pour aider notre jeune mère célibataire.

— Elle a dormi cette nuit ? l'interroge Josy.

— Elle s'est réveillée trois fois, soupire Abby. Il m'a fallu un temps fou pour la rendormir.

— Laisse-moi la garder cette nuit, lui répond Josy.

— Oh, non ! Ça va aller. Demain on est dimanche et j'en profiterai pour faire la grasse matinée.

Je les abandonne à leur discussion et reporte mon attention sur le terrain. L'équipe de Hunter est maintenant passée à l'attaque. Chacun des joueurs va être frappeur[1] à son tour et Hunter est le sixième sur la liste. Il nous faudra patienter un peu avant de pouvoir l'encourager. Et quoi de mieux pour nous faire passer le temps que les pleurs déchirants de Tammy qui fendent l'air. Julia attrape la petite pour la caler contre sa poitrine, mais événement plutôt étonnant, les pleurs redoublent d'intensité. Heaven réclame les bras de sa mère et se bouche les oreilles. Quant à Abby, elle semble être au bout de sa vie. Des personnes se retournent sur notre groupe en nous jetant tantôt des œillades curieuses tantôt des œillades irritées. Je n'ai pas spécialement envie que l'agacement gagne le terrain alors je prends les choses en main. Je tends les mains vers Julia.

— Donne-moi la princesse.

— T'es sûr ?

Je m'occupe peut-être rarement de la petite, mais mon expression se passe de mots et Julia s'exécute. Je la cale contre mon torse et pose ma paume sur sa nuque, puis la berce. Je me souviens qu'avec Heaven, il suffisait que je chantonne pour la calmer alors j'appuie ma joue contre son front et tente ma chance. Il faut un peu de temps pour qu'elle s'apaise enfin sous les regards admiratifs des femmes. Un homme de mon âge, affublé d'une écharpe bleue et rouge à l'effigie des Inwood, se retourne et me décoche un sourire avenant.

— Hunter Stroms est votre fils ?

— Oui.

Je ne suis même pas surpris de le dire à voix haute. C'est venu assez naturellement. Parce que dans le fond, c'est ce qu'il est : un fils pour moi. Pas besoin

1. Le frappeur est le joueur attaquant qui détient la batte.

de liens du sang pour que notre relation soit forte. Il m'a choisi et je me suis laissé aller à l'aimer. J'ai succombé à son affection et je me suis senti grandir de l'intérieur. C'est grâce à lui que Julia m'a accordé une seconde chance. J'ai une sacrée dette envers lui.

— Il est doué, votre petit.

— Je me disais la même chose.

Même si je le dis avec une note d'humour, je n'en pense pas moins. Il s'esclaffe.

— Le numéro 21, c'est mon fils, Erik Ruffalo. Il est RF[1].

Erik et Hunter sont deux joueurs de la défense du champ extérieur.

— Ils forment un bon duo, lui confié-je après avoir assisté à plusieurs entraînements.

Ma confidence le réjouit.

— Le coach est de cet avis. Moi, c'est Noah.

Il me tend une main que je serre en retour.

— Et moi, Matt.

— Il y a bientôt le match des Mets de New York contre les Giants de San Francisco. Ça te dirait qu'on y aille ensemble ?

Hunter n'a encore jamais assisté à un match de la MLB[2], c'est une nouvelle qui va l'emballer à coup sûr.

— C'est le 18 avril, m'informe-t-il.

— C'est une proposition qui ne se refuse pas ! Merci.

Il ébauche un sourire plein de satisfaction.

— Plus nos gamins passeront de temps ensemble, plus ça se ressentira sur le terrain.

1. Joueur du Right field (champ extérieur droit)
2. Ligue majeure de baseball

Je lui adresse un rictus de conspirateur. *Pas faux !*

Sa femme lui envoie un coup de coude plein de panache pour l'avertir que leur fils est le prochain batteur. Je me tourne vers Henry qui a écouté notre conversation et me déclare :

— Hunter va adorer ! m'annonce-t-il, des étoiles plein les yeux. Moi, j'avais été voir les Yankees de New York contre les Red Sox de Boston. J'ai halluciné tellement c'était génial !

— Eh bien tu vas encore plus halluciner avec les Mets de New York !

Il écarquille les yeux de surprise.

— Je vais venir avec vous !

— Yep.

— Oh, merci, Matt ! C'est trop cool !

On exécute un *high five*. Il ne faut pas grand-chose pour faire le bonheur d'un enfant. Je dévisage Klint.

— Ça t'intéresse aussi ?

Il me met son écran de téléphone sous le nez.

— Carrément. Je m'occupe de réserver nos places.

Je lève mon pouce en l'air et pivote la tête vers Julia qui a son regard braqué sur moi. D'un signe de l'index, elle me fait signe de me rapprocher d'elle. Ses yeux mordorés scintillent d'émotion. Je dirais même qu'elle est à deux doigts de verser une larme. Je fronce les sourcils de confusion et m'exécute, puis j'agrippe sa nuque que je masse.

— Qu'est-ce qui se passe ?

— J'aime te voir avec un bébé dans les bras. Mais j'aime encore plus t'entendre dire que Hunter est ton fils.

Une larme solitaire chute sur sa joue. Je n'ai pas fini de la surprendre. Je m'approche de son oreille et lui susurre.

— J'avais l'intention de t'en parler quand nous serions tous les deux. Mais c'est l'occasion parfaite pour faire ma demande.

Je fais exprès de faire durer le suspense, ce qui ne manque pas de provoquer son impatience. Elle redresse sa tête pour plonger son regard empli d'interrogations dans le mien.

— Quelle demande ?

— J'aimerais adopter Hunter.

— Tu veux...

Elle en perd ses mots.

— Est-ce que tu es d'accord ? Parce que je voudrais qu'il devienne officiellement mon fils.

— Mais oui ! Bien sûr que je le veux !

Elle niche son visage au creux de mon cou et se laisse aller à des larmes de bonheur. Il est temps que je calme son élan de sensibilité. Elle est en train d'attirer la curiosité des autres femmes du groupe et, les connaissant, ça va dégénérer en mièvrerie si elles apprennent la nouvelle.

— Ne t'emballe pas trop vite ! la charrié-je. Si je le fais, c'est uniquement pour voir Hunter porter mon nom sur le terrain.

Elle bascule sa tête en arrière pour laisser éclater son hilarité. J'ai un don certain pour la faire rire. Et son rire !... *Bon sang, j'en suis dingue !*

Je lui arrache un baiser au passage, et elle dégage cette sérénité qui me rend heureux.

Épilogue 2

♫ *Happy*
Pharrell Williams ♫

Point de vue de Hunter, cinq ans plus tard

— Vas-y, fiston !

Mon père gueule plus fort que les autres, ce qui me fait sourire. Mais je dois me concentrer sur ce que tout le monde attend de moi : envoyer la balle le plus loin possible pour que nous marquions le dernier point, et ainsi remporter mon premier match officiel.

C'est dans mes cordes !

Le coach dit que je suis doué pour le baseball et qu'à douze ans, je suis le plus rapide de mon équipe. J'ai toujours été le plus rapide !

Je mouline la batte dans ma main pour m'échauffer et ne perds pas de vue le lanceur de l'équipe adverse, Brad, qui me dévisage avec un sale sourire aux lèvres. Il est sûr que je vais rater, que je suis incapable de réceptionner une de ses balles. *Mais il se trompe ! Je peux le faire !*

Il est peut-être plus expérimenté que moi, mais je suis têtu et passionné comme ma mère ; enfin ça, c'est d'après ce que me rabâche mam's, car moi, je ne me souviens plus trop.

J'attrape le médaillon à mon cou et le serre entre mes doigts. C'est mon porte-bonheur. Maman et Amy sont là pour moi et de là-haut, elles me regardent. Mam's en est persuadée et, moi, je la crois. Cette victoire, c'est pour ma famille que j'ai perdue trop tôt, alors je joue surtout pour elles. Je veux qu'elles soient fières de moi. Mam's me dit que c'est important de ne pas oublier les personnes qu'on aime ; même si mes souvenirs sont de plus en plus flous, je sais qu'elles auront toujours une place à part dans mon cœur. Je porte le médaillon à mes lèvres et l'embrasse juste avant que le jeu commence.

Je cligne à peine des yeux que la balle fuse à une vitesse hallucinante et… je la rate. *Bordel !* Et je n'aime pas la sale tronche du pitcher[1].

Je peux le faire ! Je dois me concentrer et ne pas me laisser envahir par le stress ! me répété-je comme papa me l'a appris. Alors, j'agrippe de nouveau mon porte-bonheur et regarde le ciel, puis je serre très fort mes doigts autour de la batte.

C'est pour vous !

Et je sais que cette balle-là, je ne la louperai pas. Je fais abstraction des hurlements de toute ma famille qui est venue m'encourager et ancre mes pieds bien au sol.

C'est parti !

Et cette fois, je vois la balle arriver comme une fusée vers moi. Je comprends que c'est un lancer courbe et mes mouvements accompagnent à l'instinct ma batte pour la percuter de plein fouet. Je n'en reviens pas de l'envoyer aussi loin dans les airs, mais je n'ai pas le temps d'observer sa trajectoire

1. Lanceur

que je me mets à courir avec la rapidité d'une flèche. J'atteins la première base et continue ma course jusqu'à la deuxième. Même si je suis éliminé, c'est pas grave, car Max est en train de courir jusqu'au marbre[1] et on va marquer ce dernier point pour gagner.

Soudain, mon cœur bat plus fort d'horreur, car je vois du coin de l'œil le joueur de champ qui a réceptionné ma balle bien trop vite, et la renvoie au défenseur qui se tient près du marbre. Max n'arrivera jamais à terminer sa course à temps. Je me propulse en l'air et retombe violemment sur la seconde base. Je regarde impuissant mon copain plonger sur le marbre comme moi, mais le défenseur a déjà chopé la balle qu'il lève victorieusement en l'air en touchant Max au passage.

Putain, j'y crois pas ! Il est hors course !

Maintenant, tous les espoirs de mon équipe reposent sur moi et j'ai les jambes qui deviennent toutes molles de stress. Comme un besoin, mes yeux cherchent mam's et papa qui sont debout à me hurler à grands cris leurs encouragements. Ils croient si fort en moi que je ne veux pas les décevoir. Jamais. Ni même mon coach qui me fixe avec son petit sourire confiant et qui me dit que je peux le faire. Une main posée une dernière fois sur mon médaillon, un pied placé en arrière et les jambes pliées pour mieux m'élancer, j'attends que Jamie envoie la balle au plus loin avec sa batte.

---

1. Base servant de zone de départ (endroit où se positionnent les joueurs pour frapper), mais aussi de zone d'arrivée, un point étant inscrit lorsque le coureur touche le marbre après avoir fait le tour des 3 bases

Allez Jamie, tu peux le faire !

Et il le fait super bien, d'ailleurs. Je décolle très vite de ma base pour rejoindre la troisième tandis que le joueur de champ se précipite pour attraper la balle et la manque de peu, ce qui lui fait perdre un temps fou pour la récupérer. Alors, je profite de cette faille pour courir comme un dératé, comme si j'avais le diable aux fesses. Je sens l'adrénaline et le goût de la victoire couler dans mon sang. Mon seul objectif est d'atteindre le marbre, ce que je parviens à faire sous un tonnerre d'applaudissements, d'exclamations et de hurlements de joie du public et de mon coach. Toute mon équipe me saute dessus en criant comme des excités. Je ris fort tellement je suis heureux. Je finis par me relever en brandissant mon poing en l'air tandis que le coach avance vers moi.

On a gagné, et c'est grâce à moi !

Cette victoire est pour vous, pensé-je en levant mes yeux vers le ciel.

— C'est bien joué, Arrow[1], me félicite-t-il en frictionnant ma tête de sa grosse main.

Je déteste ça, je n'ai plus six ans !

— Merci, coach.

J'attrape mes affaires, file vers la sortie et suis accueilli avec beaucoup d'enthousiasme par mam's qui me prend dans ses bras. J'essaye de ne pas me faire écraser par son gros ventre de femme enceinte.

— T'as été fantastique ! Époustouflant, mon trésor ! Je suis si fière de toi.

Je lui souris, touché par ses mots, et dois me retenir de rire, car elle est à deux doigts de pleurer.

---

1. Flèche

La grossesse la rend *super* sensible. Ces temps-ci, elle verse une larme pour un rien.

— Merci, mam's.

C'est dingue, ça fait des années que je l'appelle comme ça et elle est toujours aussi émue lorsque je lui dis.

— J'ai dédié ma victoire à maman et à Amy. J'ai voulu gagner pour elles.

— Tu es merveilleux ! Elles aussi doivent être super fières de toi, tu sais.

Et voilà ! Elle se met à pleurer pour de bon. Je ne peux pas m'empêcher de lever les yeux au ciel et de lui rendre son câlin avec le sourire. Je dois juste attendre que ça lui passe tandis que papa en profite pour me claquer affectueusement sa main dans le dos.

— Bravo, fiston. T'as joué comme un champion !

— Ouais, c'était intense.

— Tu as été impressionnant ! Et j'ai tout filmé, me dit-il en levant en l'air sa caméra.

Je me sens rougir de plaisir alors que papa dresse son pouce en l'air et s'amuse de voir mam's qui refuse de me lâcher. Je vois bien qu'il se retient de rire et… moi aussi.

Matt, je l'ai très vite appelé papa, ça m'est venu comme ça. Il est génial et il fait tout comme un vrai papa, encore mieux même. J'ai des copains qui sont jaloux de moi et qui voudraient que leur père soit comme le mien. C'est vrai qu'il est tout le temps présent pour moi, il m'accompagne et m'encourage souvent aux entraînements. Mais ce qui est vraiment cool, c'est que l'on continue chaque semaine à parcourir la ville avec notre appareil photo en main.

On a même pris des cours de photographie pour se perfectionner, et j'adore ça !

Dans notre nouvel appartement qu'ils ont acheté parce que notre famille s'agrandit, papa a installé une petite chambre noire pour développer nos clichés. D'après mam's, on est doués et on pourrait un jour exposer. Mais nous, on n'y croit pas trop. Papa dit que c'est l'enthousiasme d'une femme qui nous aime. Enfin bref, le jour où je l'ai entendu m'appeler fiston, moi, je l'ai appelé papa. Il m'a souri, et ça l'a même rendu heureux. Je me souviens qu'il a tout fait pour l'officialiser et il m'a adopté. Il a rempli des papiers et je suis devenu son fils, Hunter Evans Stroms. Ça s'est fait comme ça, et c'est vraiment cool !

Avec *Marraine Lily*... Ça fait bizarre quand je le prononce, ça fait tellement longtemps que je ne l'appelle plus comme ça. Une fois, j'ai entendu une copine à l'école qui avait deux mamans et elle les appelait maman et mam's, alors j'ai voulu faire pareil. Moi, j'aime bien mam's, et un jour j'ai décidé d'appeler Marraine comme ça. Ça sonnait mieux dans ma bouche. À ce moment-là, elle n'était pas enceinte, mais elle a éclaté en pleurs et j'ai cru avoir fait une bêtise. En fait, elle était super touchée, elle a fini par m'avouer que c'était une merveilleuse idée et qu'elle était fière d'être ma deuxième maman.

Papa dit que c'est normal si les gonzesses pleurent beaucoup, c'est parce qu'elles ont besoin d'être câlinées et de se sentir tout le temps aimées. Mais moi, je n'aime plus trop ça, même s'il dit que ça changera quand je serai plus grand. *Ouais, mais non !* J'ai déjà assez de Heaven qui me colle comme une sangsue tout le temps.

— Aaaarooow !

Qu'est-ce que je disais !

Elle court vers moi avec un cri hyper puissant qui dépasse celui de toute mon équipe réunie. Mes copains de baseball qui passent à mes côtés ricanent et me crient pour s'amuser :

— T'as une nouvelle amoureuse, Arrow !

Je souffle de ras le bol et les ignore, puis je me tourne vers Heaven. Ses longs cheveux bruns volent à chacun de ses pas. À peine parvient-elle à ma hauteur qu'elle enroule ses bras autour de ma taille et son sourire lui arrive jusqu'aux oreilles.

— T'es *super* fort ! Papa dit que t'es un champion. Tu m'épouseras quand on sera grand. Hein, dit ?

Je tente de détacher ses bras de moi, mais elle est forte pour son âge. Quand j'y arrive, elle revient à l'attaque, suivie par Tammy, la fille d'Abby, qui l'imite et me voilà pris au piège par quatre tentacules hyper collants. *Les filles, c'est super chiant !*

Ça fait rire encore plus fort les gars de mon équipe. Je me retiens de leur faire un *fuck*, car Neal s'approche de nous et il fait fuir mes copains en les regardant avec une expression trop sérieuse. Ils courent en rigolant et je me marre à mon tour.

— Moi aussi, j'veux m'marier avec toi, ajoute Tammy.

— Non, je ne veux pas vous épouser. Vous êtes encore des bébés ! leur réponds-je, agacé.

Le visage de Heaven exprime toute sa tristesse et sa lèvre se met à trembler. *Ah non pas encore !* Je me décroche de leur étreinte quand Neal vient à mon secours.

— Tu as encore brisé le cœur de ma fille ! Viens là, mon cœur.

Il me fait un clin d'œil amusé et la prend dans ses bras. Elle pleure à gros sanglots. Je m'en veux d'avoir été si dur. Quant à Tammy, elle continue à me sourire, indifférente au cinéma de sa copine, et me dit :

— Tu viens jouer avec moi ?

Pitié ! Je veux rentrer à la maison et jouer à Minecraft avec Kellan. Je me force à être gentil, mais après je me tire.

— Une autre fois, Tammy. J'ai un copain qui m'attend chez moi.

— D'accord.

Tatie Abby se dirige vers nous et caresse la tête de sa fille en me souriant. C'est fou comme elles se ressemblent ! Tammy a des cheveux blonds qui lui arrivent jusqu'en bas du dos et elle a les mêmes yeux verts que tatie, un vert très beau à regarder. Elle m'explique :

— Les filles ont été de fabuleuses supportrices ! Elles ont crié comme des petites folles hystériques quand tu as gagné ! Je pense que ton père a tout filmé.

À ce souvenir, Tammy tape fort dans ses mains comme si elle m'applaudissait encore. Elle est rigolote et me fait souvent rire.

— Et toi non, peut-être, ricane Neal. T'étais pire qu'elles, à hurler et à sauter en l'air comme une maman kangourou.

Il fixe sa fille qui pouffe d'amusement, suivie par Tammy. Il est trop cool, Neal ; je l'aime vraiment bien. Il sait redonner le sourire à Heaven.

— J'avoue ! Je n'ai jamais aimé le baseball. Mais toi, mon chéri, tu me le fais adorer, me confie-t-elle avec un grand sourire.

— Tu ne serais plus ma tante si tu n'aimais pas le meilleur sport au monde.

Elle éclate de rire.

— Tu n'as pas tort. Bon, on doit filer, mais on se voit ce soir.

— Ah ouais ? lui dis-je, surpris.

— Yes. Vous venez manger à la maison.

— Je ne savais pas.

— Je vais te préparer un cheeseburger que je réserve pour les champions avec trois tranches de fromage comme tu aimes, me répond-elle en me faisant un clin d'œil.

— Moi aussi je veux manger avec Hunter et Tammy ! s'écrie Heaven.

— Non. Ce ne sera pas possible.

Elle fait une moue de mécontentement, mais n'ajoute plus rien.

— Tu es une femme selon mon cœur, tatie, déclaré-je en lui rendant son sourire.

Je prends exemple sur papa qui le dit tout le temps à mam'S. Elle rigole.

— Continue comme ça, mon chéri, tu vas en faire craquer des filles.

— Non, grondé-je. J'aime pas les filles !

— Ça changera, je te le promets.

— Vous dites tous ça ! râlé-je.

Elle secoue la tête en riant.

— Bon à ce soir, mon chéri. Neal à la prochaine !

Elle se penche vers Heaven pour lui donner un baiser.

— Tu as pleuré ? l'interroge-t-elle, inquiète.

Comme d'hab, Heaven ne me trahit pas ou ne m'accuse pas. À la place, elle cache son visage dans le cou de son papa.

— Rien de grave, lui répond Neal. Ça lui passera.

— Hunter dit qu'on est des bébés, cafte Tammy. Il veut pas se marier avec nous.

Abby rit fort en me scrutant.

— Si tu tiens de ton père, Julia a du souci à se faire.

— Pas faux ! ajoute Neal en riant aussi.

Je soupire, je n'aime pas quand ils disent ça. Quand Abby et Tammy sont parties, je me retourne vers Heaven et m'en veux de l'avoir fait pleurer. Je n'aime pas la voir aussi triste à cause de moi, alors je m'approche de Neal et déclare :

— Ne pleure plus, Heaven, t'es ma super copine. C'est plus important pour moi que de me marier.

Elle passe son poing sur ses yeux et son sourire s'agrandit. *Elle est jolie !* Elle quitte les bras de Neal pour se tenir debout face à moi, puis elle me dit :

— Je t'aime, Arrow.

— Je t'aime bien aussi, Princesse.

— Bon sang ! rigole Neal. Je suis d'accord avec Abby, tu vas en briser des cœurs.

Je ne comprends pas tout ce qu'il me dit, mais si je peux être aussi bon que papa, alors je suis trop fier. Lilou nous rejoint, elle porte Faith dans ses bras qui dort. Elle est toute petite, c'est encore un bébé. *Et c'est encore une fille !* Heureusement que je vais bientôt avoir un petit frère : Ashton. C'est moi qui ai choisi son prénom, et je suis impatient de pouvoir lui apprendre plein de trucs.

— Hunter, tu es vraiment doué, me félicite Lilou. C'était un beau match que tu as joué.

— Cool ! Merci.

— C'est le meilleur ! crie Heaven.

Elle est toujours enthousiaste à tout ce que je dis et elle sait garder un secret. Elle est la seule à savoir que mon rêve est de passer pro en baseball et que je veux en faire mon métier plus tard. Je m'entraîne dur pour ça.

Je passe mes bras autour de ses épaules et dépose un bisou sur son front.

— C'est toi qui es la meilleure.

— Je sais ! Et un jour, tu m'épouseras.

Impossible de ne pas rire face à son obstination. Même ses parents rigolent avec moi. Après lui avoir dit au revoir, je vais voir Granny et Granpa qui m'accueillent à bras ouverts et je m'y réfugie.

— Tu es rapide comme l'éclair, mon ange.

— Comme une flèche, Granny, la corrigé-je en lui souriant.

Si je cours aussi vite, c'est aussi grâce à Granpa qui m'entraîne chaque week-end sur la piste d'athlétisme. Il était comme Usain Bolt quand il jouait au football américain et c'est lui qui m'a surnommé Arrow.

— Tu as fait preuve de beaucoup de sang-froid, me dit-il.

— Nous sommes fiers de toi, m'assure Granny.

— Je suis non seulement fier de toi, mais aussi très impressionné, me confie Granpa.

Merde ! Je me transforme en mauviette comme mam's, j'ai envie de pleurer tellement ça me rend heureux. Je hausse les épaules et joue avec un caillou que je fais glisser sous la semelle de ma chaussure.

— C'est grâce à toi, Granpa.

— Non. C'est le résultat de ton investissement et de ton travail.

— C'est cool, alors.

Je sens ma voix qui déconne. Sa grande main se pose sur ma tête et me propulse contre son torse. C'est sa façon de me montrer qu'il m'aime et de cacher ma gêne.

— C'est plus que cool, ajoute-t-il.

Du coin des yeux, je vois mam's et papa qui se font encore des câlins. Ils n'arrêtent jamais. Papa passe son temps à caresser le ventre de mam's et à parler à Ashton. *Non, mais sérieux ! Comme s'il allait lui répondre !* Il est grave quand même. Je trouve ça con de parler à un gros ventre. Mais je ne lui dis pas, car il prend trop son rôle à cœur et que ça rend mam's très heureuse. En plus, il ne peut pas s'empêcher de l'embrasser. *Tout le temps !* Et apparemment, elle a besoin de ça pour se calmer. Je souris. C'est ma famille, et je l'adore.

Josh et Javier viennent vers nous. Mes tontons de cœur eux aussi sont venus me voir ; ils savaient que c'était un match important pour moi. En fait, ils sont tous derrière moi pour me soutenir. *Putain, ma vie est trop cool !*

FIN

8 août : un conflit éclate entre la Géorgie et la Russie ; après cinq jours de combats, les belligérants acceptent un plan de paix négocié par Nicolas Sarkozy avec Vladimir Poutine à Moscou.

15 septembre : la faillite de la banque américaine Lheman Brothers déclenche une crise financière et économique mondiale.

1er octobre : après les élections sénatoriales du 21 septembre, Gérard Larcher (UMP) succède à Christian Poncelet à la présidence du Sénat.

15 novembre : lors de la réunion du G20 à Washington, Nicolas Sarkozy plaide en faveur d'une forte relance économique pour faire face à la crise.

20 novembre : au congrès du PS, élection controversée de Martine Aubry comme première secrétaire, face à Ségolène Royal.

4 décembre : Nicolas Sarkozy présente un plan de relance pour faire face à la crise mondiale.

2009

1er février : congrès constitutif du Parti de gauche, fondé par Jean-Luc Mélenchon, après son départ du PS en novembre 2008.

27 mars : le nationaliste corse Yvan Colonna, auteur présumé de l'assassinat du préfet Claude Erignac, est condamné à la réclusion criminelle à perpétuité.

2 avril : retour de la France au sein du commandement militaire intégré de l'OTAN.

27 avril : le chômage atteint 2 448 000 personnes, en hausse de 22 % en un an.

9 avril : Nicolas Sarkozy dévoile les projets du Grand Paris.

7 juin : aux élections européennes, l'UMP recueille 27,8 % des voix, contre 16,5 % au PS et 16,3 % aux écologistes emmenés par Daniel Cohn-Bendit.

22 juin : intervenant, pour la première fois, devant le Congrès à Versailles, Nicolas Sarkozy fait l'éloge du modèle social français.

28 août : à l'université d'été du PS à La Rochelle, Martine Aubry annonce l'organisation d'une primaire ouverte pour désigner le candidat des socialistes à l'élection présidentielle.

26 octobre : le ministre de l'immigration, Eric Besson annonce l'ouverture d'un grand débat sur l'identité nationale en janvier et février 2009.

27 octobre : l'ex-président Jacques Chirac est renvoyé en correctionnelle dans l'affaire des emplois fictifs de la mairie de Paris.

20 novembre : Nicolas Sarkozy présente son projet de réforme des collectivités locales.

2010

1er janvier : la France compte 65 millions d'habitants.

7 janvier : mort de Philippe Séguin.

1er mars : entrée en vigueur de la question prioritaire de constitutionnalité permettant à tout citoyen de contester, devant le Conseil constitutionnel, la conformité à la Constitution d'une loi qui lui serait applicable.

21 mars : à l'issue des élections régionales, la droite ne conserve que l'Alsace et la Guyane, la gauche dirige 21 régions.

16 juin : le ministre du travail, Eric Woerth, est mis en cause dans l'affaire Bettencourt.

30 juillet : après des violences à Grenoble, Nicolas Sarkozy déclare la « guerre » à l'insécurité.

7 septembre : première d'une série de manifestations massives contre la réforme des retraites.
11 octobre : adoption de la loi interdisant le port du voile intégral dans l'espace public par les musulmanes.
27 octobre : le Parlement adopte la réforme portant de 60 à 62 ans l'âge de départ à la retraite.
14 novembre : François Fillon est reconduit à Matignon et procède à un important remaniement de son gouvernement, marqué notamment par le départ de Jean-Louis Borloo et le retour d'Alain Juppé à la Défense.

2011

16 janvier : Marine Le Pen succède à son père à la présidence du Front national.
27 février : mise en cause pour ses relations avec le régime tunisien en crise « terminale », la ministre des affaires étrangères, Michèle Alliot-Marie quitte le gouvernement. Alain Juppé la remplace.
19 mars : Nicolas Sarkozy engage l'armée française en Libye. Cette intervention prend fin après la mort du colonel Mouammar Khadafi, le 20 octobre.
25 mars : avec 22,5 % des voix (contre 36,9 % au PS), l'UMP enregistre un sérieux revers aux élections cantonales.
31 mars : François Hollande (PS) annonce, à Tulle, sa candidature à la présidentielle.
5 avril : François Fillon annonce la suppression du bouclier fiscal, instauré en 2006.
14 mai : inculpé à New York pour agression sexuelle, Dominique Strauss-Kahn, directeur général du FMI, est écarté de la course à la présidentielle.
16 mai : Marine Le Pen annonce sa candidature à la présidentielle.

18 juin : Jean-Luc Mélenchon est désigné candidat à la présidentielle par le Front de gauche, qui rassemble son parti et les communistes.

28 juin : Martine Aubry, première secrétaire du PS, annonce sa candidature à la présidentielle.

11 juillet : Eva Joly remporte, contre Nicolas Hulot, la primaire des écologistes désignant leur candidat à la présidentielle.

25 septembre : la gauche remporte la majorité au Sénat, une première sous la Ve République. Jean-Pierre Bel (PS) est élu président du Sénat.

9 et 16 octobre : au premier tour de la primaire socialiste, Hollande arrive en tête (39 %) devant Aubry (31 %), Montebourg (17 %), Royal (7 %), Valls (6 %). Au second tour, Hollande l'emporte face à Aubry.

7 décembre : François Bayrou annonce sa (troisième) candidature à la présidentielle.

15 décembre : l'ancien président Jacques Chirac est condamné à deux ans de prison avec sursis pour détournement de fonds et abus de confiance dans l'affaire des emplois fictifs de la Ville de Paris.

2012

13 janvier : l'agence de notation Standard & Poor's dégrade la note de la France qui perd son AAA.

22 janvier : François Hollande lance sa campagne par un grand meeting au Bourget. « Mon ennemi, c'est la finance », déclare-t-il.

15 février : entrée en campagne de Nicolas Sarkozy.

15-22 mars : après avoir tué trois militaires à Montauban, puis quatre personnes devant une école juive de Toulouse, Mohammed Merah est tué par le Raid dans l'appartement où il s'est retranché.

22 avril : au premier tour de la présidentielle, Hollande (28,6 %) devance Sarkozy (27,1 %), Le Pen (17,9 %), Mélenchon (11,1 %), Bayrou (9,1 %).

2 mai : lors du débat télévisé d'entre-deux tours, Hollande prend l'avantage grâce à sa longue anaphore « Moi Président... » qui lui permet de se définir comme l'exact contraire de Sarkozy.

6 mai : Hollande est élu président de la République avec 51,6 % des voix.

15 mai : Jean-Marc Ayrault est nommé premier ministre.

10-17 juin : aux élections législatives, le PS obtient la majorité à l'Assemblée nationale.

5 juillet : l'UMP décide d'organiser une élection pour désigner son président.

9 septembre : François Hollande s'engage à « inverser la courbe du chômage » (qui vient de franchir le cap des 3 millions) d'ici un an.

28 septembre : le projet de budget 2013 prévoit 20 milliards d'euros d'impôts nouveaux.

18 novembre : à la primaire pour la présidence de l'UMP, Jean-François Copé s'arroge dans des conditions très controversées la victoire contre François Fillon.

5 décembre : le ministre du budget, Jerôme Cahuzac, dément, devant l'Assemblée nationale, avoir détenu un compte bancaire en Suisse, comme l'en accuse le site Mediapart.

2013

11 janvier : intervention militaire française au Mali pour arrêter l'offensive de groupes islamistes.

12 janvier : première manifestation massive à Paris contre le projet de loi autorisant le mariage entre personnes du même sexe.

12 février : l'Assemblée adopte le projet de mariage pour tous, défendue par Christiane Taubira, garde des sceaux.

19 mars : reconnaissant avoir détenu illégalement des comptes à l'étranger, Jérôme Cahuzac démissionne.

24 avril : présentation du projet de loi créant la Haute autorité sur la transparence de la vie publique.

10 mai : le parquet requiert un non-lieu pour Eric Woerth dans l'affaire Bettencourt.

4 juillet : le Conseil constitutionnel invalide les comptes de campagne de Nicolas Sarkozy pour la présidentielle de 2012. L'ex-président dénonce une décision qui « met en péril » l'UMP.

20 août : le ministre de l'économie, Pierre Moscovici se dit très sensible au « ras-le-bol fiscal » des Français.

14-19 octobre : l'expulsion vers le Kosovo d'une collégienne, Leonarda Dibrani, avec sa famille rom, suscite une vive polémique que François Hollande tente maladroitement de calmer à la télévision.

Octobre-novembre : manifestations violentes des « bonnets rouges » en Bretagne contre les portiques destinés à prélever une écotaxe sur les poids lourds. Le gouvernement renonce à cette mesure.

26 novembre : le premier ministre, Jean-Marc Ayrault annonce une réforme en profondeur de la fiscalité ; elle sera enterrée.

2014

9 janvier : le Conseil d'Etat ordonne l'annulation d'un spectacle de Dieudonné pour risque d'atteinte à la dignité de la personne humaine.

10 janvier : le magazine *Closer* publie des photos dévoilant la liaison de François Hollande avec la comédienne Julie

Gayet. Ces révélations provoquent la rupture du chef de l'Etat avec sa compagne Valérie Trierweiller.

14 janvier : lors d'une conférence de presse, François Hollande présente un « pacte de responsabilité » accordant aux entreprises des moyens fiscaux et sociaux importants pour favoriser la relance de l'économie.

23 et 30 mars : débâcle de la gauche, succès de la droite et percée du FN aux élections municipales.

31 mars : François Hollande nomme Manuel Valls premier ministre. Les écologistes renoncent à participer au gouvernement, où Ségolène Royal fait son retour à l'écologie.

9 avril : Jean-Christophe Cambadélis succède à Harlem Désir à la tête du PS.

29 avril : 41 députés socialistes « frondeurs » s'abstiennent lors du vote sur le Pacte de responsabilité.

27 mai : mis en cause dans l'affaire Bygmalion, portant sur le financement de la campagne présidentielle de Nicolas Sarkozy en 2012, Jean-François Copé est contraint de démissionner de la présidence de l'UMP.

3 juin : François Hollande présente la réforme territoriale qui réduit de 22 à 13 le nombre de régions métropolitaines.

20 août : Alain Juppé annonce sa candidature à la primaire de la droite pour la présidentielle de 2017.

25 août : après les vives critiques du ministre de l'économie, Arnaud Montebourg, Manuel Valls forme un nouveau gouvernement : Montebourg, Benoît Hamon et Aurélie Fillipetti en sont écartés, Emmanuel Macron, précédemment secrétaire général adjoint de l'Elysée, est nommé ministre de l'économie.

19 septembre : Nicolas Sarkozy annonce sa candidature à la présidence de l'UMP.

28 septembre : la droite reconquiert la majorité au Sénat, dont Gérard Larcher retrouve la présidence.

30 septembre : Bruno Le Maire candidat à la présidence de l'UMP.

29 novembre : Nicolas Sarkozy est élu président de l'UMP, avec 64,5 % des voix contre 29,1 % à Bruno Le Maire.

2015

7 janvier-9 janvier : trois attentats djihadistes contre le journal *Charlie-Hebdo*, puis une policière à Montrouge, enfin dans la supérette Hyper cacher de la porte de Vincennes font 17 morts.

11 janvier : à Paris, une immense marche républicaine, rassemblant 2 millions de personnes, est conduite par François Hollande, entouré d'une cinquantaine de chefs d'Etat ou de gouvernement étrangers. Des manifestations similaires sont organisées dans plus de 200 villes de France.

20 janvier : Manuel Valls dénonce un « apartheid territorial, social, ethnique » dans les banlieues.

17 février : Manuel Valls utilise l'article 49-3 de la Constitution pour faire adopter le projet de loi Macron pour la croissance.

22-29 mars : en gagnant 67 départements (dont 28 enlevés à la gauche), l'UMP sort grand vainqueur des élections départementales.

9 avril : crise ouverte entre Marine Le Pen et son père, Jean-Marie, après une interview incendiaire de ce dernier dans Rivarol

30 mai : congrès de refondation de la droite : l'UMP est rebaptisée Les Républicains.

7 juin : au congrès du PS, Jean-Christophe Cambadélis, soutenu par le gouvernement, obtient plus de 60 % des voix sur sa motion.

27 juillet : François Hollande déclare qu'il se représentera si le chômage baisse en 2016.

20 août : exclusion de Jean-Marie Le Pen du FN.

26 août : François Fillon lance sa candidature à la primaire de la droite.

24 septembre : le chômage atteint un nouveau record (3 571 000 chômeurs)

13 novembre : au stade de France, au Bataclan et dans des cafés parisiens, une série d'attentats djihadistes fait 130 morts et des centaines de blessés. L'état d'urgence est décrété.

16 novembre : devant le Congrès à Versailles, François Hollande annonce son intention de constitutionnaliser l'état d'urgence et la déchéance de nationalité pour les bi-nationaux auteurs d'actes terroristes.

6-18 décembre : élections régionales : en dépit de ses très bons scores au premier tour, le FN échoue au second. Le PS sauve 3 régions sur 13. Laurent Wauquiez est élu président de Rhône-Alpes-Auvergne, Xavier Bertrand des Hauts-de-France et Valérie Pécresse d'Ile-de-France.

2016

10 février : Jean-Luc Mélenchon annonce sa candidature à l'élection présidentielle.

16 février : Nicolas Sarkozy est mis en examen pour dépassement du plafond de dépenses autorisées lors de sa campagne de 2012.

24 et 31 mars : manifestations, émaillées de violences, contre le projet de loi réformant le droit du travail (projet El Khomri).

30 mars : après quatre mois de controverses, François Hollande renonce à son projet sur la déchéance de la nationalité.

6 avril : Emmanuel Macron annonce la création d'un nouveau mouvement politique baptisé En Marche !

10 mai : Manuel Valls engage la responsabilité de son gouvernement pour faire adopter le projet de loi travail ; le PS est au bord de la rupture.

14 juillet : un attentat djihadiste à Nice fait 86 morts.

16 août : Benoît Hamon (PS) annonce sa candidature à l'élection présidentielle.

21 août : Arnaud Montebourg annonce sa candidature à l'élection présidentielle.

24 août : Nicolas Sarkozy annonce sa candidature à la primaire de la droite.

28 août : François Fillon attaque Nicolas Sarkozy : « Qui imagine le général de Gaulle mis en examen ? »

30 août : le ministre de l'économie, Emmanuel Macron, démissionne du gouvernement.

5 septembre : Sarkozy est renvoyé en correctionnelle pour financement illégal de sa campagne de 2012.

12 octobre : publication de *« Un président ne devrait pas dire ça »*, ouvrage des journalistes Gérard Davet et Fabrice Lhomme, réalisé sur la base d'une soixantaine d'entretiens avec François Hollande depuis 2012. De tous côtés, le titre de l'ouvrage est jugé malheureusement justifié.

19 octobre : Cécile Duflot est battue au premier tour de la primaire des écologistes ; Yannick Jadot est élu, le 7 novembre, candidat à la présidentielle.

16 novembre : Emmanuel Macron annonce sa candidature à la présidentielle.

20 novembre : au premier tour de la primaire de la droite, avec 44 % des voix, François Fillon écrase ses adversaires (Sarkozy, Juppé, Le Maire...) ; large vainqueur au second tour, le 27 novembre, contre Alain Juppé, il sera le candidat de l'UMP à la présidentielle.

1er décembre : François Hollande renonce à se représenter.

5 décembre : Manuel Valls annonce sa candidature à la primaire de la gauche et démissionne du gouvernement.

10 décembre : grand meeting de lancement de la campagne d'Emmanuel Macron à la Porte de Versailles à Paris.

2017

22 et 29 janvier : à la primaire de la gauche, Benoît Hamon devance nettement Manuel Valls au premier tour et l'emporte avec 58,7 % des voix au second.

25 janvier : Le *Canard enchaîné* affirme que Pénélope Fillon, épouse du candidat de l'UMP, a occupé pendant une dizaine d'années un emploi d'assistante parlementaire fictif.

22 février : François Bayrou, président du MoDem, annonce son ralliement à Emmanuel Macron.

26 février : l'écologiste Yannick Jadot se retire et rallie Benoît Hamon.

1er mars : convoqué par les juges le 15 mars en vue d'une mise en examen, François Fillon déclare : « Je ne cèderai pas ».

5 mars : grand rassemblent des partisans de François Fillon place du Trocadéro à Paris.

14 mars : mise en examen de François Fillon dans l'enquête sur les soupçons d'emploi fictif de son épouse, elle-même mise en examen le 28 mars.

20 mars : débat télévisé inédit entre les principaux candidats à la présidentielle (François Fillon, Benoît Hamon, Marine Le Pen, Emmanuel Macron et Jean-Luc Mélenchon).

23 avril : premier tour de la présidentielle : Emmanuel Macron arrive en tête (24 %), devant Marine Le Pen (21,3 %). François Fillon (20 %) et Jean-Luc Mélenchon (19,6 %) sont éliminés.

3 mai : débat télévisé entre Emmanuel Macron et Marine Le Pen.

7 mai : Emmanuel Macron est élu président de la République avec 66,1 % des voix.

15 mai : Edouard Philippe (Les Républicains) est nommé premier ministre. Son gouvernement est formé le 17. L'écologiste Nicolas Hulot y fait son entrée.

11 et 18 juin : aux élections législatives, le parti présidentiel, La République en marche, obtient la majorité absolue (307 sièges), renforcée par 42 élus du Modem. Marine Le Pen et Jean-Luc Mélenchon font leur entrée à l'Assemblée nationale.

21 juin : mis en cause dans les affaires d'assistants parlementaires européens, François Bayrou, ministre de la justice, et Marielle de Sarnez quittent le gouvernement.

27 juin : François de Rugy, écologiste qui a rallié Emmanuel Macron, est élu président de l'Assemblée nationale.

3 juillet : discours d'Emmanuel Macron devant le Congrès à Versailles ; il annonce une réforme importante de la Constitution.

9 août : adoption de la loi de moralisation de la vie politique.

31 août : le premier ministre dévoile les ordonnances réformant le code du travail.

12 septembre : première d'une série de manifestations syndicales contre la réforme du droit du travail.

21 septembre : Florian Philippot, son vice-président, quitte le Front national pour créer son propre parti, Les Patriotes.

24 septembre : aux élections sénatoriales, la droite progresse et le parti présidentiel ne réalise pas la percée escomptée.

10 décembre : les nationalistes remportent une large majorité aux élections territoriales de Corse.

10 décembre : Laurent Wauquiez est élu président des Républicains dès le 1er tour, avec 74,6 % des voix.

2018

2 janvier : les nationalistes s'installent à la tête de la collectivité unique de Corse.

14 février : Jean-Michel Blanquer, ministre de l'éducation nationale, présente la réforme du baccalauréat, qui doit entrer en vigueur à partir de la rentrée 2019.

25 février : le premier ministre annonce qu'il réformera la SNCF par ordonnances.

8 mars : la loi instaure Parcoursup, nouvelle procédure d'inscription des bacheliers dans l'enseignement supérieur. En dépit de l'occupation de plusieurs universités, la rentrée universitaire se déroulera normalement en septembre.

11 mars : congrès du Front national qui change de nom et devient le Rassemblement national.

26 mars : un attentat djihadiste à Trèbes (Aude) fait 4 morts, dont le gendarme Arnaud Beltrame.

26 mars : selon l'Insee, le déficit public repasse sous la barre des 3 % du PIB, pour la première fois depuis dix ans.

7-8 avril : le congrès du PS entérine l'élection d'Olivier Faure au poste de premier secrétaire.

5 juin : après deux mois de grève des personnels, le Parlement adopte le projet de réforme de la SNCF.

18 juillet : *Le Monde* révèle qu'un conseiller du président, Alexandre Benalla, a frappé un manifestant lors de la manifestation du 1er mai à Paris.

29 août : le ministre de l'écologie, Nicolas Hulot, annonce sa démission en direct sur France Inter. Il est remplacé par le président de l'Assemblée nationale, François de Rugy, lui-même remplacé au « perchoir » par Richard Ferrand.

2 octobre : le ministre de l'intérieur, Gérard Collomb, impose sa démission au président. Ce départ entraîne, le 16 octobre, un important remaniement. Christophe Castaner est nommé Place Beauvau.

17 novembre au 29 décembre : parti d'une révolte contre la hausse du prix de l'essence, le mouvement des « gilets jaunes » s'étend à tout le pays, proteste contre l'ensemble de la politique fiscale et sociale du gouvernement et

réclame la démission du chef de l'Etat. Plusieurs mobilisations provoquent des scènes d'émeute, notamment à Paris où l'Arc de Triomphe est saccagé (1er décembre).

10 décembre : après l'annulation des hausses prévues des prix des carburants (4 décembre), le président de la République annonce plusieurs mesures sociales en faveur des salariés modestes et des retraités, ainsi que l'ouverture d'un débat national décentralisé sur la fiscalité, les politiques sociales et la réforme de l'Etat.

11 décembre : un attentat terroriste à Strasbourg fait 5 morts et 10 blessés.

2019

5 janvier : un huitième samedi consécutif de mobilisation des « gilets jaunes » à Paris et en province est marqué de nouvelles violences : le portail du ministère abritant le porte-parole du gouvernement est enfoncé par un engin de chantier.

13 janvier : le président de la République adresse aux Français une lettre fixant le cadre et les objectifs du « grand débat national » qu'il engage jusqu'au 15 mars pour répondre à la crise des « gilets jaunes ».

Table

collection tempus
Perrin

DÉJÀ PARU

623. *Joffre* – Rémy Porte.
624. *Paroles de Verdun* – Jean-Pierre Guéno.
625. *Le salaire de la destruction* – Adam Tooze.
626. *Le dernier des cathares, Pèire Autier* – Anne Brenon.
627. *Maurice et Jeannette, biographie du couple Thorez* – Annette Wieviorka.
628. *La dynastie rouge* – Pascal Dayez-Burgeon.
629. *Les secrets du Gotha* – Ghislain de Diesbach.
630. *Notre jeunesse* – Charles Péguy.
631. *Une histoire du Liban* – David Hirst.
632. *Aristide Briand* – Bernard Oudin.
633. *Boni de Castellane* – Eric Mension-Rigau.
634. *La grande histoire de la Belgique* – Patrick Weber.
635. *La police des mœurs* – Jean-Marc Berlière.
636. *Joseph II* – François Fejtö.
637. *Considérations sur Hitler* – Sebastian Haffner.
638. *Les batailles qui ont changé l'histoire* – Arnaud Blin.
639. *Entretiens avec Mussolini* – Emil Ludwig.
640. *Grandeurs et misères d'une victoire* – Georges Clemenceau.
641. *Les couples royaux dans l'histoire* – Jean-François Solnon.
642. *Roger II de Sicile* – Pierre Aubé.
643. *Carrier et la Terreur nantaise* – Jean-Joël Brégeon.
644. *C'était le XXe siècle*, tome I – Alain Decaux.
645. *C'était le XXe siècle*, tome II– Alain Decaux.
646. *Reines d'Afrique* – Vincent Hugeux.
647. *Ducs et duchesses de Bretagne* – Philippe Tourault.
648. *L'âme romaine* – Pierre Grimal.
649. *Lénine* – Robert Service.
650. *Les derniers jours* – Michel De Jaeghere.
651. *Histoire des Arabes* – Eugene Rogan.
652. *Leipzig* – Bruno Colson.
653. *La France et son armée* – Charles de Gaulle.

654. *Baden-Powell* – Philippe Maxence.
655. *Les vichysto-résistants* – Bénédicte Vergez-Chaignon.
656. *L'édit de Nantes* – Bernard Cottret.
657. *Chamfort* – Claude Arnaud.
658. *La captivité et la mort de Marie-Antoinette* – G. Lenotre.
659. *Les ministres de Napoléon* – Thierry Lentz.
660. *Les dynasties du luxe* – Yann Kerlau.
661. *Les aigles foudroyés* – Frédéric Mitterrand.
662. *Mémoires d'exil* – Frédéric Mitterrand.
663. *Histoire des Juifs* – Michel Abitbol.
664. *Dictionnaire de stratégie* – Gérard Chaliand, Arnaud Blin.
665. *Washington* – François Guizot.
666. *Russie, réformes et dictatures* – Andreï Kozovoï.
667. *L'enfance des chefs de la Vᵉ République* – Robert Schneider.
668. *Histoire des présidents de la République* – Maxime Tandonnet.
669. *La haine et la honte* – Friedrich Reck-Malleczewen.
670. *La Grande Guerre oubliée* – Alexandre Sumpf.
671. *Histoires de l'Élysée* – François d'Orcival.
672. *Extension du domaine de la guerre* – Pierre Servent.
673. *Versailles au temps des rois* – G. Lenotre.
674. *La fin des empires* (dir. Patrice Gueniffey et Thierry Lentz).
675. *L'Élysée sous l'Occupation* – François d'Orcival.
676. *Histoire de la Russie des tsars* – Richard Pipes.
677. *L'épuration des intellectuels* – Pierre Assouline.
678. *Mourir pour Kobané* – Patrice Franceschi.
679. *Dépêches du Vietnam*– John Steinbeck.
680. *1715, La France et le monde* – Thierry Sarmant.
681. *Spartacus* – Eric Teyssier.
682. *Journal, 1939-1945* – Maurice Garçon.
683. *Les cent derniers jours d'Hitler* – Jean Lopez.
684. *Les sentinelles* – Dror Moreh.
685. *Un Siècle d'Or espagnol* – Bartolomé Bennassar.
686. *Jeanne d'Arc. Le procès de Rouen* – Jacques Trémolet de Villers.
687. *La guerre de face* – Martha Gellhorn.
688. *Le marécage des ayatollahs. Une histoire de la Révolution iranienne* – Pierre et Christian Pahlavi.
689. *Hitler et la France* – Jean-Paul Cointet.
690. *Necker* – Ghislain de Diesbach.
691. *La reine Victoria* – Jacques de Langlade.

Remerciements

Cette duologie a été un grand challenge d'écriture qui m'a demandé de sortir de ma zone de confort. À la manière de Matt, j'ai beaucoup aimé relever ce défi ! Ce deuxième roman, je le dois en partie au soutien inébranlable et à la grande compréhension de mon mari, Alain, et de mon fils, Luca. Je ne serais pas arrivée aussi loin sans eux.

Un remerciement tout particulier à Julie P., ma juju, mon amie, mon âme sœur. Je te dédie cette duologie au nom de notre incroyable amitié qui est si précieuse à mes yeux. En plus d'être une bêta en or qui me permet toujours de me dépasser et de donner plus de nuance et de cohérence à mes écrits, tu es d'un soutien sans faille. L'écriture de cette romance était loin d'être de tout repos ; et pourtant, j'ai toujours pu compter sur toi et sur ton enthousiasme pour ne rien lâcher et me rebooster.

Mille mercis à Hélène, une femme et une amie formidable. Tu as toujours répondu présent pour être ma bêta sur mes deux romans en trouvant toujours de la disponibilité dans ton emploi du temps bien chargé. Une amitié si belle à mes yeux. J'ai toujours pu compter sur ton rôle de bêta impartiale, honnête et franc pour déceler les coquilles et donner plus de compréhension à mes écrits. Et ton ressenti élogieux sur l'histoire de Matt m'a chamboulée.

Un tout grand merci à Margaux, alias Lou Garance, pour avoir pris le temps de me lire, d'avoir été si enthousiaste dans tes messages tout en pointant des points faibles de mon roman qui méritaient d'être améliorés. On se connaît depuis quelques années maintenant et je suis fan de la belle personne que tu es. Ne change rien, tu es géniale !

Un tout grand merci à ma belle Cécilia, une chroniqueuse sensible et au cœur si gros que je me suis sentie chanceuse de l'avoir à mes côtés. Merci d'avoir trouvé le temps de lire mon tome 1 et de m'avoir fait un retour super touchant qui m'a touchée en plein cœur.

Merci à ma petite Mary pour ton soutien au quotidien et de trouver toujours les bons mots pour faire tomber la pression en moi. J'ai beaucoup de chance d'avoir une collègue si formidable depuis dix ans.

Merci à ma sœur et à mon père pour leurs encouragements au quotidien et de croire en moi. Ça n'a pas de prix à mes yeux !

Et pour terminer (Je vais me répéter comme pour Coloc malgré moi, mais je ressens toujours la même chose et bien plus encore !), un remerciement tout particulier à mon éditrice Virginie pour cette très belle aventure que je vis grâce à ton écoute, ton envie pour que l'on forme une équipe avant tout et cette force tranquille que tu dégages et qui m'a permis plus d'une fois de relativiser. Vos commentaires à toi et à Cécile ainsi que vos corrections ont donné un travail bien plus cohérent et abouti à Succombe-moi. Par ton travail éditorial très pro, mon roman ne pouvait qu'être sublimé !

Par la même autrice

Succomber malgré moi T1
Succomber malgré moi T2

Coloc malgré moi

PAPIER À BASE DE
FIBRES CERTIFIÉES

hachette s'engage pour l'environnement en réduisant l'empreinte carbone de ses livres. Celle de cet exemplaire est de :
490 g éq. CO_2
Rendez-vous sur
www.hachette-durable.fr

« Pour l'éditeur, le principe est d'utiliser des papiers composés de fibres naturelles, renouvelables, recyclables et fabriquées à partir de bois issus de forêts qui adoptent un système d'aménagement durable. En outre, l'éditeur attend de ses fournisseurs de papier qu'ils s'inscrivent dans une démarche de certification environnementale reconnue. »

Édité par la Hachette Livre dans la collection Ito
(58, rue Jean-Bleuzen, 92170 Vanves)

Composition : Nord Compo
Achevé d'imprimer en Espagne par Blackprint
Dépôt légal 1re publication : mai 2024
64-6569-2 – ISBN : 978-2-01-727289-2
Dépôt légal : mai 2024

692. *Histoire mondiale des services secrets* – Rémi Kauffer.
693. *Gorbatchev* – Bernard Lecomte.
694. *Mémoires* – Erich von Manstein.
695. *Mangeurs de viande* – Marylène Patou-Mathis.
696. *John Fitzgerald Kennedy* – Frédéric Martinez.
697. *L'Empire ottoman et l'Europe* – Jean-François Solnon.
698. *La Russie des tsars* (dir. Emmanuel Hecht).
699. *Testament politique* – Richelieu.
700. *Joukov* – Jean Lopez, Lasha Otkhmezuri.
701. *Le siècle de Louis XIV* (dir. Jean-Christian Petitfils).
702. *Les pathologies politiques françaises* – Alain Duhamel.
703. *1915* – Jean-Yves Le Naour.
704. *La France catholique* – Jean Sévillia.
705. *Dictionnaire amoureux de Jésus* – Jean-Christian Petitfils.
706. *La guerre Iran-Irak, 1980-1988* – Pierre Razoux.
707. *Les troubadours* – Michel Zink.
708. *Nouvelle histoire des idées* – Alain Blondy.
709. *La Grande Guerre* – François Cochet.
710. *La révolution anglaise* – Bernard Cottret.
711. *Histoire de la résistance* – Olivier Wieviorka.
712. *Histoire de la Phénicie* – Josette Elayi.
713. *Souvenirs d'une ambassade à Berlin* – André François-Poncet.
714. *Robespierre* – Jean-Clément Martin.
715. *Histoire des médecins* – Stanis Perez.
716. *Les légendes de la Grande Guerre* – Général Mordacq.
717. *Les châteaux de la Loire* – Jean des Cars.
718. *La guerre de Sept Ans* – Edmond Dziembowski.
719. *Mirabeau* – Jean-Paul Desprat.
720. *Sur la scène internationale avec Hitler* – Paul-Otto Schmidt.
721. *Mai 68. Mémoires* – Maurice Grimaud.
722. *La cause du peuple* – Patrick Buisson.
723. *L'élan du cœur. Propos et souvenirs* – Claude Pompidou.
724. *Les nazis en fuite* – Gerald Steinacher.
725. *La légende du roi Arthur* – Martin Aurell.
726. *Les mythes de la Seconde Guerre mondiale* (dir. Jean Lopez et Olivier Wieviorka).
727. *Un autre regard sur mon grand-père Charles de Gaulle* – Yves de Gaulle.

728. *La Bretagne et la France, du XVe siècle à nos jours* – Philippe Tourault.
729. *Fabuleux destins* – Alain Decaux.
730. *Le crépuscule des rois* – Philippe Erlanger.
731. *Le sceptre et le sang* – Jean des Cars.
732. *Cambacérès* – Pierre-François Pinaud.
733. *François Ier* – Didier Le Fur.
734. *La Seconde Guerre mondiale* – Claude Quétel.
735. *Reagan* – Françoise Coste.
736. *De la guerre* – Napoléon.
737. *La compagnie des ombres* – Michel De Jaeghere.
738. *Lettres de la Wehrmacht* – Marie Moutier.
739. *Grandeur, déclin et destin de la Ve République* – Edouard Balladur et Alain Duhamel.
740. *La Grande Guerre des civils* – Eric Alary.
741. *Louis XV* – Jean-Christian Petitfils.
742. *Pétain* – Bénédicte Vergez-Chaignon.
743. *Dictionnaire amoureux de la Rome antique* – Xavier Darcos.
744. *Histoire du monde*, tome I, *Les âges anciens* – John M. Roberts et Odd A. Westad.
745. *Histoire du monde*, tome II, *Du Moyen Âge aux temps modernes* – John M. Roberts et Odd A. Westad.
746. *Histoire du monde*, tome III, *L'âge des révolutions* – John M. Roberts et Odd A. Westad.
747. *Tout sur* Mein Kampf – Claude Quétel.
748. *Le cimetière de l'espérance* – Nicolas Werth.
749. *Le Moyen Âge et l'argent* – Jacques Le Goff.
750. *Mohammad Réza Pahlavi* – Yves Bomati et Houchang Nahavandi.
751. *L'Histoire des paysans français* – Eric Alary.
752. *Churchill, Seigneur de guerre* – Carlo D'Este.
753. *Les dictateurs* – Jacques Bainville.
754. *Femmes de Versailles* – Alexandre Maral.
755. *Á l'épreuve du temps* – Jacques Benoist-Méchin.
756. *La fin d'un monde* – Gérard Courtois.

Imprimé en Allemagne
par GGP Media GmbH Pößneck
en février 2019